現代散文選

蔡忠道、王玫珍
余淑瑛、吳盈靜、陳政彥◎著

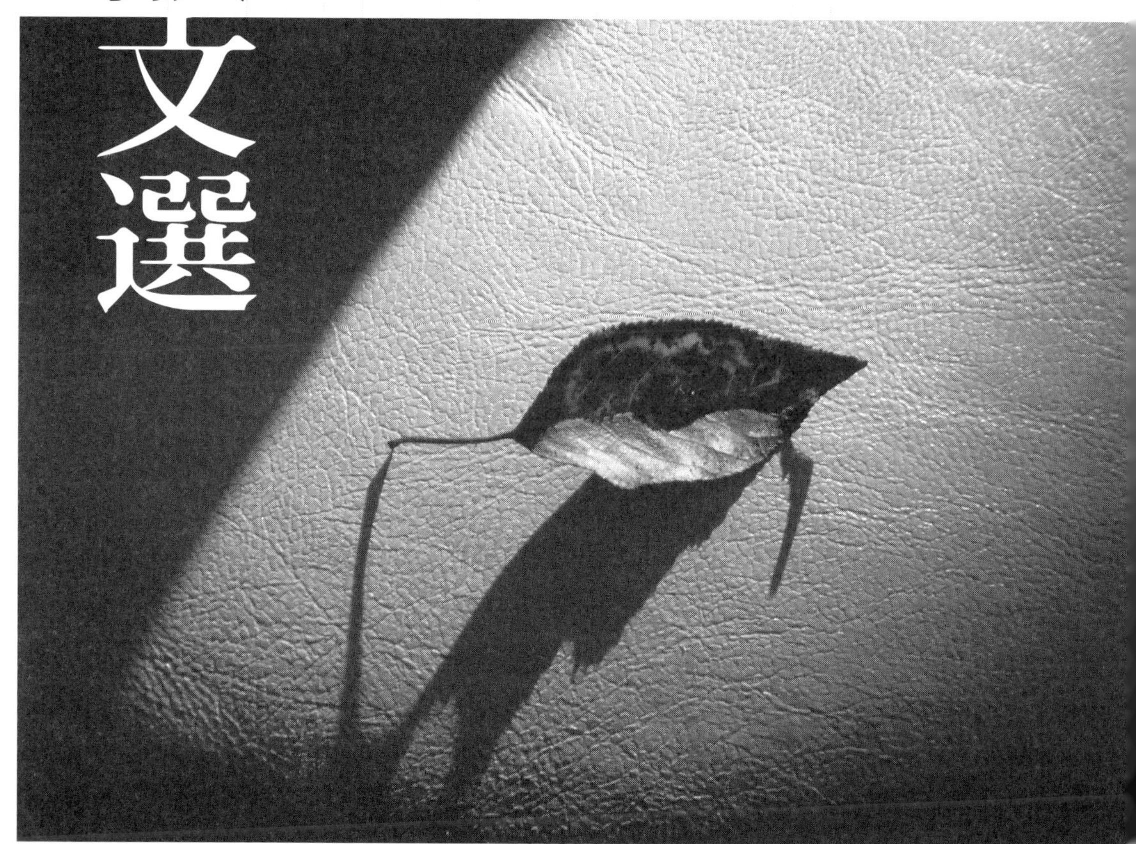

五南圖書出版公司 印行

凡　例

一、本書以主題選文的方式，與坊間多數「現代散文選」依作家選文的方式不同，希望能呈現一種不同的現代散文閱讀視野。

二、本書選編了十個主題，依序為「都市散文」、「知性散文」、「女性散文」、「懷舊散文」、「飲食散文」、「運動散文」、「旅行散文」、「生態散文」、「宗教散文」、「音樂散文」。每一主題收錄三位作家的作品，總計全書有十個單元、三十位作家。

三、每一主題皆有導論、選文及賞析、問題與討論、延伸閱讀等內容，希望讀者能掌握各單元的內容特色，教師也能從中獲取教學的綱領。

四、感謝選文作家的授權，讓本書的選文能具代表性。每篇文章經過審定與校對，唯恐仍有疏漏，尚祈博學君子不吝斧正。

目　錄

現代散文概論

一、散文的定義

在了解散文的定義之前，我們需要先了解散文在文學分類上的特色。簡單地說，散文是所有其他文學類別的基本形式，具有一種文類之母的特質。研究散文理論的鄭明娳說：

> 在文學的發展史上，散文是一種極為特殊的文類，居於「文類之母」的地位，原始的詩歌、戲劇、小說，無不是以散行文字敘寫下來的。後來各種文體個別的結構和形式要求逐漸生長成熟且逐漸定型，便脫離散文的範疇，而獨立成一種文類。……也就是說，把小說、詩、戲劇等各具備完整要件的文類剔除之後，剩餘下來的文學作品的總稱，便是散文。[1]

也就是說，古人發明文字之後，很單純地提筆記下事情、情緒、想法，原本並沒有預設任何立場，想要寫出一首詩或一篇小說。這些文學作品的分類是後來的人所分類整理而成。

只是隨著寫作越來越發達，逐漸發展出詩歌以及敘事文體，等到這些文類已經廣為人所熟知，它們便獨立出來。日後越來越多文類成熟，例如報導文學、散文詩等等，這些作品有強烈特色，被人研究分類之後獨立出來。就這樣越來越多文類從散文的領域中獨立出來，作為最基本寫作型式的散文，反而成為一種剩餘的文類。也就是說，我們把文學作品中的詩、小說、劇本等等都挑掉，剩下來的文學作品，就是散文。但也因此，散文比其他文學作品更顯得自由，沒有限制。了解這點，可以做為我們認識什

1 鄭明娳《現代散文類型論》（臺北，大安：1987），頁22。

麼是散文的一個起點。

不管古今中外，散文一詞最原始意思都是指與韻文相對的散行文體。在中國，基本上凡是有韻的詩詞歌賦，及駢體文外的所有文學作品都算是散文。這樣的分法把一般散文，甚至是筆記、小說、歷史傳記等都包含進來。

西方最早的三種文類是戲劇、史詩、抒情詩。史詩是記錄歷史，有記事寫史的特質，抒情詩則接近今日詩歌的定義。後來時序漸進，三大文類改成戲劇、詩歌、小說。但這樣的分類仍然不能顧及所有文學作品。研究西方文學的董崇選談到西方文學分類時說：

> 有些文學成分很高的傳記、自傳、性格誌、回憶錄、日記、書信、對話錄、格言錄與艾寫（essay）等，既不是戲劇，也不是詩歌，也不是小說。而既然這些文類，通常都是用（最廣義或較廣義的）散文寫成的，所以就有很多人把這些文類的作品合起來，籠統地稱為 prose（散文）。[2]

由於散文不可被忽視的重要性，西方文學領域也開始承認散文的地位。因此我們知道，對散文的第一個基本認識就是，只要不是詩歌的文學作品，就是散文。

但這樣的定義仍太寬泛。比方說，一篇律師寫的存證信函，也以散文寫成，說來也是結構嚴密，修辭文雅。但是這篇存證信函再怎麼樣都不能算是一篇「散文」。同樣的，學術研究報告、新聞稿等等文字作品都以散行文字寫成，但也不能稱做散文。因此我們有必要再加上第二個條件，散文不能是為了某種實用目的所寫出來的應用文類，散文必須是一篇文學作品，是為了滿足審美目的所寫出來的文字藝術品。

以上二點都以「什麼不是散文」來定義「散文」。但實際上，最為人所熟知的精采散文篇章，還有一個共通而且被多數人所認同的特質，那就

2 董崇選《西洋文學的面貌》（臺北，中央文物供應社：1983.4），頁 9。

是散文必須是本於作家自己真實的生活、情緒、思想出發，不應該是虛構的。這點是散文與小說最大的不同。小說是透過說故事的方式，將一件虛構的事件以文字表現出來。因此不管多天馬行空的想像，都可以馳騁筆下，沒有限制。小說裡可以有周遊巨人國與小人國的格列佛，也可以有名偵探福爾摩斯或大盜亞森羅蘋。小說可以允許半獸人與英雄爭奪魔戒，也可讓哈利波特穿著隱形披風來來去去。即使是最諷刺現實世界的小說，仍然是以虛構出來的人物與情節，表現出小說家對現實世界的批判。

但散文則不然，散文不需要構思聲韻行列，也不用想像人物情節，散文往往是作家最自然的心聲流露，讀者們則在散文的字裡行間，感受到作家的人格性情而感動。故小說以虛構為主，散文則以「有我」為張本。散文理論家鄭明娳認為散文應該要有三種要求。分別為：

(一)內容方面的要求：必須環繞作家的生命歷程及生活體驗
(二)風格方面的要求：必須包含作家的人格個性與情緒感懷
(三)主題方面的要求：應當訴諸作家的觀照思索與學識智慧

這三個要求並不過分，許多時候我們不就是在散文中欣賞這三個面向嗎？正因為散文家把他們的生活歷程與體驗寫出來，我們才能看到唐魯孫、逯耀東走遍大江南北品嚐美食，看張拓蕪與杏林子怎麼與不完整的身體奮鬥，過出殘而不廢的人生。正因為散文風格包含了作家的個性情緒，我們才能體會琦君的溫柔敦厚，吳晟的深厚平實，梁實秋的幽默機智。正因散文主題表現出作家的思維觀照，我們才能看到余秋雨深厚的文化素養，龍應台對時事的犀利批判。

這三點說到底，仍是要求散文需要表現出散文家的生活、情感與思想。如果有散文以虛構的方式寫成，就破壞了這個前提，讀者們基本上是相信散文所寫的內容是作家的真實生活來閱讀，如果發現作家的生活與所寫的散文落差太大，往往導致對此散文家的不信任。奇怪的是，少有人指責小說家寫的太虛假，卻質疑散文家造假。之所以如此，正是因為讀者相信散文必須表現出作家本人真實的生活、情感、想法。也因此當代重要的散文家鍾怡雯說：

所謂「文如其人」，實最適用於散文。散文是一種相對透明的文類。正是這種一絲不掛的要求，把散文推到一個絕對的角落，閱讀散文的愉悅，主要來自於這種偷窺欲的滿足。[3]

把體會不同人生的感受說成偷窺狂，鍾怡雯把話說重了點，但仍然點出散文定義的第三點。亦即散文必須要以表現作者真實生活點滴為主，不得以虛構內容做為散文的內容。為此散文家往往更認真充實自己的生活經驗，為的是帶給讀者更多豐富的生活經驗。

綜合以上三點，我們可以為散文下一個簡單的定義：散文就是，呈現出作者理性思考、感性情緒及個人生活點滴為主，非韻文形式的文學作品。

二、散文的源流

我們今日所見的散文，是進入二十世紀後胡適提倡白話文運動之後才出現。而考察現代散文的源流可以發現有四種。依次是傳統散文、晚明小品、傳統白話小說與西洋散文（essay）。由這四種文學作品給予了今日散文充足的養分，開出燦爛的花朵。

楊牧認為現代散文得力於中國傳統中古典散文與白話小說甚深。楊牧說：

我們對於散文，無非是因為陳義高，理想大，確認它是文學創作中最重要的一環，以古人典型相期許。……近代散文的成型除了依倚上文所提及的偉大傳統，以古典成績為理想的寄託，

3 鍾怡雯〈序〉《天下散文選》（臺北，天下：2001），頁7。

> 隨時不忘文學藝術命脈的傳承之外，更直接拜受兩股文學風潮之賜，即宋元以來的小說，和晚明以來的小品——前者是近代散文白話面貌的基礎，後者則為近代散文體制的啓發。[4]

在中國古代，諸子思想散文以及史傳散文都是最被看重的文學正宗，沒人能否認孟子的雄辯、韓非的嚴整、史記的雄渾、左傳的動人，這些古典散文具有豐富哲學與歷史價值。雖然這些古典散文不是為文學目的而做，但其藝術成就卻是後代文學家仿效學習的對象，成為日後散文的重要養分。一直到唐代韓愈、柳宗元，宋代歐陽修、蘇東坡等八大家，或語言純淨、或意境高遠、或議論警闢、或寫情真摯，人人各擅勝場，締造了古典散文的高峰。

此外晚明小品文也是重要的一環，由明代李贄所提倡創作，必須本於真誠情感的理論，被公安派三袁所繼承，創造的小品文重視文學價值，成為純文學散文的重要範例，因此日後散文研究者都喜歡討論現代散文與小品文的關係。

但不管是諸子文、史傳文或小品文，都是由文言文所寫成，與今日的散文在語言上有極大的落差，因此民初發展現代散文的散文家，往往於白話小說的文字中得到不少啟示。宋元以來的章回小說源自市井小民生活，反映出白話文的面貌，為民初白話文運動的文學作品，提供了最直接的範例，加上作者精闢觀察與創作巧思，使得這些小說中的片段，拿來當成白話散文看待亦不為過，例如《老殘遊記》中的〈王小玉說書〉等膾炙人口的名篇。楊牧提到：

> 傳統的白話小說使中國文字的流動性、朗暢性得到最大的發揮，而且它本身有趣味，我們不但可以看它的情節，也可以看它藝術錘鍊的過程。[5]

4 楊牧〈中國近代散文〉《文學的源流》（臺北，洪範：1984），頁53、54。
5 楊牧〈散文的創作與欣賞〉《文學的源流》（臺北，洪範：1984），頁10。

不要說民初的散文家，時至今日，同學們想寫散文，白話古典小說仍然是增進文筆的一個好學習對象。在中國文化傳統中，古人對散文寫作的高規格要求、小品文對純文學理想的堅持以及白話小說流暢淺白的文字，都成為現代散文的重要根源。

除此之外，西洋慣有的散文（essay）作品也是現代散文的重要根源。民初白話文運動放棄文言文，尋找新語言形式過程中，許多博學之士從西洋文學中找到靈感，轉化為新文學創作的根據，在現代詩的領域有徐志摩模擬西方句法創造新句，在散文領域亦然。周作人曾提出：

> 外國文學裡有一種所謂論文，其中大約可以分做兩類。一批評的，是學術性的。二記敘的，是藝術性的，又稱做美文，這裡邊又可以分作敘事與抒情，但也很多兩者夾雜的。這種美文似乎在英語國民裡最為發達，如中國所熟知的愛迪生、蘭姆、歐文、霍桑諸人都有很好的美文，近時高爾斯威西、吉欣、契斯透頓也是美文的好手……但在現代的國語文學裡，還不曾見有這類文章，治新文學的人為何不去試試呢？[6]

提出這個主張的周作人本身也是重要散文作家，在他的散文作品中也可見到他從西方散文學習取材的痕跡。其實進入二十世紀對全世界來說都是一個很大的變局，全世界不同國家、各種文化都開始互相影響，彼此交流溝通。因此散文受到西方散文的影響，正如我們現代生活受到西方影響一樣，是極正常的發展。

三、臺灣散文的發展歷程

在傳統散文、晚明小品、傳統白話小說與西洋散文四種文學體制影響之下，現代散文開始發展茁壯。臺灣現代散文的發展也跟整個散文發展歷

---

6 俞元桂主編《中國現代散文理論》（廣西，廣西人民出版社：1984.5），頁3。

程息息相關。臺灣散文發展可以把 1945 年國府遷臺當作一個分水嶺。在這之前，在中國大陸的作家以及日據時期的臺灣作家各自努力。從胡適提倡白話文運動開始，周作人、朱自清、胡適、徐志摩等人在理論與實際創作上都有斬獲。梁實秋的散文典雅平實，深富幽默感，在來臺之後仍創作不斷，是臺灣散文的經典作品。

在日據時代的臺灣，有一批作家熟悉日本優美散文作品，受日本所間接傳播的西洋美學理論影響，以日文創作精采作品。可惜以日文寫成，造成日後流傳的局限。這兩批作家在 1949 年之後，因緣聚會集合在臺灣這塊土地上，開始展開精采的臺灣散文歷程。

五〇年代，由於戰爭未遠，臺灣的情勢飄搖，因此政府大量宣導反共戰鬥散文，報章雜誌到處可見。但真正受到肯定的卻是大陸來臺作家的懷鄉散文，情感真摯，每篇念人思物的小品文中莫不隱含大時代的動盪悲劇，令人動容。代表有朱西甯、司馬中原等。此外大量女作家躍上文壇也是一個獨特現象，她們發揮女性特有的感性，書寫日常生活中所見所聞，沖淡了大量懷鄉、反共的散文寫法，反有脫俗不凡的表現。佼佼者有林海音、潘琦君、張秀亞、張曉風、林文月、洪素麗、陳幸蕙等人。其中許多人持續創作到八、九〇年代，甚至到了今天，仍然是文壇注目的散文大家。

到了六、七〇年代，臺灣情勢相對穩定，散文也開始展現多種面貌。詩人寫詩玩詩還不夠，還嘗試跨界寫散文，詩人散文重視意象經營、字句雕琢、情感細膩，留下許多傑出作品。其中以自稱「右手寫詩，左手寫散文」的余光中最有代表性。

此時的報刊雜誌上，常可看到留學外國的學者散文作品。這些散文或寫國外風土民情，或寫異地特殊見聞，或寫自己的反省感想，也形成另一種受人喜愛的自由開放風格，最富盛名代表是陳之藩。到了七〇年代，過去學習日語長大的臺灣作家，經歷十年的時間終於習慣中文寫作，開始嘗試寫出日據殖民經驗以及對臺灣土地的熱愛。還有一批戰後出生的散文家，與臺灣鄉土較親近，因此不約而同與戰前作家們呈現出類似的風格來，成為七〇年代散文的一種風氣。這些代表作家有葉榮鐘、李喬、吳晟、陳冠學等人。

八〇年代的臺灣社會進入高度商業化、資訊化的時代，同時政治解嚴，也造成許多衝擊與省思。反映在散文上，就是諸如都市、飲食、情欲、環保、性別、族群等等新主題的開發與新視野的拓展。面對不再純樸的臺灣農村，熱愛農村田園生活的吳晟、陳冠學寫出別具特色的「田園文學」。反之在都市中長大的一代，林燿德的都市散文便在此時崛起，在人工的虛虛實實間，反省自己與都市的關係。

九〇年代至今的散文發展仍然是朝著越來越多元的方向，不斷擴散。原住民作家如夏曼・藍波安與利格拉樂・阿媯等，試著以原住民母語書寫自己的特殊族群身分與經驗。環保議題已經成為顯學的今日，劉克襄、吳明益的自然生態書寫，結合了文字與實踐，把每一次在大自然中查訪力行的經歷化為散文，提醒讀者臺灣大自然的珍貴與脆弱。龍應台、楊照等人的文化批評，關懷時事批判文化，延續了柏楊的道路。在越來越重視飲食的現代，焦桐重申飲食文學的重要，集合過往寫飲食散文的名家林文月、逯耀東等人，宣示飲食散文的存在。

過去傳統常見的散文題材在今日社會越來越顯得不足以反應現代人的生活，因此進入二十一世紀前後，新的散文題材類型也開始有新發展。由於生活越來越繁忙，現代人往往物質充實心靈空虛，能帶給人心靈平靜的宗教散文開始受到讀者的喜愛。過去重視工作至上的價值觀開始翻轉，休閒生活越來越被看重，運動散文、音樂散文成為散文界後起之秀。在科技知識越來越被強調的現代，結合知性與文學的知性散文也慢慢成為文壇注目焦點。這些散文都是隨著時代前進而衍生出的新散文題材，在散文這棵文學老樹上綻放新的文學花朵。

四、散文的分類

散文具有文類之母的特質，形式上比其他文類靈活開放，因此很不容易分類。過去許多研究者都試圖提出散文的分類，例如楊牧分成小品、記述、寓言、抒情、議論、說理、雜文等七類；余光中分成抒情、說理、表意、敘事、寫景、狀物等六類。這些分類方式雖然與大家的認知相近，細部都仍有值得商榷之處。

散文研究者鄭明娳認為應該跳脫傳統的框架，因此提出一種散文分法，值得我們參考。鄭明娳將散文依寫作的題材以及寫作的特別形式兩方面來思考。依題材分可以將散文分成三大類，即情趣小品、哲理小品、雜文等三類。情趣小品以抒情為主。原本散文是為了抒發個人情感而作，舉凡人間親情、愛情、友情，乃至鳥獸蟲魚、一花一草都能寄託作者的情感，供給散文無限的題材。因此情趣小品是所有散文類型中的大宗，作者與作品都最多。

其次，人的精神活動除了感觸情懷之外，最重要的莫過於思考。散文家們對一事一物反省有得，又或者經歷年歲而對世情人生產生透徹的洞見，提筆記下，便是振聾發聵的好文章。因此哲理小品也是散文的重要成分。

敘情、說理之外，散文在中國原有崇高的地位，士大夫往往期許自己的文章能提振社會風氣，改革社會弊病，這點也遺傳到現代散文中，這些文章或者在報刊連載，或者在雜誌刊登，題材沒有範圍，論點五花八門。有人進行社會批判，也有人信手將生活中點滴小事拿來議論一番，但總之，不外乎是希望社會進步改革，因此命名為雜文。

除了從寫作題材出發，可以將散文分成上述三大類之外，換個角度，由特殊形式所區分的類別，也是另一種看待散文分類的方法。舉凡日記、書信集、遊記、傳記這些將作者生活經歷寫下的作品，當然也算是散文。此外有作家常常為年輕作者寫序作跋，原用意是提攜後進，但是分析作品深刻精闢，或點出與作家的深厚友誼，仍是上乘散文。還有類似新聞寫法的報導文學作品與為了推廣知識所寫的傳知（informative）散文都具有特殊的寫作要求，但呈現出來的成果仍然在散文範疇內。我們也可以在這些類別中，找到不同於一般抒情散文的風格情趣。市面上出版這些書籍，雖然不是以散文命名，但是其性質仍是散文。

散文的分類旨在幫助散文的學習者，了解散文的不同風貌種類，並沒有標準答案。為了希望讓同學循序漸進體會散文的堂奧，領略散文的不同面貌，本書則以題材為分類，選出十種類別的散文，分別是：都市散文、知性散文、女性散文、懷舊散文、飲食散文、運動散文、旅行散文、生態散文、宗教散文、音樂散文。從最傳統的抒情懷舊小品到最新鮮的運動、音樂散文通通一網打盡。本書就像一本簡要的散文圖鑑，當同學們在散文的花園中欣賞各種奇花異卉，除了能欣賞文字之美外，還能對散文的種類來歷一目瞭然。

五、散文的欣賞與寫作

散文看來鬆散簡單、漫無章法，卻在三言兩語間便吸引讀者，進入作者的內心世界。因此留意開放的形式以及深刻的內容這兩面，欣賞散文的訣竅便不外乎如此。

在散文內容部分，現代散文表現不外乎人的情感思想，因此散文創作要力求情感與思想的深邃廣邈。

尤其是抒情，情感向來是散文最重要的題材，也最多人寫，閱讀時透過文字跟隨作者的情緒起伏，看他的心路歷程悲歡離合。寫抒情散文時，最忌諱寫得膚淺濫情、千篇一律。例如作文題目為「母愛」，十之八九的學生都是寫母親的白髮，寫母親照顧生病的自己。倘若我們跳不出這個窠臼，寫不出更立體的母親，自然寫不出更精采的散文。其實抒情散文寫得好，要能掌握人同此心、心同此理的原則，寫出每個人心中都曾有過的普遍情感，還要進一步刻畫，讓讀者能有雋永深刻的感受。

散文不只抒情，還能說理，表現作家的思想，對人生的體悟。寫哲理散文難在思想深刻而還能以文學家筆墨來表現，在道理與優美文筆間需要取得平衡最難。能夠情理交融，行文進退天衣無縫者，方是上乘的哲理散文。創作散文時，題材不一定局限在情趣小品或哲理小品，但不管是寫小品、雜文、遊記、傳記或日記，不管什麼題材，創作時都要好好思考自己的散文中，該如何在情與理之間拿捏分寸。

看完一篇散文得到了感動很簡單，但是要能拆解其中感動的元素，找出打動人心的技巧就難。散文寫作的技巧很多，諸如結構嚴密、章法變化、選用意象，甚至是朗誦時韻律節奏是否和諧都可以各自專章討論，在此處不及討論這些細節。只想提醒同學兩個方法，能夠捷進創作能力。

第一個方法是注意細節。生活中的點點滴滴所有事物，作家都用全副心力去感受注意，久而久之方成就非凡文筆。如果渾渾噩噩，不知道自己身在何方，聞不到空氣中的氣味，分辨不出這口飯跟下口飯的差別，這樣的人寫再多散文都難以感人，因為他無法透過描寫細節，轉而給人深刻的印象。散文是分享自己生命的文類，如果沒有活得比人更用心，沒有注意到別人沒注意的地方，就拿不出深刻的題材來與人分享。更不用說，刻劃細節也展現出創作者對文字的掌握能力。

第二個方法是長期積累，不管是創作還是作文，想要寫得好，唯一的方法就是多看多寫。散文看得多，吸收的詞彙自然豐富，更體會偉大作家的敏銳感受，筆力在無形中更上一層樓。常常找散文題目練習寫作，在一次次練習中，自然習得更精準的表達，知道怎麼寫有更動人的效果。配合豐富的閱讀經驗，兩相結合，有如深厚內力配合長年苦練招式，自然能成絕世高手。

只是這樣的歷程往往需要長時間累積，過程中會覺得沒有成就感而放棄。在這裡要提醒有心於散文創作者，所有的努力都不會白費，散文像一棵珍貴的花朵，在肥沃豐厚的土壤才能長得好。我們一次次的練習都是將這塊沃土添上新的養料。泥土夠厚夠實，小小文學種子會長成參天古木，都不是不可能的狂想了。

一
都市散文

導論

「都市」是科技資訊的時代，不斷的發展物質文明，產生不同於「田園生活型態」的空間結構；它也是工商業匯聚之地，甚至是政治、經濟、文化的活動中心。在「田園生活」中，人們步調緩慢，空間相對變大，而在「都市文明」中，因交通的便利，生活步調快速，空間縮小，使人們能在高速發展的時空下，去追尋更繁榮的生活環境，追求高品質的物質享受；然而相對的，都市帶給人高度的物質生活，同時也帶給人們壓力焦慮、冷漠不安，甚至使人成為被物質文明放逐的文明動物。居住在都市中的文人作家，對都市文明有所省思，便以文字呈現對都市生活空間的感受與批判，「都市散文」遂應運而生。

戰後臺灣文學歷經數次路線論戰，唯有散文一類文體，一直承襲五四時期以來以抒情美文為主體，注重語言與形式的藻飾，題材圍繞於懷鄉憶舊、親情友誼、詠物感時之間；散文的評論或審美傾向，也都重情趣韻味，記錄個人的生活情態，少有突破或變動。然而八〇年代西方文學理論及創作技巧傳入刺激了更多改革，解構顛覆傳統既有模式，於是不以文學修辭或語言技巧為滿足的作家，透過文字與時代社會接觸，創作嶄新的「知性散文」於是形成；而「都市」特殊而多重性的議題，提供了知性散文作家最佳的創作動力。鄭明娳在〈八〇年代臺灣散文現象〉文中指出：「都市散文的興起，不僅是社會急驟變遷造成舊社會及舊觀念解體的結果，同時也因為社會過去從來不曾有過時空以外四度空間的變革，資訊社會帶給新世代嶄新的角度來重新認知世界。」八〇年代「都市散文」在林燿德等人的大力提倡下，引領風騷，豎立了鮮明的旗幟，都市人的生存情態、物欲沉淪、空間意識等融入散文之中，具體反映都市背後看不見的異化現象。

「都市」的書寫其實並非遲至八〇年代才出現，早先余光中、琦君、楊牧等人作品中即有關於「都市議題」的內容，然而與八〇年代以後的「都市散文」相較，後者顯然更具有開創性與前衛精神。八〇年代的臺灣，是個經濟起飛、資訊爆炸的時代，政治亦由威權統治轉型為民主體制；此外西方文學理論的引進，不論是後現代思潮、符號學、解構主義、女性主義、環保文學、原住民文學，都使得臺灣的文學論述蓬勃展現，文化觀察更形豐沛。1986 年羅青在《自立晚報》副刊發表〈一封關於訣別的訣別詩〉，宣示臺灣後現代主義時代來臨；其後一篇〈後現代狀況出現了〉以「強大的複製力」、「迅速的傳播方式」、「商業消費導向」、「生產力大增」、「內容與形式分離」等標準，觀察臺灣後工業社會的現象，提供新世代作家創作的議題。而長期創作「都市詩」的詩人與詩評家羅門，以挖掘探索都市為主題，藉著詩歌描寫都市人居住在物欲與性欲建構「形而下」的生存空間中，追求尋樂而內心空洞，表現出對「存在的迷惘」的觀照與批判，對「都市文學」的執著精神與開拓性，更為新世代作家立下典範。

八〇年代以後的新世代作家，身處環境大都已是從農村完成過渡的「後工業」都市，並沒有歷經顛沛流離的苦痛經驗，或是從田園型態走入都市化生活的侵襲感受，他們自幼即生長於都市之中，因此書寫都市，思索對都市空間的深層認識，自然成為觀察的焦點。八〇年代以後的都市書寫，不再是建構「城鄉兩元對立」的概念，將都市描繪成「罪惡」的象徵。相反的，「都市」是以一種新的價值體系的身分出現，它無法被貶抑為某某次文類，或是被看作為某種書寫的題材，而是表現人類在「廣義的都市」下的生活情態，表現現代人文明化、都市化以後的思考方式、行為模式；具有多元性、複雜性，以及多變性。

林燿德在〈八〇年代臺灣都市文學〉一文即指出：「對於『都市』一詞的詮釋，完全牽動到對於『八〇年代臺灣文學』一詞的詮釋；在此筆者賦予『都市』一詞一個非常武斷的定義——流動不居的變遷社會。事實上，這種對『都市』的定義似乎能夠置諸於每一個都市或社會，但就文學趣味而言，我們將範疇區隔在『臺灣』的領域卻能夠十足顯現『八〇年代』的特質。」八〇年代的「都市」，本身已是一種不斷流通的文本，新世代作家們閱讀這樣的文本，並在書寫的過程中將它再呈現於正文之中。作為一個「後現代」的創作者，「都市」和「空間」的概念迥然不同。「都市」是一種精神產物，而「空間」是人類活動的基地；都市是以各種具體的物象做為書寫的單元，表現出當代人類的知覺形態和心靈結構。

林燿德作為臺灣都市文學與都市文學理論的提倡者與實踐者，創作都市散文以反映都市此一龐大複雜的迷宮意象，先後著有《一座城市的身世》、《迷宮零件》、《鋼鐵蝴蝶》三本散文集，充分展現他獨特的散文書寫；同時期作家黃凡、張大春、林彧、杜十三也有以都市景象為主題，書寫許多頹廢、異化、迷惘，甚至變態的社會現象與畸形心態；相較之下，林燿德的散文創作，避免書寫權威，極少用煽情感傷的文字，以抽離的旁觀者角度來陳述都市議題；他打破散文的文類框線和刻板印象，以後現代書寫技巧、解構技法、魔幻寫實創作、超現實書寫、後設式的科幻書寫，將「都市散文」引領出一新的實驗性的路線。1990 年林燿德主編《浪跡都市——臺灣都市散文選》，以「城市素繪」、「人間浮掠」、「資訊思考」、「幻域靈視」四個主題，收錄多位作家書寫都市生活現象的散文作品，其中「幻域靈視」一類散文，以知性的角度觀察人生的感官世界，融混不同文類，突破以往散文書寫的藝術手法，敘述四度空間的立體思考方式，宣示新世代都市散文創作的革命精神。

進入九〇年代以後，新世代作家與臺灣各地城市都市化同步成長，寫作之餘多從事與城市行業相關的記者或編輯工作，對於都市的瞬息萬變特質感受亦較深刻，是以都市書寫多是與生活居處的城市互動所產生的各種感受與批判，以及現代流行文化訊息和現象投射於文本中，刻劃城市風貌並抒發自我的文學生命。如柯裕棻在《恍惚的慢板》一書中從撿拾城市的瑣碎細節中鋪織城市全景；張蕙菁《流浪在海綿城市》一書則探索現代城市中人與人的疏離冷漠；鍾怡雯〈沒有手稿的年代〉一文談及電子郵件的便捷性與資訊焦慮；黃威融《旅行就是一種 shopping》一書直指購買商品所代表的文化經驗移植與自我改造的欲望。以上各家散文作品在藝術性經營或許並未承繼林燿德後現代的書寫技巧，但就以「都市」作為一種精神產物，以「空間知覺」作為接觸現代城市的方式，卻是相同的。新世代作家如同城市的「漫遊者」，漫步在街巷之中，描述各種空間的形貌、身世或是社會現象文化的生活隨筆，以及悠遊於網路間，敏銳觀察虛擬城市的無遠弗屆；思考城市興起的消費文化，「空間商品」和「戀物書寫」，這些城市經驗為前行代較少觸及的素材，「空間經驗」的書寫在「流動不居的變遷社會」中隨時觸發。都市變成一個不需要刻意標示的主題或題材，無論旅行散文、飲食散文、女性散文、生態散文等議題，「都市」的符號漫遊其間，寫出都市人的生存情態、欲望模式、消費心理、空間意識等，都市散文遂側身於其他主題之中。

幻戲記／林燿德

1

我正走在巷道的迷陣裡。

剛剛我才至這個區域邊緣的一棟大廈樓頂上仔細的觀察過地形，一圈圈漸層向假想中點陷落的建築，周沿被一連串的現代化巨廈密密包裹起來，當中全部是六〇年代以前的矮舊樓房、日式平房以及貼滿浪板的磚屋，各種錯雜的顏色與材料一格格填滿向中央低陷的平面；狹長而曲折的小徑與巷道，有如鉛灰色的筆跡，沿著有稜角的螺線，在這張帶點神祕的現代畫面上，單調、冰冷而不厭其煩的隔開更小的區域，令我想到「拍普藝術」的細膩和殘酷。

我的確正失陷在這巷道的迷陣之內，腦中那幀鳥瞰圖不但發揮不了效果，甚至開始背叛我，緩緩變形，扭曲，和這些如此眞實的巷道共同謀殺了我的方向感。

突然我想起出土的巴比倫黏土板，上頭雕鏤著渦漩狀的迷陣，據說那些盤迴的線條代表某種動物的內臟；此時我不是也逡巡在都市的內臟裡頭？迷陣，自古以來就意味著死與復活雙重的象徵。

2

我是特敘斯（Theseus）嗎，不過我所面臨的不是牛首人身的邁諾陶，而且我也忘了攜帶線球。

我開始後悔答應 H 去捉一隻黑貓。巷道十分狹窄，有時只要張開雙臂就可以同時觸及兩旁的牆和窗櫺，有時根本得側身通過灰暗而溼冷的甬道，然而只有在這種區域才能找到 H 所要求的那種眞正有野性的無主黑貓；這裡有足夠的垃圾和隙縫供應牠孤獨的生存，並且調理自己發亮的絨毛。

我繼續容忍許多隱藏在房子裡的各種目光。一個神情蒼老憔悴的少婦微張著乾燥的脣，彷彿正在吸吮一碗湯麵，豐滿的身軀蜷成一團肉球，圓潤的體態和臉孔一點也搭配不起來；她抱緊嬰兒有些兒茫然的注視著我。經過她所蹲踞的門檻，我有種被針刺入迴歸性咽喉神經的痛感；更多這種眼神埋伏兩側，以及我將踏過的任何水泥路面左右。我發覺自己在這塊土地上是個眞正的異類，即令我已穿上裂開皮底的涼鞋，並且套上一件不起眼的黃色夾克，但是這些刻意的僞裝完全經不起考驗；其實根本談不上考驗，任何長期生活此間的居民不用看我的臉，只消用耳朵傾聽我的腳步，或者，只用嗅的，就能夠察覺我陌生的身分。可笑的是，我曾經愚蠢的向 H 尖聲宣稱這個都市是我的故鄉。

一個陌生男子沉默的穿梭在陌生的網路裡，走到哪裡都有陣陣狗吠預告著，常常因爲迷途而重複的通過一面鐵窗、一扇原木色澤的舊門板；或是一道斑駁、吸附著磚紅色歪斜塗鴉的矮牆。在整個搜尋黑貓的過程中，我一再擔心自己會永遠的迷失在這卷沒有盡頭的地圖裡。

3

我有一份自己手繪的都市地圖，這個地區幾乎占滿一大格的空間，座標 E7。直到剛才爲止，本區仍註明著一行鉛筆字跡：terra incognita，現在我掏出這張被口袋弄皺而且沾滿體溫的草稿，靠在細石子牆面塗去這行小字，線條不自然的抖動，留下一些空隙。terra incognita：不明區域，這是我從一部十九世紀歐洲出版的繕本地圖集上讀到的拉丁字眼，線條優美的枕臥在周沿布滿虛線的南極冰原中央；更早的時代，撒哈拉沙漠以南也標上這個鮮豔的名詞，而且 incognita 的字尾同樣使用陰性的 a，沒有採取陽性的 o，聯想看看吧：一個像南極的妻子或是如同撒哈拉般的母親；不過，不明區域給予文明人類的好奇確實不減於一個包裹面紗的閃族美女，雖然好奇心足以令貓致命。

二十世紀末葉，不明區域的神話業已完全銷聲匿跡，全世界的每一寸土地都被詳細地勘察、測量。不明區域果眞完全銷聲匿跡了？不，並沒有，不明區域是一種絕症、一種不死的惡魔，她已經以另一種面貌出現人間。人類投下無數財產和冒險家、宗教家的生命，好不容易在廣邈的沙漠和冰原上塗去這條註腳，回頭卻發覺，不明區域竟然又出現在我們最熟悉的城市裡頭，並且超越地理、深及心理的層面。

這塊區域濃縮了都市發展歷史中的各種建築形態，隨地可以見到各個年代的抽樣；如果把建築比喻做石碑，那麼在此可以找到任何時期的石碑。

走在小徑中，才發覺並不如自己想像的一般，能夠倚靠遠方的幾棟玻璃帷幕大廈指引方位。視野一方面被侷促的牆壁所限制；又有許多低矮的公寓向我迫近，完全遮擋住那些大廈的影像。

途中看到不少長得像灌木叢的花貓，絲毫沒有貓應該具備的敏感，反倒有如牠們那些貓科的親戚——莽原上懶散的獅公、獅母，病懨懨的眨著眼，黏糊糊的眼屎仍然沒有摔落下來的意思，偶爾，偶爾才把上下顎骨張開一百三十五度，打個短暫的呵欠。花貓們，在無數世代的混血之後，都長成一個模樣，有的躺在摩托車烏黑的腹部下方、有的和竹簍一道堆縮於牆角；我想就是拿把剪刀，當面剪去牠們的鬍鬚，也不會引起過度的反應，頂多用左前趾搔搔面頰；另一種可能是：用右爪飛快抓在我的臉上，而且我蹲踞的姿勢會使得自己來不及躲開。

我沒有攜帶剪刀，也沒有停止前進；幾隻虎斑貓從這個屋頂迅速竄向另一個屋頂，但是我還是沒有找到 H 所需要的黑貓。

牠們寄生在這個區域？應該說這個區域被擁有完整自尊心的貓群占據了，牠們沒有組織，獨來獨往、吃著猥瑣的食物、民主（或者不懂獨裁）、不喜歡被干涉，而且不在乎任何人畜。

4

我依舊在巷道裡兜著圈子，並且試著從門牌上的文字與號碼中探究出路的紋理。

一塊陳舊、褪色的門牌，斜斜釘在門楣上方塗著黑色柏油的木板下端，可能已經有夠長的年代，作爲門牌的鐵皮剝蝕著，猶如另一個世界的版圖，上面勉強可以辨認出一個不完整的「7」；下兩户不知是沒有門牌，還是門牌被一串串晾乾的衣物掩去。

我是個走路帶著虛線的男子，踏過的柏油路面都留下一道永不磨滅的虛線，只要握住端點，就能把我從這個區域中拉扯出來，然而我的端點在哪裡呢？

我側身走進一條沒有半塊門牌的弄子，一個面容模糊的老嫗相向走來，銀灰色的頭髮擦過我的鼻尖。

5

不知什麼時候開始，我不再因爲都市夜空裡找不到完整的星座而困擾了；我爲都市的天空繪製全新的星座盤、創設全新的神話……。

我彎身拾起一小截破碎的磚塊，替矮屋們編上號碼 1；2；3；4……我一邊走，一邊停下來，在灰色的壁面上畫上磚紅色的數字。

一個老人站在一面有著輻射性裂痕的玻璃窗後頭，注視著我，他略一牽動嘴角，就壓擠出滿臉蠕動的皺紋，皺紋的線條透過玻璃的白色裂痕，散落在我移動中的肩膀。

我依舊在巷道裡兜著圈子，並且試著從門牌上的文字和號碼探究出路的紋理。

6

我開始覺得被什麼東西躡追著。

而且，夜漸漸降臨了，我不曉得能不能向 H 交差。天空的腥紅層層褪去，留下深藍的背景，窗户一格格亮起，整個區域忽然活轉，住民們的集體意識鼓脹著、溢流到暗灰色的路面上。

黑貓。

在前方。

牠蹲踞在前方。

我小心翼翼的走近牠，牠不安的站起，顯現挺直的脊骨，柔和卻極爲挺直的脊骨，不像那些患腸胃病的花貓有著凹陷的背部、或者因爲血統不良造成的鯉背。

是的，這是 H 所需要的黑貓；看牠銅褐色的瞳仁，正流露著沒落貴族的神氣。我緩緩蹲下，以起跑的姿勢，和牠以五步的空間對峙著。

透過眼神，我們彷彿互相汲取著靈魂，兩個不同族類的生物。

在中世紀遙遠的歐陸，僧侶集會在一起激烈的爭辯一根針尖上究竟可以站立幾個天使，六個，或者兩打；這一刹那，黑貓與我，兩者的靈魂確實可以並立在一支最小號的繡花針頭上。在牠的瞳仁裡，映出了我潛意識中榛莽未啓的原始，然而在我的雙眸中，又照亮牠內心深處的什麼物質？我們肉體的距離瞬間拉攏，黑貓漆亮的毛皮溫柔的撫擦我的褲角，以我爲圓心，牠靜靜的環繞，猶如舉行著神聖的儀式；當牠停止在我的面前，我把手插入牠溫熱的頷下撫摸著鬆軟的毛皮。我雙手擒住牠的四肢，把黑貓摟入懷裡，向著出路走去。

我步入一條較寬敞的巷道，寬得足夠裝下幾桿點綴的路燈。一支路燈正眨著，眨著，和自己即將完全衰敗的體能搏鬥。我抬頭，看見幾棟帷幕大廈的稜線；幾個補習回來的國中學生用好奇的目光看著我。走出巷口就是人車喧譁的馬路了，走出巷口我就脱離這個彷彿有著魔力的區域了。這時黑貓忽然要掙離我的掌握，我的雙手不由得使勁抓緊牠的四肢，貓狂暴的嚎叫，並且張口咬住我的手背，劇痛導入我的大腦皮質，我狠心的把黑貓摔出，牠在三、四公尺外觸地，幾乎同時漂亮地翻身、飛騰、竄入黑暗。

我按著麻辣的傷口，心中浮起山之口貘的句子：

飛上半空中
越過人群
穿過樹梢
也越過月兒
甚至到了上帝座前
也不會摔壞的身輕的獸……

我有些兒茫然，而且被什麼東西躡追不捨的感覺再度強烈的浮現，我回頭，發現一整行的黑貓正排列在我的背後，我猛然驚覺，我所留下的每一根虛線都已化做一隻靜臥的黑貓。

7

晌午，我靜靜的坐在竹凳上，H悄悄的走到我的身後，仍然沒有一點腳步聲。我回身撫摸H白得發亮的毛皮；

「下次，下次一定替你找一隻最好的黑貓。」

H藍色的貓眼對我展示著空洞的光芒。

賞析

林燿德，本名林耀德，1962 年生於臺北市城中區。原籍福建廈門，先祖僑居於緬甸仰光市。1977 年進入國立師範大學附屬中學求學，開始發表創作，作品發表於《三三集刊》及「神州詩社」刊物。1980 年考取天主教輔仁大學法律系財經法學組，並開始構思、實踐都市文學理論與創作。1995 年 5 月與陳璐茜女士結褵，1996 年 1 月 8 日逝世。

在林燿德短暫的生命中，完成了令人驚異而數量甚豐的創作作品；曾獲時報文學獎新詩推薦獎、時報科幻小說獎、時報文學獎首獎、創世紀詩獎、金鼎獎、新聞局優良電影劇本、國家文藝獎、梁實秋文學獎首獎等三十餘項獎；並著有詩、散文、長短篇小說等各類創作三十餘種、編著選集《臺灣新世代詩人大系》等四十餘種，並多所發表論文。著有詩集《銀碗盛雪》、《都市終端機》、《都市之甕》、《妳不瞭解我的哀愁是怎樣一回事》、《1990》、《不要驚動不要喚醒我所親愛》、《日出金色——四度空間五人集》（詩合集）；小說集《惡地形》、《解謎人》（與黃凡合著）、《1947・高砂百合》、《大日如來》、《大東區》、《時間龍》、《慾望夾心——雙色小小說》（與陳璐茜合著）、《非常的日常》；散文集《一座城市的身世》、《迷宮零件》、《鋼鐵蝴蝶》；評論集《1949以後》、《不安海域》、《羅門論》、《重組的星空》、《期待的視野》、《世紀末現代詩論集》、《敏感地帶——探索小說的意識真象》；訪談錄《觀念對話》。

八〇年代的臺灣，隨著資訊時代的來臨，走入「後工業社會」型態，後現代思潮亦在此基礎下揭竿而起，都市的議題也成為此時期關注的焦點。林燿德承繼羅青對「後現代主義」的大力鼓吹，與羅門創作都市詩的精神，建構其對「都市」的全新觀念，並試圖塑造一新的文學史觀，即「都市文學」的書寫意識。他透過本身大量的詩歌、小說、散文的創作，與一系列當代文學研討會的舉辦，引領出一股新的文學風潮，提供新世代作家創作方向。

在諸多文學形式中，散文是林燿德最鍾情的文類，因此他選擇散文作品，作為都市文學理論的實踐。〈幻戲記〉出自林燿德第一本散文集《一座城市的身世》，在《一座城市的身世》中，林燿德從「貓」、「行蹤的歧義」、「盆地邊緣」、「自動販賣機」、「寵物K」、「紫色警句」等六個面相，書寫都市裡的貓、兇殺案、都市的靚容、排名戰爭、保險、都市兒童、火等各類事件與現象，整個都市意象躍然紙上。林燿德在他的〈城市・迷宮・沉默〉一文中曾指出：「八〇年代前期我寫作一連串《都市筆記》時，逐漸浮現兩個主要意象系統，其一是地圖，其二是迷宮；它們既是公共意象，也融入我個人的色彩。」又說：「我的《迷宮零件》（1993）是小說、詩或者散文，也即是另一座迷宮，關鍵處僅是由我導遊罷了；只不過導遊者隱身其中，成為『零件』的一部分，那個消失的『我』是逃避者又是追索者。」由上文作者自述說明，林燿德企圖突破文類，如同都市的導覽者，透過對都市的反覆書寫，虛實交錯，開展一龐大複雜如迷宮型態的都市版圖，藉以呈現都市人逃避與追索的矛盾性格，凸顯許多變態、異化、頹廢、迷惘的社會現象。以此而論〈幻戲記〉一文，正自彰顯迷宮意象的都市頹廢本質。

〈幻戲記〉內容敘述「我」要為白貓「H」尋找黑貓作伴的過程；「尋找」是本文的主題，而貓看似高貴而冷漠的氣質，正符合現代都市人的個性；文中的白貓「H」是都市中被豢養的貓，它的顏色與名稱，象徵都市人的蒼白與孤寂；而黑貓卻是有與白貓相反的性格，黑色具有原始野性的活力，獨來獨往，不喜被干涉，代表著反文明的象徵；至於一般泛泛之輩的花貓，身上帶著不純粹的雜色，「絲毫沒有貓應該具備的敏感」，代表著一種苟且懶散的性格，正象徵大部分都市化的人，已喪失生物原本應有的真樸，而在自我與都市環境不斷疏離與異化中，麻木的活著。

文中的白貓、黑貓與花貓，其實都是代表著現代都市的人類；被都市豢養成寵物的白貓，內心深處其實是渴望如同黑貓般自由自在，當他們相遇時，「透過眼神，我們彷彿互相汲取著靈魂」，然而黑貓不願被飼養於都市的個性，注定尋找必然失敗；正說明要在都市文明中尋找自己遺失的自然天性，是不可能的，人類在都市中已難以保有原始的自我。

在尋找的過程中，「我」驚覺到都市文明更大的困境；當他自以為充分掌握都市明暗地區的內容，如同走迷宮般進入都市中心的黑暗盆地，它是與都市外圍的富麗堂皇截然不同的世界，這些狹窄巷道構成的老舊社區，如同十九世紀以前地圖上的「不明區域」，然而在大探險與殖民時代，「不明區域」是指如南極冰原與撒哈拉沙漠地區，經由文明逐漸揭舉，給人帶來新奇；而在本文中都市的「不明區域」，卻是因文明戕害而產生的毒瘤，在都市中不斷擴大與惡化，這種現象令「我」極為焦慮，他試圖以碎磚塊書寫，為社區重新編號，象徵企欲重建都市中新的秩序，以拯救絕望漠然的人類，然而極易剝落的磚塊，暗示著努力的無效，無法救贖的悲哀。不過在文末，「我」對白貓H承諾「下次一定替你找一隻最好的黑貓」，顯見作者並未對人類絕望，期待明天光明的到來。

問題與討論

1.本文中「黑貓」、「白貓」、「花貓」象徵何種意義？
2.請說明「迷宮」、「地圖」在本文中的象徵意義？
3.本文作者企圖表達當代都市的本質是什麼？

延伸閱讀

1.鄭明娳，〈四次元的魔術走廊——評「幻戲記」〉，《新生報》，1985年10月7日。
2.赫胥氏，〈夢魘與現實之間——評林燿德「幻戲記」〉，《商工日報》，1986年4月13日。
3.韓雪臨，〈時空經緯中的迷宮穿行——讀林燿德散文集《迷宮零件》〉《中外文學》，316期，1998年。
4.楊宗穎，〈不安的顫抖——林燿德散文中的「焦慮書寫」〉，《國文天地》，2002年10月。
5.方忠，〈林燿德散文論〉，《中國文學研究》，2004年04期。

波特萊爾街／陳黎

人生不如一行波特萊爾。所以，直截地，我把每日慣常走過的幾條街稱作波特萊爾。

我的波特萊爾街是從黃昏開始的，當你們剛放下公事包或放下書包，當你們剛打開電視機或電視遊樂器：我以及我的腳踏車，牽著手，慢慢離開我的童年。

我會騎過一間齒模所，無師自通的擬牙科大夫很快地用他的工具把你的牙痛弄停，或者拔掉你的蛀牙，鑲上他的新牙，讓你在一年之內牙齦發炎，重新痛得更厲害。

我會騎過一家蚵仔煎專賣店，媽媽專門煎蚵仔煎，爸爸負責加蛋——一雙手像機器人般往籃子裡抓蛋、擠破、丟出去；他們的兒子忙著把地上的蛋殼集合起來，送給對面的醫生太太早晚洗臉美容。

我會騎過三家電動玩具店，忽然在她們家門口停下，站在腳踏車上高喊「中華民國萬歲」；所有的路人都驚訝地看著我，只有房子裡的她知道這句話眞正的意思是「我想念你」。

我會騎過一間有錢人家的樓房，門口寫著：車庫，請勿停車。

我會騎過另一間更有錢人家的樓房，門口寫著：車庫前，請禁止停車。

我會騎過那賣甜不辣與豬血粿的小店，走進去，因爲豬血裡藏著我們的口水，並且他們可愛的女兒是我的小學同學。

我會等著我的小學同學趁她父母親不注意時多給我一塊甜不辣。我會問她的父母親：你們阿慧還在臺北的美國公司上班嗎，什麼時候回來？

我會騎過一座橋，橋頭永遠站著一位拖著一大堆破爛舊皮箱的破爛舊皮箱似的男人。

我會騎過一間酒家，彈手風琴的男子有時剛好走出來，友善地對我說：「小弟，我們來做個朋友。」我會友善地笑笑，離開。我很早就知道酒家裡那些女生都不怕他，因爲她們說他愛男生勝過愛女生。

我會騎過博愛街口，停在那兒三分鐘，等一位戴金邊眼鏡的婦人優雅地迴她淺藍色的汽車，三天裡頭有兩次撞到立在一旁賣麥飯石的招牌。

我會騎過一家棉被店。

我會騎過一家水族館。

我會騎過一家掛著許多漂亮內衣，很多男人走過，很少女人走進去的性感內衣店。

我會騎到那賣壽司、賣生魚片的小吃店前，盯著不遠處紅紅綠綠的霓虹燈，直到聽見對面玉店的老闆娘輕聲對她先生說：「注意，這少年的每天停在這裡，是不是想偷我們的東西？」

我會很快地騎過你的身邊。

我會很快地騎過我的成年。

騎回我的童年。因爲我知道人生不如一行波特萊爾。

賞析

陳黎，本名陳膺文，1954 年生於花蓮市，臺灣師範大學英語系畢業，曾任花蓮花崗國中英語教師，並於東華大學中文系教授現代詩課程，退休後任大學駐校作家。

陳黎為當代優秀詩人，他的詩風多變不斷求創新，融合本土與前衛兩類不同題材，雖身處在島嶼邊緣的花蓮，仍能放眼天下，流露對現代人類生活的關懷與想像。同時由於詩歌敘述視野隨時觀照生活場域，將歷史回顧與地理空間交互呈現，並以二元對襯的形式，建構其詩歌意象。陳黎也從事散文創作，他的散文風格近似詩歌語言，常以詩歌技法入文，使散文作品帶有鮮明的節奏與韻律；又散文內容喜從生活細微處入手，以平實、簡潔的文字，記錄生活隨想，但看似平淡直抒的筆觸間，卻飽含著作者對人生與藝術的敏銳觀察與品味省思。

著有詩集、散文集、音樂評介集、譯書等。重要詩集有《廟前》、《動物搖籃曲》、《小丑畢費的戀歌》、《島嶼邊緣》、《苦惱與自由的平均律》、《小宇宙：現代俳句 200 首》。散文集有《人間戀歌》、《晴天書》、《彩虹的聲音》、《立立狂想曲》、《詠嘆調》、《偷窺大師》、《陳黎情趣散文集》。另譯有《拉丁美洲現代詩選》等多種譯書、童詩集、明信片詩集、音樂評介集。曾獲國家文藝獎、吳三連文藝獎、時報文學獎推薦獎、敘事詩首獎、新詩首獎、聯合報文學獎新詩首獎、梁實秋文學獎詩翻譯獎、金鼎獎等。2005 年，獲選為「臺灣當代十大詩人」。

陳黎自幼生長於後山花蓮，島嶼東部的海洋風光與優雅小城，一直是他眷愛的土地；大學赴臺北唸書，受當代文藝思潮的啟蒙與臺北都市空間的疏離感，愈發關切自身成長的家鄉；在他的作品〈想像花蓮〉曾寫到：「我的花蓮港街地圖是繪在記憶與夢的底片上的，一切街道、橋樑、屋舍、阡陌……皆以熟悉、親愛的人物為座標。穿過地圖中央的是一首音樂，一首河流般蜿蜒，沒有起點終點，沒有標題的音樂。」基於對家鄉熱熾的愛戀，返回花蓮服務教書後，便以文學創作記下對花蓮這個海港城市的記憶，不論是詩歌或是散文，陳黎均從土地歷史出發，闡述政治、社會的變遷對花蓮的衝擊，並建構出想像家園的美好經驗，落實他對土地的愛與生命的思索。〈波特萊爾街〉一文，便是他漫遊在花蓮街市中，透過記憶中的人、事、物，以詩意的語言，印記他生命中最深刻的花蓮地誌。

波特萊爾，為十九世紀法國現代派著名詩人，他的詩歌傳達巴黎城市文明中，資本主義社會底下的美學驗證，既大膽又創新，《惡之華》為其傳世的代表作。1930 年代德國文學評論家班雅明，重新閱讀波特萊爾的詩，並將他詮釋成為一個漫遊者的形象，在街道城市裡毫無目的的晃蕩，寫下以巴黎為主題的抒情詩，揭示城市文化的文人情懷。而日本大文豪芥川龍之介在其臨死半自傳性質的遺稿〈某傻子的一生〉文中，也留下名句「人生不如一行波特萊爾詩」，表達他對波特萊爾的感動。

〈波特萊爾街〉是作者陳黎以漫遊者的姿態，帶領讀者走入花蓮的地誌書寫，文中作者細細描摹片斷的過往歲月、情節故事，雖然昔日的人、事在時間的洪流早已逐漸消散，成為遠颺的夢幻，然而花蓮這一特定的時空背景，卻通過作者的浮篇聯想，異彩紛呈的躍於紙上。文中作者以「我會騎過」作為每段起頭，一連十多句複沓，隨著「我會騎過」所引出的句子變化，使讀者情感隨之起舞，在參差的句式中，又凸顯出整體的和諧美，最後以「我會很快地騎過你的身邊。我會很快地騎過我的成年。騎回我的童年。因為我知道人生不如一行波特萊爾。」收尾，呼應文章起句，使文章呈現排山倒海的氣勢。又作者善用城市中的小人物為素材，將俚俗生活融入其中，文字背後卻暗藏著各種不同聲音，使花蓮的人文歷史和生活景觀，在跳躍時空的書寫中，全然湧現。作者喜用嘲弄反諷的文句，使文章波瀾迭起，興味盎然，如「我會騎過一間齒模所，無師自通的擬牙科大夫很快地用他的工具把你的牙痛弄停，或者拔掉你的蛀牙，鑲上他的新牙，讓你在一年之內牙齦發炎，重新痛得更厲害」，寫無照牙醫的情狀；又「我會騎過博愛街口，停在那兒三分鐘，等一位戴金邊眼鏡的婦人優雅地迴她淺藍色的汽車，三天裡頭有兩次撞到立在一旁賣麥飯石的招牌」，寫婦人拙於開車技術與她優雅身影的反差；凡此諧趣生動的反諷手法，與作者豐富的聯想力，在鮮明如詩歌的節奏中，傾訴著陳黎對花蓮的款款深情。

問題與討論

1. 陳黎散文多寫平民的日常生活，有時以反諷手法描寫生活的缺憾，但他的作品並不暗淡悲淒；相反的，充滿對生命的喜悅和快樂，為什麼會有如此的筆調？
2. 陳黎的散文，常見詩歌的形式技巧，你能否在本文中找到例子？
3. 讀完〈波特萊爾街〉後，你能否想像花蓮是一個怎樣的城市？

延伸閱讀

1. 許俊雅，〈隱有波瀾將成潮——試論洄瀾作家陳黎散文的魅力〉，《在想像與現實間走索：陳黎作品評論集》，書林出版公司，1999 年。
2. 王威智，〈一個看不見的城市的誕生——花蓮作家的私房花蓮地圖：以陳黎、林宜澐為例〉，《地誌書寫與城鄉想像：第二屆花蓮文學研討會論文集》，花蓮縣文化局，2000 年。
3. 蔡建福，〈花蓮城市規劃的觀想——由陳黎的波特萊爾街說起〉，《東海岸評論》，2003 年10 月。
4. 馬翊航，〈細碎偷窺，迂迴摺疊：陳黎書寫花蓮／地方的幾種方法〉，《2006 青年文學會議論文集：臺灣作家的地理書寫與文學體驗》，國家臺灣文學館籌備處，2007 年。
5. 〈陳黎文學倉庫〉http://www.hgjh.hlc.edu.tw/~chenli/index.htm

迴盪，在兩個緯度之間／鍾怡雯

我本來想記錄一個生活九年的城市，一個度過大學和研究生活，至今仍在它的腸肚裡穿梭的都市。苦苦搜尋才發現，我其實只有一條長長的街道可供銘記。這條Z字形的長路竟是我九年生活的縮影，其他分歧的記憶，不過是從Z字分叉出來，或者繼續延伸。

這條路眞的十分簡單，即使路癡如我，走過一次就會牢記。如果到雜誌社，下班的時候，從和平東路一段十四樓的大廈下來，過馬路走到師大，從和平東路拐進師大路，再左轉進入羅斯福路，一直走到臺電大樓公車站，運氣好，等個十分鐘，社區公車就會沿著塞車的羅斯福路、北新路，然後慢慢的爬上九彎十八拐的山路，把我送回美之城的家。不上班不上課的時候，我只要從師大左轉進入羅斯福路，想都不必想，腳是一頭訓練有素的導盲犬，自然會把我的身體領回山上的窩。

我甚至可以細數這條街九年來的滄海桑田，我熟悉它彷彿我熟悉久居的故鄉。譬如師大路上的小豆苗曾經一變而爲餐飲店，又由餐飲店變成現在的水果店面。師大側門正對面那家屈臣氏原來是香雞城，七年前我和室友曾經在那裡慶祝得了一個小小的文學獎。然而前年我在社會版上看到那位韓國室友的照片，不可置信的竟是被殺害的消息，我想起好像並不很久以前，我們曾在香雞城用手抓雞肉，邊啃邊笑的情景。現在我下意識的都打屈臣氏對面過，好像這樣就離開那感傷遠一些了。這麼說來，我好像漸漸認同這個城市了，因爲我也擁有一條承載回憶，有故事可說的街道，可以坐下來泡壺茶慢慢一件一件細說從頭，甚至可以用唬人的記憶，以假亂眞的讓他鄉變故鄉。

然而，對於這個城市，我還是帶著與生俱來的偏見。那偏見建立在比較的基礎上，比較的對象是哺育我生命前十八年的原鄉。譬如刁鑽的味蕾早已不再嗜辣，胃囊也無法承受香味濃重的香料。然而別以爲它們已經馴服了，既然連被馴養的老虎都有潛存的獸性，何況舌頭對味覺永不磨滅的記憶？它和記憶一樣，對味道也存著與生俱來的偏見。

師大路上的一之軒新鮮麵包的出爐時間，正搭上我拎著空虛的胃、拖著疲憊的身體準備回家的時候。我的眼睛總是隔著玻璃瀏覽剛出爐的新鮮麵包，一面壓抑著餓得拚命打鼓的胃囊，同時偷偷的想念隔著南中國海那端馬來攤子上剛炸好的 curry puff。一次發現一之軒竟然也賣起 curry puff，只差沒感激得當著店主落淚，買了之後迫不及待的就在人來人往的走道上邊走邊吃。然而，那味道卻讓我的幻想立時破滅，舌頭馬上使出它的分別心，以及並沒有完全馴服的野性。畢竟，那叫咖哩角，不叫 curry puff，外表近似，而異名異實，是我一廂情願讓它等同於我的鄉愁。

好吧！如果你說這樣的比較不公平，因爲一個人的故鄉毫無例外的占了先天的優勢，何況家鄉亮麗的藍天白雲和綠野早已收買了我的心。那麼爲了公平起見，我就比一比同是讓我沒什麼好感，同時相對於我成長生活的小市鎮，它也算是異鄉的都市，吉隆坡。

我確實對吉隆坡沒什麼好感。具體的說，是對任何擁擠的地方都沒有好感。我以爲在臺北生活了九年，早已痲木了上下班時段那種分不清是擠人還是被擠的日子，也習慣在交通的尖峰時段練就心平氣和以對。因此今年寒假要在吉隆坡小住的時候，儘管朋友事前一再咬牙切齒數落殺千刀的吉隆坡交通，我卻自忖憑自己高深的功力，應對起來絕對綽綽有餘。吉隆坡的腸子蠕動再不良，它要消化的汽機車數目比例總不及臺北吧！臺北的腸子可是嚴重堵塞，到了該用通腸劑的病態地步了。

沒想到我料錯了！交通堵塞根本不需要理由，那是任何一個被人口和汙氣塞滿的都市都有的脾氣，發脾氣當然不須按牌理，也不用挑時段，不必非等到上下班時間，它什麼時候不舒服了就堵一堵，磨一磨這些翻不出它手掌心的現代人。那天下了高速公路進入吉隆坡市區，巴士就停停走走，一段平時十分鐘可走完的路，竟花了半小時之久。我看看手錶，下午二時三十分，奇怪的塞車時間。後來連司機都不耐煩了，叫我們乾脆下車，步行到 Puduraya 總車站。再下來更莫名其妙了，從 Puduraya 到 Subang Jaya 平時只要三十分鐘的車程，竟然行行重行行，走了兩個小時！我在毒辣的赤道豔陽下有些頭昏腦脹起來，開始想念此時正是穿著厚重冬衣的臺北，迷糊中好像聽到有人幸災樂禍的說：「這些都市人就這麼賤！」

我一聽，笑起來為這話喝采：「說得好！」「賤」的意思十分豐富，我把這個「賤」字理解成做田的人說自己命「賤」的賤，不是負面意義，而是指不嬌生慣養、耐活的意思。現在都市人也一樣，在充滿汙氣和毒素的都市裡抵死賴活，還活得有滋有味，自命適性逍遙，他們才不管這層意思並非莊子的本義，完全是郭象個人歧出的理解，反正還挺愉快的活著就是。

兩個小時的塞車時間，我儘在假設臺北。如果，此刻人在臺北，嗯！我大概裹著厚重的棉被窩在暖床上冬眠，裹著棉被的是寒流，空氣因為冷而顯得清澈，連心情也乾淨起來。寒冷總是讓人產生假象，同樣是下午二時許，夏天的臺北就讓人覺得煩躁無比，整個臺北盆地就是一個沸騰的熱鍋，行走在太陽下的人們是一隻隻裹著灰塵、滋滋滴著油汗，炸過的褐黃色蝦子。此刻吉隆坡和夏日的臺北極似，若不是停停走走，錯身而過的司機有馬來人和印度人，我真以為又回到了那個被夏天詛咒的城市。穿過左右兩排的車陣望出去，我幾乎絕望了，哪來這麼多的車潮要擠同一個方向出去？大部分都是國產車，不是 Proton saga 就是 Proton wira，肩併肩辛苦的挪移著。當然這和臺灣高速公路變大停車場的規模比起來是小意思，然而太陽猛火的熬煮令人神志模糊，我不停的喝水，一面得承認自己失去了某些在熱帶生活所需的元素，或許神經得再遲鈍些，認命些，汗腺和脾氣同時要收斂些。

朋友說吉隆坡越來越國際化了，包括說話的方式。人們說的英語快得讓人覺得誠意變稀薄了。華式印式馬來式腔調的英語或者美語，反正是傳達意思，聽懂就好，何必在意沒什麼作用的誠意？就像在臺北，誰管你說的是閩南腔外省腔或者字正腔圓的國語，反正不是要當主播，沒有人會要求老老實實的捲舌音。唯一有趣的是這兩個城市的國語，在文字的用法和發音上讓我隨時意識到身在何處，該行哪一種禮儀。在臺北，初見面的朋友我會禮貌性的點頭，斷然不會像在馬來西亞那樣握手。難怪同樣的語言在馬來西亞叫華語而臺灣的是國語。

我細細揣想國際化的意義，其實不過意味著生活節奏的壓縮，讓左腳不斷追趕右腳，人趕人，時間追逐時間，不容生活有餘韻可以可以稍作休息，偷個懶像犯罪一樣心虛。是啊！都說臺北也是國際化的都市，難怪走在那條 Z 字形路上，我永遠是邁開大步目不斜視的往前走，通常是下班後爲了搭上那趟脾氣捉摸不定的公車。它把我喜歡慢吞吞東張西望的個性磨得光溜溜，那開步往前走的姿態是典型的、隨著城市生活節奏打拍子的都市人。臺電大樓前風力奇猛，如果遇上下雨的寒冬，我從阿 Q 那兒學來的禦寒方式，就是邊跺腳邊想念著回到家後，泡進熱呼呼的浴缸那種獲救的溫暖，還有熱浴之後的那杯熱茶，是要喝翠玉，還是金萱？

當然我也有存心和自己過不去的時候，故意和公車賭氣似的慢慢走，有時候眼睜睜目送公車呼著一屁股臭氣對街經過，我便不過紅綠燈了，乾脆晃到新生南路口臺大對面的誠品，讓淹腳目的出版品平衡自己悲壯的心情。在這麼快速的時代，連要慢工出細活的創作都可以大量仿製，而其實一部用五年去經營的手工藝品，如果沒有人願意挪出一點看垃圾電視的時間，用點喝下午茶的心情去細品，那對書潮洶湧的出版界並沒有太大的差別。

下午六點鐘的新生南路上，有許多臺大的學生，他們應該是來覓食的。更多的上班族，他們有屬於上班族的神情和世故的裝扮，以及那種不分男女，令我過敏的香水味；還有我說不出來的，一種姑且稱爲辦公室的味道。這就是浮世吧！每個人都像泡沫浮在城市的地表，被一波波一輩子也弄不清楚的浪潮推搡著向前走，一直走到那個叫老和死的目的地。

新生南路對面是熱鬧的公館，那裡是衣服鞋子的天堂，偶爾在裡面醉生夢死也是好的，沉溺在那些令人產生繁華盛世幻影的色彩和款式。我自忖沒有逛街的耐性，眼花撩亂的衣服讓我暈眩，再來我也沒砸大錢治裝的欲望。買衣服和買書不同，前者要隨性，看對眼就是了，無需刻意出獵，後者則相反，總要耗些時間精挑細選。不過買對衣服和買了好書的感覺一樣快樂。公館的衣服誇耀的色彩，可媲美颱風來臨之前的詭麗天色，二者同有末世的情調，一種不顧一切的大力揮霍。那詭譎的晚霞就在臺大校園的上空，像濃妝豔抹的女鬼，再豔，仍是鬼氣森森的令人避之唯恐不及。

吉隆坡當然也有這樣的大手筆，熱帶的瑰麗雲彩，可以不惜成本狠狠的抹，一層又一層貨眞價實的厚濃顏料，在高樓與高樓之間的天空架起七寶樓臺。不過，這時候從各辦公大樓湧出來、爲生活賣命的工蜂根本沒有心情欣賞，他們的心室被重重的疲倦塡實了，臉上也有掩蓋不住的倦怠，那種疲憊帶點印象派的朦朧美，被大自然的豔冶修飾過的頹廢。

熱帶的雨水豔陽向來不計成本的任人取用，這種本色同樣反映在馬來美食上，辣椒像是會自動冒芽生長似的，什麼菜裡都有大大小小不同的辣；還有酸柑，再怎麼掩飾，那俏皮的酸味還是會挑逗被清淡臺菜養得老實的味覺。再來是洋蔥，它不是菜裡的主角，但是缺少這配角的陪襯，那香辣好戲總是演不出眞正的好味道。可憐的腸胃享用那頓盛情十足的美食過後，第二天又痛又瀉。我卻不知道該感謝還是懊惱，總之在腹痛如絞的時候還是想，無論如何得再嚐嚐那又香又辣的 tomyam，我在臺北因爲尋訪那道地的口味不知失望多少次了。那絞痛的壯烈一如香辣在舌尖停留的時間，下午一場覺醒來，倒像那痛是一場夢，一場熱帶來得快去得急的傾盆大雨，爽快俐落不留痕跡。

夜晚十點過後的吉隆坡才眞正稱得上美，我們在 Kajang 吃完沙爹後往 Subang Jaya 方向開。車輛逐漸稀少的高速公路燈火輝煌，亙長的流線型金黃色公路像跑道，開起車來如御風滑行，一百左右的車速，連轉彎都流暢無比，感覺上輪子在輕輕的貼地飛行，它和馬路是一體成型的，如此才能契合無間。遠處吉隆坡的夜景一覽無遺，黑暗的夜空下，它看來像是童話裡金鑄的城堡，神采奕奕像是馬來或印度小孩一彎濃眉下，清澈深邃的美麗眼睛。我突然想，如果眞要在吉隆坡找一樣可以令我平心靜氣的東西，那就是夜晚的遊車河了。一種速度的飛馳快感和如魚得水的暢快。在臺北的朋友常說讓跑車開在盆地裡又窄又擠、到處是坑洞的馬路上，簡直是糟蹋。於是在速度的快感中微酣的我，有些得意的笑了。

然而我還是不禁有些失落。對吉隆坡來說，我也是一名遊客，在數年一次探親訪友的時候，偶爾投影在它繁華的街道上。臺北，卻是我生活了九年的地方，一個已經不再能用喜歡或討厭的感覺輕易打發的城市。或許在我眼裡它眞沒什麼優點，沒事我絕不在它懷裡停留，快快離開令我窒息的人群回到山上的家，做個不合時宜的隱居者，和一大群野貓爲伍，享受牠們對我的依賴和信任。

但是那條長長的 Z 字路，從樓下的和平超市開始，我可以沿路「買著」回家，從吃的用的到觀葉植物玫瑰花，乃至順便到師大路口那家花店隔壁的中藥店買包紅棗或枸杞。公車時間還早，就和老闆娘聊兩句，玩玩那隻善良熱情的杜賓狗。中藥店旁邊的巷子那家賣水果的夫婦，我打從大學住在師大路旁的宿舍起，就跟他們買水果，老是送的比買的多。現在沒辦法再大包小包大老遠提回去，偶爾經過，老闆老闆娘還是會關心的問候。我總是想，對於臺北，在情感上我也許並不認同，記憶，卻已不知不覺的選擇在這裡紮根了吧！

賞析

鍾怡雯，1969 年生於馬來西亞霹靂洲金寶鎮，祖籍廣東梅縣，國立臺灣師範大學國文研究所博士，現任教元智大學中語系副教授。由於自幼成長在熱帶森林、蕉風椰雨的馬來西亞，對原鄉的懷念與追想，成為鍾怡雯來臺就讀大學後，早期創作的主題訴求；馬國奇異曼妙的動植物，濃郁酸辣的飲食風味，多種族文化的風情，提供她取之不盡的散文素材；她在散文中大量的以景抒情，運用象徵、比喻的藝術手法，使她的散文具有中國古典的美感體驗。隨著成長歷練與閱讀浸染，創作題材轉向從尋常生活中體悟感發，在平凡物件中闡述個人獨特的時空觀照，她以小見大的說理言志，兼具幽默與靈巧的言語特質，被視為繼張曉風、簡媜之後新世紀女性散文家代表。又因中文系出身並於大學任教的背景，是當代少見散文創作與研究並行的作家，曾榮獲多次文學獎項，計有：中國時報文學獎散文首獎及評審獎、聯合報文學獎散文首獎、新加坡金獅獎散文首獎、中央日報文學獎、星洲日報花蹤文學獎散文推薦獎、梁實秋文學獎、吳魯芹散文獎、華航旅行文學獎、馬華優秀青年作家獎。著有散文集《河宴》、《垂釣睡眠》、《聽說》、《我和我豢養的宇宙》、《飄浮書房》、《野半島》、《陽光如此明媚》；論述著作《莫言小說——歷史的重構》、《無盡的追尋：當代散文詮釋與批評》、《亞洲華文散文的中國圖像》、《靈魂的經緯度：馬華散文的心靈和雨林書寫》。

因馬來西亞華僑的特殊身分，使鍾怡雯的生命歷程形成明顯的時空跨界，擺盪在兩個不同地域空間，但無論是原鄉南洋風情的書寫，或是臺北生活的浮世繪，鍾怡雯總是發揮其創意聯想，流暢細膩的描摩，使生活平添幽默的理趣，兼具人文的省思。〈徊盪，在兩個緯度之間〉一文，出自作者《垂釣睡眠》一書，作者在居住吉隆坡與臺北兩個城市之後，寫下對城市的情感與記憶的重塑；舉凡城市裡的飲食、交通、街道、語言、氣候，乃至周遭人物的形形色色，或喜或悲，皆在其筆下流動。

對於城市國際化的發展，作者在文中表示：「國際化的意義，其實不過意味著生活節奏的壓縮，讓左腳不斷追趕右腳，人趕人，時間追逐時間，不容生活有餘韻可以稍作休息，偷個懶像犯罪一樣心虛。」在此明顯表露城市生活盲目向前衝，而壓縮品質的競逐現象；以此檢視城市交通，便看到「臺北的腸子可是嚴重堵塞，到了該用通腸劑的病態地步了」、「下班後為了搭上那趟脾氣捉摸不定的公車。它把我喜歡慢吞吞東張西望的個性磨得光溜溜」。而吉隆坡更不遑多讓的「下了高速公路進入吉隆坡市區，巴士就停停走走，一段平時十分鐘可走完的路，竟花了半小時之久」、「穿過左右兩排的車陣望出去，我幾乎絕望了，哪來這麼多的車潮要擠一個方向出去？」除了在城市中搭乘公車的種種經驗外，尋覓家鄉美食以滿足思鄉的愁緒，亦是身處在臺北都會中的作者，潛意識中對自我身分建構的表彰，當作者發覺魂縈夢牽的「curry puff」出現在臺北街頭，「只差沒感激得當著店主落淚，買了之後迫不及待的就在人來人往的走道上邊走邊吃」，然而當「那味道卻讓我的幻想立時破滅，舌頭馬上使出它的分別心，以及並沒有完全馴服的野性」；通過味覺強烈失望的反差對比與批判，反映國際化城市大量複製異國「形似實異」的食物，使得傳統美食失去原有特殊風味，間接諷刺都市飲食文化的虛浮膚淺。

城市空間乘載著人我之間的生命軌跡，鍾怡雯漫遊在城市的街道間，以知性之眼，溫柔地閱讀所處的城市，聆聽城市的聲音，在異鄉臺北中重新安置自我，藉著記憶建構她第二個家鄉。

問題與討論

1. 對於生活九年的臺北城市，作者驚異地發現：「我其實只有一條長長的街道可供銘記。這條Z字形的長路竟是我九年生活的縮影，其他分歧的記憶，不過是從Z字分叉出來，或者繼續延伸」；由此可見，路線銘記的不只是都市景觀，而是銘記情感的記憶，你能說明作者在此處的用心嗎？
2. 讀完本文，請說明鍾怡雯對於城市朝著國際化發展的看法。
3. 請分享你在城市中搭公車或是遇到塞車的經驗。

延伸閱讀

1.焦桐，〈想像之狐・擬貓之筆——評鍾怡雯《垂釣睡眠》〉，《幼獅文藝》，85 卷 3 期，1998 年 3 月。

2.余光中，〈狸奴的腹語——讀鍾怡雯的散文〉，《聽說》，九歌出版社，2000 年。

3.劉德玲，〈鍾怡雯散文中的譬喻——以《垂釣睡眠》一書為例〉，《中國語文》，2006 年 4 月。

4.陳伯軒，〈別有天地——論鍾怡雯散文原鄉風景的構成與演出〉，《中國現代文學》，第 9 期，2006 年 7 月。

二
知性散文

導讀

知性散文在現代散文領域中向來開墾者少，地位也未受肯定。

原本，不論西洋或中國，傳承思想知識的散文，都是最原始最古老的一種類型。在我國，經史子集、百家學說莫不是精采的知性散文。雍容和睦的《論語》，奇幻恣縱的《莊子》與跌宕雄辯的《孟子》莫不開闢了中國文學的鴻疆。歷代以來，中國文學史上重要作家多有精采知性散文作品。在近代，西方大散文家如英國的培根、羅素、蘭姆，美國的艾默生，法國的笛卡兒等也都以說理見長，被世人公認為第一流的散文家，如《蒙田隨筆》等富含學養、閃爍哲理的知性隨筆也是不可勝數。無論古今中外，人的知性思想，原是散文中極為重要的構成。

但時至今日，文學從傳承知識的寶座上退位，散文被認為是表達情感的文字藝術品，不再被看做傳承知識的載體。觀念的改變使感性散文多如原上之草，知性散文則被隱沒在離離蔚蔚的感傷文筆中。但是我們不應任由精神怠惰，放棄這種知性上的挑戰。日漸重視科技整合的二十一世紀，今日或許正是知性散文重新被肯定重視的契機。

進一步分析知性散文，還可以細分成哲理散文與傳知散文（informative）兩種。

哲理散文以傳達作者個人的思想為主，也就是表現出個人的哲學觀。本來文學作品中就不能缺少作者個人的哲思，如果文學作品沒有深刻的思想作為架構，作品將淪為漫無目標的情感抒發以及刻意扭曲的詞藻堆砌。反之，洞見人生的深刻觀照往往使樸實之文成為文學史上的經典，現代文學史上的散文大師常常也是哲理散文的好手。如林語堂、梁實秋、吳魯芹等哲理散文以感性出發，處理知性的材料，另有學者型雜文，如周作人、錢鍾書等，以其飽讀典籍，行文走筆間足見人格風采。還有以論說見長的梁啟超、羅家倫、胡適之等，條理深刻靈光乍現，也是不可忽略的文學風景。

除了哲理散文外，傳知散文也是知性散文的重要一環。傳知散文的名稱是由外國而來，指的是以傳授知識為主要目的之散文。原本傳授知識自有其學門教科書以及專門論著。但學術論述牽涉各種專業術語及背景知識，一般讀者讀之，如墮五里霧中，往往無法理解，知識傳授推廣難免受挫。幸得許多學者本身也深富文學素養，把學問處理得兼具文學之美，增加其可讀性，加速了知識的傳布。傳知散文是專業知識與文學質素的整合成果，其內容講求專業學術，富有理性的成分，其包裝卻訴求感性的渲染力，使讀者閱讀時，不但理性受到啟發，情感也隨之搖曳感動。傳知散文的分類取決於所傳述的知識，不僅文史哲等人文學科，其他諸如自然科學、社會科學等學科都可以是傳知散文的素材。如精神醫師出身的王溢嘉、王浩威，人文學科出身的龍應台、南方朔等人，他們的散文，都能兼顧文學之美與學問之真，都是膾炙人口的傳知散文範例。

知性散文雖分成哲理散文與傳知散文兩類，兩者關係卻是密不可分。哲理散文著重在作家個人思想的精深，展現作家自身對世間事物的透徹看法；傳知散文則是重在所傳播知識的介紹或應用，面向遍及於蟲魚鳥獸乃至宇宙星體無所不包。看來一則主觀一則客觀，似乎差異極大，但哲理散文的作家若沒有多方涉獵、厚實學養，便不足以養其洞見哲思；寫傳知散文的學者，反覆吟詠研究對象之餘，最終心得仍歸於研究者自我心靈的觸動感發。寫傳知散文的專家可於文中表達哲理，寫哲理散文的哲人亦在文中能顯其淵博學識。二者雖可二分，卻不如以知性散文一詞來含括，正足凸顯二者的互涉。

值得注意的，不管寫哲理小品或傳知散文，寫起來必須以文學語言來表達，字句間透過文學的技巧來打動讀者，讓讀者沉思或得到新知，這才是知性散文，否則便是一般的哲學論文或者新知的介紹文字。

一如前言，知性散文的欣賞較為困難，因為想要掌握知性散文的精采處，需要具備豐富的學養與深刻的理解能力才能欣賞。最重要的，閱讀前能抱著一份開放的心態，不要因為閱讀困難就輕易放棄，也不要因為文中討論的知識領域與自己相差甚遠就懶得吸收新知。當捺著性子，深入閱讀知性散文，讀者時常會得到一種領悟的喜悅，經歷峰迴路轉的描寫，當我們終於讀懂，作家如何引領我們一窺一門專業知識的堂奧；引領我們走出一段人生旅程的歧途，這種搔到癢處的痛快、豁然開朗的感覺直入心底，其中妙處是閱讀純粹抒情的感性散文所無法得到。因此慣讀知性散文的讀者往往愛不釋手，在吸收新知之餘，也陶醉在豁然開朗的喜悅中。

知性散文打破學科間的限制，打破文字與人生的隔閡。知性散文遙指向一個遠大的目標，也許有一天，國高中教科書也能編寫得更流暢易讀，讓知識在輕鬆愉快的閱讀中被流傳吸收。挪威學者把枯燥的「哲學概論」奇幻文學化，寫成《蘇菲的世界》，就是一個經典的範例。在那天來臨前，知性散文的作者與讀者，還有許多知性思辯的交流，等待在一篇篇知性散文的閱讀過程中被完成。

黑暗中的琉璃靈魂／張毅

瓶子，是湖綠色的，然而在湖綠色裡，掩映無數的不同層次的湖綠，光透過，彷彿是一湖瀲灩。創作的人敏銳的觀察，透過無數精細的創作技法的細節，讓這一片綠，像自然一樣，展現了一種生命的「活」。這片湖綠，僅是一個舞臺。它只是一只玻璃瓶子，瓶子上，是一朵粉色的玫瑰。玫瑰的姿態，如在風裡，花瓣有些搖曳未定，粉色裡，看見工具筆觸，提醒你，是一種生命的寫意，沒有精緻地臨摹，然而，那些粉色裡的色彩變化，讓玫瑰像是迎著光；欲隨風而去，留住它的，是那片湖綠。玫瑰，就停在湖綠的瓶子上，有些依偎，然而總覺得早晚還是要走的。

1903 年，EMILE GALLE 創作的一只叫「法國玫瑰」玻璃瓶子。次年，EMILE GALLE 過世。EMILE GALLE，是我心目中的琉璃作家。對我而言，「琉璃」兩個字並不泛指所有的玻璃藝術作品，1987 年，是因爲「琉璃工房」的學習，對逝去的文化的一種反省和依戀，沿用了西周時候就產生的「琉璃」這個字眼，在心靈上：是白居易的「彩雲易散琉璃碎」的琉璃，是佛經裡「願我來世，得菩提時，身如琉璃，內外明澈」的琉璃。和「玻璃」在材質上，是一樣的，在情感上，有些不同。

至於，一十八年過去，「琉璃」成了一種「產業」，叫作琉璃的工作室，海峽兩岸在百家以上。叫「琉璃」的製品，擺在灰塵布滿的攤子上，打折叫賣。則是，今天的文化的一種必然。

然而，「琉璃」，在我的有些浪漫的理想裡，永遠應該是深深依附在學習和領悟裡的過程之中，是一種良知，是一種自省，而非傲慢，人一傲慢，常忘了「無常」，忘了生命脆弱。沒有了哀傷，也沒有了悲憫，創作過程最眞實的部分：人的靈魂，付之闕如，無論外觀如何華麗，聲勢如何喧鬧，裡面是空無一物。在琉璃工作裡，自己深深知道：在整個過程，最艱難，最折磨的部分，其實不是那個無論稱之「琉璃」，或者「玻璃」的材質的技法，而是創作它的人，對有一種無以名之的「不確定感」、「不安定感」的終身探索。在 EMILE GALLE 的某一些作品裡，生命的悸動，是一種永遠的主題。從小的清教徒家庭教育，深植了 EMILE GALLE 對於道德良知，對於生命的熱情，有一種不可移除的根本性格。

GALLE 的創作裡，《聖經》不僅僅是文字上的教義，更豐富地延展出無限的詩意，玫瑰是愛，橄欖樹是和平，水仙花和蒲公英是春天和寬恕，蜜蜂是慈愛，無花果是溫和。所有的生命，無論是土地裡長的，天空裡飛的都是一種恩典、喜悅，是讚美的物件。而所有的玻璃的技法，都只是一種樂器，在 GALLE 的指揮之下，每一件作品都和諧地展現如交響樂似的整體美，這種深沉和精湛技法的結合讓 GALLE 的作品脫離單純的象徵層，展現了人類玻璃藝術未曾有過的作品光輝。

無比狂熱的清教徒

然而，在他一生的發展裡，產業比、量產化的追求，經常遮蔽了他的本性。1889 年，由於在世界博覽會上的成功，爲了應付他越來越大的市場，大量減少不斷地多樣的設計，改爲重複製造，隱祕地外包（OEM），大量增加限量作品件數。他公然地宣稱：「你會發現我的玻璃製品的藝術和品位，並不依賴製作的技法，而是設計者靠著優雅和感覺調整設計。爲了配合現有的經濟和技法的條件限制，而我已經避免了使用虛假和過度依賴美好的色彩，和大量不同設計式樣去影響大家口味。這已經向所有玻璃工作者展示了工廠大規模生產玻璃製品的可能性。」這些話，說得欲蓋彌彰，GALLE 的強辯顯示了他深深的愧疚和不安，讓我們看到了一個浮士德式的掙扎。

在這個一般收藏家的所謂「GALLE 產業」時期，從品質開始衰退，原來繁複多層次的細節，全部消失，原來 GALLE 飛揚的立體圓雕，熱塑的造型，因爲需要更多的製作時間，從此不見蹤影，大型的作品，由於成本高，失敗率高，也完全絕跡。

仍然簽著 GALLE 的瓶子，沒有了 GALLE 的熱情，也沒有 GALLE 的才華。根據一些當時成交的價格紀錄，在 GALLE 顚峰時期的作品，每一只瓶子成交價在三百法郎，而在產業時期的作品，每一只售價三法郎。

1904 年，GALLE 過世，GALLE 的名字，仍然在他的遺孀和兩位女婿繼承的工廠裡簽了近三十年。

安息了的 GALLE，怎麼想？

世界上，最崇仰 GALLE 的民族，莫過於日本人，光是北澤博物館，展 GALLE 的作品和 ART NOUVEAU 的作品，可以開兩個博物館。原因當然是日本人對 ART NOUVEAU 美術的傳統的狂熱，另外，大和民族十分得意 GALLE 曾和日本畫家高島北海（TAKASHIMA HOKKAI）的一段來往，GALLE 的透明大鯉魚瓶，設計稿來自高島的影響。但是，在工藝傳統深厚的日本社會，其實更深深地迷戀這個深受東方影響的玻璃藝術家，他展示的技法上的豐富多樣性，和玻璃藝術的詩意和文學性。尤其是：鬼魅一樣的忽而光明和忽而黑暗的曖昧。

七〇年代，日本泡沫經濟沒有開始之前，和一個認識的日本朋友談話之際，對方知道你是個跟玻璃藝術有關的人，突然就神祕地取出一只用日本織錦袋盛裝的小袋子，取出一只小小的瓶子，恭敬地安放桌上，期待地看著你：「It's GALLE, you know.」

還記得那個留著小平頭的日本商人，突然虔誠地低下腰，由下往上仰視那只小小的瓶子的神情。他堅決相信，GALLE 由於長期自己試驗各式高低溫釉藥，以及把自己曝露在強酸下，是他眞正的致死原因。

GALLE，死於白血症，也就是血癌。請教過醫生朋友，知道外在的環境高汙染因素，的確有可能造成罹患血癌的。那麼，這個做玻璃的人，是用他的生命去創作了。

在知識範圍所知道的琉璃創作技法，GALLE 幾乎無一不精熟，這個一生對昆蟲、植物和園藝有著無比狂熱的清教徒，植物花卉之美，是上帝的光華，投入琉璃的創作，是爲了能夠彰顯那一朵百合花，一枝玫瑰，甚至一隻蜻蜓的精妙，任何造型、顏色的試驗，他無不全心追求，因爲，那是對上帝創造的世界的禮讚和謳歌。

GALLE 涉入的琉璃技法範圍，包括吹型、套包、熱塑、釉色、銅輪雕刻、酸洗。使用的技法的複雜和多樣化，在玻璃工藝史上，前無古人，後無來者。使他的顚峰時期的大部分作品，至今沒有人能夠仿製。如果想知道有多少人仿製 GALLE 的作品，可以試試上一些拍賣站，只要輸入 EMILE GALLE CLASS，可以出現上百個賣「GALLE CLASS」的，每一賣家，自成一個網上銷售點，目錄上有幾百種款式，大部分來自羅馬尼亞、波蘭和中國。我認識的一個中國廠，工作人員在三千人以上。

工藝史上最迷人的作品

然而，即使是打定主意要仿製 GALLE 的人，仍然只能仿 GALLE 產業時期的作品，也就是無論是仿瓶子或燈飾，都只套了一兩層顏色，然後就吹在固定的模子裡，冷卻之後，用銅輪刻出簡單的圖案。由於用的顏色少，色彩粗糙，層次單調，雕出的圖案只是平面，刀痕直愣沒有情感。這些「GALLE CLASS」，每件售價在一百美金到兩百五十元美金，然而，若不是大量的市場需求，大概不至於有如此多的供應者。

這些貌似 GALLE 的東西，談不上靈魂，但是，眞正的始作俑者，其實是 GALLE 自己。在聲名大噪之後，爲了量產，有些模式是 GALLE 自己發展的，譬如：不做大型作品。譬如：減少細節。更重要的是：大量使用酸洗技法，替代用銅輪機的細工雕刻。

如果誇張一點說，從「酸洗」這個技法，GALLE 把自己的靈魂賣給了欲望的魔鬼。

酸洗，原來是 GALLE 在 1880 年就開始不斷發展，這個 GALLE 又恨又愛的技法，可以讓原來用銅輪雕刻花很多時間才能完成的工作，透過把玻璃要保留的部分用抗酸的蠟層覆蓋，然後把玻璃浸在強酸之中，立刻可以酸蝕掉沒有塗蠟的玻璃表層，經過清洗，只要把蠟去掉，就可以完成雕刻的圖案效果。

這個十分危險的加工技法，除了強酸本身的危險之外，它本身成了 GALLE 的最大誘惑，因爲，這個技法讓 GALLE 看到了量產的可能性，原來要花許多技術精湛的上乘工藝才能完成的效果，現在只要片刻，就能得到類似的效果，當然，是一種膚淺的類似。因爲在銅輪雕刻，是需要技術的，刻痕像畫家的筆觸，決定了細節，也決定生活，而酸洗，是毫無選擇全面性呆滯。GALLE 自己說道：「爲了完成某一些效果，我會毫不猶豫地使用酸洗，但是全然靠酸洗，一切就全毀了。」

但是，實際上，GALLE 仍在世的產業時期的製造，就已經使用酸洗。他放棄了大部分他原來深沉的立體裝飾造型，和栩栩如生的精妙顏色，只剩下了淺淺的圖案和單調的色彩。像「法國玫瑰」那樣的作品，從此不再。

很多人相信 GALLE 的最後歲月，過得很抑鬱，這個喜愛詩，喜愛文學的藝術家，內心有些什麼天人交戰，我們不知道，然而以他的敏感，他不可能避免一定的矛盾和愧疚，畢竟他是那個曾經完成許多像「法國玫瑰」那樣絕世傑作的人，是那個曾經看見了蜻蜓飛舞著透明薄翅而感動，而創作了人類工藝史上最著名、最迷人的琉璃蜻蜓瓶子的藝術家。

賞析

張毅，1951 年生於臺北，世界新聞專校畢業。張毅從在學期間就曾獲得小說獎項的肯定，從世新畢業後開始導演生涯，他所指導的影片《我這樣過了一生》，獲得金馬獎及亞太影展的最佳導演。就在演藝生涯最輝煌的 1987 年，張毅急流勇退，與楊惠姍兩人共同創立中國第一個琉璃藝術工作室：「琉璃工房」。

張毅的琉璃藝術創作深見民族情感，往往取材自中國倫理及宇宙概念的古老圖騰，他獨特的文化氣息以及不懈的藝術堅持，使得琉璃工房作品獲獎無數，開創了臺灣琉璃產業。

擁有豐富藝術涵養的張毅，雖然不以文字創作聞名，但談起琉璃藝術的美學與心得，其文辭之美、感受之深，比起許多散文名家都不遑多讓。〈黑暗裡的琉璃靈魂〉從法國玻璃藝術家 EMILE GALLE 的名作「法國玫瑰」談起，張毅極力以文字刻畫「法國玫瑰」之美，同時也藉此指出琉璃藝術之美，正是美在一種無以名之的「不確定感」、「不安定感」的終身探求。這個「不確定感」是一種不安的自省，一種戰戰兢兢的追尋，而 EMILE GALLE 的一生正體現了這種不安與追尋。

文中詳述 GALLE 透過清教徒式的虔誠，以玻璃藝術體現聖經的教義，但是為了產業化的需求，巨大的商業利益左右了創作，誘使 GALLE 以大量使用酸洗技法替代銅輪機的細工雕刻，導致大量毫無靈魂的粗糙作品取代了深沉精妙的藝術傑作。酸洗的技法為 GALLE 帶來大量財富，但是也扼殺了他的藝術生命甚至於是真正的生命，因為長期使用酸洗的技法也會對人的健康造成危害，GALLE 被猜測致癌死去正是這個原因。

從文章脈絡看來，表面上是譴責酸洗的技法，為 GALLE 的死去不值。但更進一步體會就會發現，張毅並非完全否定酸洗的技巧與 GALLE 的商業化，其實他想肯定的是 GALLE 面對自己抉擇的不安與痛苦。

生命總是充滿不確定感，每一分努力都要面對成功或失敗，善或惡的命運抉擇。沒有人能保證自己的抉擇一定正確，因此面對出賣了藝術良知的 GALLE，張毅更同情的是一個受折磨的靈魂，更肯定的是 GALLE 的自責。因為沒有這份不安，就失去了一個琉璃藝術家的特質，甚至是身為一個人的良知。

酸洗固然是一種取巧的技法，但是開闢與大量採用的 GALLE 對後世的琉璃藝術家仍有開創之功，因此日本人才會特別欣賞以身殉道的GALLE。同時文章開頭談及的「法國玫瑰」正創造於GALLE死前一年，這件傑出的作品是否也是對自己藝術靈魂的一份贖罪呢？

本文表面上全談GALLE，但實際上是透過這位法國藝術家的描述來表現張毅自己對琉璃藝術正是一種「不確定感」的理念。在對GALLE的評析中，如吹型、套包、熱塑、釉色、銅輪雕刻、酸洗等各種琉璃技法都輪番上陣，充分表現藝術家的專業素養。同時也讓人反省，是否每一次生命的抉擇都像琉璃一樣脆弱？其中深意，值得我們細細品味。

問題與討論

1.張毅稱呼自己的作品為「琉璃」而不叫「玻璃」的理由為何？

2.張毅認為琉璃藝術重要的不是銅輪雕刻、酸洗等技術，而是種價值觀，這種價值觀正好可藉由GALLE的人生表現出來。請問這種人生觀為何？

3.GALLE以大量使用酸洗技巧，製造大量次級品，這樣的作為你能認同嗎？

延伸閱讀

1.符芝瑛，《今生相隨：楊惠姍、張毅與琉璃工房》，天下遠見。

2.琉璃工房企劃編輯，《琉璃工房現代中國琉璃藝術作品集》，琉璃工房。

3.阮桃園等編著，《海納百川：知性散文作品選》，聯合文學。

4.方杞編選，《靈光照眼：當代哲理散文選》，業強出版社。

人生真的是漂泊無依嗎？
——水滸傳、金瓶梅與紅樓夢對存在意義的追尋／王邦雄

前言

小說有人物、有情節，不管是人物性格的塑造，與情節故事的鋪排，一定會反映出作家的時空背景。而塑造人物會有同情，鋪排情節會有批判，任何一部文學名著，除了藝術匠心值得觀賞玩味之外，還有主題意識，等待我們去探索挖掘。

所謂的名著巨構，不能僅是作家自我的浪漫情思，或者僅是客觀社會的生活寫實。寫作的題材，要有時代色彩與社會性；批判的角度，要有想像力與原創性，否則文學偏限於自我的體驗，就沒有普遍性，甚至成爲世俗的翻版，也就沒有藝術價值可言了！

在幾部長篇章回名著小說中，三國是歷史演義，西遊記是神話小說，儘管對人間百態，各有影射評價，然總不如水滸傳、金瓶梅與紅樓夢，較切近生命實情。水滸傳寫的是草莽之氣，金瓶梅寫的是色相之欲，紅樓夢寫的是浪漫之情，不過到頭來，氣是空，欲是空，情也是空。梁山泊的草莽世界垮了，西門慶的色欲世界垮了，賈寶玉的浪漫世界也垮了；看來明清小說對存在意義的追尋，似乎歸於幻滅。吾人要問：生命存在的最後底據在哪裡？人生眞的是漂泊無依嗎？

金瓶梅的色欲世界

金瓶梅，假水滸傳西門慶和潘金蓮的故事爲全篇的框架，然武松殺嫂祭兄的報復行動，在金瓶梅卻安排武松誤殺了幫閒小吏而被迫後移，西門慶的荒唐人生，就此塡補展開。

金瓶梅寫的不是闖蕩江湖的草莽英雄，也不是不食人間煙火的純情世界，他寫的是土豪惡霸與庸俗脂粉的酒色爭逐，寫的是下層

市儈妓女的猥瑣世界。從這個觀點說，金瓶梅是社會的寫實，而不是浪漫的想像。誠如樂蘅軍先生所云：「水滸傳帶有喜劇感的稚拙風格，如寫王婆之悍，鄆哥之莽，武大之拙，潘氏之毒，西門之醜，到了金瓶梅都趣味全無，轉成徹底的世故。」（《古典小說散論》）水滸的笑嘲是浪漫的，金瓶梅的冷諷則是寫實的。在寫實的筆觸下，就是武松高亢昂揚的英雄氣勢，與潘金蓮恣肆放縱的惡婦悍狀，也全被扭曲，都被現實世俗化了。英雄不再是英雄，惡婦不再是惡婦，都屈服在現實勢力之下，成了犧牲品。

再看西門慶，在俗情世界算是有權有勢，夠風光了，然投入在庸俗脂粉陣中，僅能以財貨買斷色情愛欲，爲他虛弱的生命找到某些節目，以征服或擁有女人來肯定自己的權勢，由是他自己也成了色欲的工具。試看他浪蕩追逐的生涯，不大選擇對象，年齡姿色不拘，隨緣偶興爲之，沒有浪漫的情意，僅有赤裸裸的色欲；就是色欲，他似乎也沒有感覺，總要藉助於藥物淫具，滿足他變態凌虐的低級趣味與虛妄自尊。他迫使自己掉落在「一方面是縱欲之後的無聊，一方面是沉湎中喪失自我」（同前書）的困境，由此一觀點，金瓶梅是屬於自然主義的作品。

孫述宇先生肯定「金瓶梅的藝術」，並分析在眾多女人當中，何以這本書要以「潘金蓮」、「李瓶兒」、「龐春梅」三人來命名呢？就因爲三人情欲最強，終被這屬於人最原始的情欲所驅策、所毀掉。此亦其屬於自然主義作品之一證。樂蘅軍先生也說：「總之，在金瓶梅的世界裡，所謂的道德意識，或者良知自省是蠻沒有那回事的，即使有，也終於像稻草人一樣，在邪風惡雨下，漂白他的靈魂。」（同前書）作者還把一群幫閒的知識份子、沒落的世家子弟、尼姑、媒婆、流氓、奴僕、市儈、妓女等形形色色的人物，也放在這財勢和情欲的無明洪流中，去浪蕩起伏，如此客觀而細緻的描繪，是相當冷酷無情，且過於消極頹廢，金瓶梅所反映的人生，如同一團爛泥流沙，人一落足，沒有不沉落而被吞沒的。

當然，作者在揭露了世態的醜惡，與解剖了人生的病態之外，也有他微弱的批判。此一批判建立在佛家的因果業報上。但更大的諷刺是，尼姑在家宣寶卷的同時，西門慶竟與妓女唱花曲，攪混一起，他可以一邊作賤良家婦女，一邊捐銀修廟補功德。他自有一套胡謅歪理：「今生偷情的、苟合的，都是前生分定，姻緣簿上註名，今生了還；難道是生剌剌搊搊，胡扯歪廝纏做的？」如是宗教的約束力也告垮臺。全書結局，不該有的都散去了，從妓院買來的，又被賣回去了，拐進來的又拐出去了，李瓶兒死在花子虛厲鬼索命的惡疾上，官哥也保不住，西門慶死在他的縱欲藥物上，而潘金蓮也慘死在武松狠戾的報復手段下，遺腹子孝哥最後出了家。這個俗情色欲世界，就此破碎無餘，豈非頓時成空了！

紅樓夢的情意世界

紅樓夢創作的主題意識，在歷來「紅學」的研究中，被還原到作者曹雪芹的家世，等於把紅樓夢一書，視同曹雪芹的自傳，是描寫他自己家族盛衰的小說。在「盛衰說」之外，宋淇與余英時兩位先生開闢了「理想世界說」的新論，也就是把被誤導爲「曹學」的研究方向，扭轉回頭，而落在作者所創造出來的大觀園的理想世界，來探討其創作的主題意識。

此余英時先生云：

> 「曹雪芹在紅樓夢裡創造了兩個鮮明而對比的世界。我想分別叫它們作烏托邦的世界和現實的世界，落實到紅樓夢這部書中，便是大觀園的世界和大觀園以外的世界。……我們可以說，這兩個世界是貫穿全書的一條主要的線索。把握到這條線索，我們就等於抓住了作者在創作企圖方面的中心意義。」（〈紅樓夢的兩個世界〉）

他認爲曹雪芹在第五回創造出來的太虛幻境，應占重要的位置，大觀園就是太虛幻境的人間投影，在書中主角賈寶玉的心中，大觀園是唯一有意義的世界，大觀園以外的世界只代表骯髒和墮落。一般讀者的眼光也爲大觀園這個突出的烏托邦所吸引，而不免忽略了大觀園以外的現實世界，但曹雪芹自己卻非常重視這個現實世界，他用了許多心來刻劃這個現實世界，因爲他知道理想世界是離不開現實世界的。「自傳說」（或謂盛衰說）把賈寶玉和曹雪芹的觀點混而爲一人，以是之故，研究方向出了問題，直把「曹學」等同於「紅學」了。

由是他斷定說：「這部小說主要是描繪一個理想世界的興起、發展及其最後的幻滅。……並且在大觀園的整個發展和破滅的過程之中，它也無時不在承受著園外一切骯髒力量的衝擊。乾淨既從骯髒而來，最後又無可奈何地要回到骯髒去。在我看來，這是紅樓夢的悲劇的中心意義，也是曹雪芹所見到的人間世最大的悲劇！」（同前文）

針對此說，趙岡先生提出質疑：理想世界的幻滅，爲何以「抄家」的戲劇化方式進行？此不合情理。因爲在抄家之前，黛玉病死，寶釵已婚，湘雲嫁了，迎春被折磨而死，探春遠嫁，不必待外力破壞，大觀園自己就垮了；然對「盛衰說」而言，則爲絕對必要的轉關。且十二金釵的排名，在「理想世界說」裡不能有妥貼的安排，因爲元春、熙鳳、李紈、秦可卿，其中三人在骯髒的現實世界中，惟獨李紈例外；然李紈又已婚守寡，不合女人未婚乾淨的標準。（假作眞時眞亦假）

對於大觀園這一理想世界的破滅，樂蘅軍先生用太虛幻境的啓示神話作預言般的解釋，她說：

「當我們相信了太虛幻境對書中人物全部命運的裁決，我們知道那是不可改移的；但另外一面，我們又看到書中人完全不知情的，按照預定的命運軌道一步一趨。這些人物言動情態，看似各有主體意志，而實在一無生存的自由意志可說。……太虛幻境預言的作用，不過是按照一個已知的命運，來搬演一場人生故事，於是在這人生戲臺化、生命傀儡化的視境下，書中人物越認真地生活，越努力地去追求，越固執地爭取，那種相對而生的荒謬感，便越發的不能解除了。」（《古典小說散論》）

此說接近柏拉圖式天上理型決定人間萬象的命定論，反見太虛幻境是眞，而人間實在是幻，人生至此，已跌落在無可奈何的荒謬中。再看胡菊人先生的看法：

「紅樓夢從開頭到結尾一百二十回之中，有股看不見、捉不著的無形力量，處處感覺它存在著、催迫著、變動著，是眞正導致『悲劇』終場的原動力，無人能抗拒，沒人能挽回。」（《紅樓水滸與小說藝術》）這無形的力量，就是時間。在時間中，無人能逃離「一朝春盡紅顏老，花落人亡兩不知」的結局。紅樓夢，「紅」可以表示萬花千彩的女子，是色；「樓」可以表示現實世界，是相；「紅樓」合起來是千嬌百媚的色相世界；「夢」是空、是無、是虛，一切有情色相，在時間中終將幻化成空。（同前書）他並以道家哲學來詮釋，以爲寶玉啣玉而生，此玉正是「欲」的諧音（此說根據王國維而來，見葉嘉瑩先生「王國維及其文學批評」）。在作者看來，人生前是石頭，無欲無求，一投胎人世就帶欲，非要等到死了，欲才平息，又變成石頭。（同前書）

在諸多說法之間，對大觀園的破滅，都有一套言之成理的解釋，假如我們採取嚴格的思想史的研究路線，則難題必多，不可能有定論。以是之故通過人生普遍的哲理，或許可以尋繹出較高層次之本質意義的理念詮釋。

才氣、色欲、情意何以是空的本質探討

水滸傳締造了草莽之氣的烏托邦，金瓶梅描繪了色相之欲的浮世繪，紅樓夢創作了浪漫之情的理想國。結果，烏托邦垮了，浮世繪破了，大觀園也散了，在生命的原始層次，不管是氣的激盪，欲的追求，情的牽引，都挺立不起，都如幻如化，終歸春夢一場。説是形上命定也好，説是現實衝擊也好，説是時間無常也好，反正是立不住的。

站在哲學的觀點，生命之「氣」是依於生命之「理」而存在的，是「理」實現了「氣」，「氣」又涵蘊了才、情、欲。人的才氣情欲，皆依於理，始有一安頓一伸展。

梁山泊的草莽英雄，雖是逼上梁山，然畢竟以暴力對抗暴力，不合於人間的理序，所以他們心不得安，總想接受朝廷招安，以求封妻蔭子，弔詭的是，一受招安封官，就不再是草莽世界，烏托邦就因而破滅；色相之欲，浪漫之情本是中性，情欲不一定是負面的，卻是一「無明」，是「非理性」的存在，若沒有「理」的疏導安頓，納入家族倫理的名分中，總會暴其氣，而爲欲所陷，爲情所困，到頭來，色相之欲的浮世繪，與浪漫之情的理想國，也一一解體散落。

小説家通過草莽之氣、色相之欲與浪漫之情，來透視生命，自是由於才氣可燃燒，情欲有姿采，可以凸顯生命的美感熱力，然不知若無「理」序安排，缺乏理性的光照，這一切終無所依，雖有聲有色，多采多姿，卻總是短暫幻化，一去不回頭的。這是人生永恆的極限遺憾，也是生命的大悲所在。

這一草莽英雄渾沌初開的茫昧理想，在生命原始之氣的狂揚之下，轉成浪漫主義的虛無情調。茫昧的理想與現實決裂，浪漫的情懷發爲沖垮一切的毀壞衝動，生命才氣直接迸裂而出，無所轉折，人間禮教在此一概掛搭不上，展現一往直前慷慨悲歌的豪情美感。這一江湖浪蕩的生涯，從道德理性言，無異自我放逐，英雄俠客熱

血揮灑，可以極盡生命的聲光精采，奈何悲壯之餘，總是蒼涼。或許逃入酒國色鄉中，可以塡補一段生命的空白，然而今宵酒醒，不論身在何處，面對的仍是無邊的寂寞，楊柳岸曉風殘月的孤絕淒清，僅是詩人的家鄉，而不是英雄的天地，當眞是英雄末路了。此水滸英雄，終歸虛無破滅，而金瓶土霸，沉溺色欲，既無才氣可資縱橫，又乏熱血可堪揮灑，俠客英豪做不成，名士風流攀不上，有色而無情，純然是本能之欲，不免由刺激而麻木，只好假藉藥物而墮落沉迷了。

此所以孟子要以「心」養「氣」說，「乃若其情，則可以爲善矣」，說「可欲之謂善」，正是先立其大，以心的「理」來引導生命自然之「氣」，使自然之「情」與自然之「欲」，一一合乎理序，導入正軌。在「理」的養護滋潤下，生命才情之「氣」，不會流於乾枯，或歸於暴裂，且因獲致「理」的支持，會日漸壯大成長，故謂「養氣」。跟孟子同時的兩大學派思潮，墨家集團拋離自己身家（即所謂的「自苦爲極」），兼愛天下；而楊朱隱者放開天下名利，回歸自我（即所謂的「爲我」）。墨家的生命價値觀，製造了俠客義道的典型，楊朱的生命價値觀，轉成了名士風流的品格。兩家的生命都顯「氣」的美感姿采，然俠客投入天下，可能迷失，名士回歸自我，難免蒼涼，都是缺乏「理」的滋養所致。水滸英豪是俠客，紅樓寶玉近名士，此其結局即不免迷失與蒼涼了。

爲了不使「氣」暴裂混亂，不使「情」歧出散落，不使「欲」陷溺困結，人生就要修養，要養心寡欲，要變化氣質，如是才能如理而行。生命得以安頓，自然不會掉落在草莽之氣、色相之欲與浪漫之情的漂泊困限中，而感慨世事無常，人生可悲了！

不僅儒學講求修心養性，就是道家思想，也是要講心的虛靜，引導生命之氣，使歸於自然，無知無欲，不爲奸惡之情所牽動拖累。水滸傳的草莽英雄，金瓶梅的土霸市儈，與紅樓夢的才子佳人，不講求心志修養，沒有憂患，一落入現實人間，自非暴裂流落不可。氣總是會燒成灰燼的，欲總是會歸於麻木無能，情也總會有牽累困苦，是故執著堅持的結果是毀了自己，是任氣而無氣，縱欲而無欲，濫情而無情，這是矛盾而荒謬的，卻反映出形氣的本質定限。不僅政治是現實，花花世界是現實，才氣情欲也是現實，若吾人缺乏一超拔穩定的力量，可以引導可以養護，則所謂的人生理想，所謂的光明遠景，都是浮世繪，都是烏托邦，都是理想國，都是靠不住的，可以說無一不垮無一不壞。

結語

就理言，是純一；就氣言，是雜多。哲學重「理」，文學重「氣」，有「氣」才有生命熱力，才有才情美感，然「氣」要安頓在「理」之下，才有方向，才有未來。此如同文學，若無哲理蘊涵，則只是人物情節，是觸及不到生命的根源之地，不能深刻，也不能感動人。明清小說，在金聖歎的評點下，三國人物事體說話太多，西遊中間全沒貫串，讀來處處可住，皆不如水滸。實則演義神話重在故事情節，對人性中「氣」、「欲」、「情」的描述刻劃太淺薄，所以有欠深刻。由水滸而金瓶梅、而紅樓夢，由浪漫，而寫實、而古典，在藝術創作上推上高峰，對人生的探索，也層層深入。在草莽之氣、色相之欲與浪漫之情的生命之流中，人是漂泊無依的，存在意義是定不住的，只有往上升進一層，凸顯人的道德理性，把自然的才氣情欲，安放在「理」性的貞定之下，由是生命的存在，才有最後的底據。或許，這個義理，是水滸傳、金瓶梅與紅樓夢，三部名著小說所隱含而沒有說破的人生哲理吧！

賞析

王邦雄，1941 年生，雲林縣西螺人，師大國文系畢業後入中國文化大學哲學研究所，獲國家文學博士。現任淡江大學中文系教授。王邦雄長期研究中國哲學，將儒家與道家的人生智慧融會貫通，展現在一篇篇精采的哲理散文中。

〈人生真的漂泊無依嗎？——水滸傳、金瓶梅與紅樓夢對存在意義的追尋〉選自《儒道之間》，是王教授本其儒家老莊哲學的專家學養，透過對水滸傳、金瓶梅與紅樓夢三本古典小說的反省，做出觀照性的省察。

水滸傳、金瓶梅與紅樓夢這三本小說可以說是知名度最高，最為人知的古典小說。每個人都不免曾經著迷於各自代表了某種特定的生命情境。金瓶梅刻畫了西門慶沉溺在色相欲望中，為了不斷滿足欲望不惜作奸犯科，一班妻女同伴也無不沉溺其中，但這一段荒唐生命毫無追求的目標，只是隨順欲望與現實而逐流，最終難免是傷身害命、家破人亡的結局。紅樓夢透過大觀園建構了一個浪漫的感情世界烏托邦，在大觀園裡，賈寶玉與姊姊妹妹們純粹無染的情感能肆意奔放。但這個接近完美的情感理想世界終究是空想，不敵現實人間的悲歡離合，也難逃各自飄零的命運。面對社會不公平的貪官汙吏陷害，水滸傳的英雄們以暴制暴，逞天生的一股血氣義憤，出手解決種種人間不平，卻也違背社會秩序，在梁山泊落草卻無法不念著招安封官，希望重返人間秩序中。只是一旦接受招安，又無可避免回到不完美的社會現實中，英雄義氣不再，好漢只能各隨際遇飄散。由此看來，三種不同的人生方向竟不約而同歸於幻滅，人生真的如此漂泊無依嗎？

王邦雄話鋒一轉，說明草莽之氣、色相之欲與浪漫之情並不是不好，有這些部分，生命才能激盪美感熱力。只是這些生命本原的情感氣性，需要有「理」的引導安排，有所節制有所發揚，而非一味放縱逞強，如此才能長久，進一步將義氣、情感、欲望昇華成更高的境界，人的生命也過得更快樂而有尊嚴。

作者一反過去道學家「存天理去人欲」的高調說教，表現出對「義氣、情感、欲望」的三種情境的同情與了解。原本人面對不平事難免會拔刀相助，面對情感的美好難免流連忘返，欲望也是人生命本能無法漠視，作者放下身段給予感同身受的同情了解。但進一步也懇切的告訴我們，這些生命中會遇到的情境我們不應該逃避，反之應該展露智慧，以理導之，尋求生命的提升。說理中蘊含濃濃情感，抒情字句中又不時有哲理詮釋的靈光乍現。文中展現的情理交融，正是王邦雄的哲理散文一大特色。

王邦雄長年在大學教書，學術著作等身，因此行文仍有學術論文風格，引經據典來增加說服力，文中所引用樂蘅軍、余英時、趙岡、孫述宇等人都是學界重要的小說研究者。這點雖不合散文的傳統，但以一種獨特風格視之，亦無不可。因這些引文在字句間並不顯得扞格不入，反而呈現多音合唱的複調。此文的價值在於以一種親切的態度，給予讀者人生哲理的啟發，同時讀者也得到不少關於古典小說的人文知識。彷彿一個親切博學睿智的國文老師與你閒聊，讀完王邦雄的哲理散文總使人愉快又獲益匪淺。

問題與討論

1. 本文中《水滸傳》、《金瓶梅》與《紅樓夢》這三本小說可能代表人生中可能會遭遇的何種情境？
2. 明代《水滸傳》、《金瓶梅》、《三國演義》、《西遊記》四本小說被稱為「四大奇書」，是中國古典小說的傑作，為何王邦雄沒有分析《三國》、《西遊》兩本小說？
3. 本文作者對人生種種欲望與情緒的看法為何？有何建議？

延伸閱讀

1. 曾昭旭，《愛情功夫——曾昭旭談愛情》，臺北，張老師文化出版社。
2. 王邦雄，《緣與命》，臺北，漢光出版社。
3. 王邦雄，《人生的智慧》，臺北，幼獅出版社。
4. 曾昭旭，《從電影看人生》，臺北，漢光出版社。
5. 樂蘅軍，《古典小說散論》，臺北市，純文學出版社。

人潮陷落在黑夜中／王浩威

在臺北這個城市，人潮徘徊最晚的一條大街恐怕是林森北路吧。那天看完了子夜場的電影，散步走過欣欣百貨公司騎樓下，數個地攤才正要整齊展現他們新添購的貨色。

我和朋友去看的電影是王家衛的《春光乍洩》。很棒的電影，可惜首輪院線沒幾天就下片了，只剩東光戲院還放映著。片商還是很積極地推動這部片子，包括一些奇怪的遊戲，譬如我們爲了省下一張票的錢，就要在買票時，喊那句指定的口令：「讓我們重新開始吧。」

讓「我們」重新開始？我站在售票口，忽然不曉得到底是指我和售票小姐，還是我和朋友？還是指電影裡的梁朝偉和張國榮呢？一股荒謬的困窘，自然湧上。

電影院外，深夜裡遊蕩的熱鬧有些寂寥，甚至偶爾出現這類疏離的荒謬。電影院內，銀幕上演出的是兩個永遠沒法在一起的親愛靈魂，飄晃在南半球的拉丁城市，而故鄉在遙遠的地球另一端。

香港王家衛的電影，一直都處理著人們相處的種種困境，這情形和臺灣電影導演裡前些年的楊德昌和近年的蔡明亮有些類似，雖然手法迥異。這種不約而同的現象，不禁教人想像：臺灣或華人的社會發生了怎樣的改變？

「讓我們重新開始吧」，這句話並不一定保證果眞可以重新開始，但是，至少證明兩個人都承認是曾經發生過分離了。會不會在臺灣或香港這樣的繁華社會裡，在你和我之間，在任何關係的人與人之間越來越不可避免的「分離」正在發生呢？

經濟成長下的無奈距離

平日的工作裡，我坐在門診間，傾聽個案的故事，幾乎每次都忍不住想起家庭治療大師米紐慶（Salvador Minuchin）的話：「改變，是由社會延伸到家庭，而不是由一個單位延伸至大團體。」家庭終究是要配合著歷史情境來改變的，而不是一成不變的同一套價值觀或運作模式。

一位男性個案談起了他失業以後的種種沮喪，忍不住回頭責備陪同來的太太，數落她當初不智的阻撓。原來，當初公司是要派他去東南亞新廠的，可是太太不放心可能發生的家庭問題，包括外遇和青少年子女的教育，也就阻斷了他再一次升遷的機會，甚至因原廠裁撤而離職了。

這類的故事，每一位主角的情節都有著他或她的獨特性。只是一旦將個人的問題放回到家庭裡思考，有些似曾相識的感覺又跑出來了。

我們總愛說華人社會的特性是以家族爲單位的，或是說中國人的性格是建立在各種人際關係上。然而，在臺灣，維持一個家庭生活的成本是日益提高了。從一個家庭最基本企求的住屋，就可以看出這個迅速成長的可怕成本。一對白手起家的夫妻，如果想擁有自己的房子，必然要兩個人都要外出工作，甚至要兼兩份工作，而且可能還要延後生育小孩的意念。甚至可能像這位男性個案一樣，必須陷入一個弔詭，在「爲了維持家庭而遠離家庭」與「爲了留在家庭而失去家庭或失去自我」之間，做一個無奈的選擇。

維持一個家庭的經濟越來越艱難，不事生產的多餘人口（譬如老人或罹患慢性病的家人）也就悄然地被移出了家庭之外；甚至，在我們的一生之中，允許空閒下來的時光也越來越減短而匆忙。於是，我們依然活著，彼此之間的距離，卻是不得不拉大了。

「疏離」，現代人的典型人際關係，恐怕也是因應著臺灣這樣的經濟成長而發生的吧。

距離，異化，異形

疏離這個字的意思，可以從幾個層面來理解，而且彼此之間是相關的。第一個意思也就是前面提到的距離。生活成本的提高，使得一個家庭或一個團體成員之間的距離自然就加大了。我們對家庭的認同感，也隨著拉大的距離而逐漸削減了。另一個意思是來自西方的字眼，譬如英文中的 alienation，也就是說，個人的自我（personal-self）和家庭這樣的文化自我（cultural-self），兩者之間是不一致的。如果依馬克思的說法，則應譯成「異化」，也就是說人類在資本主義的運作下，越來越不具有自主的完整性了。

根據這派社會學家的說法，發生異化的不只是個人自我，必然也包括了家庭或文化的自我。當社會的種種條件持續變遷中，依然以相當懷舊的心情，來要求恢復昔日面貌的道德提倡者，恐怕也只是將「美德」扭曲成另一套酷刑枷鎖罷了。

對米紐慶這樣的社會取向的治療者而言，許多身心疾病的發生原本就是這一切時代裂縫的產物或犧牲品。

Alien 另一個常用的意思，也就是幾年前賣座轟動一時的科幻電影的片名，臺灣直接就翻譯成「異形」。異形指的是入侵的外星生命。它不只是入侵到人類的世界，甚至入侵到女主角的體內，孕育了接連兩片依然高潮迭起的續集。

有趣的是，在中古時代，「異形」這個字早就出現了。在從前的西方世界裡，精神科醫師的指稱不是現在的「心靈醫療者」（psychiatrist），而是「異形專家」（alienist）。

中世紀的西方，比起同時代的中國，來得封建許多了。個人的自我是不被允許的。唯一能夠進行思考的存在的，就只有上帝。任何不是來自上帝旨意的思想，也就成爲異端或異形了。於是，不論是意識層面上主動進行的不同教義的詮釋，或是無意識的運作所發生的精神疾病，在當時的眼光裡，都同樣是屬於異形或異端的範疇。

於是，這些不符合上帝唯一意志的「雜亂」存在，有些被處以焚刑了，譬如原本是民族英雄的聖女貞德，就這樣被宗教法庭所礫刑焚亡了；有些則是被終生拘禁在特有的空間。在這些為「異形」而設置的療養院工作的人，也就成為了「異形專家」。

然而，焚燒或拘禁卻制服不了這一切騷動的心靈。隨著資本主義的興起，代表著集體的唯一存在卻逐漸瓦解了。

如果依西方中世紀的眼光來看，現代社會裡這一切紛紛崛起的自我，恐怕全都是異端或異形之流吧。

只是，不論是距離、異化或異形，在這三層乍看矛盾的解釋之間，其實是相互纏繞交織著。

疏離曝現在膠卷上

傑出的藝術創作者，是時代最先端的感應器。他們也許說不出清楚的道理或邏輯分析，卻最早感應到新的時代脈動。

蔡明亮《愛情萬歲》裡，臺北市的都會生活中，人人疏離的現象全曝現在膠卷的感光膜上了。每一個人都是特有而獨立的存在，每個人之間永遠都有不可能到達的距離，每個人都是和這個社會格格不入的，距離或疏離，異化或異形，其實就這樣結結實實地發生在我們的身上。

這樣的情形，在二十世紀上半葉的西方世界曾經深刻地發生過，造就了許多現代主義的藝文成就。如今，在臺灣或香港，或者其他類似的將已開發的第三世界裡，似乎同樣的經驗又發生了。

在王家衛的電影裡，男主角雖然大聲喊著：「讓我們重新開始吧！」可是，所有的人，包括在劇情局外的觀眾，都已經深深明白：分離是必然的了。

戲院外的夜晚依然燈光熱鬧。走廊已開始吆喝生意的地攤，陳列的原來是來自世界各地的時髦衣物。我們走過其中，情緒還深深沉浸在電影的氛圍裡，有些絕望，又有些因為一場好戲而興奮。

人潮還是不見消退，子夜三點的電影依然吸引了無數的觀眾，也許他們是來看戲，也許擠在一起的感覺可以暫忘掉一切距離。我開著車子從新生高架橋經過，忽然看見林森北路的熱鬧沉陷在無邊際的黑夜中，多年以前的印象立刻浮現：深夜裡，黑漆漆的墳地有一場謝鬼神的戲正孤獨地搬演著。

賞析

王浩威，1960 年生，高雄醫學院醫學系畢業，曾為臺大、慈濟等醫院精神部主治醫師，目前為專任心理治療師，臺大醫院精神部兼任主治醫師及華人心理治療基金會執行長。王浩威求學期間就參與高醫的阿米巴詩社，很年輕就在文學領域嶄露頭角，隨著時間經過，創作面向也由詩轉向文化評論及散文隨筆。著有《在自戀和憂鬱之間飛行》、《臺灣文化的邊緣戰鬥》、《憂鬱的醫生想飛》、《打開情緒 Window》，同時編有精神分析、心理治療書籍等十餘本。

〈人潮陷落在黑夜中〉選自《憂鬱的醫生想飛》，這是一本記錄了王浩威作為一個精神科醫師，其心情起伏的城市手記。平時的王浩威，大多秉持精神科專業訓練思維，冷靜客觀地看待身邊的人事物。但醫生也是人，更何況是不斷承擔病人各式負面情緒的心理醫生，心裡也累積了許多複雜難解的意識結。此時的王浩威放下心理醫生的頭銜，回復到一個人的身分，深刻剖析自己的內心世界，勇敢面對恐懼、寂寞、嫉妒、背叛、憤怒、孤獨、羞愧、失落等等，這些屬於最私密的自我卻又與千千萬萬孤獨寂寞的現代人共通的情緒風景。

〈人潮陷落在黑夜中〉先從一場午夜場電影談起，王家衛的電影《春光乍洩》中演出現代人的疏離與無奈，王浩威則從中切入，點出疏離的原因是因為人類的經濟模式與生活方式改變了，對置身其中的現代人而言，想要逃離這樣的社會，重新回到中古世紀已是不可能的夢想。而所謂的疏離（Alien）可以解釋成人與人之間的距離，另外還可以解釋成「異形」，代表體系外的事物，但是妙的是中古世紀精神科醫生被稱呼為「異形專家」（alienist）。原來古人多信奉上帝的旨意，凡是精神有問題以及反抗權威有獨立想法的人都被視為異類，而精神醫生則是處理這些異端份子的專家，由王浩威娓娓道來，我們才發現不論是距離、異化或異形，三種解釋其實是互相纏繞交織難解。而現代人正處於這種難解的疏離情境中，不只王家衛，楊德昌、蔡明亮的電影也處理相同的情緒，因為不管是距離、異化或異形哪一種解釋，都已結結實實發生在我們身上。

王浩威最後的結語充滿了詩意，在墓地上演的戲劇，看似熱鬧實則荒涼，臺上喧囂對比臺下寥落。電影散場後，林森北路擁擠人潮中，豈非同樣以一場好戲的熱情感動，對比擁擠卻各自疏離孤單的靈魂。文章透過對現代人生存處境的說明，提出許多精神疾病起因的解釋，此中有精神科醫生在醫療現場與病人們周旋的切身經驗，同時也是心理醫生卸下專業面具後，一個身為現代人最真誠的心聲抒發。

問題與討論

1.本文中「疏離」有哪三種解釋？
2.根據王浩威的說法，「疏離」產生的原因從何而來？
3.王浩威為什麼看完《春光乍洩》而會有這一篇感想？

延伸閱讀

1.王浩威，《與自己和好——一位精神科醫師的生命看法》，聯合文學出版社。
2.王家衛導演，張國榮、梁朝偉主演，《春光乍洩》。
3.蔡明亮導演，陳昭榮、楊貴媚、李康生主演，《愛情萬歲》。
4.王溢嘉，〈傲慢與偏見——科學與信仰、意識型態間的對話〉，收錄於野鵝出版社《賽琪小姐體內的魔鬼》。

三
女性散文

導論

女性散文，顧名思義，係指女性作家書寫的散文作品，是以作者性別身分（而非作品題材類型）作為區分標準。在臺灣文壇上，把散文當作一門嚴肅的藝術來經營追求大概始於五〇年代，一個有趣的問題是，在以反共懷鄉為主流的年代裡，文學是政治的附庸，寫作時反共思想每每重於形式追求，那麼如何能開出嚴謹的散文文體？於是我們發現，當外省男作家極力配合官方論述，書寫大時代兒女的家國情懷時，外省女作家們正悄然以細膩的心、安定的靈魂逡巡著這塊陌生的居所，她們的空間感遠勝於歷史感，因此，關懷現實，以散文之筆書寫生活瑣事成為她們的寫作特色。儘管她們多係「臺灣省婦女寫作協會」（簡稱「婦協」）的成員，屬於反共文學的從屬角色，但正因其身處權力的邊緣位置，反而更能具體而實際的觀照臺灣生活，形成一種「在地化」的書寫，即使屢被視為褊狹的主婦文學，然站在臺灣文學發展角度來看，卻具有突破反共八股，賦予文學新生命的重要意義，同時也是從反共文學到移民文學的過渡階段，這是不容忽視的歷史定位。

五〇年代女性散文作家群的出現，除了得力於「婦協」——這個在反共復國政策動員下的產物以外，還有林海音與聶華苓這兩位身兼報刊編輯的女作家，前者的《聯合報．副刊》與後者的《自由中國．文藝欄》都是當時女作家們盡情揮灑並磨練文筆的園地。「家臺灣」的文學內容與「現代化」的寫作技法使她們在文壇占有一席之地，如艾雯、張秀亞、徐鍾珮、鍾梅音、蘇雪林、琦君等人均於此時崛起於文壇，其中艾雯以獨白方式寫就書簡體美文，張秀亞以抒情想像挖掘被壓抑的意識活動，兩人文風正預告了現代主義風潮的來臨。

六〇年代以後，則有張曉風、張菱舲、趙雲、李藍、張讓、戴文采、林文月、曹又方、洪素麗、李黎等人明顯的向現代主義轉折，且多有「張腔」味道。七〇年代在現代與鄉土的辯證風氣下，女性散文出現「回歸古典」與「回歸鄉土」兩種風格，前者有林文月、方瑜、張曉風、陳幸蕙、喻麗清、呂大明等人，後者則有丘秀芷、季季、劉靜娟、心岱、白慈飄、謝霜天等人。六、七〇年代的女性散文與五〇年代的不同之處在於女性意識的萌發，過去父權文化底下的母性特質改由女性自我形塑，至於進一步的凸顯性別意識與身分探求，則出現於八〇年代的周芬伶、簡媜等人之作。

根據張瑞芬的研究，近年來臺灣女性散文的內容十分多元開展，可分為「從『自然寫作』到『生活散文』」、「旅行文類與女性意識的結合」以及「身體、自傳與家族史的建構」等等（《臺灣當代女性散文史論》，臺北，麥田出版社，2007 年，頁 43-83）。以下所選取的三篇女性散文作品，都與女性自覺有關，其中季季的〈末嬸婆太的白馬王國〉藉由銀白髮髻與蒼白小腳述說著傳統女性的束縛與認命，從而以「白馬王國」作為渴望掙脫桎梏的象徵；張讓的〈蒲公英〉係透過蒲公英這種卑微而強韌的植物思索女性在傳統父權機制下的被宰制以及自我認同過程；李欣倫的〈祕密初潮〉則直抒胸臆，充分的身體自主，以清新話語道述女性成長經驗。三篇作品主題恰好分別呈現女性認命／挑戰／擺脫傳統的進程。

末嬸婆太的白馬王國／季季

我的末嬸婆太有一座白馬王國。
那座王國是天上人間，人人皆神仙；
凡男人都騎雪白駿馬，日夜護衛疆土；
凡女人都穿綾著緞，永遠嬌柔美麗；
凡三餐都山珍海味，並用金碗銀筷玉盤
……。

這是在我幼年，我的末嬸婆太活到晚年時夢寐以求的安和樂土。

我長大離開家鄉之後的某一日，她眞的如願去到了那座富貴的王國；去安居享福了！

我時常想起她；想起那座虛無縹緲間的王國。我年幼之時，不了解那座王國。稍長之後，我恥笑那座王國。如今，我卻偶爾也會渴求一座那樣的王國；當我疲倦、氣餒之時；當我不忍見劫機、饑荒、殺戮、搶竊等等人間浩劫之時……。我的末嬸婆太也許會罵我，說我還這麼年輕，還不該是嚮往白馬王國的年齡。是的，就年齡而論，我確是不該。然而，我的末嬸婆太又怎能了解：我的渴求是在人間，而非天上；是人，而非神仙！

在我記憶底初始，我的末嬸婆太已是一個七十多歲的婦人；永遠一身黑色衫褲，配著一副銀邊老花眼鏡，並一頭白燦燦的銀髮。只有在她拉起褲管準備洗腳時，才能看到小腳鞋的寶藍色鞋面和白色的裹腳布。除了這些，在我末嬸婆太的身上，再也不能看見其他的顏色。一切看來都那麼單純，幾近單調而空白，使我無從想像她曾經怎樣的生活過來。她一定也曾經是青春少女；曾經是甜蜜的新婦、忙碌的少婦、責任重大的中年婦女；有過燦爛多姿的歡樂歲月，也有過生活裡不能或免的煩憂和挫敗。然而，那一大段歲月，到底是距離我太過遙遠，在我記憶底初始，它們像是根本不曾存在過；即或存在過，也都早已變成很恍惚的過眼雲煙了。

我對我末嬸婆太的深刻記憶，大都是和我的末叔公太連在一起的。那時，我大概只有四、五歲吧？我的大弟因急性腸胃炎先走了，母親新添了二妹，我總是吃過早飯就自自然然走到宅前的大埕找伴玩。事實上是找不到什麼伴的；比我稍大一些的堂兄堂姐都上學去了。因此，在那段時間裡，我的固定玩伴竟是末叔公太和末嬸婆太這對七十多歲了的老夫婦。很奇怪的是，我對他們比較深刻的記憶，似乎都在冬天。我離家北來後，幾次細心的追索，彷彿我和他們共度過許多個冬天，而竟不曾共度過一個夏天！冬天早上，我一走到大埕，就看到他們並坐在門墩上，靜靜地就著照到門檻的冬陽取暖。

「來，阿月來曬太陽。」我的末嬸婆太總是這麼招呼我。

我也總是乖順的走過去，擠坐在他們二老之間。那時，該上學的都到學校去了，該工作的都到田裡去了，宅前宅後顯得很清靜，只偶爾聽見宅後傳來雞鴨的跳叫，以及宅前馬路上的腳踏車鈴聲和趕牛的吆喝聲。

「阿月吃飽了嗎？」我的末叔公太每天都這麼問我。

「吃飽了。」我也每天這麼回答著。

然後我們就都不說話，只是靜靜地曬著太陽。我常常越過對面的屋脊看到那棵老芒果樹光禿禿的枝椏，張牙舞爪的貼著灰白的天空。刺竹叢的頂端在風裡搖曳著，總有幾隻飛鳥在那裡閒閒的來去，雲層漸漸的淡開，太陽升得更高了，我的末叔公太於是站起來說：

「走，我去摘番茄來吃。」

在他的後園子裡，他的兒子每年冬天都種了幾排番茄自家吃，我的末叔公太拄著一根細細的枴杖，長長的雪白的鬍子在風裡飄呀飄，飄到後園去了。

「阿月不要跟去，後面那邊風大。」

於是我仍和末嬸婆太坐在門墩上曬太陽。過了不久，我的末叔公太回來了。他提著一隻古舊的竹籃子，裡面裝著三個蒂頭蒼綠而肚皮紅豔豔的大番茄。他坐下來，打開籃蓋，取出番茄，用長長的大拇指指甲把蒂頭摳掉，然後拉起衣襬猛力的來回擦了幾下。

「這個最大的給阿月。」每次他都這麼說。

「對啦，最大的要給阿月。」每次末嬸婆太都這麼附和著。

番茄的汁多，爲了要把不斷滴出的汁吸到嘴裡去，我們總是唏哩呼嚕，吃得非常忙碌。末叔公太年紀大，動作慢，常常一不小心就讓番茄汁滴溜到下巴，又順著鬍鬚淌下去。末嬸婆太很注意這件事，我們吃著番茄的時候，她常常側過臉去看看末叔公太的鬍鬚。

「又滴落啦！」

「喔！」

末叔公太從衣袋裡掏出一條小面巾，把下巴和鬍鬚仔細擦了一番。

「阿月要不要擦擦手？」

每次我都從末叔公太手上接過面巾，在嘴上和手上胡亂擦了幾下，擦完就把面巾遞給末嬸婆太，她也在嘴上和手上擦幾下，然後就把面巾遞還給末叔公太。

吃完了番茄，太陽已照到大埕中央了，末嬸婆太照例要進房去搬出兩張矮矮的紅木方椅，放在大埕的中央。我也跟進去，搬一張小圓凳放在紅木椅的旁邊。那時，我的末叔公太照例拄著枴杖，慢慢的走出了大埕，到村中的小店找人閒聊；而我的末嬸婆太則開始忙著張羅她的梳洗用具。我想她一直是個極愛清潔的人：單日梳頭、雙日洗腳，從不間歇。她的頭髮雖已雪一般的白了，髮絲卻還十分柔細。平時，她的頭髮全都攏到後腦挽成個髻，髻上插了支銀簪。臨梳頭之前，她把銀簪取出來擱在旁邊的紅木椅上，然後鬆了髻，雙手在後腦上揉搓了幾下，一匹銀閃閃的瀑布就傾瀉而下，直抵她的腰際。她握起一把咖啡色的木骨梳子，大落落梳了幾下，然後就把梳子揚起來說：「阿月，來幫我梳頭。」

我接過梳子，站在她的身後。她穿著黑衣，披著銀髮，那黑白分明的色澤，自有它的莊肅意味，我站在她身後，總會呆立幾秒鐘，心中充滿著感動和敬重。那時，我也許還不明白那原因吧？後來我才知道，彷如我對「歷史」、對「經驗」的感動和敬重一般；對於和歲月並肩走過漫長路途的人，不論他是貴爲王冑抑賤貧如乞丐，那勇氣和辛酸都是值得感動和敬重的啊。

「阿月，妳手痠了嗎？」

「沒有啊。」

我趕緊又握起梳子，輕輕地落在末嬸婆太的頭頂，小小心心地由上而下梳著。

「阿月，妳在想什麼啊？」

「沒有啊。」

「小孩子和老年人一樣，吃飽飯沒事做就愛胡思亂想。」

「沒有啊。」

「沒有就好。小孩子最好不要胡思亂想，要認眞讀書。」

我很想回說，我還沒有上學，可是末嬸婆太的語氣自有一種長者的威嚴，像是一道命令，只能順從。我「哦」了一聲，仍然輕輕地爲她梳理一頭銀絲。前前後後、左左右右，我一下又一下的梳理，直至她說：「好了，可以了。」

她的「好」也許是很即興的，並沒有什麼標準。有時我梳沒多久她就說「好了」，有時我梳得手發痠，她也仍一聲都不吭。那時我就想：末嬸婆太大概在胡思亂想吧？不知她都想些什麼，不然怎會忘了我在替她梳頭梳得手發痠了呢？一定是想著一些很遙遠很美好的事吧？

她說了「好了」之後就倒了兩滴樟腦油在左手心，右手掌貼著左手掌搓了幾下，搓勻了就移到頭頂，慢慢把每一根銀絲都搓勻了樟腦油，在陽光底下更見銀光閃爍了。空氣中瀰漫著樟腦油微帶辛辣的清香氣息，我深深的吸了幾下，末嬸婆太就說：「阿月，站過來。」我站過去，她的雙手按在我的頭頂上，迅速的搓了幾下說：「也給妳抹些油，來，自己拿梳子梳一梳。」

然後，她手勢極爲俐落的，三下兩下又把一個水光光的髻給挽起來了。這件事一直是我很迷惑的，幾次想看清她怎麼挽起那個髻，卻總是看不清。有時天氣冷一些，她挽好了髻又在頭上戴上護額。至此，末嬸婆太的梳頭算是告一段落了。我幫著把椅子、梳子等等用具搬進她房裡，然後又和她並肩坐在門墩上曬著暖暖的冬陽，直至母親喚我回家吃中飯。那時，末嬸婆太的媳婦差不多也已經把二老的飯菜送到他們房裡來了。

到了第二天是雙日；是我的末嬸婆太洗腳的日子。從她洗腳的這件事情，我最能清晰分辨舊式婦女和現代婦女的不同。洗淨一雙天足，頂多只要一兩分鐘吧？但是洗淨一雙小腳卻得將近一小時。

首先，末嬸婆太仍然把兩隻紅木方椅搬到大埕中央，我也照舊替她把小圓凳搬出來。在一隻紅木方椅上，她放著一條擦腳巾和兩條雪白的裹腳布。她的媳婦端了一大盆溫溫的洗腳水來，擱在小圓凳上，又把一盒肥皂擱在紅木方椅上。末嬸婆太彎起腿，捲起褲管，脫掉小腳鞋，然後像剝筍籜般的把裹腳布層層剝除。那時我的小心靈常常想：一個筍籜如果眞像裹腳布那麼長，有誰願意吃筍呢？多麻煩哪！後來我長大在書上看到人家形容裹腳布總說是「又臭又長」，我就暗自笑著幼時天眞的聯想。筍是玉潔冰清的，怎能和又臭又長的裹腳布聯想在一起呢？

剝完了裹腳布，我就看到末嬸婆太那雙慘白無血色的小腳；在陽光下眞像一個字也沒寫就給揉縐、丟棄了的白色紙團。她總是很快的把小腳泡進溫水裡，同時悠悠的呼出一口氣，彷彿是一聲極爲舒泰的嘆息。有一次我曾舉起自己尚未長大的天足去和末嬸婆太的小腳比了比，還自以爲很聰明的說：

「末嬸婆太，妳比我大那麼多歲，妳看妳的腳，長得還沒有我的大呢。」

「傻阿月，」她說：「我的腳哪會長大呢？」

「爲什麼不會？」

「早就綁死了。」她淡淡的說。

那時我確實是不了解「綁死」的意義和痛楚的，我甚至還說「怎麼綁死了呢？妳又沒死！」那一類既天眞又殘酷的話來。後來我在謝冰瑩女士的作品中，看到她描寫的裹腳之苦，眼中清晰看見的就是我的末嬸婆太那雙慘白無血色的小腳。我終於明白末嬸婆太所說的「綁死」了。

從末嬸婆太的年齡來推算，她大概出生於一八七五年；也就是清光緒元年。那時臺灣尚未淪入日本統治；是福建省所屬的一個府，和大陸南部沿海各省的往還密切，工商、文化、民俗也都深受影響。當時中國的人口有一半是女性，而這些女性卻全是閉鎖深閨，不能邁出大門去工作的小腳。到了清末，中國的女性開始有了「天足運動」和「女學運動」，生逢其時的謝冰瑩女士就在那時解放了她尚未完全綁死的小腳，進了她夢寐以求的女子學校。我的末嬸婆太比謝女士大了三十多歲，不幸兼具了「文盲」和「小腳」，是實實在在的中國舊女性的典型。我常常幻想一個農村裡全住著小腳婦女的情況。她們不能像現代的農村婦女一樣騎自行車、挑水、下田、揹孩子。她們不能做一切粗重的事情，大概只能燒飯、洗衣、拉著孩子的手散步吧？從勞動的角度來說，她們確實是享了福，因爲從未受過勞力之苦；然而，從「完整的人」的角度來說，她們卻是吞盡心酸慘痛的淚水啊。

我長大後，一回想起我的末嬸婆太，首先清楚看到的就是那一雙暴露在陽光下的慘白小腳。在我的生命裡，那是我所見到的第一雙小腳的眞面目，同時，也是最後的一雙了。我陪著她洗小腳的那些日子，如今已重疊成模式相同的一日，而且是永恆的一日了。

我的末叔公太去世後，末嬸婆太的生活就走了樣。梳頭、洗腳、曬太陽、拄著枴杖散步，這些全成了永不再來的白日夢。那時她已經八十多歲了，成天躺在紅眠床上，帳子掀開了一角，可以看見她凌亂的頭髮散在枕頭四周，在微暗的光影裡閃著一點薄弱的光芒。她的眼睛閉著，有時只是安靜的淺眠片刻，有時則突然張開雙手，口中發出像禱告般的緩慢囈語：「看啊，玉皇大帝又來了，玉皇大帝派來的十匹白馬和金馬車又來迎接我了。昨天我剛去過玉皇大帝的聖殿，玉皇大帝說那裡是白馬王國呢。」

「啊，看啊，看那些馬，又白又大的馬，騎在上面的男人多麼英勇、多麼威風啊。還有那裡的女人，穿著綾羅緞、繡花鞋，端著玉盤啦、金碗啦，裡面裝的都是山珍海味啊。我就要去了，玉皇大帝要請我去做上賓啦。啊，我要去了。白馬拉著金馬車又來了。啊、啊——」

這些大同小異的唱詞，充塞著末嬸婆太的晚年。她在世上的最後幾年，差不多每天都在類似的唱囈中恍惚度過。那時我已上了中學，每天早出晚歸忙著功課，偶爾星期天去探望她，她即使睜開眼睛望我一眼，似乎也不認得我就是當年陪她梳頭、洗小腳的阿月了。我不知道那最後的幾年是誰在替她梳頭洗腳？幾天梳洗一次？我沒問過她的媳婦們。生命到了那所謂風燭殘年的時刻，梳頭、洗腳，似乎都變成可有可無的事了。我只知道她時時嚮往的白馬王國，無一日不在向她頻頻呼喚。最後，她終於欣欣然去到了那夢想已久的安和樂土。

在這紛紜的塵世裡，我的白馬王國在哪裡呢？我希望我的末嬸婆太能夠明白：我的渴求是在人間，而非天上。是人，而非神仙！

賞析

作者季季，本名李瑞月，在二次大戰終戰前一年（1944）生於臺灣雲林二崙鄉永定村，因著對創作的瘋狂熱愛，她在大學聯考與文藝營活動撞期的抉擇中毅然放棄前者，十九歲時便懷抱著文學夢隻身北上，從文星書店到明星咖啡館，再到皇冠出版社，都有她蓄積文學能量的生活寫作歷練。

崛起於六〇年代，且非學院派出身的季季，是戰後第一代本土女性作家，她的小說先於散文書寫，早期創作深受現代主義的影響，在關注現代人心靈扭曲與疏離之餘，亦偏向女性意識的萌發；七〇年代以後，乃漸脫離現代主義的氛圍，朝鄉土寫實的路子走，也更掘發各種女性議題。

她的散文常援用小說手法，故事性強，在清淺的對話與細膩的描寫中娓娓道敘鄉情、人情與心情，並帶有一種生命的反芻力量，她曾自言：「生存在暗影中，由於閱讀寫作而獲致生命的光輝」（〈暗影生異彩〉），故創作、書評與編輯工作遂不斷成就豐富其人生。她的散文作品有《夜歌》、《攝氏 20-25 度》、《寫給你的故事》、《行走的樹》、《我的湖》等書，至今仍筆耕不輟，在《印刻文學生活誌》中撰寫「永定日月」專欄，以書寫家鄉情事為主。

〈末嬸婆太的白馬王國〉一文透過回憶書寫了幾個面向：一是鋪陳四、五〇年代臺灣農村的部分風貌，靜謐、安適、恬淡的氛圍中緩緩帶出農村裡老人與小孩生活相依的場景；二是凸顯老人形象與老年生活，末叔公太「拄著一根細細的枴杖，長長的雪白的鬍子在風裡飄呀飄」，末嬸婆太「一身黑色衫褲，配著一副銀邊老花眼鏡，並一頭白燦燦的銀髮」，作者進一步書寫兩老平淡中的真情與規律生活，以對襯出喪偶後婆太形單影隻的失魂模樣，字裡行間隱隱有著悲憫與不捨；三是形塑中國傳統女性的典型，這是全文的精采處。經由四、五歲的童稚之眼觀看七十餘歲的末嬸婆太，從梳「頭」到洗「腳」，兩件再平常不過的事卻能完整呈現一個舊式女人的禁錮與無奈，作者善於運用顏色來烘托傳統女性的形象——「黑」色衫褲、「銀」邊老花眼鏡、「白」燦燦銀髮、「寶藍」色鞋面、「白」色裹腳布、髮髻上插了隻「銀」簪——除了黑與銀白外，唯一的色彩卻是來自包裹著慘白小腳的鞋，用藍色象徵婆太「早就綁死了」的淡淡憂鬱。只有在搬出「紅」木方椅時，才是婆太卸除髮髻與裹腳布，舒展柔細髮絲與變形雙足的快樂時刻。而婆太晚年渺茫想望著的白馬王國，是肉身死亡後的極樂嚮往，卻也成為作者興嘆現實人生的觸發點，以「白馬王國」象徵人間的世外桃源，渴望尋求這個理想的富貴王國，而這份渴求，恰恰反映了作者冀望現世安穩，歲月靜好的心緒。

問題與討論

1.作者在文中形容末嬸婆太長年被纏裹的小腳在陽光底下「真像一個字也沒寫就給揉縐、丟棄了的白色紙團」，請以此為出發點，討論作者如何書寫傳統女性的困境。

2.高齡化是臺灣社會即將面臨的問題，吾人當如何善體老者處境？又如何經營自己的老年生活？

3.人間果然能找到白馬王國嗎？如若不能，那麼作者的渴求只是夢囈奢望？還是有何深意？

延伸閱讀

1.鄭明娳，〈評季季的《夜歌》〉，《中國現代散文論文集》，臺北，大安出版社，1977 年。

2.吳錦發，〈生命中可以逆流的河——試論季季的生命觀〉，《臺灣文藝》61 期，1978 年 12 月。

3.葉石濤，〈季季論——臺灣婦女生活中的「詩與真實」〉，《臺灣鄉土作家論集》，臺北，遠景出版社，1979 年。

4.張瑞芬，〈傾聽夜歌——論季季散文〉，《五十年來臺灣女性散文：評論篇》，臺北，麥田出版社，2006 年。

蒲公英／張讓

我站在窗口，院中新抽的細草中兩株蒲公英。

1

月曆上記三月二十日開春，但是春天並沒有來。依舊是冷，冬遲遲不肯退去。過了一個月，近四月底，春風不送暖，多雨。有時陽光高照，射進屋裡來。然而窗户緊閉，因爲那風帶著刀氣——春寒翦翦。在樹木抽芽，草色綠遍之前，野地上蒲公英已經開了花。簇簇金黃，彷彿陽光猛然從地裡冒出來。像喇叭水仙，蒲公英是春天的第一個顏色。在視野仍然枯寂的時候，鳥在枝頭鳴叫，地上，金黃一片灑開，蒲公英也叫得響亮。

2

路邊野地上一片蒲公英。耀眼奪目，是自然無心的創造，不需刻意去營求。也許因爲如此，蒲公英的身分低微，近乎卑賤。美國人家在草坪上灑了藥，專爲了殺蒲公英，追求草地上不含一絲雜質的純粹。一片綠得徹底的草坪，因此暗示了某種宗教的嚴厲，和軍事的規律。

然而一片新整翠綠的草坪再乏味不過，是死去的風景。像將樹木如棋盤一列列種得筆直，我看不出那美。美是秩序，但秩序未必是美。中國人說「錯落有致」，那其中有無心的規律、和諧，是看來不費一絲力氣的美。像山與水的交錯，花與木的間雜，像草原上各式各樣的野花。我總在西方的草坪中看見人強硬的意志，那意志必得誅殺蒲公英，將任何一絲黃色剷除，直到那草色劃一回答：「我服從！」

A

我和阿妮可各自用一把小刀，從土裡掘出帶根的蒲公英。才是初春，出土不久的蒲公英草葉細瘦，有的已結小而硬實的花苞，仍未開花。最好不要已結花苞的，阿妮可告訴我。我從未採過蒲公英做菜。

我們在草坡上找尋，彎著腰，看見了便蹲下身，用水果刀切進土裡。大約五點前後，光斜斜從身後照來。一匹馬在坡下吃草，不時搖晃尾巴。我們邊掘邊談，裝滿了一桶便上坡向屋子走去。收拾好這半天來在屋內屋外散置的東西，重新開車回半小時以外的小城，巴尚松。

在阿妮可和史高特家裡，我和阿妮可將蒲公英撿洗乾淨，阿妮可在裡面加了白煮蛋和炸香的火腿、麵包，拌上作料做成沙拉。微澀微苦，細葉嚼在口中如草。這是我第一次吃到蒲公英。

B

阿妮可和史高特是我和 B 多年前在安那堡認識的朋友。後來他們去了法國，我們接連搬家，幾乎失去聯絡。去年我們回安那堡，在那裡過了整個暑假。我先回東岸一陣，在那段期間內，一晚 B 從書店出來，竟遇上正回國訪親的史高特和阿妮可，就此又聯絡上。今年三月，藉 B 到法國開會的機會，我們順便度假旅行，到巴尚松探訪他們。

我們已事先寫信通知，也得到回信。但是只有地址而無電話號碼，又未講定那天幾點到，我們並無把握能找得到他們。我們到巴尚松時已經晚上九點以後，本來應該在狄將換火車，卻因為差錯到了里昂。重新買票上車，延遲了一個多小時才到。從火車站我們搭計程車到他們住的巴通街。計程車駛過蜿蜒狹窄的路，不久停在一條窄街上，一扇黑色鐵門前。門上，正是我們尋找的住址。

鐵門看來陳舊森嚴，在並不明亮的黃色路燈下，似乎不像住得有人。我們想也許到錯了地方。B 推開門，裡面漆黑如洞。他伸手摸到開關，打開燈，一條「甬道」通向裡面，我們提起行李往前走去。左邊牆上有一排信箱，我們找到他們的。信箱門上貼著一張紙條，告訴我們往前走，推開盡頭右邊的門，穿過小院子，臺階上的門右邊那家即是。我們重新往前走，因爲確知能見到他們而喜悅微笑。若 B 在安那堡的匆匆一面不算，我們應有五年未見面了。

C

我在札記上寫：

上次我見到阿妮可，她正懷著第一個女兒，大約四、五年前。現在她是兩個孩子的母親，身體和心理上都不一樣了。生養兩個小孩顯然使她蒼老了。她的臉看來有疲憊之色，眼角也生出細紋。可是心理上她變得十分堅強，像一個必須供給和保護的母親。我感覺到在她裡面有什麼東西硬如鐵石，也許每個母親都有這品質。這種「硬」不同於男人的硬。男人硬在表面，女人（尤其身爲母親的女人）硬在裡面，儘管外表上顯得柔弱。也許這種品質來自於爲別人而活，尤其當那「別人」是你的血肉。由理性導出的仁善之心是否能給人同樣的強度？似乎凡是出自理性思考的善和出自本能的愛一比便蒼白失色。

我發現這種來自身爲母親的特殊力量有些可怕。它像一股盲目的力，強大到足以創造，也足以毀滅。所以一個親愛的母親很容易便成爲暴君、怪物。爲了不成爲暴君，一個母親必須忍受絕頂的痛苦去學習放手。這不是容易的事。做母親是同時在天堂，也在地獄。

在我看來，一個母親就像原野中的獸，沒有思考可言，只有本能。如果說凡是出於自然的便是美，身爲母親這件事是美的。否則，正如自然是既醜惡又美麗，爲人母親也是。

阿妮可談到做女人的特權。身爲女人給予女人做母親的門票，男人便沒有這機會。在自己的身體裡面創造生命是件神奇的事。一個女人覺得自己很大，像宇宙。同時也變得比較肯定，傾向於生而不傾向於死。

所有的女人都這樣覺得嗎？是不是所有女人在成爲母親時，突然都覺得比男人優越？這種權力之感維持多久？女人能夠以自己的生育能力爲武器來反對男人，輕視男人嗎？這是談及女性主義時必得深入的關鍵問題。

D

我們在巴尚松兩天三夜，之後起程往巴黎。在那短暫的幾天裡，我們花許多時間散步、聊天和吃，每一件都愉快令人回味。我記得我們的談話，尤其是阿妮可談她成長的心路歷程。

每個女人都有她成長的心路歷程，正如每個男人有他的。不同的是，男人必須學習如何擴張自己，然後了解自己的極限，而女人必須學習限縮自己，克制擴張的欲望。至少，在女權運動有任何成果以前如此。現在男女有中性化的傾向，一個理想的人不是傳統定義下的男人或女人，而是，就某個程度而言，兩者中和均衡的人。然而這仍是我們在搜索肯定的典型，實際上，男女走不同的道路，最後對彼此達到不同的理解與期待。

在巴尚松時，我們的談話不免涉及男人與女人。我們各有觀點，堅持自己的立場，對異性進行剖析、批判。女人比較喜歡控制別人，對大小事情斤斤計較。男人比較散漫，沒有組織能力，又粗心大意，凡事只從自己的利益出發。女人如何，男人如何。兩方各自振振有辭，覺得自己觀察入微，體會深刻。說服對方幾不可能，因爲我們既不是很有系統又很精密的在談，最後只能停留在表面，一些浮泛的印象和言辭，像大部分的爭辯。然而可確定的一點是，除了生理差異，男女的思想、感覺和行爲也不一樣，只是我們不清楚這差異是來自先天，還是後天。

E

阿妮可說：

我年輕一些的時候很厭憎做女人。我抽菸，打扮得像男的，一點也不要和女人沾上邊。我很憤怒，一心要反抗。到我懷孕以後，整個都變了。我變得非常女性化，回過頭來追女人味的東西。我把頭髮剪了，整個人覺得清爽許多。以前我喜歡晦暗的顏色，現在我喜歡各式各樣的顏色。我以前要做男人，現在我要做很女人的女人。從一個極端跑到另一個極端。我變得高興了，充滿希望，覺得許多事都可能。有一個生命在你身體裡，那是奇蹟。你覺得自己變得很大，無所不能。沒錯，懷孕是很辛苦的事，你行動不便，腿上生靜脈瘤。生產會痛，不容易。但是事後，你有一個小孩。那種感覺，你以前的痛比起來都不算什麼了。

3

我能了解阿妮可的話嗎？她的話裡有什麼祕密可以參透嗎？我願意了解嗎？

趨近四月底，樹木發芽了，草綠起來，蒲公英散布在草地上，鳥在林間穿飛。風暖如衣，我將窗户打開，小屋如船要在陽光中駛出去。這是春天，終於來了，喜氣勃勃像天眞爛漫的小孩，將每個晴天妝點成假日。我可以領會。有誰不能領會春天嗎？有誰能否認活著不是好事，因爲有這樣的天，這樣的地，這樣欣欣然向上生長的草木與鳥獸？誰能在這樣的和風麗日中執意於擁抱毀滅，嚮往死亡？所有的信號標示生命，所有的路通向光明。而如果我能了解春天，便能了解阿妮可的話。

而了解不是正確的說法。春天有什麼需要了解的嗎？一個人披戴了陽光去草地間涉足，聞嗅樹上的花香，感到空氣中有什麼躍動，他在體內共鳴，歡欣欲奔，像一隻獸呼應原野的召喚。這是無可爭辯的感覺，你通過身體去感受、認識。你或者知道，或者不知道，沒有什麼了解可言。生命的事實也是這樣。一個女人做了母親，經驗過，便知道，此外沒什麼可說。沒有生育過的女人和男人可能聽說，但是永遠無法知道。恍如顏色，一個人不可能了解顏色，然而看見時便就知道了雪白是怎樣，松綠是怎樣。至於很多事情，知道並不是全部。知道和了解間往往有很長距離：一個是浮泛的認識，一個是刻骨的領會。

4

我知道一些事情。不多，足夠有時將我浮起，有時將我擊沉。我知道生存最嚴酷的事實是，如果你不幸是一株長在人家草坪上的蒲公英，十之八九會被農藥毒殺死，或被連根拔起。這是一個意志傾軋的世界，每個人都要活下去，活得比別人好。有人發號施令，有人頑抗，有人服從。一個「成功」的社會是一片綠色森嚴，不摻雜一株蒲公英的修整草坪。我們不是那草，就是那蒲公英——是社會意志的對象。如果我們說，不管男人女人，我們生來如此，那是太可笑了——關係人的事，有多少生來如此？當我們談論男人應該如何、女人應該如何，我們談論的是自然條件嗎？不，我們談的是意志、權力、欲望、期待，我們談的是控制和服從。問題是誰控制，誰服從？以性別決定？財力決定？還是，什麼？我們要制定什麼樣的律則，規畫什麼樣的秩序，以什麼樣的方式創造幸福？我們知道嗎？我願意知道，而更進一步，我願意理解。也許，我們都需要理解。

5

若干年前，我在電視上看見除蒲公英農藥的廣告，心中充滿鄙視和憤慨。蒲公英何罪？那時對於美國中產階級的草坪，我只有不屑。我仍然不屑，只是多了點理解。唯這理解不能解脫我「蒲公英何罪」的悲嘆，與使用農藥對環境的毀壞的擔憂。更重要的是，我不能欣賞美國人的這種庭園美學，我總在那潔淨平整的草坪上看見大批的誅殺，強加的秩序。我看見人的鐵腕無情。

美國作家烏蘇拉黎亙在散文〈女人／荒野〉中，這樣描寫人統治自然的方式：「文明（男）人說：我是自己，我是主人，所餘是其他（other）——在外，低下，卑微。我擁有，我利用，我探索，我剝削，我控制。凡我所做即是重要。凡我所要即是物的所用。我就是我，此外是女人和荒野，供我隨意驅策使用。」

男人與文明，女人與荒野？奇異而又不奇異的連結。說明人其實並不單純是自己，而是彼此眼中的創造，包含想像、投射和期望。

6

想像草地上滿是蒲公英。春天，然後是夏天。蒲公英會不斷開花，那樣快樂，那樣多，不知道自己卑賤的揚揚開下去。我會在開滿蒲公英的草地上大踏步走路、跳躍，像第一個直立起來的猿人，我將兩臂舉向天空，讓空氣充滿胸腔，我張口，吐出一輪發亮已久的太陽。我這樣大踏步走去，走在一片光明中——我是想像、神話。

我曾在想像中創造自己，發亮如星球，快樂如大舉來到的春天，不知卑賤與不公。我們都曾經這樣珍貴。

然後我們漸漸發現，一點一滴，在不可置信的錯愕之中，在理解之外。我們憤怒，恨生爲自己，恨活著，恨全世界。

阿妮可的憤怒曾經也是我的憤怒，而如果她已安於家庭與子女而冷卻，我仍然維持那年輕的憤怒。我擎著一張嘴到處爭辯，敲鑼打鼓爲了一些執拗的信念。不止關於男人女人，不止關於統治服從，而是關於了解溝通。

F

阿妮可談到小孩，我的其他朋友也談到小孩。這些年裡，我們不斷看到新生的小孩。是的，他們的可愛令人心碎。我們想要保護他們，給他們一個完美的世界。然而我們知道，事情將不如所料。正如我們自己被扭曲了，那些美麗的嬰孩也將被扭曲。偏見、勢利、短視、冷漠、無知，抑或愚蠢，不知哪些會成爲他們思想的中心、人格的標誌。我們的小孩將是斫了尖的草，在灑滿農藥的園地裡茂盛。他們會以爲，草本就應該只長到那個高度，而且永不開花結子，而蒲公英原應誅殺，無權生長。

7
G

我在院子裡散步。

院裡，草地上零星綴著金黃。才幾個暖天，樹已先先後後冒出了芽。鳥不斷到草地上啄食，然後呀呀叫著飛上枝去。松鼠下樹來，在草間跑竄。這蕪雜的庭院像一片小小的荒野，緊鄰的樹林伸展有山嶺的青蔥之氣。我不打算收拾這庭院，要讓它維持這荒野的面目。這樣，它是自己，有屬於它的恣意、繁華，不是我的延長。畢竟，人的欲望與意志不必，也不能普及到每一件事情之上。讓蒲公英是蒲公英，我是我。讓雜草沒脛，結穗生子。讓這一片小小的荒野就在門口，三步之外。

讓它欣賞我，我欣賞它。

讓我是男人兼女人，文明並荒野。

賞析

本名盧慧貞的張讓，出生於《文學雜誌》發刊那年（1956），當時臺灣正由臺大夏濟安教授領鋒，開始引進歐美思潮，扭轉了反共懷鄉的一元化論述。其時，受美援影響，留美熱潮亦已掀起，故在金門出生，後遷居臺北永和的張讓，從北一女而考取臺大法律系，畢業後乃遠赴美國安那堡密西根大學攻讀教育心理學，現定居美國。

由於從小好奇有辯才，長成後又兼有法律與教育心理的雙重專業，因此下筆為文，往往傾向問證思辯，善於剖析，與女性文學慣用的柔美語言大異其趣。即使取材自生活瑣務，也在森冷洗練的筆觸中鋪設生命的反思，甚至擴及家國天下的凝視觀照。她擅寫小說與散文，前者每以小人物為主，刻劃並省察現實人生，有短篇小說集《並不很久以前》、《我的兩個太太》、《不要送我玫瑰花》、《與愛情依然魔幻》及長篇小說《迴旋》等；後者則屢透過現象的描述進行二元辯證，有《當風吹過想像的平原》、《斷水的人》、《時光幾何》、《剎那之眼》、《空間流》、《急凍的瞬間》、《飛馬的翅膀》、《當世界越老越年輕》和《兩個孩子兩片天》（與韓秀合著）等散文集。此外，還寫了兒童傳記《邱吉爾》，並譯有短篇小說集《初戀異想》、《感情遊戲》、《出走》和非小說《人在廢墟》。等散文集。

她早期文風帶了張愛玲式的冶豔，其後偏向手記體的哲思析辨，在時間裡巡弋，在空間中流眄，近年來逐漸知性與感性合一，批判的稜角猶存，但多了幾分生活的溫煦展現。

作者於 1990 年寫作〈蒲公英〉一文，從一種看似卑微，卻又帶來早春消息的蒲公英入手，進行二元對立的觀照，其中有西方／中國的美學省察（潔淨平整／錯落有致），有男／女的兩性思考（擴張自己／限縮自己），以及由此衍生的傳統價值批判（霸權／服從；文明／荒野）與對教育的憂心（偏見、勢利、短視⋯⋯）。全篇在花事與人事的交融書寫辯證中，作者身為人（而非女人）的價值觀清楚呈現：自然的規律和諧遠勝於人為的意志操縱。性別不平等是社會意志下的產物，男女無法自性發展，如同美國庭園裡被扼殺的蒲公英，於是處在意志傾軋的世界中，理解與溝通便成為要事，「讓蒲公英是蒲公英，我是我」，相互尊重，彼此成全，才是創造幸福的方式，而作者的自我期待則是「男人兼女人，文明並荒野」，最終破除了二元對立，以中性體的姿態體認生命之自然。

問題與討論

1.中／西方的庭園美學有何差異？作者在文中如何進行比較與批判？

2.文明與荒野在文中有何寓意？兩者是否存在必然的對立？有沒有消解的可能？

延伸閱讀

1.施淑，〈家庭戰場——《並不很久以前》〉，《兩岸文學論集》，臺北，新地出版社，1997 年。

2.王德威，〈庸人頌——評張讓《不要送我玫瑰花》〉，《衆聲喧譁以後：點評當代中文小說》，臺北，麥田出版社，2001 年。

3.李奭學，〈臺灣散文的新典範——評張讓著《剎那之眼》〉，《書話臺灣》，臺北，九歌出版社，2004 年。

4.莊裕安，〈當風吹過想像的冰原——《急凍的瞬間》〉，《聯合報‧讀書人版》，2002 年 7 月 7 日。

祕密初潮／李欣倫

當歸

【本草綱目】補血活血，調經止痛。

【藥罐綱目】滋補少女易夢體質。

彎進巷道，沿碎石子路走，右側是長溝渠，水細細淺淺，草蕨從溝壁縫中竄生，點綴著紫紅酢漿草。左邊是住家，屋簷下的磚壁突出一截排油煙管，靠近地面則嵌幾支塑膠管，分別湧出煙絲和汙水。大概是廚房或廁所吧，清新的泥土味中，羼混著飯菜香與屎尿騷。路越走越狹，最終與土坡相連。

他們陸續爬上高及胸的陡坡，大聲喝著她名字。她一身粉黃衣裙，蕾絲滾邊的蓬蓬裙，易被坡翼散置的鏽鐵條鉤破，因此小心翼翼，喊著表哥來扶。表哥在一夥男生面前，絕不同她手牽手，他扠著手臂，輕謔看一眼：膽小鬼！表妹也已躍上陡坡，隨同男生歪歪斜斜步至坡頂，翻越欄杆，忽地瞬間消失。

總在此刻，她被孤立，被留在欄杆外，被拒絕於他們一連串的冒險遊戲之外。

到處張望，沾裹泥巴的手心擦髒臉蛋、裙襬，仍不甘心，試圖爬上陡坡，不慎擦破膝蓋，只得放棄，坐在溝邊摘花玩，不時回望欄杆，歷險的入口。兩三隻蝶在欄邊飛旋。那兒有什麼？有兒童樂園的摩天輪、旋轉木馬、八爪章魚和旋轉咖啡杯，或許還有五塊錢一盒的小美冰淇淋吧。賣冰的姐姐身穿紅白相間衣裙，微笑，轉身，從冰櫃拿出冰淇淋盒。煙霧從冰櫃緩緩游開，彷彿故事書上繪的天堂景象。

恍惚中聽見遠處單車聲，叮鈴叮鈴，表哥拍醒她，揉揉雙眼，不知睡了多久，天色轉暗，那群笑她愛哭包的男生走了，表哥又牽起她的小手，回家。

媽瞧見她髒兮兮模樣，面頰留一枚蟲咬痕，叨唸表哥一頓，隨即脫去她斑汙的衣裙。幼時的女孩，似乎都得穿這種連身、裙襬短而蓬鬆、露出部分白色內褲的衣裙，搭配與上衣同色系的絆釦軟鞋，辮子紮同色絲帶，活像只洋娃娃。可是表妹卻不如此，她想，表妹穿兩個哥哥穿不下的夾克、運動褲，甚至他們的內褲，單調顏色，省略花邊蕾絲。一頭短髮，隨兩個哥哥丟球、打彈珠、玩遙控飛機或爬樹。

幼時一起洗澡，並未發覺自己和表哥不同，反而是穿上衣裳，性別界線才清楚顯現。他們互相搓背，混合洗髮潤髮肥皂絲，製造滿缸泡泡，渾身泡沫，在溼滑磚地上單腳滑行。偶爾撞著了，立即分開，摸摸頭笑著，然後噗通跳進放滿水的浴缸，浮在水面上的玩具鴨順勢溜出。水漸轉涼，仍不願終止遊戲，此時聽媽喊吃飯啦，才不情願地裹進浴巾。表哥、表妹套上吊帶褲，她還是一連身粉色衣裙。幾次，她偷穿表哥內褲，媽發現時，臉鐵青，抓件印有森林小熊圖樣的內褲，硬幫她換上。不知是疼了還是怎麼，她哭了，哽咽咳出破碎理由，他們，他們是同一國的，表妹也是，說我不能同他們一起爬樹，因爲穿小熊內褲，不同國的……

媽繫好她裙後絲帶，溫柔梳理髮辮，看著鏡中她的雙眼，笑笑地說，不可以爬樹，不可以穿表哥內褲，因爲啊……

「妳是女生。」十三歲的她貼鏡擠青春痘，手肘輕壓微隆的胸部。生理期，腹部漲痛，眼痠，想睏，更糟的是，原本光滑的額面突然鬧痘，醜化一張臉。想起今早在學校，班上男生偷翻女生書包，搜尋衛生棉蹤跡的惡劣行徑，隨口咒著。

她不喜歡自己的身體，從國小五年級起。老早不和表哥洗澡了，但常和妹妹、表妹共浴。兩三個女孩，裸身，方巾、浴巾披披掛掛，假扮皇后公主，沿一簇簇泡沫垛的磚地晃一圈後，跳進水八分滿的浴缸。彼此搔著胳肢窩，鑽弄肚臍眼，數算燙紅四肢上的胎記、傷疤。霧騰騰的宮殿內，女孩感覺彼此的身心，緊緊靠攏。可是不僅一次，她瞥見妹和表妹附耳說悄悄話，眼光有意無意飄向她。某次浴後，妹和表妹忽然宣布，以後不和妳一起洗澡了。她倆指向她如小丘的胸，和胯下稀疏細毛，一副老媽口吻，妳應該開始穿胸罩什麼的吧。

媽不再爲她買「小 YG」兒童內衣，轉向百貨公司的少女內衣櫃，購買淺色、粉色胸衣。貼鏡的開架櫃上，掛滿各種花色內衣，有的素面，有的縫綴蕾絲，在如鑲鑽的壁燈投射下，散發夢幻氣息。半身透光人像上，著好整套淡紫內衣褲。售衣小姐親切貼近，剝下架上不同款式、顏色的內衣，陳列於平臺。媽仔細觸摸，詢問，像掂量著重要物件。置身試衣間內，她有點緊張，不知該如何穿下這一小截短衣。此時，門打開了，小姐微笑走進，彎下身，幫她輕輕調整內衣，告知她正確的穿衣方式，她窘著，微微發抖，瞪著長鏡裡的陌生軀體。

她不習慣胸部被束縛的感覺。起床後，她穿上胸衣，套好制服。到校後，立刻衝進廁所換回「小 YG」，捲起糖果色的胸罩，藏進書包。洗澡時，悄悄將胸衣扔進洗衣籃，以免媽起疑。日復一日，固定的換裝行程，因不想被同學揭露，她胸前逐步進行的，成長祕密。尤其體育課後，汗水濡溼接近透明的白制服，易將這樁心事，晾在同學眼前。看胸前幼芽無憂地日漸長著，她發慌、發悶，也許是怕被男同學當成笑話，或想重返女孩們的沐浴樂園，她不時拍壓胸部、趴睡，或站在高椅上，俯衝摔進彈簧床墊，疼得掉淚，以爲乳房會停止成長，或回歸至平胸狀態。

自體內醞釀、生成變化始，媽剪下報紙家庭版的美容、調理偏方，從藥店揀些漢藥，滾水煮沸，迫她一週喝一回。她不清楚藥湯成分，總捏鼻吞下清濁、黑黃、澀苦湯汁。偶爾，她略知這回是胸部發育方，便將湯傾入庭園的海棠盆裡，親手埋葬這則祕密，不露痕跡地。狗兒小花，跟蹤氣味，搖尾湊近嗅聞。她蹲下，注視小花眼睛，食指豎抵薄唇。

噓——

別說啊。

記得那年夏天，和妹騎單車，繞過屋後的麵店、糕餅店，途經一所職校。正逢放學，大女孩側揹青綠帆布書包，白衣黑裙，長髮及肩。陽光穿過鳳凰木，在她們的髮際、耳後、腳踝灑下圓圓光點。近處平交道的柵欄降下，叮叮噹噹，她停車跳下，隨節拍哼唱，職校女孩們談論著港劇劇情，或分食餅乾。美好的下午。當柵欄升起，她躍上單車的剎那，雙腿間一股熱流泉湧。

又多了件心事。她蹲坐，雙手抱膝，細聲說給小花聽，小花只是擺尾，急急搜尋她碗內藥湯。熾陽照射頭頂，她臉紅發暈，腹中沉了塊鉛，輕微痛楚像陣陣敲響的鐘鳴。

從此，廚房進行著似無止境的藥味接力。豐胸、補血、調經、腹痛循環更迭，她驚異體內宛如磁場，分布正負能量，相互吸引、排斥或消長。

某天放學，她遍尋不著停在車棚內的單車，著急之餘，赫然撞見暗戀的男生步進棚內，她下意識藏身於廢棄車堆後，心怦怦跳。不知他和哪個女生嘻笑，聲音尖尖的，像錐子刺進耳膜。她放棄尋車，徒步回家。沿鐵軌走，胡亂踢蹬砂石。三五個商職女孩，在前處默默漫步，時而低聲聊著，將風吹散的髮絲收攏於耳後。她們看起來似乎不太快樂，她思索，也許爲了功課、感情，或是港劇悲涼的結局。心瞬間抽緊，她掉淚了，搞不清究竟爲了失竊的單車、暗戀的男生，還是受商職女孩的感染，返家後，她找到答案，從褲底斑斑的血跡中。

她無法逃離自己的身體。身體彷彿有其規律，按無形的節氣表，循環著驚蟄、穀雨、夏至、霜降、大雪。不知名的草本植物，則隨身體秩序，在微型宇宙裡勤奮插秧、曬穀或儲糧，他倆達成默契，忽略她的起伏情緒，任焦慮、厭惡、恐懼感雜生。她不怕伴隨月事而來的腹痛，也盡量不想此時不可玩水、吃冰等禁忌，但浮動和焦躁仍生生滅滅，她清楚了解，卻不得不承認，深藏於內心的祕密。褲底的血，一再向她證明，童年時代的正式告別，女性認知的初步成形。

那是從連續劇、書本、生活中捕捉的女性碎片。民間故事集裡，男人以女內褲降服女鬼。書本說，由於生理因素，女性是終身病患，而她還如此愚稚，相信書上的每字每句。過年全家族至廟裡燒香，大夥皆入殿禮佛，唯獨媽守在門外，她好奇向阿姨探問，阿姨輕描淡寫，妳媽不乾淨。她無法理解，雙手白皙、飄散清香的母親，爲何「不乾淨」？事後方知曉，媽當時正逢經期。她害怕，見體內定期釋放的經血，總不經意想起幼時巷道低處的排水管口，不間斷湧現的汙水。她也害怕，被排拒於寺廟、教堂；甚至文具行、麵包店外，就像當年，孤單地被留在欄杆之外。

青春期，刻意遺忘卻深深刻鑿記憶的時代。健康教育課本內頁，放大的生殖器圖像，她塗層膠，層層疊疊黏合。電視螢幕重複「仙桃牌通乳丸」廣告，著藍色緊身泳衣的女人，手插腰，凸顯巨大的上圍，一人持軟皮尺丈量著。擁擠公車上，黑臉的男人，正將布滿長毛的粗手，隱隱探入女學生的制服裙內。沒有風的酷暑，打完球的高中男生，臂膀滲出大量汗水。空氣裡充斥著欲望的氣味，而她，只在意胯下腥甜體味，怕風輕吹，隨處散布惱人心事。日後憶起的青春場景，往往隨著舌尖味覺，藥湯的濃苦，她像是悼祭，又像丟棄，逝去的少女年代。

她終究跨過青春期，逐漸適應自己的身體，甚至關心。在意鼻尖上的粉刺、淡疤。修眉，意味告別軟毛雜生的丫頭年紀。化妝、保養品瓶瓶罐罐，依用途、品牌、使用程度多寡分類。幾次決心瘦身減重，最終總以無法抗拒奶油蛋糕喊停。不再隨媽上街購衣，喜歡獨自閒逛，提回一袋袋樣式前衛的衣褲，包括內衣。媽已無權掌控她的衣櫃，因此她擁有漆黑、深紫、靛藍、火紅內衣褲，搭配不同的心情、天氣和情人。

模仿當年的媽，她搜尋每日報紙的家庭生活版，定期翻閱時尚、美容、健康雜誌，也開始上藥鋪。起初是王菲的獨家瘦身方，從死黨小胖那聽來，沸水煮決明子、陳皮、仙楂、甘草、車前子，每日一大壺，當開水喝，有助代謝。每晚浴前，站在體重機上，因些微的刻度差距，滿足或懊悔。然後，以白芷粉、綠豆粉敷臉。幾十塊錢購得大包白芷粉，和水稀釋至一定濃度，避開口鼻，將白色糊狀物均勻鋪展顏面，靜待約十五分鐘面膜乾硬，清水洗去，敷臉數日後、臉頰仍依稀留有白芷氣味，似生白蘿蔔的清味。

漸和藥鋪老闆娘混熟。親切的中年女人，教她利用蔬果自製簡單保養品。切半顆檸檬入罐，添清水，封口，數月後便成緊膚水，具消炎作用，可惜酒精味稍重，用過幾回，便遭打入化妝品冷宮。牛蒡、紅白蘿蔔、西洋芹菜切片，清水煮湯，助排泄。小面盆裡鋪溼棉，養綠豆，待豆籽冒芽，剝除綠殼生食。

依循體內循環，她按時揀漢藥。四物湯，桂枝茯苓湯，八珍湯，消脂茶，五行青菜湯，紅豆薏仁湯，木瓜枸杞湯。草本纖維驅走動物蛋白質，定期的體內掃除。她自嘲又如此得意，哈，我是草食動物。

她以爲這是私房的，本草祕密。

提前到來的草本年代。泡湯，冷泉，SPA，芳香療法，天然精油，蒸汽藥浴，冰河泥面膜。在商業機制包裝下，女人以昂貴價格，購買回歸自然的入場券，讓肉體浸淫在虛擬的藥草天堂，一場身體環保之旅。

她迷上蒸汽藥浴。早在媒體炒熱之前，她朋友堂姐的同事，透露一處女人的祕密基地。土地公廟左側三百公尺，植兩三棵相思樹，樹蔭下是簡單搭蓋的木造屋，旁設大型爐器，年輕女人將竹箕中的草果，緩緩傾入爐口，咕嚕咕嚕響，像巫婆煉製魔藥。門口一歐巴桑守著，一桌一凳，收取八十至一百元的費用。屋內比想像中寬敞，分隔數間。天花板挖一蒸汽口，輸送花草香霧。熱氣斷續，毛孔沁出汗珠。恍惚中，內心升起奇妙感覺。不知是草藥滋補皮膚，還是這幢龐巨大型除溼機，正蠶食她體內的水分。

發現地面一只方鏡，鏡面分布著斑汙點塊。從此角度看去，朦朧映現她的腳踝、小腿肚。退後，回望，私處、小腹也略微收攝。再退，是乳房和頸。似乎不曾仔細觀察自己身體。方鏡提醒她，臀上一葉胎記，腰際一線縫針鏈痕。原來身體也記錄她所不知、或已遺忘的祕密，以不易察覺的面積和密度，見證她從女孩蛻變至女人的成長軌跡。

她曾經渴望改變，暴力或溫和，外塑或內化，修正身體和生理。身體不曾發聲抗議，默默承載著草藥、粉粧積累的重量。終究明白，學會接受身體、生命的瑕疵和裂痕，是多麼困難，如同當年媽無法接受，小女孩的她想學男生使小壞的念頭；就像男人或女人無法認同，經期女人入殿供佛，強冠經血罪名；又如她不敢承認，腥黏的體味，來自少女初萌的性欲……

在蒸汽室過久，頭腦昏沉，草藥召喚出全身的疲倦。步出澡堂，空氣中有涼涼薄荷味，皮膚輕裹一層難以分辨的草香。年輕女人消失了，鍋爐繼續冒著煙。爐的一側，整齊種植海棠、鳳仙。看向土地公廟，女人掃著落葉，幾個老伯，袒肚，竹扇覆臉，也許睡了。廟旁高處架起欄杆，漆落斑駁，欄後羊腸小徑，不知通往何處。三兩隻粉蝶。粉紅衣裙。她看見女孩，嘻嘻攀上欄杆。跌破膝，裙邊蕾絲鉤破了，臉蛋髒了，仍笑笑地，像是看著她，又像看往遙遠遙遠的地方……

別說啊。

噓——

賞析

作者李欣倫，出生於鄉土文學論戰勃發的年代（1978 年），係學院派出身的新世代作家。當多數同輩紛紛以小說建構自己的「鄉土」之際，她選擇散文——這種自然而然的文體來說故事，說的是自家故事，但卻另闢蹊徑，走出了前人所無的寫作路線。因為中醫師女兒的身分，也因為生於秋天吧！所以 2002 年秋天，出版第一本散文集《藥罐子》，作品中以漢藥為媒，真誠記憶少女的成長與人事浮沉，二十四歲的年輕生命，卻發散著一種「老靈魂的光澤」（許悔之〈海豚為什麼要向陸地敘說〉）。因為作者擁有自省覺知的氣性，每在與文字為伍的同時看見自己的脆弱與殘缺，這種真誠的寫作態度，使她的散文純粹乾淨。而創作可以療傷，或進行一種自我救贖，執此信念的作者遂在完成碩士學業，結束一段戀情後，選擇放空流浪的印度行旅，於是交織著身體、欲望、疾病，以及情感經驗的《有病》一書旋即問世。從《藥罐子》到《有病》，標誌作者運匠於散文記憶書寫的日趨成熟。而今年（2009）一月，《重來》一書的出版，更見作者的人世關懷，已逐漸從自身移轉，凝視他人之苦痛，形成巨視性的慈悲觀照。

〈祕密初潮〉一文記錄女孩成為女人的蛻變過程，擺脫傳統「精神重於物質」的描摩方式，從身體的觀察出發，恣意馳騁於自己與童年、少女時期的深情對話，從性別不分到性別認同的過程中，訴說著抗拒、驚異、害怕、承認、接受等種種情緒，將一般女性共有的生理經驗坦蕩明快的鋪陳開來，沒有扭捏不安，也不矯揉造作。而作者帶入調治女性身體的藥方與美容聖品，並及於泡湯、藥浴、芳香療法等，更使文章兼具傳統與時髦的味道。

問題與討論

1.在作者的回憶文字中，漢藥的用途與功效為何？

2.作者在文章末自省道：「終究明白，學會接受身體、生命的瑕疵和裂痕，是多麼困難，……」你有類似的省思經驗嗎？請討論與分享。

3.你曾經在成長過程中仔細觀察身體與心理的變化嗎？請分享自身的成長經驗。

延伸閱讀

1.劉梓潔，〈在身體、記憶與病痛間挖掘〉，《中國時報・開卷周報》，2004 年 6 月 7 日。

2.〈【誰來隱喻】訪李欣倫〉，《明道文藝》，2007 年 10 月。

四
懷舊散文

導論

以臺灣現代散文的發展來看，五〇年代是一個頗具時代意義的時期，1949 年，國民政府遷臺，許多軍民、知識青年在時局板蕩，戰火的摧殘下，渡海來臺，懷抱著「一年準備，兩年反攻，三年掃蕩，五年成功」的熱切鬥志及昂揚希望，暫時棲身臺灣，但臺灣本島經濟衰敗，物資困窘，一副百廢待舉的蕭條景象，使得反共還鄉的希望日漸渺茫。隨著局勢的發展，國民政府力圖振作，尋求美援，以穩定臺灣的經濟，安定民心，也積極的推廣團結軍民意志，鼓舞士氣的愛國行動，因體認文藝宣傳政策的力量，提出凝聚共識的號召，將文藝視為救國的武器之一，在思想和文藝上展開以「反共復國」為目標的愛國戰鬥路線，以統一文壇各種紛雜的景象，樹立明確而統一的旗幟。

當時，臺灣的本土文藝作家，經過日治時期的教育，對漢語的使用仍有困難，不能流利的表達書寫，更因政治氛圍的混沌詭譎，意識形態的箝制，使得這些原居臺灣的作家，大多封筆退隱，噤聲文壇。取而代之的是隨著政府來臺的軍人作家及知識份子，其在動盪的時局中，飽受離鄉背井、倉皇逃難之苦，來到臺灣後，省籍的歧視、語言的隔閡、融入臺灣社群生活的困難及產生的衝突，在在顯露其異鄉人的漂泊處境，於是，重返家園的渴望及思鄉懷舊的愁緒，時時纏繞胸臆，家鄉的人情景物，舊日的往事回憶都成為撫慰內心最珍貴的良方，而政府「反共復國」的文藝政策，也認為其以一種對故國山河的憧憬和擁抱，激起同仇敵愾的戰鬥熱忱和復國目標，符合對大陸山河的遙望與認同，所以在政府文藝政策的強力主導下，對懷鄉作品的主題具有推波助瀾之功。於是，因時代的巨變，政治局勢的改易，文藝政策的主流及強勢推動，以及異鄉人的處境與情感等因素的結合，以思鄉憶舊為主的文藝作品遂成為五〇年代極為蓬勃的創作潮流。

雖然，懷舊主題的作品在文藝政策的認同下，產量豐富且蔚為風氣，但是，這些作品的意義及價值卻不應視為政策的宣傳及樣板，五〇年代的文藝成果並不是「反共」和「戰鬥」的附庸，不應如此被簡化而貼上標籤。

五〇年代出現一批女作家，以思鄉懷舊、家庭故事、生活雜感的隨興抒情化題材，勾勒出時代的變動背景，洋溢著對往昔的眷戀緬懷，及對未來的期待希望，雖然以中國的地理環境、成長歷程、風土人情為書寫對象，但已然脫離官方的文藝趨勢及目的，「反共」與「懷鄉」逐漸地有所區隔，各自發展，「懷鄉憶舊」的作品更展現其文藝的風采，受到更高的注目及評價。女作家中，如琦君、林海音、張秀亞、羅蘭等人，將家鄉的景物人事、成長的點滴情懷、鄰里的風俗文化、故都的歷史風華，以真摯貼切，溫婉動人的筆調描摹著一個記憶中不受砲火摧殘的鄉園，一段不受歲月磨損的青春往事，其娓娓細訴的生活面貌，鮮明活潑，新奇有趣，對於生長於臺灣的讀者而言，藉由文字馳騁想像，去感受異地的環境地理及人文風貌，頗具吸引力。在男性作家中，如王鼎鈞、朱西寧、司馬中原、張拓蕪等人，具有逃難從軍的背景及經歷，故其對家鄉故舊的緬懷，更多了一份哀感及滄桑，對故國山河的遙望及國破家亡的憾恨，濃烈可見，亦有以鄉野傳奇的主題描摹故鄉，寄託鄉愁也發洩憤懣。

齊邦媛在〈時代的聲音〉一文中，曾說：

> 光復十年間，臺灣文壇質量最豐的是被稱為「懷鄉文學」的作品。古往今來，人類對家鄉和往事的懷戀一直是文學的主要題材。渡海來臺的人對大陸家鄉的記憶因隔絕而更增其感人的力量，純以抒情方式寫這種心情的幾乎全是散文與詩。（《千年之淚》，爾雅出版社）

針對五〇年代的文壇主流散文，以其主題內涵的特色，歸納賦予「懷舊」的類型，雖然「懷舊」的主題是沒有時代性的，然而「懷舊散文」這一名稱，狹義的範圍則指稱五〇年代離鄉背井、渡海來臺的作家，其針對中國故土的描繪緬懷、成長記憶的重溫和眷戀、遠離家園的鄉愁、漂泊身世的哀淒、山河變色的憤慨等內容，記敘抒發所呈現的作品，具有反映時代特色，及特定時空下的族群生活與情感的意義和價值。

懷舊散文的「舊」，在具體上，可指向家鄉以及在時光流逝中所經歷的人事物，在精神上，它是經過歲月的淘洗後，沉澱在腦海中的記憶。「懷舊」的書寫，基本上都是從記憶中挖掘，記憶的呈現就是一種追憶，而追索的過程，並不是在於將過去的經驗「複製」，而是一種「重構」，所以，它不是孤立的回顧某個事件，而是將腦海中、心坎上的細節意象重新組構成有意義且符合作者心意的敘述。在回憶中，常見以「童年的視角」出發，一連串的童年經驗或成長歷程，記憶中的我，過去的我不斷出現，且與現實的我彼此觀照，面對審視，在回憶中如何認定過去、看待現在或摹畫未來，都變成一個具有深度的課題，它使得回憶或懷舊不再只是消極的重溫，而是具有更積極意義的開拓和省思，所以，面對記憶時的解構與建構，是針對「懷舊散文」的閱讀和探討上一個不可忽視的議題。

憶／張秀亞

離開古城已有十多年了，那裡有許多的人和地引我心靈縈繫。我更時時回憶起坐落在古城什剎海邊的母校來。

我時常憶起母校那座灰色的大樓，淺黃色的圓窗，還有窗外那一排整齊的梧桐，色調是那麼淡雅，氣象是那麼莊嚴，……上下課的鐘聲響了，一些男女同學們如同一股潮水，自那巍峨的校門湧出湧進，執卷疾走，肅然無譁，那青春的行列，象徵著活躍、奔騰的生命力。當時，我也是這股生命浪潮中的涓滴，何時我能夠又與那潮水匯流，歸向我的慈母，我的海洋——那曾撫育我、教化我的母校——輔大。

我更記得灰樓後的一片花園——那彙集著萬般美麗的大地的一角——蒙茸的綠草，青色的樹木，描繪出一派恬美的情調，鵝黃色的日影，自樹梢篩落，如同亮晶晶的小圓鏡，落在細草白石上，變成宇宙間絕妙的詩句。紫丁香花開的時節，我常去諦聽那園中舉行的「露天音樂會」的演奏，在石階或草地上坐下來，將筆記本同講義隨意的扔在一旁，低下頭來，一任靈魂插了彩翼在音樂的奇境中飄飛，那樂音是多麼的婉轉、多麼的柔美呵！使得全園的花朵，都在欣然起舞，而形成了彩虹色的旋律。呵，那美的愛的教育呵，何時我的靈魂能再度浸潤其中？

輔大女院——在其中我曾消度了四年的時光——更增我無限的繫念，那華貴莊嚴的建築，原是遜清恭親王府的舊址，丹甍碧瓦，何等典麗！呵，但願你別來無恙，將來歸去的燕子，仍將繞飛你的簷下。我更記得女院門外那一座石欄橋，橋上的孩子們如今都飄泊何處？橋下的流水想淙淙依舊吧？何時我能再俯首橋下，同明月一起投影於你的波心？我如今反羨慕那些水中的游魚了，為的牠們仍能遨遊自在，常聽你的潺湲細流！我更記得女院後門那一道幽靜的林蔭路，秋來時節，被黃花落葉覆滿遮遍，走上去，似聽到詩神的環珮，是如此輕俏、如此神祕。下了課，騎上單車，輾過那一道黃葉路，守門的青裳老人，照例的笑笑：「小姐，到哪兒去？關校門以前早點回來啊！」聲音是那樣懇摯。走出後口，過了磚砌的「三座橋」，什剎海的一片清光在望了。天晴時候，可以在水上尋到鼓樓的倒影。夏天，我常常手執一卷，在水濱坐了下來，納涼、讀詩。冬天，什剎海水凝成了光滑的水晶石，又是一個天然的溜冰場了。

女院的天香庭院，更是我常去的地方，我喜歡在那蔭密的白果樹下徘徊，遙遙的，隔著玻璃窗，可以看到院中小教堂裡的搖曳燭影。呵，如今我的耳邊似乎又傳來那悠然的鐘聲了，何時我可以再步入那雅潔的聖殿，低訴我的心曲？

我更不忘那一片女生宿舍——瞻霽樓，它吐納我整整四年，我此刻猶似看到那樓頭的古匾，迎著朝霞夕陽，更顯得斑駁古雅，樓下有兩株海棠樹，一東一西，遙遙相望，每年，先是樹上的苞蕾，來報告人間春來的消息。花開得繁密時，正是我們返校之期，庭院布滿了淡淡花香，迴廊裡充滿了履聲人語。自從離開古城，春天又幾度重來，但是瞻霽樓頭呢，想是景況淒涼，樓下面的海棠想也枯萎了。

我懷念著古城，我懷念著古城中的母校。當我就讀的時候，北平正在日僞鐵蹄下，母校好像是風雨中的一隻孤舟，我們幾千青年，曾安然登船，它載了我們駛向光明、愛、智慧同眞理。我曾經寫過一首小詩，説明了我對母校及母校前那一片清光瀲灩的什剎海的懷念；如今，我將它重錄於此：

什剎海，想你那裡早來了秋天，
水蓼花又開滿了邊岸，
不知你那淺藍的水上，
又飄起幾隻落葉的小船？

我曾持一卷詩一朵花來到你身旁，
在柳蔭裡靜聽那汩汩的水響，
詩，遺忘了；花，失落了，
此刻再也尋不到那流走的時光。
你曾幾番入夢，同水上一片斜陽，
還有長堤上賣書老人的深色衣裳，
我曾一疊疊買去他的古書，
卻抱憾買不去他那暮年的哀傷。
什剎海，你繞流我母校的門牆，
可知西風裡是一片淒涼？
願你那幽怨的低唱，
隨今夕秋月來到我的枕旁。

賞析

張秀亞，河北省滄縣人，出生於 1919 年 9 月 16 日，卒於 2001 年，北平輔仁大學西洋語文學系、研究所史學組畢業。筆名有陳藍、張亞藍、心井等。15 歲少女時期，首篇作品刊登於天津《益世報》副刊，自此筆耕不輟。

1935 年以「陳藍」筆名進入文壇，1936 年出版第一本散文小說合集《在大龍河畔》，即贏得「北方最年輕作家」的美譽。在保守而封閉的年代，其作品反映自我的心靈世界及女性在父權社會所承受的壓力，以及對於愛情、婚姻的憧憬和追求，文筆淡雅空靈，在白話文的流暢中帶著古典優美的修辭特色。1952 年以本名張秀亞在臺灣出版第一本散文集《三色堇》，1965 年以《北窗下》一書獲學術界極高榮譽的中山文藝獎，其間亦在多所大學任教。張秀亞著作豐富，涵括詩、小說、散文、翻譯、人物傳記及西洋藝術史綱等學術論著，作品曾被譯成韓文、法文及英文，受到國際學界及文壇的重視，瘂弦曾言：「她作品中蘊含了中國女性的特質、愛情觀、審美觀，以及通過她行雲流水田園牧歌般的文字筆觸，所展現之美麗臺灣的城鄉圖景。」（《文訊》）其散文集高達三十七部之多，代表作有《三色堇》、《牧羊女》、《北窗下》、《曼陀羅》等，今收錄於《張秀亞全集》。

張秀亞在北京古城求學的少女時期，成為日後懷舊作品的主要題材，校園中的一景一木、水湄湖岸、師友故情、青春心事都在其溫婉清新、空靈幽柔的筆觸中浮現。張秀亞的作品中另有一股憂鬱感傷的情調，明顯的見於其婚姻破碎、哀怨沉痛的時期，其在〈短簡〉文中曾言：「散文式的生活，詩意的幻想，悲劇的情緒，這三者形成了今日的我，我的今日，以及我的明朝！」孤獨呢喃的獨白彷若宋詞中庭院深深的閨怨風格。然而，其善用象徵的技巧及大自然的詩意，使哀愁悲怨也籠罩著浪漫朦朧的美感。

張秀亞散文早期的題材和風格多屬於纖細的個人悲喜，有股清逸空靈的韻致，中年之後，在經歷人世的磨難及歷練，作品主題逐漸貼近現實，觀察體會生活中細微的人事物，流露出哲理式的省思和領悟。

張秀亞的創作常留連穿梭在現實和幻境之間，其豐富的想像力，以及冥想的浩邈，使其作品充滿迷夢般的奇思及瑰麗的色彩。其對大自然的醉心與禮讚，洋溢濃郁的田園牧歌式的氛圍，文字的音樂性及節奏感如一場鮮明躍動的感官宴饗，作品的風格正符合其對優美散文提出的「簡淨」、「純真」、「韻致」、「想像」四個審美特質，是五〇年代美文的代表作家。

〈憶〉是張秀亞懷念北京輔仁大學母校的抒情之作，在離開北京十多年後，以回憶的筆觸重回往日的校園，舊景故情在腦海中一一的巡禮。在文中，其描繪校園的建築、景物，清晰鮮明，往來的青年學子，洋溢著青春正盛的活躍氣息，也把母校比擬成涓滴匯流的大海及生命源頭的慈母。四季的變化，晨昏的轉換，花朵的開落，伴隨著清雅脫俗的年輕生命擁抱自然，品味人生，其豐沛的想像力及輕盈翻飛的靈魂在那多采無憂的園地中翩翩起舞。全文在其清新雅致的文字帶領下，景物像無聲的畫面，一幕幕在讀者的眼前展現，守門的青裳老人，其親切的叮嚀和老邁的身影彷彿就圍繞身旁，教堂的燭影、悠遠的鐘聲以及樓頭的古匾，都是作者對母校的懷想和寄託，縱使在戰火的蹂躪威脅中，母校如同風雨中的孤舟，仍奮力地搭載萬千學子尋找光明和愛。作者回顧困頓的經歷，滄桑的歲月中，懷故鄉憶舊情最令人沉湎，也從中感到被撫慰的溫暖。文末的小詩，如一段內心的獨白，清雅悠然並籠罩著青春流逝的感傷。

問題與討論

1. 張秀亞作品抒情寫景具有雅致空靈的格調，在〈憶〉一文中，如何顯現這種特質？請就其運用的意象及遣詞造句加以分析討論。
2. 〈憶〉文末的一首小詩和文章有何呼應？思鄉憶舊的情懷用詩和散文的形式書寫，你較欣賞何者，請加以說明討論。
3. 在成長歷程中，對自我的家鄉和母校懷抱著何種情感和追憶，請抒發個人的經歷和回憶。

延伸閱讀

1. 瘂弦，〈張秀亞，臺灣婦女寫作的燃燈人——從早期學思生活的發軔到「美文」創作版圖的完成〉，《文訊》233 期，2005 年。
2. 許珮馨，〈北窗下的尋夢女——論張秀亞散文的傳承〉，《高師大國文學報》5 期，2006 年。
3. 張瑞芬，〈張秀亞的散文美學及其文學史意義〉，《文訊》233 期，2005 年。
4. 劉素梅，〈張秀亞六十年代的散文理論與實踐〉，《東方人文學誌》4 卷 1 期，2005 年。
5. 符立中，〈溫州街舊事——赴一場歷史盛宴：記張秀亞〉，《幼獅文藝》583 期，2002 年。

失樓臺／王鼎鈞

小時候，我最喜歡的地方是外婆家。那兒有最大的院子，最大的自由，最少的干涉。偌大幾進院子只有兩個主人：外祖母太老，舅舅還年輕，都不願管束我們。我和附近鄰家的孩子們成爲這座古老房舍裡的小野人。一看到平面上高聳的影像，就想起外祖母家，想起外祖父的祖父在後院天井中間建造的堡樓，黑色的磚，青色的石板，一層一層堆起來，高出一切的屋脊，露出四面鋸齒形的避彈牆，像戴了皇冠一般高貴。四面房屋繞著它，它也晝夜看顧著它們。傍晚，金黃色的夕陽照著樓頭，使它變得安詳、和善，遠遠看去，好像是伸出頭來朝著牆外微笑。夜晚繁星滿天，站在樓下抬頭向上看它，又覺得它威武堅強，艱難的支撐著別人不能分擔的重量。這種景象，常常使我的外祖母有一種感覺，認爲外祖父並沒有死去，仍然和她同在。

是外祖父的祖父，填平了這塊地方，親手建造他的家園。他先在中間造好一座高樓，買下自衛槍枝，然後才建造周圍的房屋。所有的小偷、強盜、土匪，都從這座高聳的建築物得到警告，使他們在外邊經過的時候，腳步加快，不敢停留。由外祖父的祖父開始，一代一代的家長夜間都宿在樓上，監視每一個出入口。

輪到外祖父當家的時候，土匪攻進這個鎮，包圍了外祖父家，要他投降。他把全家人遷到樓上，帶領看家護院的槍手站在樓頂，支撐了四天四夜。土匪的快槍打得堡樓的上半部盡是密密麻麻的彈痕，但是沒有一個土匪能走進院子。

舅舅就是在那次槍聲中出生的。槍戰的最後一夜，宏亮的男嬰的啼聲，由樓下傳到樓上，由樓內傳到樓外，外祖父和牆外的土匪都聽到這個生命的吶喊。據說，土匪的頭目告訴他的手下說：「這家人家添了一個壯丁，他有後了。我們已經搶到不少的金銀財寶，何必再和這家結下子孫的仇恨呢？」土匪開始撤退，舅舅也停止哭泣。

等到我以外甥的身分走進這個沒落的家庭，外祖父已去世，家丁已失散，樓上的彈痕已模糊不清，而且天下太平，從前的土匪已經成了地方上維持治安的自衛隊。這座樓唯一的用處，是養了滿樓的鴿子。自從生下舅舅以後，二十幾年來外祖母沒再到樓上去過，讓那些鴿子在樓上生蛋、孵化，自然繁殖。樓頂不見人影，垛口上經常堆滿了這種灰色的鳥，在金黃色的夕陽照射之下，閃閃發光，好像是皇冠上鑲滿了寶石。

外祖母經常在樓下撫摸黑色的牆磚，擔憂這座古老的建築還能支持多久。磚已風化，磚與磚之間的縫隙處石灰多半裂開，樓上的樑木被蟲蛀壞，夜間隱隱有像是破裂又像摩擦的咀嚼之聲。很多人勸我外祖母把這座樓拆掉，以免有一天忽然倒下來，壓傷了人。外祖母搖搖頭。她捨不得拆，也付不出工錢。每天傍晚，一天的家事忙完了，她搬一把椅子，對著樓抽她的水菸袋。水菸呼嚕呼嚕的響，樓頂鴿子也咕嚕咕嚕地叫，好像她老人家跟這座高樓在親密的交談，日子就這樣一天天的過去。

喜歡這座高樓的，除了成群的鵓鴿，就是我們這些成群的孩子。我們圍著它捉迷藏，在它的陰影裡玩彈珠。情緒高漲的時候掏出從學校帶回來的粉筆在上面大書「打倒日本帝國主義」。如果有了冒險的欲望，我們就故意忘記外祖母的警告，爬上樓去，踐踏那吱吱作響的樓梯，撥開一層一層的蜘蛛網，去碰自己的運氣，說不定可以摸到幾個鵓鴿蛋，或者撿到幾個空彈殼。我在樓上撿到過銅板、鈕釦、菸嘴、鑰匙、手槍的子彈夾，和鄰家守望相助聯絡用的號角——吹起來還嗚嗚地響。整座大樓，好像是一個既神祕、又豐富的玩具箱。

它給我們最大的快樂是滿足我們破壞的欲望。那黑色的磚塊，看起來就像銅鐵，但是只要用一根木棒或者一小節竹竿一端抵住磚牆、一端夾在兩隻手掌中間旋轉，木棒就鑽進磚裡，有黑色的粉末落下。輕輕的把木棒抽出來，磚上留下渾圓的洞，漂亮、自然，就像原來就生長在上面。我們發現用這樣簡單的方法可以刺穿看上去如此堅硬無比的外表，實在快樂極了。在我們的身高所能達到的一段牆壁，布滿了這種奇特的孔穴，看上去比上面的槍眼彈痕還要惹人注意。

有一天，里長來了，他指著我們在磚上造成的蜂窩，對外祖母說：「你看，這座樓確實到了它的大限，隨時可以倒塌。說不定今天夜裡就有地震，它不論往哪邊倒都會砸壞你們的房子，如果倒在你們的睡房上，說不定還會傷人。你爲什麼還不把它拆掉呢？」

祖母抽著她的水菸袋，沒有說話。

這時候，天空響起一陣呼嚕呼嚕的聲音，把水菸袋的聲音吞沒，把鴿子的叫聲壓倒。里長往天上看，我也往天上看，我們都沒有看見什麼。祇有外祖母不看天，看她的樓。

里長又說：「這座樓很高，連一里以外都看得見。要是有一天，日本鬼子眞的來了，他老遠先看見你家的樓，他一定要開砲往你家打。他怎麼會知道樓上沒有中央軍或游擊隊呢？到那時候，你的樓保不住，連鄰居也都要遭殃。早一點拆掉，對別人對自己都有好處。」

外祖母的嘴唇動了一動，我猜她也許想說她沒有錢吧！拆掉這麼高的一座樓要花不少的工錢。可是，她什麼也沒有說。

呼嚕呼嚕的聲音消失了，不久又從天上壓下來，墜落非常之快。一架日本偵察機忽然到了樓頂上，那刺耳的聲音，好像是對準我們的天井直轟。滿樓的鴿子驚起四散，就好像整座樓已經炸開。老黃狗不知道發生了什麼事，圍著樓汪汪狂吠。外祖母把平時不離手的水菸袋丟在地上，把我摟在懷裡……

里長的臉比紙還白，他的語氣裡充滿了警告：「好危險呀！要是這架飛機丟個炸彈下來，一定瞄準你這座樓。你的家裡我以後再也不敢來了。」

這天晚上，舅舅用很低的聲音和外祖母説話。我夢中聽來，也是一片咕嚕。

外祖母吞吐她的水菸，樓上的鴿子也用力抽送牠們的深呼吸，那些聲音好像都參加計議。

一連幾夜，我耳邊總是這樣響著。

「不行！」偶然，我聽清楚了兩個字。

我在咕嚕咕嚕聲中睡去，又在咕嚕咕嚕聲中醒來。難道外祖母還抽她的水菸袋？睜開眼睛看，沒有。天已經亮了，一大群鴿子在院子裡叫個不停。

唉呀！我看到一個永遠難忘的景象，即使我歸於土、化成灰，你們也一定可以提煉出來我有這樣一部分記憶。雲層下面已經沒有那巍峨的高樓，樓變成了院子裡的一堆碎磚，幾百隻鵓鴿站在磚塊堆成的小丘上咕咕地叫，看見人走近也不躲避。昨夜沒有地震，沒有風雨，但是這座高樓塌了。不！它是在夜深人靜的時候悄悄的蹲下來，坐在地上，半坐半臥，得到徹底的休息。它既沒有打碎屋頂上的一片瓦，甚至沒有弄髒院子。它衹是非常果斷而又自愛的改變了自己的姿勢，不妨礙任何人。

外祖母在這座大樓的遺骸前面點起一炷香，喃喃地禱告。然後，她對舅舅說：「我想過了，你年輕，我不留下你牢守家園。男兒志在四方，你既然要到大後方去，也好！」

原來一連幾夜，舅舅跟她商量的，就是這件事。

舅舅聽了，馬上給外祖母磕了一個頭。

外祖母任他跪在地上，她居高臨下，把責任和教訓傾在他身上：「你記住，在外邊處處要爭氣，有一天你要回來，在這地方重新蓋一座樓……」

「你記住，這地上的磚頭我不清除，我要把它們留在這裡，等你回來……」

舅舅走得很祕密，他就像平常在街上閒逛一樣，搖搖擺擺的離開了家。外祖母倚著門框，目送他遠去，表面上就像飯後到門口消化胃裡的魚肉一樣。但是，等舅舅在轉角的地方消失以後，她老人家回到屋子裡哭了一天，連一杯水也沒有喝。她哭我也陪著她哭，而且，在我幼小的心靈中清楚的感覺到，遠在征途的舅舅一定也在哭。我們哭著，院子裡的鵓鴿也發出哭聲。

以後，我沒有舅舅的消息，外祖母也沒有我的消息，我們像蛋糕一樣被切開了。但是我們不是蛋糕，我們有意志。我們相信抗戰會勝利，就像相信太陽會從地平線上升起來。從那時起，我愛平面上高高拔起的意象，愛登樓遠望，看長長的地平線，想自己的樓閣。

賞析

王鼎鈞，1925 年生於山東蘭陵，祖父為開設酒廠的商人，父親畢業於濟南法政學堂，為一清廉自持之知識份子，幼年啟蒙師送其夏丏尊《文心》開啟對文學的興趣及探討作文的方法。1937 年蘆溝橋事變後，時局動盪，開始其逃難流離的歲月，輾轉東北、華北和京滬，後跟隨軍隊撤退至臺灣，擔任報社練習生，且開始投稿，從助理升至主編，後轉任中廣、中視，與藝文傳播接觸密切，亦曾擔任中國時報主筆，主編人間副刊。其間投身教育工作，曾任中國文化學院、世界新聞專科學校講師，亦擔任國立編譯館小學國語教科書編輯委員，在小說創作、雜文專欄、廣播劇都有豐富的成果，1978 年至美國擔任華語教師，並編輯華語文教材，從此，定居紐約。著有《小說技巧舉隅》、《文路》、《開放的人生》、《人生試金石》、《我們現代人》、《碎琉璃》、《海水天涯中國人》、《左心房漩渦》、《隨緣破密》、《千手捕蝶》、《風雨陰晴》等書。

王鼎鈞的作品中有闡述作文技巧和方法理論，具有實用性質者，也有個人生命經歷及情感體悟的散文創作，其主題包括離鄉背井、國愁家恨的家國之思，鼓舞青少年奮發與勇氣的勵志之作、旅居國外、中年的滄桑及心情，佛學禪境的晚年修為等。作品中不時流露著對原鄉的追尋和沉痛，其以異鄉人的處境書寫故鄉，透過對原鄉空間的凝視、聚焦，試著建構原鄉的實感，在現實與回憶中，兩個視窗不斷的交融、滲透，時空的錯綜交疊，折射出其心靈深處失落家園的創傷。

王鼎鈞〈失樓臺〉一文是其懷鄉憶舊的佳作，文中其對原鄉的書寫及對故鄉形象的描摹刻劃都十分感人鮮明，這座外祖父家的堡樓，原是用來防匪自衛的高聳建築，曾有過莊園護院和土匪槍彈激戰的歷史和痕跡。但時過境遷，碉樓已破舊衰敗，隨時有倒塌的危險，里長要求外祖母把它拆除，但外祖母默默不語，陷入沉思，日本的偵察機曾在頂樓盤旋，其刺耳的騷動引來更逼迫的驚惶和不安，外祖母的堅持和沉默也抵擋不了情勢的緊急和艱困，拆樓已屬刻不容緩，然而令人驚奇的轉折出現，這棟在歲月中飄搖的破舊碉樓在一夜之間自然的崩塌，土石碎落，卻沒有壓垮破壞任何建築或傷害人畜，就像一個衰老疲困的老人自然的蹲下臥地，徹底的休息安眠，碉樓見證著時代的動盪混亂及家族的團結興衰，以及深藏著外祖母對外祖父的懷念和崇敬，全文以童年的回憶、青澀的童心來看待煙硝瀰漫的離散和悲劇，帶點懵懂和不解，也留下生命傳承的希望和不屈服於命運的勇氣。

文中，碉樓的形象有著對比的映照，顯現出今昔之感，從堡樓頂端四面鋸齒形的避彈牆，像戴了皇冠般的高貴，和垛口上經常堆滿灰色的鴿子的黯淡，映照出往日的雄偉與今日之沒落，外祖母經常對著樓抽水菸袋，水菸袋呼嚕的響，樓頂鴿子咕嚕的叫，彷彿與高樓對談，這個意象的呈現，具有深邃而遼遠的涵意，這是現實與記憶的對話，是生命與死亡的交流，有英勇悲壯的氣魄，也有滄桑蕭條的寂寥，在真實與虛幻的迷離之中穿梭流盪，這是外祖母自我療傷的方式，碉樓在自然平靜無外力摧毀的情況下崩解倒塌，這種筆法帶有魔幻寫實的荒謬，也充滿鮮明的想像和豐富的象徵。碉樓傾圮毀滅了，但記憶中的碉堡仍深深的記錄著人生最偉岸洶湧的一頁。

問題與討論

1.王鼎鈞的著作豐富，有不同的主題及風格，請就其作品分類討論之。

2.〈失樓臺〉文中，關於外祖母及舅舅的人物刻劃有何特色？作者運用童稚的眼光觀看及敘述家族往事有何獨到之處？

3.〈失樓臺〉文中，那座防禦性質的樓臺具有什麼意義？其與外祖母之間又有什麼深刻密切的關係？其崩塌毀壞之後帶給讀者什麼樣的感懷？

延伸閱讀

1.向明，〈鼎公的記憶〉，《明道文藝》354 期，2005 年。

2.倪金華，〈莊諧雜出　雅俗共賞——王鼎鈞散文藝術論〉，《華僑大學學報（哲學社會科學版）》2 期，1998 年。

3.高彩霞，〈從「原鄉」形象看王鼎鈞散文家園情懷的特質〉，《山東大學學報（人文社會科學版）》201 期，2005 年。

4.黃萬華，〈文學史上的王鼎鈞〉，《齊魯學刊》184 期，2005 年。

5.賴世福，〈《碎琉璃》——一罈醉人的酒〉，《中國語文》97 卷 2 期，2005 年。

失散／齊邦媛

冷、徹骨的寒冷，臺灣二月少見的大雨……

在這樣的一個黃昏，我卻進退失據地站在臺北最繁華的鑽石地段一個極端黑暗的路口。愕然、困惑、狼狽，我已兀自站在那裡十分鐘了。

路口四周的忠孝東路和敦化南路上的霓虹燈已經陸續燦爛起來，而這路口卻是全然黑暗的，捷運施工的木板圍牆隔斷了一切光源，圍出的狹窄的人行步道上，川流不息的行人靠著快車道上擠滿的汽車車燈往前奔去，車子擠滿了每一寸可行之路，喇叭聲和咒罵聲摻著雨聲，令人不知置身何地之感。

這天下午，我鼓足了勇氣冒雨去參觀旅居西班牙的油畫家梁君午的畫展——「夢幻世界」。他在西班牙的陽光下畫了將近三十年，用極柔潤溫暖的色彩將美好的女體籠上縷縷輕紗，呈現出西方意象中的東方含蓄之奧祕，大約也只能以「夢幻」命名。然後我又去看范我存的玉展，一件件溫潤的玉飾繫在她巧手編織的中國結上，彰顯中國傳統藝術的精緻。在這裡，我遇見了海音。相約同去赴華嚴春酒之會，從巷裡走到忠孝東路口去搭計程車。

黑夜比我們早到路口。施工所設的無數木樁之間，似乎也設下了無數的陷阱，神祕曖昧的光影開始閃爍晃動。四面街角至少有幾百個人焦躁地等著過街，也有些人和我們一樣在等計程車。等車的人幾乎全是一個姿勢，上半身前傾，一隻手用力地向前面招著。每逢紅綠燈轉換時，一大波傘海會像激流般沖往對岸，不斷有人踩進了積水的坑洞而驚呼。留在路旁的是有增無減的等車的人，偶有一輛空車亮著頂燈在車陣中出現，一大群人擁上去，能抓住車門的手，眞是令人羨慕的幸運之手，那些人的臉上似乎有一種強勝弱敗的神色，很快融入車海。海音和我連並排站穩都不容易了。我剛一分神往敦化南路的街角看看有沒有空車，一回頭就找不到她了。在所有的雨傘下，人人穿著暗色的冬衣，面目幾乎全看不清楚，每一個人都可能是她，我只好用不大不小的聲音喊她的名字，沒有回應，也沒有她的蹤影，黯黑壅塞的路口，人越來越多了。原來坐在人行道上化緣的和尚已被擠得靠牆站著，雨越下越大。在我惶然四顧時，突然聽見海音清脆的聲音喊著我的名字，重複地喊著：「邦媛！邦媛！」那聲音來自快車道的車潮之中，似乎還有一隻手從中線的車潮中伸出來揮著，我急切地回應著，「海音！我在這裡！」車潮洶湧，兩個人的呼喚很快便被淹沒了。

一批人簇擁著過街去了。又一批人擁過來。我兀自站立在原地，任由過往人潮的沖刷，努力站穩，努力鎮靜思考一下這進退失據的處境。海音很強壯俐落地已坐上了一輛車走了，車海中亮著的頂燈簡直看不到了，何況我連擠到揮手的第一線的能力都沒有。回家的路甚遠，赴宴的地方稍近，往那方向走，過了復旦橋那段黑路，都是大街，招到計程車的可能大些。我若不去赴那宴會，必然會令海音和主人擔心；她們若電話到我家，我的家人更會擔心，這時只能進不能退。我一向是個健行者，下大雨又怎麼樣！自童年起，抗戰中什麼泥濘的路沒有走過？

我遂開始沿著敦化南路往北走，很快就到了復旦橋下。紅磚道十分老舊，積水窪地連綿得像個沼澤。燈光昏暗，路邊是些矮小的房子做些小生意，多已拉下了店門，路上也很少行人。我小心翼翼地往前走，這些年牢記醫師的警告，絕不能摔跤，那條靠鋼條支撐的左腿若再出事只有齊膝截肢。手中的傘早已擋不住風助雨勢，穿得漂漂亮亮的春酒服裝已經溼透，鞋子在沼澤中不斷地進水，走一步就咕嘰咕嘰地響。心中的懊惱強烈難抑，在臺灣這樣富庶的今天，我怎麼陷入了這麼狼狽的景況！走近鐵道仍然沒有空車。飛馳而過的小轎車裡衣履光鮮的青壯人物，說不定還有我的學生或故舊呢。

走著，走著，滿心的感喟，腳下布滿陷阱的破紅磚道似乎突然變成了泥濘的土石路，海音剛才那清朗有力的呼喚，電光火石似地喚回了一個童稚、急切、慌張的聲音，躍過六十年無情的歲月，清清楚楚地喊著我的名字。回到一九三八年的二月，抗日戰爭已八個月，湘黔路上逃難的人潮和車流中，我們搭的中山中學的行李車和一輛破舊的大客車擦身而過，也是一個寒冷的雨天黃昏，地上的泥漿濺得很高，我不但聽見呼喚我的名字，也相當清晰地看到了她的臉，緊貼在混濁的車窗玻璃上，一隻手拚命地向我揮著。那是我在南京山西路小學的好友張翠鳳，她溫婉親切的臉曾照亮我病弱寂寞的童年。八月日本開始轟炸南京後，有一天她匆匆來說她要隨爸爸回僑居地檳榔嶼了。我們竟會在這逃難的路上重逢！她那一雙總似充滿訝異的極大的眼睛裡滿是眼淚。還不待我能回應的時候，兩輛車迅即擦身而過，她的聲音和淚眼就完全消失了，大雨繼續沉重地落在油布篷上。車燈照著泥濘的路，路旁無聲地踽踽而行的難民，在行李的重負下，滿臉是惶恐、疲乏與愁苦。深夜我們趕到貴州獨山市，在油燈閃爍的小客棧裡，我躺在倦極入睡的家人中間，半夜無眠，獨自無聲地哭著念著那幾聲呼喚，童年與我也擦身而過。戰爭帶來的不僅是恐懼、死別，還有這般的失散！

在冥想中，我竟忘了身在何處，突然發現橋已到盡頭，前面是高樓林立的敦化北路。一輛亮著頂燈的計程車停在路邊問我：「要不要坐？」我到達銀行家俱樂部的時候，驀然進入一個燈火輝煌的繁華世界。兩桌人都已坐定，每個人都穿著過年的華服，喜氣洋溢地談笑風生。我越過眾人看到海音正以她一貫的自信笑容，從容地笑著。主人親切迎賓，帶我到預留的席位，坐在海音的旁邊，海音看到我只問，「你也找到車了？我剛才一轉眼你就不見了，你聽見我喊你了麼？」——我當然聽見了她的呼喚。海音的聲音不僅清脆，且充滿了生命力，不聽見是很難的。但是在那場春酒的盛宴上，我若述說與她失散後，我的無能、狼狽與時光倒流的冥想，和她燦爛的笑容就太不合調了。

由宴會回家那個晚上，我竟然揮不去那強烈的失散的感覺，提筆寫下那時的情景，原只是想記下內心複雜、奇異的今昔之感！原以爲久已遺忘的人和聲音，竟會這般鮮明地回到心頭！第二天再看，突然想到這個題目多麼不妥，海音和我仍然好好地活在臺北，仍不時聚會，怎能用這麼個不祥的題目！但是「失散」卻是我心中唯一的聚焦感覺，無法用別的字句精確地代替。這半篇文章就放進未完稿筴中，一放就是好幾年，這期間海音和承楹兄慶祝了金婚紀念，海音的八十壽辰，都是文壇少見的快樂盛會。臺灣那時是個成功的社會，我們這一代人從來沒有度過這麼普遍富裕的日子。賀客來自各方，衣香鬢影，色彩濃淡美好，何等的歲月！我倆有生之年，我未曾有合適的靜處場合和心情告訴她失散那晚上的情景。

海音是位極剛強，能掌握自己人生的人。她也是我深交的朋友中最幸福的人。她雖童年喪父，但憑堅強的個性長大，成爲一個樂觀積極的女子，嫁給她所愛的人，與他廝守一生。許多人說她家的客廳就是一半的臺灣文壇。我們都忘不了在夏家客廳高談闊論時，承楹先生（何凡）親自爲我們泡茶的情景。他會陪我們坐一會兒，嚴肅而溫和的神態，切中時局的豐富談話，和他泡的茶一樣香醇，散發著一個少見的幸福婚姻中互敬、體諒和中國人不常掛在嘴上的愛情。海音憑自己的頭腦和勤勞建立了那個時代的女子少有的自己的華廈（不只是吳爾芙所說的「自己的屋子」），寫必然傳世的小說，主編聯合報副刊，辦《純文學》雜誌，創立純文學出版社……我幾乎沒有看到過不做事的海音，也從來沒有看到過對任何事服輸的海音。她從充滿舊事的北平城南回到臺灣，沒有戰爭和逃難的經驗，她的一生似乎沒有淒厲的陰影，大約不易了解我那複雜的似象徵又似預兆的失散的感覺。

認識海音是我英譯她的短篇小說〈金鯉魚的百褶裙〉時，1972年。我記得一向不苟言笑的吳奚眞教授在審稿時居然感動落淚。她寫〈曉雲〉的生動文字，〈燭〉的絕佳布局都曾令我佩服之至，因而傾誠相交，因被她的《城南舊事》中〈驢打滾兒〉感動而寫一篇長序，且幫殷張蘭熙把後面兩篇譯完。英譯本由香港中文大學出版社 1992 年出版。近日內中英對照本亦將出版。1995 年由杉野元子譯日文本出版。德文譯本由赫恩芬柯譯成出版、格林文化公司郝廣才先生主持的十二冊《林海音作品集》漂漂亮亮地在千禧年五月出版。海音的女兒夏祖麗寫的傳記《從城南走來——林海音傳》十月出版，同年十月北京現代文學館等舉辦「林海音作品研討會」。念海音、頌永恆，這些就是見證。在近來臺灣文學本土化聲中，海音的創作雖然大多數寫北京，但是卻不會招致「二度漂流」的遺忘命運。她有一位客家父親，閩南母親，在政治掛帥的臺灣，她是「正港臺灣人」。葉石濤在〈林海音的兩個故鄉〉文中說：「其實她一輩子堅毅的奮鬥精神，毫無疑問來自身爲客家人的血脈：那便是客家人的硬頸精神。」這樣跨越兩岸的政治正確性，有幾人能得？

海音那半個文壇裡，我並不是常客，我應該算是她客廳外的朋友。自從一九七〇年代後期，殷張蘭熙、海音、林文月和我曾經持續地四人聚會十多年，多半是在臺北東區一些安靜的地方，四個人相聚談文章、談手頭的工作、談前面的計畫、談生活中許多色彩美好的事。分手時到了門口還有沒說完的話。十多年怎麼就會過完了呢？

但是，在這一場似乎永不會散的歡聚之際，先是蘭熙病了，歲月的另一隻摧殘的手已經漸漸推彎了海音的背，掩住了她爽朗的笑聲，她開始不斷地進出醫院，開始記不起朋友的名字，她家的文友盛會已很少舉行。漸漸地，我們看她也不再問她，「你好嗎？」這樣空洞的話已屬多餘，她已經一步一步地走向大失散的路。那天知道她進了加護病房，只有早上和晚上七點到八點可以探望。去振興醫院的路我沒有走過，黃昏我一個人坐在計程車裡，車子走的是捷徑，路燈很少，天地迷濛一片。醫院到底在哪裡？我還能不能看到她最後一面？……終於，看到了氧氣罩下的她，生命的靈光已漸漸遠離了我所熟知的強者海音——所有共同耕種的往事、所有不服輸的企盼、所有因努力而得的快樂，至此只得放下，這是眞正的失散了，不只是分離，是切斷。

靈魂在往生的路上會不斷地回首麼？海音回首之際應感欣慰，因爲她的一生活得如此豐滿。

賞析

齊邦媛，1924 年生，遼寧省鐵嶺人，武漢大學外文系畢業，美國印地安那大學研究。曾任國立臺灣大學教授，國立中興大學外文系主任。民國七十七年自臺灣大學外文系退休，現為國立臺灣大學外文系名譽教授。曾擔任美國聖瑪麗學院、舊金山加州大學訪問教授，德國柏林自由大學客座教授，中華民國筆會英文專刊（*The Chinese Pen*）總編輯。其著作包含翻譯、評論、散文創作等，對現代文學的編選亦貢獻良多。主編《中國現代文學選集》詩、散文、小說卷三冊、《中國現代文學選集》英譯本上、下冊、《中華現代文學大系》小說卷五冊、《吳魯芹散文選》、《中英對照讀臺灣小說》、《最後的黃埔》等，並和王德威、馬悅然合作一系列「臺灣當代中文文學」編譯臺灣小說，推介至世界文壇。齊邦媛大量的閱讀臺灣文學並對文壇現象有深入的觀察和分析，致力於文學評論，對文學作品的思想內容有深入的挖掘，評論集有《千年之淚》、《霧漸漸散的時候》，散文集有《一生中的一天》等。

「懷舊」和「傷逝」的情感流露是本文的主題，作者以寒冬二月北臺灣冷冽的雨夜為背景，描述一個在繁華的臺北市街頭孤獨而狼狽的經驗，文中提到的極端黑暗的路口和燦爛閃爍的霓虹燈形成一個強烈的對比，自身像被拋擲在浮華的黑暗中，在被喧囂淹沒的黑暗角落，看著川流不息的車水馬龍，要舉步前行，卻躊躇茫然，有不知該往何方的膽怯和迷惑。這種場景和心中的感觸竟勾起記憶中逃難的倉皇及離鄉背井的荒涼，全文在這樣時空交錯，回憶穿梭的脈絡中進行，生命、歲月、際遇、人事，如飄忽的光影在眼前掠過，像那些夜晚的霓虹散發出迷離的色彩。

作者在文中提及和好友林海音女士在下著冬雨的臺北鬧區偶遇，並一同結伴參加春酒晚宴，卻在臺北市繁忙擁擠的人潮中被沖散，相隔在另一街口，只聽見彼此喚叫的聲音，一籌莫展看著好友坐上計程車離去。徒步赴宴的路程雖不長，卻極為狼狽，春酒服在雨中溼透，鞋子進水，一路攔不到計程車，心中只有焦躁和懊惱，卻也在行走中走入片斷深刻的回憶中，破紅磚道成為泥濘的土石路，海音清脆響亮的叫喚聲清楚的喚回六十年前在湘黔路上逃難人潮裡，擦身而過的小學好友，童稚的心靈在戰亂的世局中，被迫提早嚐到失散的苦楚，不僅是離別的不捨，更是兵荒馬亂的惶恐及流散，在繁華太平的臺北街頭，雨夜的踽踽獨行，竟帶來強烈深刻的屬於逃難的慌亂無依之感。

這種「失散」的切身之痛，來自山河變色的時代動盪，親朋故交的流離失聯，家鄉舊土的難以回歸，更甚的是，死別的陰陽永隔，切斷所有希冀和幻想的可能。文章的結構以回憶多年前在臺北街頭被雜遝的人群沖散的往事為起點，向記憶的深處回溯童年的離亂遭遇，再回到現實中多年文友的離開人世，走向真正的大失散之途。文中敘述林海音的爽朗性格及文壇的成就，幸福的家庭和樂觀剛毅的人生態度，在其生命結束的那一刻，眾多親友的傷痛難免，但回顧海音的一生，如此豐滿美好，應該感到欣慰，徹底的放下懸念，此文發表於林海音逝世的隔天，是篇哀而不傷、平靜蘊藉的懷舊悼念之文。

問題與討論

1.林海音在臺灣文壇上有諸多的成果及貢獻，請分別加以討論。

2.〈失散〉一文中，作者如何處理傷逝之情？並回顧自我生命中離散的遭遇及記憶。

3.你曾有過和朋友失散，雨夜獨行的經驗嗎？請敘述這種心情或類同的感受。

延伸閱讀

1.汪淑珍，〈溫婉、犀利集一生的齊邦媛〉，《全國新書資訊月刊》7期，1999年。
2.郭強生，〈高貴的哀傷——齊邦媛《一生中的一天》樹立人文典範〉，《文訊》226期，2004年。
3.項秋萍，〈講義人物：齊邦媛〉，《講義》152期，1999年。
4.賴佳琦，〈於霧漸散之時欣見陽光照亮土地——齊邦媛教授的文學事業〉，《文訊》163期，1999年。
5.羅秀華，〈臺灣文學知音：齊邦媛〉，《講義》152期，1999年。

五
飲食散文

導論

人類的感官覺知中，味覺的內容十分豐富且善於變化，也需要極具繁複且細膩的描摹，伊尹言：「鼎中之變，精妙微纖，口弗能言，志不能喻。」（《呂氏春秋・本味》）飲食是生活所需，飲食的經驗、內容尚可作為一個時代、一個民族、一個社群的文化表徵，是社會生活、經濟環境的反應，也是文化傳統、民俗風情的累積，其展現出獨特的民族性與時代風貌。飲食也常被徵召作為溝通及傳達意涵或情感的工具，味覺的感受也被運用在文學的批評與表達中，如我們常在文學欣賞或批評中說的「品味」、「玩味」、「味外之味」。

飲食經驗藉由語言文字過渡為飲食作品，是生活美提升為藝術美的歷程，飲食散文的形成，不僅創作出一個新的文學類型，更重要的是其凝聚了人們的某些獨特又鮮明的審美體驗，表現了現實生活與心靈情感的交融映照，飲食書寫的面相，不管是從歷史文化的角度、社會經驗的觀點或品賞知味的感官印象、追憶抒懷的情衷，都是藉由飲食的主題來關照透露人生。

飲食散文在近年來十分的蓬勃繁盛，呈現出多樣而豐富的飲食風貌及品味，有地方色彩，也有異國風情，有傳統的延續，也有西化的衝擊，種種書寫的角度無非在展現食之美學，使飲食脫離最底層的口腹之欲，進入品賞享受的美感層面，更進而在唇舌感官的滿足及鑑賞之餘，流露出抽象的情思與感懷。鍾怡雯論美食文學時認為：「飲食散文除了具備挑逗食欲的魅力，應該還有意在言外的特色，美食在散文中應該是一種書寫策略，一種媒介，它驅使舌頭召喚記憶，最終必須超越技術和感官層面，生產／

延伸出豐富／歧異的意義。」（《無盡的追尋》，聯合文學）

飲食散文脫離食譜的實用形式，成為一種具有文學質素的作品，最明顯的特色在於其負載記憶的描繪與重現，藉由味蕾展開時光之旅，緬懷美好深刻的飲食經驗，更進一步，抽離懷舊憶往的個人情感，反映人生的多樣視角，諸如文化的傳承演變、飲食情趣和品味的營生、人生哲理的啟發體悟等。

飲食散文成為一個次文類是近年來的發展，但是以飲食為材料主題的散文由來已久，1949 年後，許多離鄉背井從大陸來臺者，把他們對故鄉人事物的緬懷寄託在飲食的品賞及介紹上，其中較為人熟知的如唐魯孫的《中國吃》、《天下味》，其官宦的背景及對宮廷飲食的熟悉，使其能翔實而豐富的記錄南北珍饌，舉凡食材、烹調、作工及背後的文化掌故、歷史傳承皆洋洋灑灑，頗見豐富氣度。又林海音母女合編的《中國豆腐》博及豆腐的來源考證、地方諺語、鄉里歌謠等，開拓飲食的視野。梁實秋的《雅舍談吃》更是眾所矚目的飲食名著，食物烹調和享用的敘述以及美食經驗的追憶，都流露著濃厚的思鄉懷舊之情。報章雜誌也有許多方塊專欄談論或閒話飲食及烹飪，結集成書的有劉枋《烹調漫談》、朱介凡的《閒話吃的藝術》等。飲食題材及作品進入學術領域，以臺大歷史系教授逯耀東為推手，其在大學開設「中國飲食」、「飲食與文化」、「飲食與文學」等課程，提升飲食的內涵和地位，將飲食與民族發展、社會文化、歷史典故、文人情懷交融，既具感性的品賞又見知性的析論。

1999 年，林文月將其在《中國時報》「人間副刊」發表的飲食篇章，集結成《飲膳札記》一書出版，其藉由飲食過程的描繪及烹調的工法，流露憶舊傷逝的情感，追溯生命中別具意義令人留戀的飲食回憶，興起一股抒情的飲食散文風潮。飲食散文的題材和寫作手法逐漸呈現多樣化的拓展，有以回歸自然的素樸飲食，尋回簡約卻充滿情味之生命步履的飲食作品，如凌拂的《食野之苹——臺灣野菜圖譜》、方梓的《采采卷耳》，從自然的野果、鄉間的山蔬，省思反芻食物與人生的因果與互生關係，展露細膩的慧心及溫潤的后土之情。對食物的美味作鞭辟入裡的分析，筆調流麗、字句凝練的飲食散文，如蔡珠兒《紅燜廚娘》、《南方絳雪》。藉由飲食主題及文字負載人生的歷練及哲理的省思，如徐國能的《第九味》。由飲入手，關注泡茶的手法、茶葉泉水的講究及飲茶的環境和心情，體現出塵化外的佛家情懷，也開啟人生的混沌蒙昧，如林清玄的《茶味禪心》、《茶言觀色》。對異國飲食的發現和追尋，充滿異國情調的新鮮和冒險，兼述異國文化特質及飲食風情，如韓良憶《青春食堂》、韓良露《雙唇的旅行》。張國立以幽默諷刺的辛辣筆法展現飲食的活潑及另類，如《一口咬定義大利》、《吃垮達文西》，飲食文選的結集，如焦桐的《臺灣飲食文選》。此外，異國美食散文的翻譯本亦如雨後春筍般出現，眾多的飲食作品結合旅遊、美學、文化、歷史、經濟等各個範疇，豐富多姿。

飲食散文的書寫內涵和風格，不斷的翻新拓展並和不同領域結合，展現其寬廣的發展空間，有技巧的傳承、經驗的分享、人生的體認、回憶的追尋、歷史的溯源、文化的累積等，從具體的烹調到抽象的情思，從抽象的情思到知性的析論，進而觀照領悟人生，皆需細細的品味和賞析。另一方面，讀者在飲食文字的描繪與引導下，揉和自我感官經驗與審美歷程，由讀者的同情共感、激發的想像空間以及不同的體悟和反芻，也充實了飲食散文的意涵和提升其影響力。飲食的具體經驗和記憶、烹調技巧的傳承或創新、食材的樣貌特質與殊異風味、飲食場合的背景和氛圍，都在創作者和讀者的認知經驗和想像沉醉中穿梭流轉，升起情感的共鳴、意志的淬煉、生命的體悟、歲月的流逝等超出視覺形象、口腹享受、美味品賞的層次，達到更上乘而足以觸動人心、啟示人生的審美境界。

南方絳雪／蔡珠兒

1.甜夏多汁

蛙鳴蟬噪，茉莉和玉蘭幽幽吐香，入夏之後，我的荔枝癮就開始發作，每天坐立不安，焦急期盼荔枝上市。這毛病是從小養成的，沉痾難治，大概是沒有救了。以前南投的名間鄉遍植荔枝，小時候暑假返鄉，正趕上果園「大出」，觸目入眼，盡是玲瓏飽滿的豔紅果粒，寶珠瓔珞纍纍盈串，把枝椏都壓彎了，一搆就手到擒來。樹頭現摘的鮮荔，入口甜汁滿溢，質地嫩脆有彈性，咬在嘴裡彷彿還在微微顫動，嚥下卻柔滑無渣，風味絕美，令人難以自拔。

整個暑假，我差不多都泡在荔枝園，像猴子般據樹大嚼，狂食飽啖，連飯也不吃，家人笑罵：「你要做荔枝仙嗎？」我當然想，可惜還沒做成，假期就像逐漸稀落的荔枝一樣到了尾聲，得回臺北去了。開學後照例要寫些「我的暑假生活」什麼的，我少不得又誇又嘆，大事鋪敘南投的荔枝園，結尾寫道：「我過了一個甜美多汁的暑假。」卻被老師在句旁打上問號，批爲「不通」。

後來祖母分了家，賣掉老宅和果園，幾個伯父叔父也先後搬離名間鄉，我再也沒有甜美多汁的暑假可過了，然而從小吃出的「荔枝癮」卻已深重難戒，每年仲夏荔枝上市就開始發作，捨飯就果，每天大啖好幾斤，直吃到天昏地暗日月無光，人家說什麼荔枝吃多了火氣大，我一概充耳不聞，有次一口氣吃掉三斤荔枝後，眞的鼻血直湧，可是隔了一天我忍不住又去買，心想：豁出去啦，這麼美味的東西，冒著生命的危險都值得，流點鼻血算什麼？但也就是那絕無僅有的一次，以後相安無事，我更吃得狂無忌憚了。

客居倫敦的時候，夏日鶯飛草長，風光旖麗，唯獨少了鮮紅應市的荔枝，令人悒悒不樂。倒也不是沒有，塞普路斯人開的果菜鋪裡，經常有南非來的荔枝，橢圓形的緋紅散粒，剝開來呈混濁不透明狀，猶如一隻白內障的眼球，味道更嚇人，不是酸得像醋就是淡得像水，肉薄多渣核又大，有如拙劣贗品，吃來令人氣苦，思及晶瑩甜蜜的故鄉荔枝，愈發讓我心碎。我向英國友人絮絮形容臺灣荔枝的美味，那和他們在唐人街吃到的糖水荔枝是完全不同，比都沒得比；他們嘴裡雖然表示讚嘆嚮往，眼中卻露出陌生困惑的表情。

臺灣荔枝是天底下最好的，我一直深感自豪，但自從搬來香港，飽嚐廣東荔枝後，這個想法開始動搖。多年來我在臺灣吃的荔枝，不外乎黑葉、玉荷包、狀元紅等數種，香港的品種則遠超乎此，既多又好。五月中旬開始，早熟的三月紅、白糖罌、妃子笑已紛紛上市，甜中泛酸滋味尚薄；六月的大造、香荔開始甘美爽脆，白蠟軟滑多汁有微香，淮枝肥碩清甜，已經吃得人忙不過來，然而精采好戲還在後面。七月中下旬登場的桂味，個頭嬌小殼色丹紅，果肉脆嫩透著一股桂花香，酸甜比例恰到絕妙好處，怎麼吃都不膩口。糯米茲則飽滿渾圓，肉質濃郁腴美，入口即溶，名副其實像糯米般柔滑。難得的是，這兩種荔枝都是「焦核」種，果核小得像米粒，甚至退化無核，吃來分量十足痛快淋漓。

我不得不服氣，廣東荔枝的品種與口味豐富精采，更勝臺灣荔枝一籌。翻考史誌，原來嶺南才是荔枝的原鄉，早期臺灣先民從福建引入荔枝，首先栽種在屏東的東港，一百多年前又從廣東引入新種，先蒔植於新竹的香山，然後流傳全島，所以臺灣出產荔枝，約莫就是近兩百年的事。

2.漢武帝的熱帶果園

荔枝是中國南方的特產，所以學名叫「中國荔枝」（Litchi chinensis）早在兩三千年前，荔枝已是盛名遠播的南方之珍，經常和明珠、翠鳥、孔雀、鮫魚並列，從嶺南迢遙千里上貢京師。這片古稱交趾、百越的南方以南，交纏著北方漢人愛憎交加的情愫，它既是蟲虺橫行、瘴癘遍地的蠻鄉鬼域，流臣謫宦聞之色變的英雄塚，卻也是奇珍異品、詭麗事物的神祕桃源，光怪陸離狂野恣放，不只擴展了中原人士的見聞視野，更激發出奔放的憧憬想像。其中形色香味俱全的荔枝，尤其引人入勝，經過歷代文人口耳相告、筆墨輾轉傳抄，遂成爲嶺南風物中最浪漫的一則傳奇。

遠古時代，荔枝本是南方山間雜生的野樹，近人在廣東廉江的謝鞋山、海南島的雷虎嶺一帶，發現尚有野生荔枝的原始林，圓扁不齊，風味粗惡，倘使荔枝一直藏諸深山不爲人知，駐留在獉狉原始的狀態，歷史亦將大大改寫。然而畢竟天生麗質，遠在秦漢之前，荔枝就經人工選種栽育，出落成可口動人的美果，引來北方垂涎豔羨，而首開先例北獻荔枝的是趙佗，晉代葛洪的《西京雜記》說：「南越王佗獻高帝鮫魚、荔枝，帝報以葡萄錦四匹。」這位南越王其實是個北方人。

趙佗是河北人，一生卻在嶺南度過，秦代末年他本是個南海郡的小縣令，後來併合了桂林和象郡，自立爲王，漢高祖劉邦爲免在南疆興兵動武，於是派人前往南方，冊封他爲「南越王」，趙佗亦欣然從命，送了鯊魚皮和荔枝給劉邦，以示輸誠，這是荔枝南果北貢的濫觴。一般人說起荔枝總會想到楊貴妃，其實早在盛唐之前七、八百年的漢代，荔枝已是歲例貢品。

其實這貢果也就是無甚滋味的荔枝乾，可是卻引發北方皇室無限遐想，漢文帝時代，曾和文君當爐賣酒的成都人司馬相如，寫過一篇〈上林賦〉，極力鋪陳皇家園苑的宏富，臚列各種珍異果木：「聘棗楊梅，櫻桃蒲萄，隱夫薁棣，荅遝離支」，離支就是荔枝，這是荔枝最早見諸文獻的記載，年代約在兩千一百多年前。漢賦以排比堆砌、麗藻夸辭見長，當不得眞，但由此可知彼時荔枝在北方已具聲名。

而事功顯赫的漢武帝野心更大，在四出征討之餘，他還想把荔枝移植到北方。元鼎六年（西元前 111 年），武帝攻破南越，到底還是滅了趙佗的後代，設立交趾九郡，並把大批南方的奇花異木移植到長安的上林苑，包括百來株荔枝樹。爲了模擬南方的氣候，他特地蓋了一所大型溫室，命名爲「扶荔宮」，可見對荔枝的鍾愛。可惜荔樹還是難以倖存，紛紛枯死，武帝仍不灰心，命人從南方源源運來新樹，繼續培植照養，好不容易終於有一棵活了下來，長得倒還茂盛，就是不見開花結果，不過武帝已經喜出望外，對它百般呵護珍愛。不料有一天，這樹卻突然萎謝而死，武帝既傷心又震怒，下詔把一干管事的園吏都殺了，誅連數十人，此後再也不種荔枝樹了。

這段軼史載於六世紀的《三輔黃圖》，作者雖不詳，但書中記載秦漢間的宮廷之事頗有可信。漢武帝雖有鍥而不舍的園藝精神，但他卻不知道，亞熱帶的荔枝對氣候要求嚴苛，生長期喜高溫多溼，開花期須晴朗微潤，結果期要日照充足，收成後還須歷經一段乾燥低溫的「越冬期」，才能儲積來年的結果養分，諸般條件缺一不可；莫說是溫帶的長安，即便在閩粵、四川等荔枝產地，也並非全省都能栽植，僅限於水土合宜之處。造化難補，可憐那數十個無辜園吏被平白错殺，釀成千古奇冤。

《三輔黃圖》還提到，武帝罷種荔樹，讓南方每年按時進貢果子，因而「郵傳者疲斃於道，極爲生民之患」，十萬火急趕路，看來很可能進的是鮮荔而非乾荔。後人常在「一騎紅塵妃子笑」上大加發揮，厚誣楊妃爲滿足一己嗜愛而罔顧民命，其實始作俑者卻是男人。

從西漢以迄東漢，荔枝一直上貢不絕，只有和帝時一度破例罷貢，《後漢書》說，因爲當時湖南有個叫唐羌的縣官，冒死上書諫止。湖南雖不產荔枝，但與兩廣接壤，歷代以「十里一置，五里一堠」的驛站遞送貢果，少不得穿州過省，勞民傷財，所以唐羌在信中說：「伏見交趾七郡獻生龍眼等，鳥驚風發，南州土地，惡蟲猛獸不絕於路，至於觸犯死亡之害。此二物（指龍眼、荔枝）升殿，未必延年益壽。」和帝倒是從善如流，下令罷貢，做了件歷代罕見的好事。

然而進貢沒多久就又恢復，北方對荔枝的需求有增無減，不只供朝廷享用，還以之籠絡異族。《後漢書．南匈奴傳》提及，漢帝曾派使者帶了絲帛、織錦、黃金，以及南方的橙橘、龍眼和荔枝等水果，送給單于的母親和諸后妃，大走「後宮」路線。唐羌曾提到龍眼荔枝「未必延年益壽」，東漢末年的《列仙傳》中也有則故事，說有人吃了荔枝的花與果之後，脫胎換骨成了荔枝仙人，可見當時相信荔枝有補益長命的神奇功效。

原來想做荔枝仙的不只我一個，東漢早有先例。

3.南方的朱色憂鬱

二世紀中葉，湖北人王逸在注釋《楚辭》之餘，還寫了篇〈荔枝賦〉，稱許其「卓絕類而無儔，超眾果而獨貴」，給予極高評價，此文開創荔枝賦的先河，東漢以降，各種詠頌的詩文連篇累牘，荔枝堪稱是中國文學史上最受青睞的水果。三、四世紀間，晉朝的四川人左思花了十年寫成〈三都賦〉，弄得洛陽紙貴，其中的〈蜀都賦〉也提到龍眼和荔枝：「旁挺龍目，側生荔枝，布綠葉之萋萋，結朱實之離離。」後代文人因而常以「側生」作爲荔枝的代稱，甚至誤以爲荔樹眞是側著長的。

上古時代關於荔枝的記載，悉數出自北方文人的手筆，然而南北交通險阻艱鉅，荔枝又畏寒難渡五嶺，北方古人無緣親炙；根本不識荔枝，不過是貪新好奇，博引珍異，摭拾傳聞的渲染浮想。一直要到數百年後的唐代，才出現比較翔實的荔枝文獻，大詩人張九齡、杜甫、杜牧和白居易等，都以親身見聞寫過第一手報導。

張九齡的〈荔枝賦〉，是第一篇出自南方人的荔枝文學，打破北人的擬狀臆想，以親身經驗描摹荔枝「披龍鱗以駢比，膚玉英而含津」的形色滋味，「心恚可以蠲忿，口爽可以忘疾」的消暑功能。張九齡是廣東曲江人（今韶關），初唐時躋身北方的菁英社會，成爲深受尊崇的詩人與賢相，被後世譽爲「嶺南第一人」，然而這篇〈荔枝賦〉卻隱約反映出他內心的省籍鬱結。

張九齡在序中說，他向京城的同事盛稱荔枝，卻碰了一鼻子灰，「諸公未之知，而固未之信」，只有一位在南方做過官的劉侯心有戚戚；他因而慨嘆「物以不知爲輕，味以無比而疑」，以物寄意，把荔枝與不得賞識的文士相比，但張九齡文章事功兩皆得意，絕非鬱鬱不得志之輩，此賦的慨嘆應非政治而另有所喻。序中並提到，魏文帝曹丕以龍眼、葡萄和荔枝相比，實因南北不通，「傳聞之大謬也」，雖是風物土產，但卻象徵南人與北人在文化價值上的差異。

然而把荔枝寫得最深入人心的，卻是中唐的陝西人白居易。這位江州司馬被降遷去四川，在巴縣初識鮮荔枝，大爲驚豔，寫信向友人報告：「早歲曾聞說，今朝始摘嘗，嚼疑天上味，嗅異世間香。」並命人繪圖分贈親友，親題一則〈荔枝圖序〉，這篇僅得一百三十字的小文，成爲荔枝文學的重要原典。其中「若離本枝，一日而色變，二日而香變，三日而味變，四五日外，色香味盡去矣」等句，淺白寫盡荔枝特性，傳誦尤廣。

而盛唐老杜和晚唐小杜的荔枝詩，則有濃厚的社會意味，對後世影響深遠。杜甫有四首〈解悶〉寫荔枝，卻非浮泛的詠物詩，蘊藏不少史實線索，如「憶過瀘戎摘荔枝，青楓隱映石逶迤，京華應見無顏色，紅顆酸甜只自知」，杜甫在四川的瀘州和宜賓見過鮮荔，知道它嬌嫩易敗，雖然「勞人害馬」日夜急遞，抵達京城時很可能已色香味盡失，宮人貴族卻渾然不知。後來的《唐國史補》也說，南海每年飛騎以進鮮荔，「然方暑而熟，經宿則敗，後人皆不知之。」

另一首「先帝貴妃俱寂寞，荔枝還復入長安，炎方每續朱櫻獻，玉座應悲白露團」則側寫開元盛世後的社會矛盾，安史之亂雖使愛吃荔枝的楊貴妃死於非命，大唐帝國亦元氣大傷，然而在玄宗和貴妃死後，南方進貢荔枝卻並未斷絕，朝廷只顧享樂，不恤日漸凋敝的民生。

至於杜牧的〈過華清宮〉則以婉約技法帶出更深的諷諭：「長安回望繡成堆，山頂千門次第開，一騎紅塵妃子笑，無人知是荔枝來。」驪山行宮的樓臺花木麗如錦繡，貴妃見到遠方揚起的塵土，不由心花怒放，趕緊打開一層層的宮門，好迎迓千里而來的鮮荔。此詩不著一字，卻道盡興師動眾勞民傷財之況，荔枝因此博得「妃子笑」的雅名，不過楊貴妃卻成爲唐玄宗的替罪羔羊，揹上奢恣無度、媚君禍國的千古罪名，做了男性史觀的祭品。

4.水晶絳雪

風雅的宋徽宗也學漢武帝，把荔枝從南方移植到汴京的御花園，竟能成功紅熟結果，他高興得寫了首〈宣和殿荔枝〉，得意揚揚說：「何必紅塵飛一騎？芬芳數本座中看。」其實是因爲荔樹移植前已經結實，連根帶土當盆栽送去。

除了宋徽宗，自唐而宋，吟詠荔枝的文士濟濟不絕，戴叔倫、鄭谷、韓渥、歐陽修、曾鞏、蘇軾、蔡襄、黃庭堅、陳與義、楊萬里、范成大、陸游等人都寫過，不過泰半以詠珍誦異爲旨，不離荔枝的色香滋味，唯有蘇軾的詩文深入神髓，捕捉到荔枝的南方風味。而閩人蔡襄的《荔枝譜》則另闢新局，跳脫浮華綺豔的詠物體，翔實記錄荔枝的物產生態，把淺仄的詠物文學，深入推進植物志的視野，繼張九齡之後，從南方的位置揚聲發言。

蔡襄是福建莆陽（今仙遊）人，《荔枝譜》成稿於宋初嘉祐四年，是中國史（也是世界史）上第一部荔枝專著，記錄閩中荔枝的產地、習性、功效、煎漬之法，並詳列陳紫、江綠、虎皮等三十二品種，文字精練而富科學性。蔡襄出身荔鄉，寫荔枝之美自然不同凡響，「剝之凝如水晶，食之消如絳雪」，然而他分析荔枝滋味更爲內行，荔枝雖然味甜，但非一味濃烈，需甜酸適度有特色，「雖百千樹，莫有同者，過甘與淡，失味之中。」一語道破荔味的奧妙。魏晉間廣東人楊孚的《異物志》，是史上最早的一本嶺南物產志，其中亦曾描述荔枝滋味說：「多汁，味甘絕口，又小酸，所以成其味。」可與蔡襄古今參照，相互輝映。

蔡襄熟諳各品佳荔，在他看來，歷代文士根本就沒吃過眞正的荔枝：「洛陽取於嶺南，長安來於巴蜀，雖日鮮獻而傳置之速，腐爛之餘，色香味之存者亡幾矣，是生荔枝中國未始見之也。」這裡的中國指長江以北，言下流露出強烈的鄉土自豪。即便是張九齡和白居易，蔡襄也老實不客氣，認爲他們見識的是下品：「……大率早熟，肌肉薄而味甘酸，其精好者僅比東閩之下等，是二人者，亦未始遇夫眞荔枝者也。」說得如此矜傲，自然惹得粵人不滿，從此掀起荔枝的「鄉曲之論」，閩粵人士各自揄揚標榜，爭誇自己故鄉的荔枝最好，他省的知味人士也來插嘴品評，筆戰爭議遂源源不絕，連帶促使更多荔枝譜問世。

其實在蔡襄之前一百年，粵人鄭熊寫過《廣中荔枝譜》，不過已經佚失，但書中記載的二十二個廣東荔枝品種，被吳曾收入宋代重要的筆記史料《能改齋漫錄》中。從鄭熊算起，十世紀北宋初迄十九世紀的晚清，中國共出現十六部荔枝譜，體制與撰述方法皆深受蔡襄影響，其中三部失傳，包括宋初張宗閔的《增城荔枝譜》，據說收錄的增城荔枝品類多達一百餘種，可惜已湮滅不存。現存的十三部荔枝譜，幾乎全是寫福建荔枝的，唯一以廣東荔枝爲主題的專譜，僅有道光年間成書的《嶺南荔枝譜》，由廣東鶴山人吳應逵所撰，收錄粵荔九十種，除了匯萃前人的著述之外，還有不少自己的經驗見地，是一部優秀嚴謹的荔枝文獻，總算給廣東人爭口氣，沒讓福建人專美於前。

不過，縱然荔枝的詩文著述源出不窮，中國南北間的交流，也因戰爭、經濟、遷徙而不斷增加，「嶺南佳果」的名氣越來越大，可是絕大多數人還是茫然不識荔枝爲何物。南北朝賈思勰的《齊民要術》把荔枝歸爲「非中國物產者」，彼時的中國指漢水、淮河以北的後魏國土，這倒也罷了：然而過了一千年，明代李時珍於萬曆年間成書的《本草綱目》，還是把荔枝列爲「夷果」，頗爲「見外」，反映出南北物產的斷隔狀況。

即使到了近代的晚清，鮮荔還是迢遙難以北達，權勢顯貴者未必得享，民初徐珂編撰的的筆記《清稗類鈔》中，有一則「張文襄嗜荔枝」可見一斑。湖廣總督張之洞酷嗜鮮荔，有一次讓廣東增城的縣官買了萬顆荔枝，裝入瓷罐用高粱酒浸著，寄到湖北去，不料荔枝到了安徽蕪湖，卻被稅關截下，悉數充公。張之洞急得跳腳，連忙發電報給主管稅務的袁昶，可惜還是遲了一步，荔枝已被巡丁分啖一空，袁昶只好去上海另行採買補辦給他。連權傾一時的張之洞，食荔都要煞費周章，可見荔枝的難得。

5.唉，跟你們說了也不懂

三國時代的魏文帝曹丕，有次下詔給群臣說：「南方龍眼、荔枝，寧比西國蒲桃石蜜乎？酢且不如中國。」這個原籍安徽的洛陽人，因爲沒見過荔枝，就說它比不上西域來的葡萄與砂糖，留下千古之譏。對南方人而言，即便同是南方特產的龍眼，亦是差一級的「荔枝奴」，豈可與荔枝相提並論？張九齡和蔡襄都在文章中提到此事，咸認北人見識短淺，夏蟲不可與語冰。

然則荔枝究竟像什麼呢？詩文雖不乏巧譬善喻，然而也只能以物擬物，以葡萄、石榴、櫻桃、楊梅等果物類比，例如白居易形容荔枝「葉如桂花如橘，朵如葡萄核如枇杷」，宋人陶弼的〈楊梅〉詩云：「嶺北土寒無荔子，人言形味似楊梅。」從近取譬推而論之，是人類的天性本能，不過這種建立在類比上的認識論，卻經常凸顯主觀經驗，反而有礙對新事物的認知，陸游的〈讀史〉因而感慨：「南言蓴菜似羊酪，北說荔枝如石榴，自古論人多類比，簡編千載判悠悠。」

倒是蘇東坡不落俗套，另闢蹊徑以魚鮮作喻。《東坡雜記》有一則評荔枝龍眼，謂荔枝如大蟹「研雲流膏，一啖可飽」，龍眼則如石蟹，嚼嗇咂啄亦有餘味。後記的那段更有意思：「僕嘗問：『荔枝何所似？』或曰：『似龍眼。』坐客皆笑其陋，荔枝實無所似也，僕曰：『荔枝似江瑤柱。』應者皆憮然。」而在另一首詩中，他又用鮮干貝和河豚來形容荔枝的滋味：「似開江瑤斫玉柱，更洗河豚烹腹腴」，此喻點出鮮嫩腴美的神韻，出人意表極有新思。

然而對南方人而言，以物擬物始終隔靴搔癢，荔枝實在無與倫比，張九齡早就說過它「百果之中，無一可比」，蔡襄也感嘆「其味之至，不可得而狀也」。而萬曆年間寫過一部荔枝譜的閩人宋玨，態度更堅決：「荔枝之於果，仙也佛也，實無一物得擬者。江瑤柱、河豚魚既非其倫，塞蒲桃、楊家果不堪作奴矣，歐陽永叔比之牡丹，亦觀場之見耳。」宋玨不但認爲葡萄楊梅根本無法和荔枝相比，連歐陽修和蘇軾的讚喻他都不領情，自豪得近乎偏執。

這種「跟你們說了也不懂」的態度，表面倨傲，內裡卻透露出南方人卑傲交織的焦慮，就像蔡襄指出：「夫以一木之實，生於海瀕巖險之遠，而能名徹上京，重於當世，是亦有足貴者。」既以此珍果自豪，但又深覺委屈，害怕「遠不可驗，終然永屈」，因地域斷隔而難以令（北方）人賞識荔枝眞正的絕妙好處，正如南人長期身處文化邊陲，深受輕忽蔑視的挫鬱。

張九齡首開先例，將荔枝與文人相比，寄寓南方的憂鬱，後來者雖未必有此情結，卻也效尤不絕，以荔枝擬人自況。例如明人王褒的《洪離傳》、徐燧的《絳囊生傳》，都以傳記的方式，將荔枝寫成奇質異稟的文士，因聲譽遠播而見招於朝廷，洪離還向皇上大獻忠誠說「特一赤心報陛下耳」，因而被封爲「紅陽侯」。清初曾意圖抗清復明的廣東人屈大均，寫過五十四首〈廣州荔枝詞〉，其中亦有不少自我寫照：「珠玉爲心君不見，但將顏色比芙蓉。」是以荔枝不但是擬物與被擬之物，還是文人自我投射的對象。

至於將荔枝虛擬爲女性，更是司空慣見，詠物詩文本來就傷於綺豔，荔枝的意象又與冰肌玉膚糾纏黏連，活色生香，遂成爲男性文人的慾望之物，香豔之例隨手可拾，連蘇東坡亦不能免俗，以「海上仙人絳羅襦，紅紗中單白玉膚」來狀寫荔枝形貌，另一闋詞則更媚麗：「輕紅軟白，雅稱佳人纖手擘，骨細肌香，恰似當年十八娘。」十八娘是福建名種，蔡襄的荔枝譜亦曾提及，說它「色深紅而細長，時人以少女比之，俚傳閩王王氏有女第十八，好啖此品因而得名」。

被宋史稱許「爲文雄深雅健」的李綱，其〈荔枝賦〉有一段寫吃荔枝的情景：「……破而窺之，瑩如老蚌之既剖而見珠，掇而出之，粲如姣姬褪紅裳而露玉膚。」不但毫不雅健，簡直公然意淫。而明代福州人謝肇淛有首荔枝詩，寫得更露骨：「……碧玉初破瓜，珠胎尚含淚，襦薄不禁風，肌細還愁稚。」謝肇淛撰有《江妃傳》，與另一明人黃履康的《十八娘傳》，無獨有偶，皆把荔枝擬爲容色殊絕、「肌理膩白如玉，體有異香」的麗人，讓她化身江妃，入朝與楊妃梅妃爭寵矜豔，加演一段後宮嬪妃的鬥爭情事。

值得玩味的是，謝肇淛和黃履康都是閩人，他們編撰的荔枝故事，到底是把荔枝性欲化爲「她者」，滿足男性的綺思豔想，還是把荔枝當作自我投射，託寓自己不彰的才能與身分呢？如果是後者，是否無意中卻把自己「閹割」爲女性，洩漏出自我低抑的心態？不管將荔枝寫成文士或麗人，本質都不離「妾婦之道」，懷抱虛渺的才質，等待被發現賞識，進而恩賜與寵幸；潛藏在香豔的表層字義後，應該是男人／南人深沉無助的焦慮吧？

6.他們赫然發現南方

南人以荔枝自況，等待被北方的權力集團發現及賞識，而被權力集團貶抑到南方的北方人，卻藉由荔枝發現南方，賞識體認南方的風土情味。兩三千年來，這樣的謫臣流宦不知凡幾，但影響力最大的首推蘇東坡。

十一世紀末葉，東坡居士再次被踢出朝廷，貶謫南方，在廣東及海南閒待了六年，共寫下四百餘首詩歌，其中不少記載荔枝，在惠州寫的〈食荔枝〉尤其膾炙人口：「羅浮山下四時春，盧橘楊梅次第新，日啖荔枝三百顆，不辭長作嶺南人。」而另一首〈四月十一日初食荔枝〉詩則說：「我生涉世本爲口，一官早已輕蓴鱸，人間何者非夢幻，南來萬里眞良圖。」二詩雖帶自嘲，畢竟不掩豁達本色，頗有隨遇而安、當下即是的體悟。

嶺南節候暖熱，鮮果迭出，荔枝尤其令人驚喜癡醉，透過口味的戀執，蘇東坡發現了南方之美，對這片士人視爲鬼域的惡土，有了種微妙的認同感情。謫臣逐士流放南方，不僅形骸難安水土不合，精神上的挫傷打擊更遠甚於身體，無怪乎大多數皆鬱鬱以終，在苦難的絕境中，荔枝雖只是口腹之物，卻爲身心俱殘的北方逐客提供莫大的慰藉，在毒瘴惡癘中喚醒生命的甜美滋味。

東坡雖非南方人，〈食荔枝〉後來卻成爲嶺南風物的代表作，荔枝亦因東坡的品題而名氣更盛，廣東的《肇慶府志》甚至記載了一段軼聞，說鶴山附近有個「坡亭」，當年東坡曾在此淹留數日，並到附近摘荔枝吃，「食之美，以指掐其核，後所生荔枝有指甲痕。」其人的魅力已滲入嶺南民俗。

和東坡同時代的詩僧惠洪，被流配到古稱崖州的海南島，也曾自我解嘲：「天公見我流涎甚，遣向崖州吃荔枝。」辛酸中別有一番幽默灑脫，亦與東坡有異曲同工之妙。如此的豁達委實不易，唐代的楊炎亦曾被流貶崖州，踏上生死難卜的險旅，不禁憂心忡忡：「一去一萬里，千之千不還，崖州在何處？生度鬼門關。」恐懼憂傷，反映中原人士對南方的驚畏。果眞一語成讖，還沒嚐到崖州的荔枝，楊炎就已被迫自殺，魂斷蠻鄉。

荔枝的甜美不只抒解了北方謫臣的悲苦，甚至逆轉了南方的意象，使得炎土瘴鄉產生豐沃浪漫，令人歆羡的聯想。白居易早已感嘆過，「物少尤珍重，天高苦渺茫，已教生暑月，又使阻遐方」，荔枝遠不可得，北人只能憧想。宋代詩人楊萬里因而又妒又羨，寫了一首〈荔枝歌〉，一開頭先調侃廣東人不識冰雪，「粵犬吠雪非差事，粵人語冰夏蟲似」，而北人不但慣見冰雪，還挖窖藏冰，以待夏季應市消暑，誰知有年藏冰大減，原來鬼使神差「移轉」到南方去了：

北風一夜動地惡，盡吹北冰作南雹，
飛來嶺外荔枝梢，絳衣朱裳紅錦包，
三危露珠凍含泚，火傘燒林下成水，
北人藏冰天奪之，卻與南人消暑氣。

江西詩派講究奇崛，此詩尤其獨特，以超現實的狂想夸言，油然具現荔枝之清瑩晶潤、剔透沁涼，末兩句尤其有意思，表面是妒羨交加的氣苦無奈，其實卻在讚嘆南方的天賜美祿。那位曾說過荔枝無物可比的明人宋玨，也曾形容夏日食荔，宛如「身坐火城而神遊冰谷」，倒是可與楊萬里的冰雪歌互爲註腳。

7.吸露嚥香化荔仙

蘇東坡是否眞的「日啖荔枝三百顆」？有人認爲是誇辭而已，一顆荔枝三把火，哪有人能吃這麼多？但宋玨天賦異稟，卻能日啖荔枝一二千顆，整個夏季要吃掉十餘萬顆，而且吃得十分講究：「喜別品，喜檢譜，始以泉浸，繼以漿解，磁盆筠籠，一物不具，則寧不啖。」除了遍嚐各種品類，還要食之以道，冷浸過並配以專用食具，食畢以清涼冷飲解熱去燥。古時的南方人相信荔枝是「太陽烈氣之所結」；需先浸以寒泉去火氣，所以清代屈大均的詩說：「露井寒泉百尺深，摘來經宿井中沉，日精化作月華冷，多食令人補太陰。」而且獨啖不如眾享，宋玨還鳩集同好結成荔社，約定荔枝產季每日一聚，由社友輪流做「值日生」，勘選古剎名園荔下雅聚。

北方人秋來賞菊，冬盡尋梅，嶺南人則多了個結社啖荔的特權，食荔品荔的雅興風俗，是南方特有的生活美學。早在十世紀間的五代十國，南漢皇帝劉鋹嗜荔，每年荔熟時就在荔林舉行「紅雲宴」，廣州城外的陵山據說有他的墓，漫山遍植荔枝樹。明代的福州人徐𤊹因此也發起「紅雲社」，精選城中內外異品佳種荔樹，分頭採買預約，發帖邀集「荔枝同志」聚會共啖，人數不可多，「太多則語喧」；荔數不能少，「荔約二千顆，太少則不飽」。聚會只設清酒白飯等簡食，因為「不得沉湎濫觴，混淆腸胃」，最後以分題賦詩盡興作結。

另一個荔迷謝肇淛，離閩十五年苦思不得，返鄉那年偏又碰上荔產稀落，直到翌年才能飽啖，連忙寫〈紅雲續約〉發起餐荔會，「當連數日共啖，以極行樂之趣」，並呼籲荔枝同志「勿嫌味酸，勿憚價貴，勿畏性熱，勿憚會頻，勿厭冷落」，他畢竟旱渴已久，要求低得多了。

還是宋玨高明，他寫的那部荔枝譜也與眾不同，不提品種生態，純以食法情趣為主，開宗明義第一篇就談「福業」，深入神髓，把荔枝的品味美學推向另一境界，難怪《嶺南荔枝譜》的作者吳應逵推許他為「荔枝第一知己」。福業分「清福」與「黑業」，食荔的雅興美事稱為清福，宋玨列出三十三件，諸如：開花雨時（有助結果）、次第熟（可陸續摘食）、浥露摘（清晨帶露摘下最鮮甜）、同好至、晚涼、新月、浴罷、簪茉莉、微醉、佳人剝、貯白磁盆，懸青筠籠（用青竹籠吊在井中）、隔竹聞香；最後一項是「土人忽送」，村民現摘的荔枝不期而至，尤其令人驚喜。

然而讓荔枝迷失望敗興的事也不少，計有「食荔黑業」三十四件，包括暴雨、妒風（有害結果）、偷兒先嘗、蜂蟻、蛀蒂、惡味、剝漬糖蜜、主人慳鄙、啖不得飽、點茶（影響荔枝的味覺）、魚肉側（腥羶有礙嗅覺與美感）、攫（搶著吃）、博（賭荔枝）、說貴賤、市販爭價等，其中有兩條「不喜食者在」、「忌熱勸莫餐」，尤其令我戚戚焉深有同感。美荔當前，專心致志食之唯恐不及，旁人卻要絮叨「吃多了上火」之類的陳腔濫語，掃興之至，難怪徐𤊹的「紅雲社」也要聲明「喜啖者許入，不喜食者請勿相溷」。各人體質稟賦不同，鮮肉毒物因人而異，何必以己推人，殷殷忠告勸止呢？反正別人上起火來，又不會延燒鄰舍殃及池魚。

荔枝的生活美學並非文人專擅，南方的平民亦有豐富的情趣。屈大均的《廣東新語》說，東粵多荔枝，「家有荔枝千株，其人與萬户侯等」，這種荔枝富户叫做「大室」。每年荔熟時，「大室」就互較長短，「東家誇三月之青，西家矜四月之紅，各以其先熟及美種爲尚」，並大開荔社邀客啖荔，「其有閉荔社之家，則人人競赴，以食多者爲勝，勝稱荔枝狀頭。少者有罰，罰飲荔枝酒數大白。」這種荔枝流水席不僅熱鬧雅致，也反映出富庶慷慨的嶺南古風。

福建亦不遜色，清初康熙年間的周亮工撰有《閩小紀》，記錄不少當地的荔枝民俗，皆頗富詩意。莆田一帶自古就是荔鄉，慣以荔枝來形容女性，「俗稱婦人豔麗者，必曰似一品香、狀元香」，皮膚白的女人似「擘後荔枝」，豐滿的女人則似細核多肉的「焦核荔枝」。而親友帶著小孩來訪，「必贈以狀元香數枝，蓋取狀元第一之意也。」如果拿到的是帶枝的荔枝，小孩還可以做童玩，剝殼留枝插在衣襟或褲袋上，「以爲明璫瓔珞之飾」。或是做「荔枝燈」，去殼後保留上半部的紅膜，舉之有如半覆絳紗的琉璃燈，饒有意趣。

荔枝不但可玩，還有香薰之用。盛夏大產時，閩人把荔枝「懸之帷帳窗屏間，閉户垂帷，歷久方啓」，一打開門就滿室生香，而且荔枝香「獨具甘醇之致，入室便能醉人，非他香可及也」。另有人摘來鮮荷葉裹以荔枝，關好門窗密閉房中，過一陣子打開，則荔荷交融，幽香四溢，「清絕莫倫」，這叫「荔荷供」。古人巧用日常器物，化平凡爲逸趣的生活美學，令人悠然神往。

而荔枝香聞多了，還能使人脫俗成仙呢。屈大均提到，荔樹多露，吃多了荔枝的人，清晨可到樹間，「先吸其露，次嚥其香，使氤氳若醉，五內清涼，則可以消肺氣、滋眞陰，卻老還童，作荔枝之仙。」不只漢代的古人相信有荔枝仙，明清的粵人亦深信不疑，連原籍廣東新會的明代理學家陳白沙，有次吃了友人饋贈的鮮荔後，也寫詩說：「口溢桂州漿，眼定西良色，我是荔枝仙，誰人解謾得？」（以爲嘴裡吃的是桂州荔，定睛細看卻是西良的品種，沒人能唬得過我這荔枝仙呀。）一掃道貌岸然的姿態，俏皮可喜。不知道屈陳二位君子飽得精華之後，是否已經位列仙班，悠然出入於嶺南的荔鄉之間？

古風已杳，幾百年後的現代，細緻優雅的荔俗蕩然無存，如今的荔事僅餘喧囂的「荔枝團」。盛夏時節，港人紛紛加入荔枝團，前往深圳、東莞、潮州等地的荔園摘果，就地狼吞虎嚥、狂吃暴食，已經情味索然了，再加以荔園附近蕪雜破落，甚而傳來陣陣肥料異味，愈發粗糙無趣。

更糟的是「荔枝宴」，近年來粵東鄉鎮爲推展觀光農業，無不大搞荔枝節，讓遊客摘荔之後大饗荔枝做的菜餚，什麼荔枝炒鱔、荔香牛柳、蒸釀荔枝、酥炸荔捲、荔枝燉水鴨……；甜鹹混雜油腥交錯，不僅唐突佳人，糟蹋荔枝的本色，也斲傷共冶的食材，弄得似驢非馬不倫不類。

古來如此艱辛難得之物，現在的南方人卻渾然不識，蒽爆水晶，油炸絳雪，蔡襄和宋玨等人若地下有知，大概要搖頭跺腳，慨嘆萬分吧？

賞析

蔡珠兒，生於 1961 年，南投縣埔里鎮人，臺大中文系，英國伯明罕大學文化研究所畢業，曾任《中國時報》記者多年，熱愛大自然花草植物，對風土民情、飲食文化有深刻的觀察及品味，1997 年移居香港，專事寫作。蔡珠兒研讀文化研究所，想利用這門學問去尋找一種比較接近生活、草根的態度，同時，她的文化研究背景也使得作品呈現理論式的知性風格，她曾說：「我把目前的書寫廣義的定位為『食物書寫』（food writing），我對社會階段性的問題很敏感，但還沒有偉大到關懷苦難的層次，不過我喜歡小小而輕微的放點文化研究的東西在文章裡。」從日常生活的飲食花草中開拓不同的視野和意義，同時，她也將飲食的觀念和烹調的工法親身在生活中實踐，在作品中呈現精湛多采且獨到細膩的廚藝，將食物內在的肌理本質配合感官的品鑑及文化的累積，創作出立體鮮明，包羅深廣的「名物抒情立體書寫」（張瑞芬語）。著作有《花叢腹語》、《南方絳雪》、《雲吞城市》、《紅燜廚娘》、《饕餮書》等。

蔡珠兒的飲食散文，題材包含各端，除海鮮、山產、肉類、菜餚之外，還旁及水果、甜點、糕餅、飲品，各種可以勾引食慾、喚醒味覺，饜足感官的食材，都在她細膩而剔透的審視下，大刀闊斧的評賞，或遊刃有餘的喻指，也顛覆了許多刻板的認知和評價，爬梳飲食的肌理，攫取鮮活靈動的精髓，文字流麗而澎湃，語詞凝練精要且擲地有聲，頗有「華麗濃郁、恣肆豪放」之風。其對食材的來歷淵源，品種譜系都仔細追索，比較細分，看出她對食材的專注與投入，對色香味的挑剔和嚴選，在作品中較少詳述烹調的技巧與過程，卻顯露出藉由食材特質及緣由的追索，看出食物背後的傳承意義和文化典故，及史料典籍的考據，詩詞歌賦的吟詠。

〈南方絳雪〉一文，描述荔枝的品種，形色各異，滋味不一，荔枝為中國南方的特產，成為南方進貢京師的珍果，也披上屬於蠻荒僻壤的詭麗原始，成為嶺南風物中浪漫的傳奇。細數各個朝代對荔枝的喜愛與珍視，漢賦對荔枝的誇張鋪述，盛詞麗藻，極盡炫惑；唐代驛站綿延，穿州越境，十萬火急，遞送荔枝只為「一騎紅塵妃子笑」的勞民傷財，恣肆揮霍。根據文人筆記、地方志中對荔枝的描述記載，說明其繁衍的軌跡，又因對荔枝的驚豔，歷代有詩詞的讚嘆，有圖文的繪製歌詠，甚至還有《荔枝譜》的專書，記錄其產地、習性、品種、功效、吃食之方，對荔枝的枝液、果肉、色澤、酸甜、口感、香氣都如數家珍，歷代文人如白居易、杜牧、蘇東坡、李綱等人都曾醉心於荔枝的馨香醇美，在詩文中許多巧譬善喻，鮮明靈動的呈顯荔枝腴美的神韻與滋味。更上乘者，以聞其香養生益氣，陶然若仙，如屈大均提到，荔樹多露，吃多了荔枝的人，清晨可到樹間「先吸其露，次嗅其香，此氤氳若醉，五內清涼，則可以消肺氣、滋真陰，卻老還童，作荔枝仙」。此篇文章，洋洋灑灑歷數荔枝之根源背景，卻不落入史料的堆砌與蒐羅，行文中可見烘托荔枝的極色豔美，彰顯其文化深度及族群積累的經驗，荔枝的形、色、氣、味就有更浩瀚的想像與共鳴，食物的享受也加上更多價值與意義。作者對於近年來的各種美食宴、農業節的推廣，其粗糙商業化的庸俗膚淺，有極深的感觸，除了糟蹋食物的本色原味，毫無章法的甜鹹混雜，涼熱交錯，大啖大嚼，狼吞虎嚥，輕賤了食物背後的文化傳承，草率的消費，浮誇的喧騰，是對飲食境界的一大諷刺。

問題與討論

1. 荔枝在作者的飲食記憶中占著何等地位？可就其童年、留學異國及客居他鄉的生命歷程來討論。並舉出哪種食物在你個人的記憶中最喜愛、難忘。
2. 杜牧的〈過華清宮詩〉側寫荔枝之名貴，也影響唐朝的亂事，請討論荔枝傳入中國為王族所愛的背景，並討論楊貴妃和荔枝的軼事及其所反映的時代。
3. 作者對現代的「荔枝宴」十分反感，並反映飲食風氣的諸多弊病及盲點，請討論現今的飲食流行趨勢和社會風尚、經濟能力、生活品味之間的關係。

延伸閱讀

1.何寄澎，〈試論林文月、蔡珠兒的「飲食散文」——兼述臺灣當代散文體式與格調的轉變〉，《臺灣文學研究集刊》1 期，2006 年。

2.張瑞芬，〈慾望味蕾——讀蔡珠兒《紅爛廚娘》〉，《文訊》242 期，2005 年。

3.蔡珠兒，〈私房菜社會學〉，《新新聞》823 期，2002 年。

4.鄭栗兒，〈香港社會報告——蔡珠兒與雲吞城市〉，《聯合文學》230 期，2003 年。

5.羅秀美，〈蔡珠兒的食物書寫——兼論女性食物書寫在知性散文脈絡中的可能性〉，《臺灣文學研究學報》4 期，2007 年。

京都四季懷石之味／韓良露

京都的懷石料理，是一縷幽香、一輪新月、一壺剛沏好的春茶；我在京都品賞懷石料理，常常感嘆天地之妙，竟在四季之中，賜給人類這麼多的美好滋味……

在十六世紀的日本桃山時代，茶道宗師千利休大力推廣「清、靜、幽、寂」的茶道文化，但因空腹直接飲用發酵度十分淺輕的抹茶，很容易造成胃的不適，他於是想到了在用茶之前吃些茶食。

但這些茶食只宜小塡胃，絕不能飽腹，因爲之後的正事是品茶，這可是要跪坐在榻榻米上好幾個小時的事，飽腹是絕對不耐久坐的，再加上品抹茶時，需要很敏感的味蕾及專注的心思，因此茶食宜清淡，絕不可奪茶之味。

千利休創出一汁三菜的懷石料理，取名「懷石」，用典甚雅，乃因有些在修行中的禪宗和尚，爲了止饑，會把石塊溫熱後，置於腹上，以減少腹中的空寂感。

懷石止饑，爲了修行，懷石在此，取代了眞正的食物，強調精神的力量，象徵取代實用。懷石料理由此出典，自然延續著這種象徵主義的作風，以空的境界、留白的韻味來布陳食物的手法，就彷彿宋人的山水畫中，在空間大量留白的畫風。

記得我第一次去京都旅行時，在龍安寺的方丈庭院，看著室町時代留下的枯山水，細紋白砂上，散落著幾塊島狀的灰石，如此簡單，如此空靈，但意思卻是天地無限。

當天晚上，我去到了朋友代訂的「瓢亭」料亭，晚間吃的就是正統的懷石料理。由於那時正是四月早春時分，當晚的主食是春筍，朋友告訴我，京都洛西一帶盛產孟宗竹，講究的食家吃的是一早去採挖的朝掘筍，滋味特別清香鮮嫩。朋友說，「瓢亭」精心準備的筍御飯，一吃就知道是朝掘筍。

懷石料理的分量極少，跟近代中國人團圓飯的概念正好相反。

懷石尚「空」，如一輪新月掛在枯枝頭，雖冷清，但月意幽遠；中國人的團圓飯尚「滿」，要像圓月般豐滿完全。

吃中國飯，大口吃菜大塊吃肉，飽足後，也就解脫了——從中國歷史上無數的饑荒與動亂的憂慮與恐慌中解脫；因此，食物要「滿」，來填滿腹中、心底的不安全感。

懷石料理卻是修道人的食物，食物只是人和天地對話的媒介，而非阻隔，一點點食物，讓人懷想春風秋月夏綠冬雪。

懷石料理講究食物的原始本色，時令和季節感是食材的靈魂，小小口的懷石食材，要吃得出季節的律動。

在京都，每個月都有當令的食材，講究的料亭及茶屋都會以當月食材做主題，例如：深冬一月吃雜煮大根，吃的是冬眠土地蘊藏在大根中的元氣；二月吃胡蘿蔔煮大豆和甜菜，吃的也是冬藏的力量；三月，大地逐漸回春，京都人喜歡在此時節吃五目飯，有香結、蓮藕片、木芽、青豆、豆腐麩皮等，再配上一碗豆腐丸子湯，讓這些精進的食物來調整身體由冬入春的生息變化；四月，季節正式入春，早春再加上當日朝掘的新筍，宣告著大地新生的開始，人體也需要新筍的精氣來觸動血脈。筍料理中，最怡人的是香椿木芽拌新筍，每一口都可以吃得到季節的香氣。

五月是京都大祭、葵祭的時節，這時，天氣已經有了輕微的暑氣，京都人喜歡在此時吃鮎魚，簡單地鹽烤，配上五月菖蒲包的長粽；六月入暑，京都人在此時用加茂盛產的茄子做成茄子田樂（味噌燒），據說有避暑之效，而京都有名的涼點水無月也在此時上市，涼涼的三角形糯米紅豆既清暑又添精力；七月是京都祇園祭，也是吃溪澗野生鱸魚的季節，鱸魚可冰涼了生吃，再沾上當令的青梅做成的梅干醬油，清涼開胃退暑氣。

八月暑熱當頭，用高野豆腐製成的冷奴（冷豆腐）特別對味，加上簡單的小黃瓜壽司，再吃一些離京都不遠的奈良漬物，配上一碗豆腐湯葉（第一層腐皮）製成的清湯，是京都人的盛夏美味，又清淡又素樸，剛好一洗京都盆地的爆熱；九月是秋刀魚、秋葵的季節，鹽烤秋刀、秋葵，再配上微溫的清酒，看著嵯峨野一帶的秋芒紛飛，才警覺到早秋已經翩翩來到。一年容易又入秋，如今已中年的我，吃著秋刀微苦的滋味，才忽地懂得了我的京都朋友說「秋刀是生命秋天的味覺」的眞義了。

十月，秋華的香氣飄散在洛北山林間，熱愛秋茸的京都人等了一年，又到了可以在土瓶蒸內放上新鮮而非乾燥的秋茸的時候。我和朋友坐在位於東山附近的「菊乃井」料亭，吃著加了秋茸的御飯和土瓶蒸，沉醉在秋茸無與倫比的香氣之中，朋友說，秋茸的香是大地豐收的滋味，全化成一縷幽香了。

十一月到京都時，絕不可錯過京都人最愛的壬生菜。壬生菜是京都特有的蔬菜，吃起來有薺菜的口感。十一月也是甘鯛（馬頭魚）當令的時節，不管是燒烤或荒焚煮，都非常美味；十一月京都也盛產芋，用京都芋做成的芋餅，在京都和果子老鋪熱賣中。

十二月，入冬了，京都街上的銀杏樹都結滿了可食的銀杏果。銀杏燒烤或蒸煮是冬令聖品，在冬天的御飯放入銀杏、百合根和柚皮，都是大地冷冽清新的滋味。冬至吃蒸煮南瓜是京都人的習俗，也有回補元氣之說。

我在京都品遊懷石之道的味覺，常常感嘆天地之妙，在四季風土中，賜給人類這麼多美好的滋味；但若想要品嚐眞味，一定要先有知物、惜物之心，懂得季節輪動、萬物消長的旋律，才吃得到四季的滋味，而這些懷石料理小盤小盅小碗小碟，所盛載的食物就如日本人所云：是用心做的惣菜啊！

在京都品嚐四季懷石料理，除了食材的變化之外，環境的變化也是京都人重視的生活美學。我何其有幸，曾被朋友帶至她的祖傳大宅，在庭園裡花吹雪的吉野櫻下，吃春天的櫻花懷石料理。用鹽醃過的櫻瓣製成微鹹幽香的櫻茶爲開端，配上用新鮮艾草及醋拌過的加納生魚以及用櫻花酒和春筍一起蒸的煮物，再加上以櫻花、青豆一起煮的御飯，最後是櫻葉托著做成櫻花式樣的京果子。

夏天的懷石料理中，我最難忘的是鴨川納涼床。京都人喜愛在夏天的黃昏，在鴨川沿岸的楔川置露天的涼席，一邊聽著川流水動聲，一邊品嚐夏季的味覺風土；如果遇上大文字火燒山的節慶，整條鴨川上的納涼床更是座無虛席。有時，納涼床並不放在川邊，而是放在川上平臺，我的京都朋友就曾體驗過瀑布急流在腳下，一面吃東西一面還被水花輕濺的納涼川床。我在鴨川納涼床上的那一晚，吃的是鹽烤的夏季香魚，配上透明的冷酒，還有山椒吹飯及新鮮的牛蒡漬物。

品嚐秋天的懷石料理時，最宜選擇一間古老的茶屋，一邊觀楓一邊品食。京都觀楓的最好地點是嵐山及嵯峨野一帶，嵐山有一家名喚「鮎茶屋」的茶屋，有四百年的歷史，夏天的鮎料理和秋天的菇料理都十分出名。我在這間古意深遠的茶屋吃到了用椎茸、玉蕈及秋茸一起烹煮的御飯，還吃到被稱爲「供月」的鹽煮芋頭、大豆、栗子等美味，甜點則是在楓葉上放置做成錦菊式樣的京果子。

冬天落大雪時，京都美得如同化境，南禪寺中的「奧丹」茶屋，用炭爐燒煮的湯豆腐料理充滿了禪意。一大方塊京都好山好水的豆腐，放在昆布清湯中熬煮，吃時，只薄沾醬油、蔥花、五味粉，在大雪中，滾熱的豆腐在胃中慢慢化開，悠悠地品嚐世間眞味。

京都的四季懷石風土味覺，是一縷幽香、一輪新月、一壺剛沏好的春茶，滋味雖淺，情意卻十分悠長。

我從初識京都之味，迄今已近二十載，歲月悠悠伴隨著歲時滋味一路走來，我對京都之味的迷戀，卻如老井情深般越來越幽邃。

一直想抽個一年光陰，好好地在京都散心過日子，讓每月每季的清雅山水風土滋味，洗去我平日在塵世的煩囂，到底這個願望何時可以成眞呢？

賞析

韓良露，1952 年出生於臺灣高雄，曾擔任紀錄片導演、電視臺編劇、新聞節目製作人、資訊公司總經理、占星學院講師等職務，志趣豐富，充滿創意，現專事寫作。三十二歲起旅居倫敦五年，並周遊六十餘國，到過世界三百多個城鎮，體會風土人情，以品嚐記錄各國的美食，當作旅行的一個焦點和認識每個地方的圖騰。近年定居臺北，演講、寫作、主持廣播節目，於 2007 年夏至，成立一個飲食文化空間「南村落」，位於師大路商圈，推廣創意而富含人文色彩的飲食觀念及飲食品味。

韓良露的創作題材廣泛，舉凡飲膳、電影、音樂、旅行、占卜、戲劇等散文作品，具有結合不同生活面相的觸發和激盪，並提出新穎的議題及思維。其著作有《寶瓶世紀全占星》、《美味之戀》、《微醺之戀》、《食在有意思》、《雙唇的旅行》、《浮生閒情》、《如果城市也有靈魂》等。

懷石料理由日本的茶道文化衍生而出，講究的是「清、靜、幽、寂」的意境，它不是豐盛華腴的宴席，而是止饑提神，保持清明味蕾的簡食。「懷石」是修行中的禪宗和尚，為了解除腹中饑餓之感，於是把石頭溫熱，置於腹上，以轉移食欲之雜念，懷石料理出自這種精神，其象徵及修練的意涵大過實際的口腹飽足，其對食物的體認和需求，對食物選取布陳的方式，呈現出留白的空寂舒朗，看似簡約平淡，卻意韻無窮。

本文描述作者至京都旅行，品嚐四季新鮮食材及不同料理的陶醉與感動。早春時節，以孟宗竹筍最鮮嫩甜美，必須清晨至竹林挖掘，經過清早露水的洗禮，親炙泥土的氣息，以勞動來獲取飲食，從自然界的植物菜蔬得到一種純樸踏實的滿足，不管是深冬的植物大根，或胡蘿蔔、甜菜、香菇、蓮藕、大豆等都是大地傳遞的訊息。暑氣漸至，鹽烤鮎魚及菖蒲葉包的長粽，冰涼的三角形糯米紅豆甜點，是最受歡迎的大眾食物。祇園祭時吃溪澗野生的鱸魚，暑熱當頭，吃冷豆腐及奈良漬物，秋芒遍野時，以鹽烤秋刀配溫熱清酒，品嚐秋的況味，入冬之後，銀杏果結實纍纍，不管是燒烤或蒸煮都有清洌的甘味，吃蒸煮南瓜以回補元氣，驅除寒意。一年四季，不管春夏寒雪，都有應時的天然食材，可以感受到自然厚實的生命力及多采多姿的驚喜，土地下的，溪流中的，海洋裡的，都循著天地的運行、四季的流轉紛紛來到身邊，讓你在品賞之餘，有股由衷的慶幸及感謝。

京都四季的懷石飲食風味，從食物中親近自然，體味風土，更營造出生活的幽遠閒淡，如禪的意境餘韻無窮，耐人尋味，作者從二十年前初識京都之味，在二十年的人生歷練和人世變遷中，更加深刻體察京都人文素養及歷史傳統的豐厚綿長，它典雅而含蓄，細膩而藝術化的建構積累飲食的內蘊及風貌，呈現出歷史人文與自然風土、地理建築的一體融合，走進京都的生活步調，有股洗去塵囂的清雅悠閒，深攫人心。

問題與討論

1.味覺在你的感官經驗中有何特殊之處？請舉出文中味覺與記憶、味覺與情感、味覺與時光之間的關聯和描述。
2.京都的飲食內涵如何呈現其文化的深度、自然的聲息，而產生心靈的感動？
3.作者形容京都的懷石料理，是一縷幽香、一輪新月、一壺剛沏好的春茶，這是何種意境？請說出你的體會及領受。

延伸閱讀

1.呂增娣，〈韓良露與走過的路共鳴——用腳占領世界，以酒回憶旅程〉，《行遍天下》119 期，2001 年 8 月。
2.林怡秀，〈韓良露的生活現場〉，《雅砌》140 期，2001 年 9 月。
3.林貞岑，〈帶著感官去旅行〉，《康健》40 期，2002 年 3 月。
4.韓良露，〈媽媽的春餅〉，《講義》34 卷 2 期，2003 年 11 月。
5.韓良露，〈韓良露的城市光影——京都紅葉情緒〉，《行遍天下》148 期，2004 年 1 月。

第九味／徐國能

我的父親常說：「喫是爲己，穿是爲人。」這話有時想來的確有些意思，喫在肚裡長在身上，自是一點肥不了別人；但穿在身上，漂亮一番，往往取悅了別人而折騰了自己。父親作菜時這麼說，喫菜時這麼說，看我們穿新衣時也這麼說，我一度以爲這是父親的人生體會，但後來才知道我的父親並不是這個哲學的始作俑者，而是當時我們「健樂園」大廚曾先生的口頭禪。

一般我們對於廚房裡的師傅多稱呼某廚，如劉廚王廚之類，老一輩或矮一輩的幫手則以老李小張稱之，惟獨曾先生大家都喊聲「先生」，這是一種尊敬，有別於一般廚房裡的人物。

曾先生矮，但矮得很精神，頭髮已略花白而眼角無一絲皺紋，從來也看不出曾先生有多大歲數。我從未見過曾先生穿著一般廚師的圍裙高帽，天熱時他只是一件麻紗水青斜衫，冬寒時經常是月白長袍，乾乾淨淨，不染一般膳房的油膩腌臢，不識他的人看他一臉清瘦，而眉眼間總帶著一股凜然之色，恐怕以爲他是個不世出的畫家詩人之類，或是笑傲世事的某某教授之流。

曾先生從不動手作菜，只喫菜，即使再怎麼忙，曾先生都是一派閒氣地坐在櫃檯後讀他的《中央日報》，據說他酷愛唐魯孫先生的文章，雖然門派不同（曾先生是湘川菜而唐魯孫屬北方口味兒），但曾先生說：「天下的喫到底都是一個樣的，不過是一根舌頭九樣味。」那時我年方十歲，不喜讀書，從來就在廚房竄進竄出，我只知酸甜苦辣鹹澀腥沖八味，至於第九味，曾先生說：「小子你才幾歲就想嚐遍天下，滾你的蛋去。」據父親說，曾先生是花了大錢請了人物套交情才聘來的，否則當時「健樂園」怎能高過「新愛群」一個級等呢？花錢請人來光喫而不做事，我怎麼看都是不合算的。

我從小命好，有得喫。

母親的手藝絕佳，比如包粽子吧！不過就是醬油糯米加豬肉，我小學莊老師的婆婆就是一口氣多喫了兩個送去醫院的，老師打電話來問祕訣，母親想了半天，說：竹葉兩張要一青一黃，醬油須拌勻，豬肉不可太肥太瘦，蒸完要瀝乾……如果這也算「祕訣」。

但父親對母親的廚藝是鄙薄的，母親是浙江人，我們家有道經常上桌的家常菜，名曰：「冬瓜蒸火腿」，作法極簡，將火腿（臺灣多以家鄉肉替代）切成薄片，冬瓜取中段一截，削皮後切成梯形塊，一塊冬瓜一片火腿放好，蒸熟即可食。需知此菜的奧妙在於蒸熟的過程冬瓜會吸乾火腿之蜜汁，所以上桌後火腿已淡乎寡味，而冬瓜則具有瓜蔬的清苦之風與火腿的華貴之氣，心軟邊硬，汁甜而不膩，令人傾倒。但父親總嫌母親切菜時肉片厚薄不一，瓜塊大小不勻，因此味道上有些太濃而有些太淡，只能「湊合湊合」。父親在買菜切菜炒菜調味上頗有功夫，一片冬瓜切得硬是像量角器般精準，這刀工自是大有來頭，因與本文無關暫且按下不表，話說父親雖有一手絕藝，但每每感嘆他只是個「二廚」的料，眞正的大廚，只有曾先生。

稍具規模的餐廳都有大廚，有些名氣高的廚師身兼數家「大廚」，謂之「通灶」，曾先生不是「通灶」，但絕不表示他名氣不高。「健樂園」的席有分數種價位，凡是掛曾先生排席的，往往要貴上許多。外行人常以爲曾先生排席就是請曾先生親自設計一道從冷盤到甜湯的筵席，其實大非，菜色與菜序排不排席誰來排席其實都是差不多的，差別只在上菜前曾先生是不是親口嚐過。從來我見曾先生都是一嚐即可，從來沒有打過回票，有時甚至只是看一眼就「派司」，有人以爲這只是個形式或是排場而已，這當然又是外行話了。

要知道在廚房經年累月的師傅，大多熟能生巧，經常喜歡苛扣菜色，中飽私囊，或是變些魔術，譬如鮑魚海參排翅之類，成色不同自有些價差，即使冬菇筍片大蒜，也是失之毫釐差之千里；而大廚的功用就是在此，他是一個餐廳信譽的保證，有大廚排席的菜色，廚師們便不敢裝神弄鬼，大廚的舌頭是老天賞來人間享口福的，禁不起一點假，你不要想瞞混過關，味精充雞湯，稍經察覺，即使你是個國家鑑定的廚師也很難再立足廚界，從此江湖上沒了這號人物。有這層顧忌，曾先生的席便沒人敢滑頭，自是順利穩當。據父親說，現下的廚界十分混亂，那些「通灶」有時兼南北各地之大廚，一晚多少筵席，哪個人能如孫悟空分身千萬，所以一般餐廳多是馬馬虎虎，「湊合湊合」，言下有不勝唏噓之意。

曾先生和我有緣，這是掌杓的趙胖子說的。每回放學，我必往餐廳逛去，將書包往那幅金光閃閃的「樂遊園歌」下一丟，閃進廚房找喫的。這時的曾先生多半在看《中央日報》，經常有一香吉士果汁杯的高粱，早年白金龍算是好酒，曾先生的酒是自己帶的，他從不開餐廳的酒，不像趙胖子他們常常「乾喝」。

趙胖子喜歡叫曾先生「師父」，但曾先生從沒答理過。曾先生特愛和我講故事，說南道北，尤其半醉之際。曾先生嗜辣，說這是百味之王，正因爲是王者之味，所以他味不易親近，有些菜中酸甜鹹澀交雜，曾先生謂之「風塵味」，沒有意思。辣之於味最高最純，不與他味相混，是王者氣象，有君子自重之道在其中，曾先生說用辣宜猛，否則便是昏君庸主，綱紀凌遲，人人可欺，國焉有不亡之理？而甜則是后妃之味，最解辣，最怡人，如秋月春風，但用甜則尚淡，才是淑女之德，過膩之甜最令人反感，是露骨的諂媚。曾先生常對我講這些，我也似懂非懂，趙胖子他們則是在一旁暗笑，哥兒們幾歲懂些什麼呢？父親則抄抄寫寫地勤作筆記。

有一次父親問起鹹苦兩味之理，曾先生說道：鹹最俗而苦最高，常人日不可無鹹但苦不可兼日，況且苦味要等眾味散盡方才知覺，是味之隱逸者，如晚秋之菊，冬雪之梅，而鹹則最易化舌，入口便覺，看似最尋常不過，但很奇怪，鹹到極致反而是苦，所以尋常之中，往往有最不尋常之處，舊時王謝堂前燕，就看你怎麼嚐它，怎麼用它。

曾先生從不阻止父親作筆記，但他常說烹調之道要自出機杼，得於心而忘於形，記記筆記不過是紙上的工夫，與眞正的喫是不可同日而語的。

「健樂園」結束於民國七十年間，從此我們家再沒人談起喫的事，似乎有點兒感傷。

「健樂園」的結束與曾先生的離去有很密切的關係。

曾先生好賭，有時常一連幾天不見人影，有人說他去豪賭，有人說他去躲債，誰也不知道，但經常急死大家，許多次趙胖子私下建議父親曾先生似乎不大可靠，不如另請高明，但總被父親一句「刀三火五喫一生」給回絕，意謂刀工三年或可以成，而火候的精準則需時間稍長，但眞正能喫出眞味，非用一輩子去追求，不是一般遇得上的，父親對曾先生既敬且妒自不在話下。

據父親回憶，那回羅中將嫁女兒，「健樂園」與「新愛群」都想接下這筆生意，結果羅中將賣曾先生一個面子，點的是曾先生排的席，有百桌之餘，這在當時算是樁大生意，而羅中將又是同鄉名人，父親與趙胖子摩拳擦掌準備了一番，但曾先生當晚卻不見人影，一陣雞飛狗跳，本來父親要退羅中將的錢，但趙胖子硬說不可，一來沒有大廚排席的酒筵對羅中將面子上不好看，二來這筆錢數目實在不小，對當時已是危機重重的「健樂園」來說是救命仙丹，趙胖子發誓一定好好做，不會有差池。

這趙胖子莫看他一臉肥像，如彌勒轉世，論廚藝卻是博大精深，他縱橫廚界也有二三十年，是獨當一面的人物。那天看他油汗如雨，如八臂金剛將鏟杓使得風雨不透。本來宴會進行得十分順利，一道一道菜流水般地上，就在最後關頭，羅中將半醺之際竟拿起酒杯，要敬曾先生一杯，場面一時僵住。事情揭穿後，羅中將鐵青著臉，鋐鐺一聲扔下酒杯，最後竟有點不歡而散。幾個月後「健樂園」都沒再接到大生意，衛生局又經常上門嚕囉，清廉得不尋常。父親本不善經營，負債累累下終於宣布倒閉。

曾先生從那晚起沒有再出現過，那個月的薪俸也沒有拿，只留下半瓶白金龍高粱酒，被趙胖子砸了個稀爛。

長大後我問父親關於曾先生的事，父親說曾先生是湘鄉人，似乎是曾滌生家的遠親，與我們算是小同鄉，據說是清朝皇帝曾賞給曾滌生家一位廚子，這位御廚沒有兒子，將本事傳給了女婿，而這女婿，就是曾先生的師父了。對於這種稗官野史我只好將信將疑，不過父親說，要眞正喫過點好東西，才是當大廚的命，曾先生大約是有些背景的，而他自己一生窮苦，是命不如曾先生。父親又說：曾先生這種人，喫盡了天地精華，往往沒有好下場，不是帶著病根，就是有一門惡習。其實這些年來，父親一直知道曾先生在躲道上兄弟的債，沒得過一天好日子，所以父親說：平凡人有其平凡樂趣，自有其甘醇的眞味。

「健樂園」結束後，賠賠賣賣，父親只拿回來幾個帳房用的算盤，小學的珠算課我驚奇地發現我那上二下五的算盤與老師同學的大不相同，同學爭看我這酷似連續劇中武林高手用的奇門武器，但沒有人會打這種東西，我只好假裝上下各少一顆珠子地「湊合湊合」。

從學校畢業後，我被分發至澎湖當裝甲兵，在軍中我沉默寡言，朋友極少，放假又無親戚家可去，往往一個人在街上亂逛。有一回在文化中心看完了書報雜誌，正打算好喫一頓，轉入附近的巷子，一個低矮的小店歪歪斜斜地寫著「九味牛肉麵」，我心中一動，進到店中，簡單的陳設與極少的幾種選擇，不禁使我有些失望，一個肥胖的女人幫我點單下麵後，自顧自的忙了起來，我這才發現暗暝的店中還有一桌有人，一個禿頭的老人沉浸在電視新聞的巨大聲量中，好熟悉的背影，尤其桌上一份《中央日報》，與那早已滿漬油水的唐魯孫的《天下味》，曾先生，我大聲喚了幾次，他都沒有回頭，「我們老闆姓吳」，胖女人端麵來的時候說。

「不！我姓曾。」曾先生在我面前坐下。

我們聊起了許多往事，曾先生依然精神，但眼角已有一些落寞與滄桑之感，滿身廚房的氣味，磨破的袖口油漬斑斑，想來常常抹桌下麵之類。

我們談到了喫，曾先生說：一般人好喫，但大多食之無味，要能粗辨味者，始可言喫，但眞正能入味之人，又不在乎喫了，像那些大和尚，一杯水也能喝出許多道理來。我指著招牌問他「九味」的意思，曾先生說：辣甜鹹苦是四主味，屬正；酸澀腥沖是四賓味，屬偏。偏不能勝正而賓不能奪主，主菜必以正味出之，而小菜則多偏味，是以好的筵席應以正奇相生而始，正奇相剋而終……突然我覺得彷彿又回到了「健樂園」的廚房，滿鼻子菜香酒香，爆肉的嗶啵聲，剁碎的篤篤聲，趙胖子在一旁暗笑，而父親正勤作筆記，我無端想起了「健樂園」穿堂口的一幅字：「樂遊古園崒森爽，煙綿碧草萋萋長。公子華筵勢最高，秦川對酒平如掌……」

那逝去的像流水，像雲煙，多少繁華的盛宴聚了又散散了又聚，多少人事在其中，而沒有一樣是留得住的。曾先生談興極好，用香吉士的果汁杯倒滿了白金龍，顫抖地舉起，我們的眼中都有了淚光，「卻憶年年人醉時，只今未醉已先悲」我記得〈樂遊園歌〉是這麼說的，我們一直喝到夜闌人靜。

之後幾個星期連上忙著裝備檢查，都沒放假，再次去找曾先生時門上貼了今日休息的紅紙，一直到我退伍。我知道我再也找不到他了，心中不免惘然。有時想想，那會是一個夢嗎？我對父親說起這件事，父親並沒有訝異的表情，只是淡淡地說：勞碌一生，沒人的時候急死，有人的時候忙死……我不懂這話在說什麼。

如今我重新拾起書本，覺得天地間充滿了學問，一啄一飲都是一種寬慰。有時我會翻出〈樂遊園歌〉吟哦一番，有時我會想起曾先生話中的趣味，曾先生一直沒有告訴我那第九味的眞義究竟是什麼，也許是連他自己也不清楚；也許是因爲他相信，我很快就會明白。

賞析

徐國能，1973 年生，臺北市人，東海大學中文系研究所畢業，臺師大文學博士，現任教臺師大國文系。擅長詩與散文創作，曾獲聯合報文學獎、時報文學獎、全國學生文學獎，作品文字淳厚有味，風格含蓄蘊藉，對人世萬物有豁達的領悟及淡淡的滄桑感，頗受佳評。其認為好文章應是「能以真心、睿智解釋乃至於包容人生的不圓滿，並提出放諸四海皆準的真理」。興趣為閱讀、電影與棋藝，著有《第九味》、《煮字為藥》等書。

徐國能在《第九味》書中關於飲食的篇章，探討飲食散文的特質，其將飲食材料、料理烹調、飲食經驗、歷程，其中關涉的人、事、物，自然而巧妙的融合涵攝，凝練成記憶中某些具有價值及力量的意象，由這些意象的鋪擬衍伸，營造出某些深刻意境。有關飲食的精髓奇妙，烹調作工的高明精細，生活點滴的品茗反芻，人生真諦的探索開啟，這些細膩深入的生命追尋和體悟，提升飲食的內涵和藝術性。

在〈第九味〉文中，作者以父親開設的「健樂園」餐廳為背景，描述一位技藝高超，品味獨到的排席師父，其地位及權威已超越在廚房中揮汗操刀的實作階段，而是進入最高地位的把關品鑑層次，料理是否真材實料，烹調得法，逃不出他的法眼，菜色的排序出場，經過縝密的推敲，配合食材的特質、氣味、樣貌，彼此幫襯激發，達到色香味極致的品賞及享受。文中曾師父的眼力神準，任何苛扣菜色、中飽私囊、草率行事的巧詐皆難以過關，其味蕾靈敏，各種氣味、鮮度、口感、本色也在他淺嚐之下即見真章，然而在一般人了解的八味——酸、甜、苦、辣、鹹、澀、腥、沖之外，他還提出一個境界最高，難以言傳的第九味。「第九味」在文中並未點出究竟是何種滋味，是八味之外開創的新味，或八味融合後激盪出的美味？「第九味」在文中成為扣緊全文神髓的「中心喻象」，在這個喻象中包含著濃厚的理趣及豐富的意蘊，其以曾師父的一生，意氣風發，孤傲率直到落魄潦倒，退隱江湖來追尋或喻指第九味的人生況味，其對各種味道的品評闡釋，已超越味蕾及舌頭的美味層次，進入人情、事理、處世、治國等修齊治平的修養體認。

曾先生對味道的闡釋及認知，來自於他親身的體驗及切身感受，食物的味道成為審美意象，並以其特殊的觀點加以掌握和描繪，使之成為人生各種不同境界的縮影。一般人談喫，只是困隔在世俗的味覺之中，隨波浮沉，未曾有透徹的體悟和直指本心的品賞，因此懂得味之不同、特色差異，才能談喫，而喫之上乘乃在嚐味之真質，喫的形式反而可消隱模糊了。作者以具體實相的飲食為媒介去堪透飲食的本心真味，飲食的繁複精美和費心雕琢，皆幻化消弭為樸素、平淡、安然的平凡尋求，恰如一杯白開水，卻是無盡滋味的沉澱，波瀾不驚卻眾味畢集。飲食對人生的開啟及化境，在落魄他鄉，潦倒失意的曾先生身上，一飲一啄都是深沉的人生況味。

問題與討論

1.徐國能在〈第九味〉中提出人生的味外之味，請闡述其體悟，並抒發個人的理念。
2.飲食與你的人生歷程曾有過什麼較不尋常的遇合及影響？你對飲食文學有何接觸和偏好？
3.〈第九味〉文中的曾師父、趙胖子、作者父親之人格形象、際遇、人生觀各是如何？請加以分析討論。

延伸閱讀

1.王文仁，〈學徒、魔鬼與人生——我讀徐國能〉，《淡藍為美》20 期，2003 年。
2.李崇建，〈在文學道上奔馳的騎士——側寫徐國能〉，《文訊》182 期，2000 年。
3.徐國能，〈懷念東海大學附近的三片小店〉，《聯合文學》224 期，2003 年。
4.陳慶元，〈傷逝與追尋——淺談國能與他的詩作例〉，《淡藍為美》20 期，2003 年。
5.楊舒涵，〈一些無可名狀的……——訪作家徐國能〉，《明道文藝》378 期，2001 年。

六
運動散文

導論

一般人認為，運動，就是以強身為目的；運動員，就是那些四肢發達，頭腦簡單的人。這是相當浮面的認知與誤解。運動，當然可以強身，俗話說：「藥補不如食補，食補不如運動補。」、「運動最補。」然而，運動除了強健體魄之外，還能鍛鑄心靈。而運動員，尤其是頂尖的選手，不但技巧高超，還需要有良好的心理素質，才能在強大的競逐中脫穎而出。因此，我們可以說，運動可以強健身心，鍛鍊自己；而運動員是身心俱強旺的人。所以，當我們驚訝於菲爾普斯在 2008 年北京奧運豪奪游泳八面金牌，並屢次打破世界紀錄時，就可能會深究其背後的辛苦訓練以及感人故事。當臺灣興起自行車風潮時，其中，除了健康因素之外，還有環保、經濟、心理等原因，更核心的是生活態度的改變。

運動文學是運動與文學的結合，書寫者對運動作深入的觀察、省思之後，以文學的筆法加以書寫。這至少需要幾個條件：對運動熟悉、有長久的觀賞或參與的經驗，深入的觀察體悟以及文學的想像。因此，運動及運動的觀賞越普及的地區，運動文學才會有肥沃的土壤，發展茁壯。臺灣的運動及觀賞，以棒球為主，籃球次之，網球、足球、高爾夫球又其次。然而，運動並未普及，運動與觀賞也未同步發展，例如，棒球，雖然號稱臺灣國球，真正從事這項運動的人並不多，而棒球的觀眾也因職棒簽賭等原因而大量流失。因此，運動書寫在臺灣並未形成主流，甚至可以說其作品斷斷續續，佳作不多，也未有專業的作家出現。到目前為止，臺灣的運動書寫出現兩次高峰，一次是 1989 年，中華職棒成立之後，棒球觀賞人口暴增，許多出版社推出相關作品，例如麥田出版社推出「運動家系列」，包括了以中華職棒球星、美國籃球明星為主的訪談、傳記，以及美國職業運動，包括棒球、籃球的介紹與翻譯等書籍，其中最值得注意的是劉大任的《強悍而美麗》（臺北，麥田出版社，1995 年）與唐諾的《球迷唐諾看球》（臺北，麥田出版社，1994 年）。劉大任是著名的小說家，長期旅居美國，對美國職業運動有豐富的觀賞經驗與深入的思索，本身又是乒乓球與高爾夫球的愛好者，是一位非常適合運動書寫的作家，他的大作果然出手不凡，書名《強悍而美麗》已經概括了運動的深刻內涵。運動追求更高、更快、更遠的紀錄，是不斷的超越——超越對手，更是自我超越，這是運動強悍的一面；而在超越自我極限的訓練過程中，選手展現了極美的體態與心靈，在觀眾觀賞的過程中，是情感的純粹共鳴與心靈美的饗宴，這是運動的美麗。《強悍而美麗》全書內容以籃球與網球、乒乓球為主，也有釣魚、狩獵、足球等運動的內容，他帶領讀者穿過炫麗的紀錄與一時的勝負，看到球隊的風格、細膩的技巧，以及運動員讓人尊敬的意志，不但寫了國人熟悉的籃球，也將少受人注意的網球、乒乓球列入其中。劉大任在運動書寫的廣度與深度都有傑出的貢獻，也樹立了運動書寫的里程碑。唐諾也是一位傑出的作家，身為臺灣最重要的文學家庭——朱西甯的女婿，唐諾閱讀層面廣闊，著作含括推理小說、閱讀以及運動散文。其《文字的故事》、《閱讀的故事》都展現其博學而深刻的一面。在運動散文方面，唐諾特別關注 NBA，出版《唐諾看 NBA》、《唐諾談 NBA》，唐諾寫運動比較輕鬆，運動本來就有休閒娛樂的性質，唐諾在觀賞 NBA 中獲得樂趣與放鬆，下筆為文，就以詼諧的語氣寫其感受，常有獨到的觀點。劉大任與唐諾都是專業作家，跨足運動書寫也交出亮麗的成績。這樣的跨界書寫，就成了運動書寫的常態，例如楊照、柯裕棻、劉克襄、西西等人，都有單篇的佳作，然而，他們或是學者，或是小說家，或以生態書寫為主，都不是專注於運動書寫。後來，九歌出版社陸續出版了張啟疆《不完全比賽》、徐錦成主編的《臺灣棒球小說大展》，集結了國內以棒球為題材的傑出小說。其中張啟疆的《球謎》，是臺灣第一本棒球長篇小說。

此外，中華職棒全盛時期，聯盟與球隊也出版專門的定期雜誌，如《職業棒球》、《兄弟》、《龍族》等，報導選手動態，其中也有些運動散文，而隨著電視的普及與網路的興起，臺灣出現專業的球評家，這些球評家也有專著出版，例如張昭雄、瘦菊子等人，都親眼見證臺灣職棒發展、興盛，也熟悉臺灣職棒的生態與問題，張昭雄曾任聯合報的體育記者，熟悉臺灣與日本的職棒，是棒球的活字典。瘦菊子也擔任過體育記者，曾出版《棒球經》、《燦爛的球季》等書，如今仍以棒球與音樂的作品活躍於文壇。

第二波高峰則在 2005 年王建民登上美國大聯盟之後，電子媒體即時現場實況轉播比賽，打開了臺灣球迷的視野，也帶動了觀賞的風潮，尤其當王建民表現日益傑出，透過電視觀賞王建民的每一場比賽，也成了臺灣的新國民運動。美國大聯盟的歷史超過百年，觀賞美國大聯盟，讓臺灣球迷欣賞大聯盟知名的球星、強悍的打擊、守備的美技、投手的炫麗以及比賽的高張力。然而，如果要更深入而細膩的觀賞比賽，則必須充實相關的知識，知名球評曾文誠《圖解 MLB——美國職棒大聯盟完全破解手冊》就是應運而生的入門書。此外，詹偉雄《球手之美學》也是以美國職棒為主的文集，這本書以作者豐富觀賞經驗與職棒知識，鎔鑄博學的文藝知識，再輔以炫麗的想像，創造了運動書寫的另一種典型。隨著電腦與網路的普及，網路的書寫成為小眾文學的新舞臺，運動散文的作家也在網路上發聲，例如，邊邊角角棒球論壇、瘦菊子的樂多日誌以及奇摩運動的名家論壇等，都具代表性，尤其是邊邊角角棒球論壇，由熱愛棒球的網友在 2003 年創設的部落格，目前固定的作者超過二十名，除了在論壇發表文章，也積極投書報章雜誌，論述文字超過百萬言，並在廣播電臺製作帶狀性節目，以多元的方式表達對棒球的熱愛與見解，極富創意。

運動，除了最後的勝負之外，運動員本身就有很多的故事，例如，陳金鋒赴美尋夢未果，返臺之後，帶領 La New 熊隊贏得中華職棒總冠軍，並且在亞錦賽、世界盃等重要比賽炮打日、韓強投。美國自行車選手阿姆斯壯，曾罹患睪丸癌，治癒後復出，創下連續七年拿下環法自由車賽冠軍的紀錄。日本投手松坂大輔在高中時代參加甲子園比賽，曾在冠軍戰中投出無安打完封勝，並以十九歲榮膺西武隊開幕戰投手；2007 年，松坂投身美國職棒大聯盟，加入波士頓紅襪隊，就在世界大賽贏得勝投並帶領球隊榮獲總冠軍。美國職籃布萊恩在高中時代就靠遠投近射斬獲了 2,883 分，一舉打破了張伯倫四十年的紀錄，並以十八歲加入 NBA，成為先發球員。

運動，有了歷史之後，就有很多紀錄，這些紀錄形成難以超越的障礙，也成為觀眾津津樂道的談助，例如，在 2008 年北京奧運，亞買加尤賽恩．伯爾特（Usion Bolt）贏得 100 公尺、200 公尺以及 400 公尺接力三面金牌，並且都刷新世界紀錄，將紀錄推進到 9.69、19.30 秒；美國游泳選手菲爾普斯贏得包括 200 公尺自由式等八面金牌，並打破世界紀錄，這些都是難以超越的障礙。臺灣職棒兄弟象與統一獅兩支傳統勁旅的對戰，總是吸引球迷的注意，2008 年總冠軍戰兩隊再度碰頭，兄弟象在不被看好的情況下，一直打到第七戰，才由統一獅贏得勝利。

運動的故事讓人神往，也引人深思。

運動，就是挑戰。挑戰，就是一種起初認為不可能，後來卻能經過努力而達成目標的過程。單車環島，要騎超過十天，一千公里，這對一般人來說，是很大的挑戰，然而，一群大學女生就以上課騎乘的淑女車完成環島，還有中學生騎獨輪車環島。在挑戰中，面對自己的軟弱、畏卻，透過同伴鼓舞、自我激勵，在跌倒後，再爬起來向前走；在遇到瓶頸，難以跨越時，透過良師指引、自我觀照，找到突破的切入點；當自己體能狀況下滑，難以再創高峰時，急流勇退，或者轉換跑道，這都是意志的淬煉與智慧的抉擇。劉大任說：「運動員的根本定義就是面對挑戰；就好像人的根本定義就在於面對死亡一樣。沒有挑戰，就沒有運動員；沒有死亡，也就沒有人了。」挑戰，對於運動員的意義是形而上的，與其生命的價值緊密連結。不斷挑戰自己的極限，是一段艱辛而孤獨的歷程，其中有生命的摸索、起伏與淬煉，因此，運動本身就是自我的對話與心靈的鍛鑄。王貞治在球員時代創造了 868 支全壘打的紀錄，退休之後，轉任教練，又成功帶領球隊贏得日本職棒總冠軍，即使胃癌開刀之後，仍回到球場帶領球員奮戰，這就是運動員的挑戰精神。因此，傑出的運動員都是人生的優良導師。因為在他們身上不僅展現力量、呈現美感，也飽含接受挑戰的鬥志與毅力。

運動也是表演、娛樂。運動場的設計根源於羅馬的競技場，觀眾居高臨下，觀賞選手的拚搏與競賽，在群體的吶喊與喜怒中紓解壓力；在球員的球技與紀錄、球隊的戰績升降中，投注自己的情感，因此，觀賞球賽，尤其是親臨現場，就成為市井小民日常的娛樂選擇，許多國家也就發展出了「國球」，臺灣、美國、日本、韓國的棒球；歐洲、中南美洲的足球；中國的籃球，都是萬民關注的運動，也是民眾生活中不可或缺的娛樂。在球場上，球員為了戰績而奮戰，觀眾則在場外搖旗吶喊，所有的壓力、挫折，都在球賽中抒發，運動的健康清新，無可取代。

因此，我們或許不能成為運動選手，然而，運動可以成為我們良好的生活習慣，我們也可以在觀賞運動之際，抒發情緒，或是以專業而嫻熟的知識，深入運動的堂奧，欣賞人體的力與美、讚賞運動員面對挑戰、超越自我的強韌生命力。

不敢嘲笑喬丹／劉大任

NBA 天王巨星麥可喬丹在顚峰狀態宣布退休，退休的那天記者問他：你才三十歲，今後這一輩子，你打算幹什麼？喬丹答：愛幹什麼幹什麼，這不就是「退休」的定義嗎？

有人算過，喬丹退休後，即使每天躺著睡大覺，他年收入還是以千萬美元計。（你知道有喬丹簽名的 Nike 球鞋一年賣多少雙？）

絕大多數的人都認爲，喬丹的退休肯定是暫時的，了不起兩、三年，他一定回來。確實，身懷這樣的絕技，藏諸深山，太可惜了。也有人以爲，喬丹退休，不過是個噱頭，反正，有他沒他，公牛隊還有一定實力，有匹彭、阿姆斯壯、格蘭特在，沒有喬丹的公牛，說不定更加奮發，至少、至少，打進季後預賽圈（play-off games）絕對無問題。到時候，如果形勢不對，隨時可以徵召他出場。紐約尼克隊的史塔克斯就說過：沒有人相信他眞的退休，我們不會因此麻痺大意，有他沒他，我們的目標不變！史塔克斯的話針對的是這個背景：過去兩屆東區決賽，尼克本來氣勢如虹（上一年度，尼克先勝兩場後連輸四場遭淘汰），最後都是栽在喬丹一人手裡。有喬丹沒有尼克，這已經是常識觀點。因爲尼克別的不怕，就怕有創造性的單打獨鬥天才球員，如多明尼克・威金斯，如喬丹。現在，亞特蘭大老鷹，純爲該隊的長期商業利益著想，居然把威金斯（三十四歲，餘日無多）賣給加州快艇，換回來年方二十七歲的六呎十吋丹尼・曼寧，今年問鼎東區的實力因而大爲削弱，尼克在東區出線幾乎已經不是問題，唯一一個簡直可以說不著邊際的問題是：喬丹能眼睜睜看著他一手締造的三連霸公牛王國垮下去嗎？

不到兩個禮拜，NBA 就進入季後賽階段，以目前（4 月 10 日）的戰績排名衡量，第三名的公牛勝 54 場輸 24 場，第一輪預賽將出戰第六名的邁阿密熱火（勝 40 敗 34），估計問題不大。第二輪很可能碰到亞特蘭大老鷹，勝負大概五五波，到第三輪如遇上防守固若金湯的尼克，所有球迷心目中這個喬丹是否復出的謎，就非解開不可了。

我的感覺是，即使事態發展如前所述，喬丹也不會走回頭路。

我這個推測，不免讓人失望。美國籃壇少了個喬丹，就好像中國政壇少了個鄧小平；儘管英雄好漢仍舊多得是，味道就是不對，不好玩了。不過，我有我的道理。

在美國，如果你專業說笑話，逗人開心，「喬丹打棒球」，也許是個不錯的題材。第一，喬丹是名聞遐邇，婦孺皆知的人物，一提他的大名，立刻吸引廣大觀眾的注意；第二，喬丹打籃球不是笑話，但說到他的棒球生涯，只要你腦筋還能轉，隨時可以編一打笑話。何況，喬丹在職棒界的活動，無論報紙、電臺、電視，幾乎每天都有現場報導。六呎六吋的瘦長身材，籃球場上怎麼看怎麼舒服，一放到那個鑽石形的棒球場上，喜劇效果就出來了。這種身材的棒球選手像老牌洋基近年打多倫多藍鳥（去年世界大賽總冠軍隊）的大衛．溫菲爾德，一棒揮出去，就是沒有全壘打，也得讓外野手奔波一陣才能接殺。喬丹手裡那根棒子，確實有點像枝牙籤，然而，牙籤經常碰不到球不說，就算偶然碰上，被打的球，看來總是不乾不淨，不軟不硬，這笑話怎麼編，就看你的想像力了。事實上，的確有不少專業笑匠選擇這個題材，其效果，不下於猶太職業笑匠杰奇．梅森轟動百老匯的「政治不正確」（獨角秀）。

除了說笑話的，還有體育作家。我就看到過《紐約時報》體育專欄作家伊拉．布洛克這麼寫：「喬丹的打擊率，數字同投籃命中率一樣，都是 0.541（每 1,000 次出手，中 541 次），只不過應該倒過來讀（0.145，即每出場 1,000 次，擊中 145 次）。」

拿喬丹的棒球夢尋開心，似乎已經稀鬆平常。不過，仔細讀一讀這些訊息，冷嘲熱諷後面，可能藏著這麼一種呼聲：夠了，麥可，玩一陣子就算了，還是回來打籃球吧！

今年年初，在喬丹似乎已經銷聲匿跡的美國體育界，忽然給記者發現他每天上芝加哥白襪棒球隊卡明斯基球場地下練球室練球。白襪隊的老闆，就是公牛隊的老闆，所以消息剛傳出來，人們也許以爲，這大概是喬丹退休的休閒活動之一，跟他打高爾夫球賭錢沒兩樣。然而，不久，情況有點變化，喬丹練起球來，不像個退休的億萬富豪，一點休閒味兒都沒有。接著，春季訓練營開始，喬丹居然披掛上陣！喬丹公開宣布：我有一個夢，高中時代就孕育這個夢，做一個職棒選手。

接下去的消息：喬丹三振出局，喬丹外野失誤，喬丹在關鍵時刻不知所措……。然後，喬丹成笑話題材。喬丹的形象，從最傑出的籃球運動員（有人認爲他是人類有史以來最偉大的運動員），變成一個不知天高地厚的老頑童。

我堅決認爲，不論喬丹今後是否能夠成爲一名不折不扣的職棒選手（這一點，我不太有信心），喬丹的棒球夢，是一件十分嚴肅的事，不能隨便嘲笑！我不敢嘲笑喬丹，因爲：

第一，在美國文化裡，棒球的意義，遠超過籃球。職棒建立至今，已經一百二十五年，超過美國建國史一半以上，棒球文化已深深浸入美國生活每一個層面。舉個最淺顯的例子，你甚至經常看到《華爾街日報》的經濟分析報導裡，棒球術語以隱喻方式說明問題，傳達訊息。美日貿易逆差談判，他們不說「已經是最後關頭」了，他們會說：「已經是第九局下半局了。」棒球也鎖住美國生活的每個層面：父子關係、家庭生活、中產階級的夢、團隊精神、每個個人潛力的充分體現……一切都可以通過棒球運動找到相關意義。做爲一個黑人，在籃球場上叱吒風雲，七〇年代以後，不是什麼了不起的事，打進白人中產階級主流社會的核心世界，這個挑戰，意義完全不同。喬丹退休時不是說：籃球對於他，已經不是挑戰了，他已經沒有「欲望」。

第二，棒球運動的本質，與籃球運動很不一樣。籃球運動員，可以說百分之八十靠的是天才，天生體能的素質，可以決定運動生命，當你在競賽場上活動的時候，你幾乎不必太費腦筋，身隨體著多年鍛鍊出來的本能運動，大天才必然會在動作中找到答案。喬丹自己就說過，多半時候，他持球在手，根本不知道怎麼辦，一動起來，各種花樣自然會出來。打棒球可不能這麼隨心所欲。棒球是一種相當靜態的遊戲，大半時間你是被動的。當你站在打擊位置，百分之九十九，你不知道別人將怎麼對付你。當投手出手時，你最多只有零點二秒時間決定是否和如何揮棒，球離開投手不到十五呎的距離，你便得完成決定。這種運動壓力大，用腦多，要求百分之百的紀律和百分之五百的瞬間爆發力。高中時代以後就沒有正式摸過棒球的喬丹，他面臨的挑戰，何等嚴峻！

第三，這些因素全都歸結到喬丹這個人，這個人的性格。喬丹是一個百分之百的運動員。運動員的根本定義就是面對挑戰；就好像人的根本定義就在於面對死亡一樣。沒有挑戰就沒有運動員；沒有死亡，也就沒有了人。

你可以盡量嘲笑喬丹在棒球場上的三振、失誤和手足無措，但你不能嘲笑他面對挑戰的姿態、勇氣和決心。

做爲一個觀眾，如果你不能體會面對挑戰的意義，你不能嘲笑喬丹；做爲一個人，如果你不懂面對死亡，你不能嘲笑喬丹。

我不敢嘲笑喬丹。

賞析

劉大任，1939 年生，臺灣大學哲學系畢業，美國加州柏克萊大學政治系碩士，七〇年代在美國參加保釣運動而終止博士學業，旅居美國，曾任美國夏威夷大學東西文化中心科學研究員、加州大學亞洲研究系講師，1972 年進聯合國祕書處工作，現專事寫作。劉大任的創作包括各種文類，尤其以小說與散文聞名。他以旅居美國的身分寫海外知識份子的心靈，並以寬宏的視野評論文學、剖析物情，著名的作品有《晚風習習》、《浮游群落》、《杜鵑啼血》、《走出神話國》、《薩伐旅》、《園林內外》等，在運動散文的書寫，有《強悍而美麗》、《果嶺春秋》等著作，以其親身的觀察、細密的文思發而為文，深化運動的內涵與意境，是臺灣運動散文不可忽視的要角。

喬丹，人稱籃球之神，是二十世紀最偉大的運動員之一。說起他的偉大，真有一籮筐的故事。他的籃球生涯，從大學就嶄露頭角，1982年，喬丹加入北卡羅萊納州大學籃球隊，並在決賽中投入致勝的一球，北卡大（UNC）贏得久違近三十年的 NCAA 冠軍，喬丹並連續兩年（1983-1984）榮獲年度大學最佳球員。1984 年，大三的喬丹加入 NBA，1985 年獲得年度新人王，並連續六年（1987-1993）蟬聯得分王。更難能可貴的是，喬丹帶領芝加哥公牛隊連續三年（1991-1993）獲得 NBA 總冠軍。他創造了許多令人炫目的動作，例如在罰球線上躍起，空中漫步將球灌入籃框，讓已經陷入單調的籃球比賽再度吸引人們的目光。因此，他也是收入最豐厚的運動員，年薪加上廣告贊助廠商的簽約金，年收入達數千萬美金以上。

然而，喬丹卻在 1993 年球季中，當自己正值三十歲壯年之際，宣布退休，而且不顧球迷的惋惜不解、敵對球員的冷嘲熱諷，退休之後，轉而投入美國職棒，一圓自己高中時代的夢想。

作者從另一個角度看待喬丹的退休與轉換跑道。喬丹的退休，一如他所說的，他對籃球已經沒有「欲望」，也就是再也沒有挑戰能激發他的熱情，因此他選擇離開球場。喬丹看的不是薪資、掌聲，而是「挑戰」，在喬丹眼中，比賽已經成了例行公事，總冠軍對他也不再有吸引力，對一個創造許多紀錄的球員來說，如果球場上已經沒有值得挑戰的紀錄，他在球場上的生存價值便喪失了。所以，喬丹因缺乏熱情和欲望而離開球場，正是他對職業運動的敬重、對自己生命的坦白，這絕對不是一個倉卒的決定，而是非常慎重的抉擇。這個決定也正彰顯喬丹的不凡。

挑戰，是運動員的生命。喬丹離開籃球場之後，並未從運動場上消失，而是迎向另一個挑戰——棒球，這也是他高中的夢想。作者指出棒球與籃球最大的不同在於，籃球運動多靠天分，棒球則靠紀律和苦練，因此，喬丹投入棒球運動，籃球的天分並不能為他加分，甚至招來訕笑，並賠上已有的聲譽和成就。喬丹當然知道這樣的風險，但是，他仍決定去做，這就需要勇氣與冒險，而這正是喬丹不斷克服挑戰、創造紀錄的本領。他經常執行球隊的最後一擊，就像他在北卡大一樣，當他在關鍵比賽的最後階段，接獲隊友的傳球，或親自帶球晃過防守球員，以後仰跳投的方式將球投向籃框，球以漂亮的拋物線應聲入網，他那自信的笑容深印球迷心中。這是迎接挑戰的喬丹，他要在棒球場上找回這樣的自己。如此，喬丹真是不可輕易嘲笑。他的球藝出神入化不說，他的運動哲學與人生體悟都是相當深刻的。

作者透過喬丹退休的事件，點出運動的核心價值，賦予運動哲學的意涵。讓身體的協調與移動具有深刻的義蘊，為運動文學指出一條不一樣的創作道路。運動文學在臺灣聲音微弱，出版的雜誌、書籍也多屬於紀錄報導或輕淺短文，缺乏深刻有力的文章。劉大任的《強悍而美麗》填補了這個空缺，讀者透過劉大任第一手的現場直擊，了解美國職籃、乒乓球、足球以及釣魚等運動的樂趣與奧妙，難得的是，劉大任也是運動高手，他對乒乓球、高爾夫球都下過工夫，也有相當的造詣，因此，在運動散文的書寫上，他既是觀察者，也是參與者，角度多元，論述也深刻。

至於喬丹後來的動向，1995 年他重返 NBA，並再次率領公牛隊三連霸（1996-1998），個人蟬聯這三年的得分王。1999 年第二次退休，2000 年，成為華盛頓巫師隊的總裁，在巫師隊戰績不振之際，2001 年，已經三十八歲的喬丹再度復出，成為巫師隊的球員，雖然身手已不復當年顛峰，然而其奮戰精神仍然帶給年輕球員莫大的鼓舞，現今底特律活塞隊的當家射手漢米爾頓就是出身華盛頓巫師隊的球員。

喬丹詮釋了一位偉大球員的核心價值：永遠接受挑戰，不斷超越自己，以創新的方式突破人類體能的可能性。他將是世界運動史上一座重要的里程碑。

問題與討論

1.請說明運動文學的定義並舉出三篇作品。

2.請說明你對麥可・喬丹的認識與看法。

3.大家為什麼嘲笑喬丹？作者為何不敢嘲笑喬丹？請說明理由。

4.請尋找一個運動文學相關的網站，並介紹其內容與特色。

延伸閱讀

1.劉大任，《強悍而美麗》，臺北，麥田出版社，1995年。

2.Michale Jordan著，唐諾譯，《永遠的飛人》，臺北，麥田出版社，1994年。

3.Bill Gutman著，唐諾譯，《空中飛人》，臺北，麥田出版社，1993年。

4.曲自立，《不奪冠軍誓不回》，臺北，麥田出版社，1995年。

5.Yahoo！奇摩運動　http://tw.sports.yahoo.com/

伸卡球藝術家
——隨筆王建民紐約洋基菜鳥生涯的一場球／詹偉雄

1921 年，四川富商之子、二十歲的中國畫家常玉，在遠洋輪汽笛聲中來到巴黎。對他來說，眼前這個花花世界，可比頹唐中國精采多了。

由河左岸蒙帕拿斯（Monparnasse）十字街口，瞎逛到索邦大學拉丁區，穿流在聖・日爾曼（St. German）大道上的，「青菜」一個，都是翻攪二十世紀初「瘋狂年代」（Annees Folles）的響亮名字——俄羅斯立體派巨匠康定斯基；翻越庇里牛斯山而來的西班牙人畢卡索和米羅；來自另一方的義大利、專畫長頸女郎的莫迪里亞尼（Modiliani）；如夢似幻的白俄羅斯超現實主義者夏卡爾；立體主義詩人瑞士人保羅・克利；野獸派大師法國佬馬蒂斯；如果你再加上一些敲時代邊鼓的小星星，例如美國帥哥海明威、流亡革命家列寧、搞怪者杜象（Duchamp），這眞比臺北中興百貨櫥窗美景壯麗上百倍的陣仗，常玉看了，可再也回不了中國了。

撥動時光捲輪，勉強而論，唯一能與當年這「巴黎盛宴」（海明威語）差堪比擬的場面，就屬 2005 年 9 月 30 那天，波士頓芬威球場，當臺灣投手王建民出場投球時，由洋基與紅襪先發球員組成的大聯盟璀璨星系了。

小王的身左與身右，分別是美聯 2000 與 2003 年的 MVP 吉昂比與 A-Rod；身後是 2000 年世界大賽 MVP 游擊手隊長基特；左外野是「綠色怪物」前國字臉的那位，是東京一哥「酷斯拉」松井秀喜，右外野是棒球野獸派宗師薛菲爾德；中堅手，雖然身手老了，但那可是洋基四奪世界大賽冠軍戒指的關鍵人物——爵士樂手柏尼・威廉斯。再看紅襪，美聯首度出現的單季四十支全壘打、百分打點的三、四棒——多明尼加狂漢兄弟檔奧提茲與拉米瑞茲、撲克臉豪打捕手瓦瑞泰克（美聯該年全壘打最多的蹲捕者）、棒球暢銷書《白癡》(*Idiot*)作者兼中外野手強尼・戴蒙;而對戰的投手則是另一本暢銷書寫手(《我可不完美》)兼左手卡特球高手、曾宿醉投出無安打比賽的大衛・威爾斯。再看那些兩邊牛棚與休息區坐著的——洋基守護神李維拉(1999 年世界大賽 MVP)加上五屆賽揚獎隊友蘭迪・強森;對面的,則是去年以一只浸血紅襪改寫季後賽眼淚史、2001 年世界大賽 MVP 得主的共和黨投手克特・席林。

由財務報表看,這些人與這些事加起來,是一筆四億美元年薪的豪華薪水單;由攻守紀錄論,則等同當今棒球藝術史的縮影——你可以這麼說,加計王建民腳底下踩的芬威球場九十三歲投手丘(民國二年啓用),這傍晚七點零五分開打的「洋基vs.紅襪」,其神聖性與迷炫度,不亞於當年常玉走上聖・日爾曼大道的第一步。

所以王建民在六叉三分之二局裡投出的四安打、失五分的成績,並沒有敗。第三局抓下奧提茲投手前強襲球,傳一壘後再夾殺戴蒙於三壘前的冷靜美技,證明他在心態上,已可與眾大聯盟球星平起平坐;ESPN 導播特地剪輯王建民伸卡球(sinker)的連續動作,與威爾斯擲出卡特球(cutter)畫面並列播出,已是美國棒球對臺灣投手的最高肯定與恭維。這好比常玉於 1929 年被巴黎大收藏家侯謝看中,開始以文人野獸派畫作晃蕩巴黎,那般「與神共舞」的無言興奮,實已與世俗勝敗無關。

對棒球投手來說,飛到本壘板附近會瞬間下沉的伸卡球,並非大聯盟速球派巨投的偏愛,奪三振能力欠佳,是原因之一(它讓人出局的本領,是球棒擊到沉球的上緣,滾成內野的洩氣球);需要冷靜的心、穩定的控球與絕佳握球手指觸感,則是原因之二,一旦預計要下沉的球兒不聽話地直來直往,被揮出安打的心碎感,很難讓人忍受。

常玉的裸女畫,在他死後三十年才取得華人收藏圈的注意,但同樣陰柔的小王東方伸卡球藝術,預計 2007 年球季三年新人資格期滿,就有五百萬美元年薪以上的訂單,當年康定斯基曾說:「美,必來自一顆內在的靈魂，而這靈魂之內在，也必是美的。」——王建民走出芬威球場那一刻，已同時走入了現代棒球的美學星光大道；這可是他的人生第一勝，不是本季第五敗。

賞析

詹偉雄，1961 年生，目前擔任學學文創志業副董事長，出版過《迫力的東京》、《e 呼吸》、《美學的經濟》等書，《球手之美學》是他運動散文的集結，內容以棒球、籃球、足球為主，也有網球、高爾夫球與其他內容，是繼劉大任《強悍而美麗》之後，最令人矚目的運動散文。

王建民，一位出身臺灣，是美國大聯盟（MLB）的豪華球隊——紐約洋基（New York Yankees）的王牌投手，創造多項紀錄，包括 2006、2007 連續兩年 19 勝，榮膺 2007 年勝投王，兩年 38 勝也傲視大聯盟，而這只是他在大聯盟的第二、三年的球季。2008 年洋基的開幕戰，王建民先發，對上多倫多藍鳥隊（Toronto Blue Tays），與藍鳥隊的賽揚獎名投哈勒戴（Hallady）同場競技，王建民主投七局，只被敲出六支安打，失兩分，洋基以三比二贏得勝利，王建民技壓哈勒戴，贏得新球季的第一勝。接著，王建民以開季五連勝、超過五成的勝率，在 6 月 15 日就贏得第八勝，這八場勝投的對戰投手除了哈勒戴，還包括芝加哥白襪隊的古巴籍名投康崔拉斯（Contreras）、克里夫蘭印地安那人隊的賽揚獎年輕投手沙巴西亞（Sabathia）、休士頓太空人隊的賽揚巨投奧斯華特（Oswart），都是以實力掙來的勝利。不過，六月十五日對休士頓太空人隊的比賽，由於是國家聯盟的主場，投手必須上場打擊，王建民在跑回本壘時，不慎扭傷腳踝，本季確定無法上場，臺灣球迷的 2008 年球季也提早結束。

王建民是一位晚熟型的投手，在青棒以前，並沒有特別突出的表現，與洋基隊簽約之後，在小聯盟奮戰了四年，2005 年季中，二十五歲的王建民上大聯盟，新人球季出賽 18 場，就贏得 8 勝 5 敗，防禦率 4.02 的優異戰績，在洋基隊投手的勝投場次排名第三位，僅次於強森（Johnson）與穆西納（Mussina），這兩位的前輩在大聯盟征戰十多年，勝投超過兩百場，都是可能進入棒球名人堂的偉大投手；雖然都已經三十多歲，仍具有主宰比賽的能力，2005 年球季仍是洋基隊的主力投手，年薪都超過一千萬美金，王建民的新人球季就能投出與他們相當的成績，確實相當難得。2006 年，王建民的完整球季，他出賽 34 場，贏得 19 勝 6 敗，防禦率 3.63，成為洋基的勝投王，也是美國大聯盟第二名；2007 年，延續 06 年的氣勢，更以將近七成的勝率，在出賽 30 場中，贏得 19 勝 7 敗，仍是洋基勝場數、勝率最高的投手，經過兩年多的大聯盟洗禮，王建民已從菜鳥變成王牌。

王建民在大聯盟奮戰期間，臺灣的球迷透過電視的即時轉播，欣賞到臺灣選手與世界一流的球員同臺競技，在每一次的投打對決、每一場勝投當中，球迷欣賞到王建民如何以招牌的伸卡球讓大聯盟的強打者擊出軟弱無力的內野滾地球；他如何在被連續安打後，製造雙殺打，化解失分危機；在被擊出全壘打之後，又能收拾心情，三振下一位打者，避免失分擴大；他勝敗不露痕跡、沉著冷靜的表情，以及偶爾展現的靦腆的笑容，都牽動球迷的心。他的勝投，也成為隔天臺灣報紙的頭條新聞。王建民的成就不只牽動臺灣球迷，也讓豪華球團洋基改變用人策略。美國職棒各隊實力接近，競爭激烈，如何在各區中脫穎而出，考驗各球團的能力，如何找到一流的人才，幫球隊贏得勝利，並吸引觀眾進球場觀看比賽，是各球團的首要工作。紐約洋基隊的財力雄厚，常以重金挖角的方式，簽下其他球隊的優秀球員，許多球團對於洋基這種財大氣粗、惡意挖角的行徑相當不以為然，卻又莫可奈何！大聯盟的各球團都有自己的二軍，或稱「農場」，他們從世界各地發掘有潛力的新秀，以比賽代替訓練的方式，激發選手潛力，這些球員在小聯盟比賽中逐漸成長，從 1A、2A、3A，等待在大聯盟發光發熱的機會，因此，一位大聯盟選手多是各球團多年的栽培，而各隊看板球星更是球技出眾、人氣超旺的金雞母，洋基仗著雄厚財力，挖走各隊菁英，難怪被稱為「邪惡帝國」！不過，王建民的傑出表現改變了球團高層的思維：如果自己農場培養的年輕球員堪當大任的話，何必花大錢去找一些身手雖好，卻已年邁的球員。於是，與王建民同期的卡諾

（Cano），以及後來的卡布瑞拉（Cabrera）、張伯倫（Chamberlain）等新秀都獲得重用，也表現出色。

職棒在美國發展百年以上，是最深入民眾生活的職業運動。二十世紀後期，隨著資訊傳播的發達，逐漸發展成跨國的龐大產業。門票、電視轉播金的收入豐厚，讓球團有足夠的資金支付明星選手的薪水，大聯盟最高薪就是洋基的羅德里魁斯（Rodriguez），年薪高達 2,700 萬美元，平均日薪超過 200 萬臺幣；王建民的薪資則超過臺幣一億元。當然，國際化讓球團賺進鈔票、球員領有高薪，為了開拓更大的市場，延攬更優秀的人才，球員來源更多元，競爭也就日益激烈。因為，全世界的棒球選手都希望有朝一日能站上大聯盟的舞臺，然而，有人如願，有人卻鎩羽而歸，陳金鋒在美國奮戰多年，卻只有在大聯盟短暫停留，最後，只能回到中華職棒證明自己的能力。因此，王建民的成就真是得來不易。

作者把王建民進入大聯盟比喻成 1921 年中國畫家常玉來到巴黎，當時，巴黎眾星雲集，許多後來成為二十世紀代表的畫家、作家都聚集巴黎，常玉到了巴黎，放棄了正規的學業，在巴黎自由學習作畫，他融合了東方藝術與西方畫派的風格，以簡明的線條，展現東西美學的精采。

投手最讓人期待的就是三振對手的能力，尤其是三振打者之後握拳高呼的霸氣，總令觀眾情緒沸騰。就戰術而言，投手三振打者，減少防守失誤的機會，也是最保險的方式。王建民站穩大聯盟的武器伸卡球，極具東方風格，伸卡球（sinker），也是下沉球，它會在接近本壘板時向下、向右打者的內側移動，王建民的伸卡球不但會跑，而且球速快（時速 150 公里以上），球質重（隊友戴蒙曾形容王的球像「保齡球」），因此，常使打者擊出軟弱無力的內野滾地球。因此，王建民的三振能力雖然不佳，但一樣能讓對手出局，只要內野防守幫忙。從他獲勝的能力，這樣的球種仍具有強大的威力。因此，王建民主投的比賽，很少有三振或高飛球，滾地球卻頻繁出現，連帶的，雙殺的次數也多。相對於多數三振型投手的霸氣，王建民以滾地球解決打者的方式，充滿了東方陰柔的美學，如果再加上他不受場上戰況影響的沉著冷靜，王建民確實以他的投球展現了東方的特殊。

在題材的選擇上，作者以大聯盟最具張力的對戰組合：王建民率領的洋基大軍到芬威球場踢館。洋基與紅襪有太多的故事可說，兩隊都屬於美國聯盟東區，財力雄厚，名將輩出，遂成為世仇。況且，相對於洋基隊史上曾獲得 26 座世界大賽冠軍，紅襪則受了「貝比魯斯魔咒」，與世界大賽絕緣 86 年，一直要到了 2004 年，強投席林血染紅襪，率領紅襪隊突破魔咒，才再度獲得世界冠軍。當年的東區冠軍戰，紅襪在三連敗後，演出奇蹟似的四連勝，更是讓球迷津津樂道。洋基在西元 2000 年，獲得第 26 次世界冠軍之後，一直與世界大賽無緣；反觀紅襪隊，在突破魔咒之後，2007 年又戴上冠軍戒指，兩隊實力似有強弱消長。因此，王建民能在「基襪大戰」中掛帥主投，參與歷史，本身就是非常有意義的事。

2005 年，還是菜鳥的王建民站上投手丘，交出六又三分之二局四安打失五分的成績，其實是相當難得；細看整場球賽中幾個關鍵的對決與完美守備，更證明了王建民足以與兩隊球員中如銀河星系般璀璨的明星相互輝映。

作者在最後盛讚王建民在芬威球場對決紅襪隊之後，其實已經站穩大聯盟，成為眾星之一。對於王建民來說，只要保持健康與體能，並持續在球技上精進，就能創造更多的紀錄。對於臺灣球迷而言，王建民的成功讓我們更有自信，臺灣的球員也能成為世界一流的選手，當我們看到昔日只能在電視上見到的基特、松井秀喜等明星球員都站在王建民身後為他守備；在賽後，又看到強投里維拉、強森都與勝利的王建民擊掌恭賀他，我們真的感到無比的光榮，也對這些球員產生了莫名的親切感。

比賽，固然要求勝。然而，有時候勝負又不是那麼重要。2005 年 9 月 30 日的比賽，王建民雖然沒有獲勝，但是，他已經證明自己能與大聯盟最強悍的打擊者周旋，也可以承受比賽高張的壓力，一場球賽的勝負，對於要在職棒奮鬥十年，要主投三、四百場以上的人來說，就只是一場比賽，最重要的是，在挫折失敗中汲取經驗，例如，如何減少被紅襪隊的兩位門神歐提茲（Ortiz）與拉米瑞茲（Ramirez）連續安打，如何增加球種，儲備更多的對戰本錢等，這些成長，王建民在 2006、2007 年已逐漸完成。

臺灣球迷在關注王建民之際，也逐漸深化其觀賞的內涵，從看熱鬧的門外漢，變成懂門道的內行人。作者這篇文章就是很好的示範，詹偉雄的文章中，對美國大聯盟的球員、紀錄都非常熟悉，他鎔鑄這些基本材料，再加以奇麗的想像，以常玉踏上巴黎對照王建民到紐約，遂能經營一篇好的運動散文；看球賽亦復如此，比賽的最後結果固然重要，過程的細膩精采、球員背後的故事、紀錄彰顯的意義，都是值得再深思的課題。

王建民的故事仍在繼續，而臺灣的球迷也會隨著一起成長。

問題與討論

1.王建民對臺灣有何特殊意義？作者為何用常玉比喻王建民？

2.請舉出近年來表現傑出的臺灣運動員，並說明其傑出之處。

3.棒球對臺灣民眾有何特殊的意義？請就所知說明之。

延伸閱讀

1.詹偉雄，《球手之美學》，臺北，遠流出版社，2006 年。

2.曾文誠，《圖解 MLB——美國職棒大職棒聯盟完全破解手冊》，臺北，好讀出版社，2008 年。

3.瘦菊子，《燃燒，野球！》，臺北，聯合文學出版社，1995 年。

4.徐錦成主編，《臺灣棒球小說大展》，臺北，九歌出版社，2005 年。

5.邊邊角角棒球論壇　http://unhittables.pixnet.net/blog

一個名叫「夏天」的女孩／唐諾

我記得，92 年巴塞隆納奧運期間，報社的編輯朋友要我寫文章共襄全球盛舉，遭我斷然拒絕，拒絕的理由不是君子有所不爲的狂狷風骨，只是沒好意思掃興而已。

四年一次的奧運，我看，但並不喜歡，因此，若硬要提筆爲文，顯然吐不出符合當時歡騰氣氛的象牙來。

四倍重要的大事

不喜歡爲什麼還看？這是「龍龍和阿狗」（long long ago）的故事了，得話說從頭。

不喜歡爲什麼還看，這個問題要拿去問十八世紀前那些對人性昂然奮進的哲學家如笛卡兒者流，大約是要挨罵的，因爲不理性，是「錯誤」的，然而，起碼從十九世紀佛洛伊德以後，我們知道，人，這種奇奇怪怪的動物絕沒有這麼理性，這麼一致，更不可能天天 24 小時所作所爲都那麼有意義有正當了不起的理由——除非你是教科書裡的孔子或中影公司拍攝電影裡的先總統蔣公。基本上，人甚至不可能那麼明澈的了解自己，隨時隨地搞得清楚自己在幹嘛，因爲那個神祕、幽邈、你沒法子和它講道理的潛意識是存在的，就像構成你內臟的不隨意肌一般，不容你指揮操弄。

當然，我個人的理由也沒必要說得這麼嚴重，可簡單歸爲習慣問題，行禮如儀。

回想一下實在很好玩（當然，如果您是陳映眞先生的同志或其友人，請直接把好玩二字換成憤怒），在七〇年代以前我個人尚稱年輕、且臺灣各方面資訊尚極其封閉的時日裡，很多電視節目我們是不假思索的非看不可，比方說奧斯卡金像獎、艾美獎、葛萊美獎等等，甚至環球小姐選美也在此列，不全然基於養眼的偷窺性理由，只覺得這是一件世界性的大事情，不容你置身事外——其實印度姑娘或冰島小姐哪個流淚贏得后冠，到底對每個人的自我期許及其完成、冷戰時代世界大勢或人類子孫的未來有什麼影響天曉得。

四年一次的奧運，在當時，也就是這麼一件大事，尤其是它四年才出現一次，顯然是四倍重要的世界大事。

只有勝負

奧運，就本質而言，是結果性的，而非過程的，畢竟大部分的項目並不那麼適合觀賞。

先舉田徑場上王牌項目的男子百米好了，您還記得84年洛杉磯奧運卡爾．劉易士如日中天那場嗎？我的記憶和華視的播報員楊楚光聯在一起永不褪色：「啊！槍響啦！起跑了！跑得很快跑得很快跑得很快……啊！到了！」——我絕沒有怪楊楚光的意思，間不容髮的十秒鐘時間，的確唸不了幾次「跑得很快」的，我倒覺得楊楚光的轉播方式，很人性凸顯了這項比賽的觀賞本質：它是不適合看的，一翻兩瞪眼，就像賭博場上的天九牌或骰子，若把輸贏一拿開，就所剩無幾了。

您若以爲百米是純粹死在時間太短一事上，那我們可拿耗時最久的馬拉松來比較，長達兩小時以上的漫漫長日，絕對夠時間讓你慢慢唸很多次「跑得不很快」直至口乾舌燥頹然倒地，然而，究其內容，除了量的延伸之外，並沒有什麼質的變化，換句話說，它只是百米的延長版和慢動作版，當然也就更是乏味版了——正如金氏紀錄中全世界最無聊的電影，從頭到尾只拍一個男人睡覺，整整八小時。

同理可證介於百米和馬拉松間的其他徑賽，而且這些比賽繞著四百米長的橢圓跑道，大部分時間你甚至很難瞧出誰贏誰輸，得等到選手即將進入直道做最後衝刺爲止。

這正是田徑一直沒辦法職業化的致命之處，七○年代美國人一度興致勃勃想搞起這種運動員光明正大拿錢（而不是現在睜隻眼閉隻眼的出場費暗盤）、三天兩頭有輸贏的比賽方式，卻很快銷聲匿跡，畢竟，沒有了久久一次的勝負懸疑效果，就像你看本格推理的小說和電影而預知凶手是誰一樣，很難有什麼像回事的樂趣。

斷裂的奧運

問題是，在奧運幾乎什麼都要比的千奇百怪項目中，田徑已經是其間較精采較熱力四射的部分，想想那些如「舉得好重」的舉重，「射得好準」的射擊和射箭，「划得好快」的划船，或「打得好兇」的角力和跆拳等。

至於體操，很多人認爲滿優雅好看的，但體操其實沒那麼容易欣賞，不信您找一堆錄影帶，每天兩小時，爲期半個月連續看下來試試。

說起來頗丟臉，我個人因交友不愼，認得幾位體操界國家教練級的朋友，一度紙上談兵的認眞研究諸如「月面空翻」「塚原跳」「湯瑪斯迴環」「直體兩周加轉體 180°」「團身後空翻三周下」等頭昏腦脹，還是對付不了眞槍實彈的比賽，而且新的高難度動作一直開發出來，以我的有涯逐全世界的無涯，累得牙都歪了。

大體來說，地板、跳馬、男子單槓和女子高低槓，當熱鬧看還好；平衡木、雙槓、雙環和鞍馬則頗無趣，其間精巧的微差根本分辨不出來，一堆 B 級 C 級 D 級動作攪成一團，更甭談什麼樣的動作銜接什麼樣的動作，會因力學上慣性的關係而改變原來的難度云云——末了，每逢眾人一起看體操時，爲假充內行，只好擺出見人所未見、察人所未察的姿態：「腳尖注意！」用過了幾次，發現身旁的人也都會這招了，無聊。

由此，我想的不知道對不對，一世紀以來，奧運堅持非職業化，原來是不要金錢污染的崇高心理，但如今更現實的理由是，根本做不到——92 年 NBA 夢幻球隊那一趟巴塞隆納夢的巡禮之後，鑿開了缺口，這個斷裂的態勢更昭然若揭。

不管你從批判理論、從依賴理論，或從民族主義的觀點來找，職業運動的確「寫滿猥褻的文字」一身罪惡，但說眞的，若單就某一樣運動究竟適不適合人看這件事，職業化卻是個清楚準確的指標：唯有適合觀賞的球賽，才有職業化的可能——資本主義的厲害（或沒出息），通常在於它並不試圖改變人性的基本前提，承認現狀，不「克己復禮」，而在這基礎上順流而下，加以哄抬操作。

如果職業化這個指標作用基本上是可信的，和職業運動正面交鋒後的奧運，便清楚斷裂成一種頗爲尷尬的樣子，即，奧運是些「不大好看」的運動項目最重要的大賽，而少數「滿好看」的運動項目，奧運的水平不夠，也一點都不重要。

用實例來說是，足球，您應該看的是同樣四年一次的世界盃；籃球，當然是 NBA；棒球，若不是基於臺灣有參加的民族主義大型加權記分，那當然是大聯盟；而網球，正如德國名將貝克的實話，重要的是四大公開賽，參加奧運不過是「希望有機會在選手村碰到喬丹，和他喝杯咖啡聊聊天罷了」——講這話的貝克被深具民族主義的德國人罵死了。

同樣的，原來不知道基於什麼標準所選擇的四年舉辦一次，如今看來，的確是奧運仍能傲立於運動世界頂峰的重要支撐，它的稀少性保證了它的價格，若改成每年一次，大概重要性眞的就當場稀釋成四分之一，若像職業運動那樣天天跑天天舉天天划，便只剩兩個字：完了。

民族主義的競賽場

一直到今天，奧運聖火的起點仍是希臘雅典，一身白衣純潔「巫女」從阿波羅那兒引來陽光點燃聖火，是遙遠黑暗歐洲的神的記憶——在那個競賽勝利者沒有金牌、只戴桂冠的黃金希臘時代，這如伯奈特所說的，奧林匹克運動會有三種人，最低的是競賽場中賣東西的小販，次等的是場中競爭的選手，最高一等則是看臺上閒坐觀看的觀眾。

當然，那樣的奧運和那樣的記憶，更是「龍龍和阿狗」的事了，老早就不這麼來了——今日奧運，若說職業運動有什麼罪惡，它一樣也不缺，連沒有的它都有。

已經很久很久了，奧運根本保持不了它非職業化的精神，卻在不願也大部分無法堂皇職業化的夾縫中，呈現一種暗流洶湧的古怪樣子，您可以稱之爲「半職業化」、「地下職業化」或「社會主義式職業化」等隨您高興，有點經濟學基本常識的人都知道，這種遮遮掩掩、沒有清晰遊戲規則的半吊子模樣，最是納垢藏污，遠如資本主義發展初期，中如一些轉型時刻的半資本主義國家，近如，我們舉目可見，臺灣現階段法令不明，總統和大商人歡宴打高爾夫球，官方民間勾結操作的難看樣子。

太久前的我們先忘了它，起碼從冷戰的年代以來，大家除了用核彈瞄瞄對方的大城市和軍事聚點恫嚇恫嚇，派一些無事可做的間諜、反間諜、反反間諜、反反反間諜到柏林、維也納這些灰色交接地帶活動筋骨消化預算而外，老實說，也再做不了什麼，於是奧運儼然成爲展現民族主義的正當場所，美蘇各據一方，一副你給我金牌，我就給你全世界的模樣，至於一些後期追趕的有志氣國家（如南韓，如大陸），則好像多一面獎牌，國力和地位就立刻強大幾分似的。

有了民族主義一切就好辦了，所有的檯面下手腳不僅立刻取得正當性，還馬上可動員國家的財力來支持，別的不說，光以服用禁藥一事來說，NBA 中強壯如卡爾·馬龍、拉瑞·強生，肌力可是自己一條一條練出來的，至於吸毒則純是個人行爲，抓到得禁賽留校查看，勒令戒除，累犯甚至永不錄用，懲罰不可謂不重；奧運則不同，他們是由國家供應，國家研究發展，以官方的科學機構來製成各種可能躲過各種檢查的神奇藥物，想辦法讓那些宛如實驗室白老鼠的可憐運動員，立即增加一甲子內力般變身爲強壯兇猛的大暴龍——不管吃下去會不會因此絕種。

這時，社會主義國家的一元命令，比諸資本主義國家的多元誘導，便明顯有效率多了，加上奧運多得是「理論上沒多少人愛玩」的冷門項目，金牌一樣等值一樣金光閃閃，於是，甭說昔日蘇聯老大哥了，就連小小的東德，照樣把「怎麼說我就是不愛舉重、不愛划船、不愛射箭」的任性大老美給打得落花流水，至於東歐垮了之後，金牌數增長最快的，則輪到我們的同胞、先天身材並不如人的中國大陸了。

也因此，奧運不只是禁藥日新月異的偉大試驗場，更成為國家民主開放程度的反指標，這當然頗諷刺的。

輸得起的社會

上述那些有關奧運的「壞話」是想出來的，電視上純觀賞時並不容易直接看到——看到的會是什麼呢？

每個人當然不一樣，但我發覺，年紀，好像也會起些作用，好比你看一些驚險刺激的類型小說或電影，年輕時候，你好像很滿足於在死人無數（包括好人和歹人）後，主角終於成功得到幸福，如今，總會有點無聊且有點自找麻煩的想，那些圍繞著主角，幫助主角的其他人難道就不是人？為什麼他們就該死？為什麼那麼多人死光了，我們仍然認定這是 happy ending？

同樣的，我個人看奧運頒獎鏡頭，現在總忍不住會瞧見矮人一截的銀銅牌得主，而腦中想的則包括攝影機根本不照的未得獎牌者。

這實在不是件愉快的事。通常，這些落居第二第三的人，除非是爆冷門頂上來的，總是懊喪、悲痛欲絕、彷彿全世界都欠他五百萬的表情——我們設身處地是可以理解的，這不僅僅是金銀牌之間一大筆獎金和一大堆榮耀的問題而已，而是奧運四年，時間流逝和身體變化是不會等人的，他所輸的，不只是一場比賽，很可能是人生唯一一次攀爬高峰的機會，對離開運動場的運動員而言，這可能等於大半個人生了。

92 年巴塞隆納，尤其來自中國大陸的運動員更是其中之最。

那次，我就是在游泳池邊看到那個名叫「夏天」（summer）的女孩——她的 second name 我不記得了，是美國女子游泳隊的一員，比賽的項目可能是 50 米蝶氏，夏天是當項的世界紀錄保持人，在預賽複賽皆排名第一，決賽時落到第三名，很意外的，我看她仍一臉燦爛如夏日陽光的笑容出場，和看臺上加油的隊友朋友打招呼，玩笑的揉揉雙眼裝出哭泣的樣子，很開心的和剛剛搶走她金牌銀牌的兩人吻頰道賀。

很漂亮的一個女孩子。

我想，這倒不會是人格比較的問題，十幾歲，一天得泡在水中十幾個小時的年輕女孩子，也不必去誇大她的豁達和修養，我想到的是，這也許和她們的生活、她們身處的社會有關係，換句話說，輸得起的，可能不是這個名叫夏天的女孩，而是她背後那個社會。

一個輸得起的社會是什麼意思？我猜想，這個社會必須是多元的，存在各種不同的信念、價值和機會，可供你選擇，而這社會也必須是自由的，你不僅有選擇的權利，而且選擇還會是有效的，因此，錯了有機會重來，儘管可能是完全不同的另一種形式或途徑；失去的也有機會再得到，儘管並不是原來那一個，生命本身是個綿亙完整的價值，而不是一次勝負，更不是一句意識形態口號而已。

那年夏季奧運，我「背叛」了自己的本心，成為電視機前美國女子游泳隊的啦啦隊，兩天後，夏天在另一個單項贏了金牌，黑色泳衣白色泳帽，頒獎時笑容依舊，我個人的 happy ending。

賞析

唐諾，臺灣大學歷史系畢業。長期從事出版工作，現為自由作家，唐諾創作以散文為主。其早期著作主要討論美國職業籃球；後專注於推理小說的研究、翻譯書寫及導讀上，為臺灣推廣推理小說的重要人物。近年來，關注「閱讀」，將所思所學細膩地滲透在他所關注的書本上，深刻有致。作品有《球迷唐諾看球》、《唐諾看 NBA》、《唐諾談 NBA》、《唐諾推理小說導讀》、《文字的故事》、《閱讀的故事》等。唐諾是很早就投入運動書寫的作家，對各類運動都有深入的觀察，尤其是美國職業籃球。他的運動散文以廣博的學識為基礎，出以輕鬆的文字，讀來親切可喜，又引人深思。

奧運，四年一次的世界運動盛會。數百個國家，數萬名運動員齊聚一堂競技，追求更高、更快、更遠的人類體能的極限。奧運期間，全球數億觀眾透過電視轉播，欣賞奧運比賽；數以百萬的觀光客，湧入舉辦城市，希望能親身見證自己的國家、喜愛的運動員的傑出表現，共享榮耀時刻。此外，奧運的開、閉幕式，更是主辦國展現文化的最佳機會，在絢爛華麗的燈光襯托下，呈現多元在地文化的機會，因此，近年來，奧運的主辦權成為各國極力爭取的活動，再加上 1984 年洛杉磯奧運開始獲利，更讓奧運的主辦權炙手可熱。2008 年北京奧運，中國斥資興建場館、華麗的開幕式，以及最後獨得百面金牌，超越美國成為體育強權，最能夠詮釋奧運複雜的國力展示、民族主義，以及商業運作。

作者匠心獨運，以輕鬆的筆調寫對於奧運的獨到觀察。首先，作者從觀賞的經驗，指出奧運的項目多是不好看的項目，例如賽跑、舉重、射箭等，比起職業運動都顯得不夠精采，也無法職業化，而奧運四年舉辦一次，正可以彌補運動本身精采度不足的缺憾。其次，在 1992 年開放 NBA 球員參賽之後，奧運業餘的純粹競技性質已經逐漸流失，也就是奧運面臨了商業的滲透與汙染的危機：如果要讓比賽吸引觀眾，就必須引進最尖端的球員；如果要保有競技的業餘性質，娛樂性與商業價值就會降低。這是奧運的限制，也是挑戰。最後作者憂心民族主義主宰了運動比賽，傷害了運動的公平性，這種現象在相對集權的國家最明顯，例如早期的蘇聯與當今的中國，運動是國家支持的重點，運動員背負國家的榮辱，國家不計手段讓運動員成為世界頂尖，然而，也就產生造假、禁藥以及軍事化訓練等扭曲的現象，運動強權只重視訓練得獎牌的選手，而不是培養全民運動，形成普遍的、由下而上的運動大國。

作者的觀賞經驗或許不免有個人化的傾向，然而，其指出奧運的商業介入與民族主義的問題，確實是奧運的隱憂。奧運舉辦權由奧會委員投票產生，各國為了展現國力、爭取龐大商機，無不卯足全力，甚至發生賄賂奧會委員的醜聞。而剛剛落幕的 2008 年北京奧運，中國就發生開幕表演造假，以及體操選手年齡短報的疑雲等風波；而臺灣選手表現欠佳，尤其是棒球、射箭、網球等原本國人期待甚高的項目，都不如預期，讓同胞感到沮喪而遭到強烈批判，選手賽前賽後都承受極大的心理壓力。還好，臺灣跆拳道選手蘇麗文在比賽的奮戰精神，以及宋玉麒在不被看好之下奪牌，撫慰了臺灣的集體挫折。

奧運與其他職業運動最大的不同，就是奧運是以國家名義出賽，而且四年才舉辦一次。職業運動每年都有固定的球季，勝負的壓力較小，奧運選手身為國家代表，經歷四年的準備，從各種選拔脫穎而出，就是為了在競技場上獲得佳績。不論是個人期許，或是民眾期待，都是無可厚非。然而，如果回到運動競賽的本質——在公平的比賽中激發潛能、超越自己、建立友誼，那麼欣然接受失敗就顯得非常必要了。其實，運動就是要面對失敗，職棒選手的打擊率如果能達到三成，就是強打者，然而，這個數字代表他十次上場打擊，只有三次擊出安打，其餘七次都是失敗。能坦然面對失敗，才能成為頂尖的選手。作者以 92 年巴塞隆納奧運的美國游泳選手「夏天」為例，美國的游泳實力世界頂尖，「夏天」能入選美國國家隊，當然有奪牌的實力。在預賽、準決賽，「夏天」都保持第一，在決賽卻落居第三。然而，「夏天」仍保有燦爛的笑容，向擊敗她的對手恭賀。「夏天」超越了勝負糾葛，享受運動競賽的風采，是作者奧運觀賞最動人的經驗。

卸下民族主義的包袱，遠離商業利益的計較，在運動場上充分展現自己，是運動員最純粹，也是最精采的表現，運動的本質與深刻也就在於此。

問題與討論

1.本文中，作者為何特別欣賞美國女孩「夏天」的表現？

2.請說明個人觀賞奧運比賽的經驗與感想。

3.作者為何說奧運是斷裂的，又說是民族主義的競賽場？

延伸閱讀

1.唐諾，《唐諾看 NBA》，臺北，麥田出版社，1993 年。

2.唐諾，《球迷唐諾看球》，臺北，麥田出版社，1994 年。

3.唐諾，《唐諾談 NBA》，臺北，麥田出版社，1997 年。

4.黃承富，《奧運一百年》，臺北，麥田出版社，1996 年。

5.《衝鋒陷陣》（*Remember the Titans*，丹佐華盛頓主演）

七
旅行散文

導論

「旅行」一詞的概念極為廣泛，有艱苦跋涉、橫越、探險、移居、旅遊等義涵，非專指觀光、娛樂而言。遠古時期舉凡遊牧部落、打柴山民，乃至遷官謫居、軍旅戎馬等，遠離家鄉，過著遷徙、漂泊的日子；在離開故土，經由時間的停留和空間的距離兩者因素之下，對異地生活產生不同的體驗與觀察，進而回歸故土後對原有生活與文化，形成衝擊與反思，凡此都建構成旅行文學的內涵。

「讀萬卷書，行萬里路」一直是中國文化的悠久傳統，因此「旅行文學」的創作由來已久。遠昔孔子周遊列國，考察民情而集成《論語》；司馬遷遍歷名山大川，與豪傑交遊，創作《史記》不朽名作，而酈道元飽覽壯麗山河寫下《水經注》，都是旅行經驗的忠實記錄。不過「旅行文學」被視為文類的一種，卻是近十幾年的事，且界定眾說紛紜。

自從 1979 年臺灣開放出國觀光，1987 年宣布解嚴並准許大陸探親；隨著社會風氣與經濟繁榮的轉變，國人日益重視休閒生活，出國旅遊機會增加，因此有關旅遊經驗的散文作品在報章雜誌大量刊載。1997 年 9 月《中外文學》出版《離與返的辯證：旅行文學與評論》介紹國外旅行文學的理論與實踐，為臺灣文壇掀起風潮；而後 1997 年華航旅行文學獎、1998 年長榮旅行文學獎的設置，更證明旅行書寫正蓬勃發展，1999 年《中外文學》再次出版《離與返的辯證（II）：女性與旅行》，介紹女性旅遊書寫的批評文論，也呼應了旅行文學批評的風潮。

然而當西方旅行理論大量譯介，臺灣旅行文學出版數量也大幅成長之際，有關「旅行文學」一詞的定義，卻無明顯的共識。或謂中國古典遊記文學，即是當今旅行文學的發展先驅，如宗教旅行之法顯作《佛國記》、玄奘作《大唐西域記》，探險旅行之鄭和隨從馬歡作《瀛海勝覽》、費信作《星槎勝覽》、鞏珍作《西洋蕃國誌》等，均是海外旅行文學的經典作品。而騷人墨客因旅行經驗完成的山水詩文，更豐富了旅行文化，柳宗元作〈永州八記〉、蘇軾作〈赤壁賦〉、徐宏祖作〈徐霞客遊記〉等，都是透過作者親身體驗，將主觀感受投身至自然景色，生發哲理情意的雋永之作。又有謂旅行文學必有作者的心靈活動，若純粹以解說旅途所見的客觀現象，如應用目的的旅遊指南，報導知識性的人文、地理，不算是旅行文學的創作。或謂想像虛幻之旅的文學作品，也可列入旅行文學作品之列，不必拘泥要有真實的旅行經驗。綜上而論，旅行文學重視作者在旅行過程中所參與的心靈活動與主觀情感，以及作品所呈現的自我追尋和心境轉折。

旅行常與失去家園、放逐、流離、移民的經驗連結；明、清之際臺灣旅行文學，多是宦遊文人將個人寓居臺灣的旅遊經驗與中原文化的變動產生關聯，把臺灣的風情、文物納入另類的想像空間，產生特殊文化的旅遊作品。如郁永河作《裨海遊記》、朱仕玠作《小琉球漫志》、黃叔璥作《臺海使槎錄》、藍鼎元作《東征集》、《平臺紀略》等；日治時期除少數幾篇在東京文壇發表有關描寫臺灣的日人創作文章以外，少見臺人的旅行書寫。

1949 年國民政府來臺到 1979 年開放出國觀光以前，國人旅遊風氣並不盛行，然卻出現幾部相當出色的旅行散文作品；如留美學人陳之藩作《旅美小簡》、《劍河倒影》；隨夫婿出國考察，回國後創作《海天遊蹤》一書的鍾梅音；因主辦國際商展常出國的楊乃藩作《環遊見聞》等，這些作品記載旅遊見聞，描繪異地風光，寫其心得感觸，為難以出國的國人，開啟一扇想像空間，滿足讀者的旅遊欲望。另外余光中在異地創作鄉愁題材的散文、吳濁流旅遊各地的深度觀察與反思、林文月《京都一年》平淡舒緩的散文創作，也都豐富了這一時期的旅行書寫。其中最令人矚目的是三毛以富於浪漫色彩，通俗淺白的文字，書寫從撒哈拉沙漠到安地列斯山脈一系列的散文作品，在當時捲起一陣「三毛效應」；有別於國人習見歐美、東洋等先進國家的旅行書寫，三毛自我尋找出走空間，以深具特色的文字魅力，將旅行書寫帶到另一境界。

而自從 1979 年政府開放出國觀光，國人出國人數激增，旅行者跨越國界，嘗試不同的生活方式，開拓視野，使得旅行散文的內涵也隨之多元化。相較於早期作者因實務需要而出國，開放後更多的旅行者純粹是以滿足個人的想望而出國。胡榮華單車行騎環遊世界三年，寫下《單騎走天涯》；梁丹丰奔走歐美各地尋找繪畫題材之際，也完成多本旅行散文。其書寫內容，除了增廣見聞進而反思臺灣歷史與文化議題外，更重要的是一種個人自我追尋與實現，心靈的成長與圓滿，展現出新的旅行態度。

1987 年開放大陸探親，隨即又放寬出國觀光年齡與對象，文壇與出版市場也掀起一陣前所未見的旅行書寫熱，旅行文學因之沸騰起來，有人以為旅行文學是九○年代的「時代文學」。

九○年代以後的旅行者，不再將「旅行」只視作輕鬆的休閒活動，取而代之的是心靈的探索與追求，跨越的反省與尋根，乃或通過「旅行」的儀式，完成自我肯定；而書寫內容亦有多元的類型，有以中國大陸為對象，書寫其複雜的心理糾結，如郜瑩《因緣人間——獨身女子邊塞行》、余光中《青銅一夢》；有以飲食、購物經驗為題材，寫其文化品味，如黃威融《旅行是一種生理需求》、韓良露《流浪的味蕾》；有以落後地區為對象，抒發人文關懷如師瓊瑜《離家出走》、徐世怡《五彩梯上天堂》；而大量的女性書寫旅遊經驗，更反映了新時代女性自覺與獨立。

而不同的書寫風格與訴求，也將九○年代的旅行散文，裝扮得異彩紛呈；舒國治以從容的晃遊者姿態，在旅行過程中實踐其生活哲學；張惠菁在流浪與定居之中，探索旅行的意義；鍾文音透過獨白與自剖，在旅行中記憶內心情感的變化；羅智成挑戰高難度的南極之旅，完成自我試煉；胡晴舫藉由旅行抒發其文化省思；凡此以不同的旅行態度與方式，使九○年代之後的旅行書寫達到前所未見的高峰。

從 1949 年以來的旅行書寫歷程而言，九○年代的創作，顛覆以往對「旅行」的認知，除了休閒娛樂功能之外，旅行還具有嚴肅的議題值得吾人不斷探索與嘗試，旅行散文形成九○年代文壇最受注目的書寫主題。

路過植物園 / 劉克襄

冬末時，從和平西路的大門進入植物園，總會先仰望右邊園區的欖仁樹，瞧瞧那看似肥胖而寬闊的葉片。在它的身上，晚冬似乎只剩下一些暗紅的色澤，殘存在它的枯葉上。

正盤算著要往哪個方向觀察時，五色鳥嘴裡像含了一枚橄欖般，發出咕嚕的叫聲，從遠方的樹冠上層傳來。這麼早就在宣示領域，不免讓人感到訝異。上星期，在臺北近郊的森林，我尚未聽到牠們的聲音呢！

早上前往社區的游泳池，發現紫紅蜻蜓羽化了。這種小型蜻蜓總是最早羽化的，相信植物園也有這種蜻蜓吧？竹林區右側的大水塘前去，搜尋岸邊和水生植物的桿莖。可惜半點水蠆（蜻蜓幼蟲）的蹤影都未尋獲。

倒是遇見了三隻小白鷺，正在爲地盤而爭吵。當第一隻不小心飛抵一處高枝時，第二隻似乎被冒犯了，發出粗啞的叫聲，將第一隻驅趕得無處可逃。但第三隻似乎也不滿第二隻的行爲，強行飛出，發出威嚇之聲，將第二隻趕走。第二隻無可奈何，又將怨氣發之於第一隻。

一個不過百來公尺的水塘，竟出現了一幅螳螂捕蟬，黃雀在後，適者生存的生態畫面。這一連串動作告訴我，三隻小白鷺共生於這個小地方，有著鮮明而緊張的棲息位階。

我喜歡把城市的綠地當做沙漠的綠洲，海洋中的島嶼。植物園正是這樣的城中島，而且是臺北城裡生物資源最爲豐富的自然生態島嶼。每次到植物園觀察，我總會因不同的需要，而有不同的收穫，卻不需要花費很多的時間，在車程的浪費上。

今天是來探訪一些中低海拔不易發現的樹種。有很多野外不易發現的，在這兒都能輕易找到蹤影，譬如象牙樹、烏心石、臺灣海桐等。當然更多的是具有指標意義的樹種，諸如紅楠、橙稱花、軟毛柿、臺灣紅窄槭、森氏紅淡比和穗花棋盤腳。我也想建議，喜歡觀賞樹木的人，不妨注意植物園的烏桕和相思樹，看看這兩種低海拔常見樹種，七、八十歲時，年紀垂老的模樣。在北部近郊山區，我們看到的相思樹和烏桕總是太年輕，察覺不出歷史和人文的風味。

能集中低海拔之代表樹種於城市一隅，種類自然繁多，但難免有眼花撩亂之虞。所幸，管理植物園的林試所，依類別樹種，畫分了好幾個園區。同時，在每個園區都設有白色的大小木牌，告知大部分樹種的名字、學名、產地和用途。在這裡，沒有解說員，我們也能認識許多樹種。

一邊按樹索驥時，我看到至少有兩群幼稚園的小朋友，由老師引領到植物園遠足。老師會帶小朋友來這兒旅行，大概這兒是最親近自然，而且較安全的公園吧！我那五歲大的孩子，在木柵的一所幼稚園就讀，便來過兩回了。

看到這種情形，難免讓人有所錯覺，這兒好像變成只適合幼稚園遠足、旅行的地方；小學以上的孩子就可以到更遠的地點。我們似乎都忘了植物園存在的意義，全然忽略了它在教學上的功能。

其實，縱使到我這個中年男子的歲數，它依舊是個值得一去再去，學習、觀賞臺灣樹木的最佳所在。

一隻紅尾伯勞在最邊角的臺灣紅窄槭上，發出「卡、卡」的響亮叫聲。牠點醒我，應該注意到其他冬候鳥的存在。我隨即想到赤腹鶇，在一些林木蓊鬱的園區內，牠們經常和珠頸鳩在草地上啄食。

十幾年前，在這兒開始賞鳥時，我對植物園的鳥況特別注意。這兒也常有特殊的怪鳥出現，什麼黑冠麻鷺、臘嘴雀、小桑鳲、領角鴞、灰斑鶲等都可能出現。連臺灣高山的特有種藪鳥、白耳畫眉都被記錄過——猜想大概是被人釋放的。

我也聽到，黑枕藍鶲的「輝、輝、輝」之領域聲了。據說，春天時，這兒也有一對，在隱祕的林冠上層繁殖，還遭到紅嘴黑鵯干擾過。

面對最大的荷花池，我坐在一張鐵椅遙望。荷花都已枯萎，只剩零星的桿莖。遠方某處，有魚狗的聲音傳來，卻遲遲未看到這「飛行的寶石」掠過池面。

一塊池裡的大石頭上，爬滿了二十來隻的斑龜和外來種紅耳龜。紅耳龜大概是遊客放生的。一如全省各地的湖泊和池塘。有許多專家一直擔心，紅耳龜會搶奪本土種斑龜的棲息環境；對這種有著紅斑的烏龜，也特別關心。用望遠鏡仔細瞧著，斑龜數量比較多。我懷疑，還有一隻大型黃褐的棺材龜在那兒。

中午時，捨不得離去。就在一個靠著有隱祕小島的池子吃便當。爲何會選在這個位置呢？因爲想等看看，那十年前曾經在島上遇見的白腹秧雞小波，不知牠安然無恙否？或者，牠的後代子孫依舊在島上生活。

可是，遲遲未看到牠出現。不遠處卻看到一隻黃色的母野狗，帶著三隻灰褐色、可能尚未脫奶的小狗，從園區跨過淺水溝走出來。這樣的小狗大概都有兩個多月大。在市區裡，要看到一隻野狗帶著三隻小狗出來蹓躂，並不是很容易的事；尤其是不靠人類的幫助、飼養，而能自力更生的野狗。

一些遊客看到小狗，興奮的圍上去逗弄。母狗單獨走到一角，讓人們和小狗一起。沒多久，小狗本能地溜入園區內。等遊客走了，母狗又回來帶小狗出去。

看在眼裡，我有一種對野狗行爲瞭然於胸的了解。這種母狗帶小狗的行徑，幾年來看了還不少，可以逐一合理解釋的。我後來到牠們出沒的位置觀察，這些尚需要母狗奶水的小狗們，總會鑽入一處龐大而隱祕的刺棕櫚裡。可以斷定，母狗就是把這群小狗生在那兒。但這裡會安全嗎？想到整個植物園的大環境不免悲哀。

吃完便當，準備離開時，赫然發現，杜鵑花叢裡，竟鑽出一隻全身像套著連襟白衣的大鳥，從臉頰到腹部都白澄澄的。是一隻白腹秧雞！時間彷若十年前初次來此，遇到的情況一模一樣。

牠會是十年前那隻小波嗎？還是小波的後代？牠悄悄地走下水池，慢慢地游回小島的草叢。然後，站在一根草稈上，沾水梳理身子，再進去休息。整個動作優閒如在林徑上安靜運動的阿公、阿婆們。我呢？時間彷彿也在這時迅速逆流而回，回到十多年前。我繼續躲在池邊的草叢，被牠悄然撞見。

賞析

從第一本詩集《河下游》出版以來，劉克襄便持續從事觀察臺灣、文學創作的實踐，而「自然寫作」的書寫一直是他各種文體內容開展的主題核心。他在旅行過程中，觀察自然，並與人文歷史相結合，使作品呈現出相當濃厚的教育啟蒙與社會反思。從《旅行札記》到《自然旅情》，早期「賞鳥」系列的作品，是他拜訪臺灣各地荒野與鳥類世界的歷史回顧。晚近將自然觀察的視野，轉向至鄉野、小鎮、鐵道；最令人稱奇的是對都市中自然空間觀察的書寫。在他「小綠山」系列作品中，藉由對「小綠山」的描繪，提供人們對現代都市的另類觀察方向；所謂「自然」不一定要到山上、海邊才能享受到，「自然」也應該存在於城市中；推開門窗，面對社區中的公園或自然步道，即可實踐自然的書寫。以此觀念擴展到旅行上，劉克襄以為所謂「旅行」，不需飄洋過海，也不用古老的歷史來炫耀或憑弔，只要在臺灣這美麗島嶼上，做些短距離的移動，就可能會發現臺灣的細緻與遼闊。而〈路過植物園〉一文便是他循綠色旅行的途徑，填補都市生活視野與局限的自然書寫。

「植物園」在臺北城中是一座極具人工化的景觀，但作者卻能透過找尋自然的渴望，細膩描寫植物園中一切自然物種的景象：從植物到動物，以及各種自然景觀，他們的存在與活動，藉由劉克襄親切有情的用心觀察，一一栩栩呈現。文中提及「我喜歡把城市的綠地當做沙漠裡的綠洲，海洋中的島嶼。植物園正是這樣的城中島，而且是臺北城裡生物資源最為豐富的自然生態島嶼。……在北部近郊山區，我們看到相思樹和烏桕總是太年輕，察覺不出歷史和人文的風味」。在「找尋綠洲」的渴望中，隱含著都市人找尋自然空間與圖景的殷切期盼。水泥叢林紛然聳立的臺北城市，早已將臺北盆地的原始山林破壞殆盡，但劉克襄卻能突破以往對城市空間的刻板描繪與思考，從自然視角切入對臺北空間的瀏覽，使得對於城市空間有另類的闡發與更多的可能。文中談到兩群幼稚園的小朋友，由老師引領到植物園遠足；「讓人有所錯覺，這兒好像變成只適合幼稚園遠足、旅行的地方；小學以上的孩子就可以到更遠的地點。我們似乎都忘了植物園存在的意義，全然忽略了它在教學上的功能。」作者告訴我們，「自然旅行」不一定要到遙遠的他境，在居家附近的生活空間中，自然物種隨處可見。這樣的文本實踐，為現代都市空間書寫，開展新視野；而短距離的拜訪移動，顛覆旅行必定是消費各地的自然與人文景觀，為旅行的意義，帶來另類的思索。

問題與討論

1.劉克襄為自然書寫的散文聖手，在本文中描繪城市中的自然空間，對你有何啓發？
2.在〈路過植物園〉中，作者以為旅行不一定要到遠方，在居家附近也可找到旅行的樂趣，你能否說明你所居住的地方，有哪些值得駐足的景觀？
3.你是否認為「都市」與「自然」兩者為對立性的名詞？在都市中是否有自然圖景的存在？

延伸閱讀

1.吳明益，〈從孤獨的旅行者到多元的導覽者——自然寫作者劉克襄〉，《幼獅文藝》，2003 年 2 月。
2.簡婉姿，〈重新認識臺灣——論劉克襄的自然旅記〉，《國文天地》，2003 年 10 月。

3.劉梓潔，〈課本作家・現身說法國中篇劉克襄：都市裡的荒野遊俠〉，《聯合文學》，2006 年 1 月。
4.李梁淑，〈從「全球化」看劉克襄的本土旅行寫作〉，《明道文藝》，2006 年 9 月。
5.曾美雲，〈自然與文學之間——試論劉克襄散文中的變與不變〉，《語文學報》，2007 年 12 月。

步過天城隧道／林文月

六月初的伊豆半島，陽光明麗，拂面的東風正宜人。大概是閏月的關係，今年的梅雨，到處都延期了。

菖蒲花開得稍遲。修善寺公園中，大片大片蒼翠的劍形葉如波似浪，以紫色爲基調的相近各色菖蒲花點綴其間，彷彿波濤濺起的浪花一般。不是週末假日，遊客自然稀少，正宜賞花賞嶺賞天色。天色兀自的藍，難免有幾朵白雲飄浮；嶺巒起伏的線條，十分柔和；山麓還有繡球花含蓄地漸次綻開。

離開彩色繽紛的修善寺，搭乘開往半島南端「下田」的巴士。這一條路線，別名「踊子路線」；甚至於今晨九時自東京車站開來修善寺的特別快車路線，亦稱爲「踊子特急」。這未免太過分了些，恐怕是川端康成寫《伊豆的踊子》時始料不及之事。不過，伊豆半島的居民卻沾沾自喜，以此爲傲。

不是週末假日，巴士的乘客雖然沿途有人上下，始終只維持著十來人的樣子。多半是家庭主婦，樸素的外表，與東京的婦女大異其趣，有的人腋下挽個籃子，大概是要進城購物的吧？偶爾有些上了年紀的男人登車，斑白的鬚髮，憨厚的表情，則令人無由猜度何所爲而來了。看來平日這條路線是沒有什麼「踊子」的浪漫氣息的。乘客雖不多，穿著制服、戴著帽子和白手套的司機卻肅穆謹慎地開車，就像他是在執行一項十分隆重的職責，譬如駕駛客滿的波音七四七似的。車子一直保持三十公里的時速，在急轉彎處，甚至更要緩緩減低速度。

大部分的時間，車子沿著左側的山崖而行駛，景觀是在右方。這鄉間的公共汽車雖然有些老舊，車內倒是十分清潔，座位也相當舒適，質樸的氣氛，反而令人感覺安詳自在。路是平坦的，但車子盤桓蜿蜒而上，不免有崎嶇所帶來的韻律。我時而鬆弛地倒靠椅背，一任全身隨車搖晃，時而憑窗眺望，飽覽景色，有一種愉悅中羼雜著落寞的奇異感覺。

窗外，初夏正以滿山谷的新綠展呈。山外還是山，連嶂疊崿，又山山皆被樹，致有林迴巖密的奇觀。車速不急不緩，適合從容瀏覽。我試圖一一辨認觸目所及的草樹，可惜我不是植物學家，多數眼睛所熟悉的，竟無論俗稱學名都無法道出。儘管叫不出它們的學名俗稱，所有深深淺淺的綠色都欣然充滿生機，在六月的陽光下油油地綿延至無垠無際。

其中一種樹，我倒是認得的。直挺挺密密排列近處和遠處山巒的是杉木。樹幹齊高，枝葉都伸展在上方。數不盡的杉木構成的林海，觸目皆是。帶著莊嚴高貴，氣質兀傲而挺立的杉木，怎麼形容才好？恐怕合用道德風骨一類的詞藻才行。幸而我不是植物學家，不必思考其界門綱目科屬種的細節，可以一任自由抽象的聯想。

道路變成迂迴曲折，接近天城山之際，雨腳染白著杉樹的密林，以猛烈的速度自山麓追我上來。

我想到《伊豆的踊子》開頭的名句。川端康成的文章，妙在語言氣氛，我這樣翻譯，未必能把握其佳妙於一二；但語言本是糟粕，而得意忘言不易，所以文學也只好勉強以文字記錄經驗，然則推敲也是無益徒然之事！

這裡正是接近天城山的途中。公車司機的左上方亮起站名的指示燈：下一站是「水生地下」。水生地下？不知該如何讀法？日本的地名，連他們本國的外鄉人都讀不出來，更何況外國人呢。「水生地下」，我用中國音在心中默讀一遍，並且望文生義胡思亂想，頗覺得有趣味。水生地下，從常識上判斷，應當比較合理，至於「黃河之水天上來」，只有異想天開的詩仙才說得出，但千年來李太白竟也強迫大家相信他的醉言醉詞；是則文學之力又不容輕視的了。

不管水生地下還是天上來，不如下車走走看吧，我忽萌奇念。何況下一站便是「天城峠」。在此我不得不襲用當地原名，不便妄改爲「天城山」了，雖然我曾經觀賞過松本清張「天城山夜」推理小說改拍攝的影片「天城山奇案」。

「峠」這個字，是日本人創出的「漢字」，所以在我國字典中無法尋得此字。日本字典中特別註明這是一個「國字」。原係由「手向」（旅人合掌祭道神之義）之音轉化而來，若以我國的六書而言，應屬於轉注，但其義爲山之最高處，爲上坡與下坡之分界，則又似屬會意。唉，我這樣費神思考也是徒然，反正天城峠已在足下，而我正一步一步走向那隧道。

天城隧道在前方可望見處，卻頗有一段距離。

重疊的山巒依舊緜亙起伏著，原始林木與深峻的谷壑也應是昔日風貌，但現在不是紅葉的秋天，而是陽光明麗的初夏。那二十歲的高中青年，心中有迫切的期待，但我是浮生偷閒的旅客，既無期待亦無牽掛，所以不必趕路，儘可以閒閒步行。

有鳥聲此起彼落，以高低莫辨其情意的音調鳴啼。也有野花小小浮泛在路邊的草叢間，或黃或白，都是平凡的淡色。至於風鈴草在微風中搖曳，就不知是在互相傳遞著什麼祕密了。草和花也像禽鳥一樣，該有它們各自的語言表情吧！

多麼明麗的陽光！在疲憊的人事瑣務之餘，我閒步的心情一如六月的初陽。東看看，西望望，均衡地呼吸著新鮮的空氣，不知不覺間已走近隧道口了。可是，探望幽黯的隧道內，不禁有些猶豫躊躇，舉步維艱。一時興起而下了車，卻不知這隧道究竟有多長？途中會有什麼情況嗎？

猶豫是難免的，但好奇與隨之而起的勇氣也不克自抑，於是一步一步走入暗影裡。其實，洞內並非眞正黑暗，每隔一段距離便裝置著昏黃的燈，而且偶爾也會有貨車或什麼的隆隆駛過，車燈照射出強烈的亮光，所以並不是十分可怕。我小心沿著邊上的窄道行一程，忽又興好奇的念頭，遂又退回始點，重新起步，心中默算著步數。約莫走了四百步，洞口已被拋在遠處。方才耀眼的陽光變得有些曖昧，分不清是色還是光；又繼續走百餘步，一回頭，洞口竟已不見，許是轉了彎的緣故吧。

那戴著有高中徽幟的帽子，身穿和式衣袴的青年，因為追蹤無意間在修善寺的橋邊遇見的少女，抑制著忐忑初戀的心跳趕路。好不容易的在路旁的小茶店與避雨的藝團一行人三度相遇，卻又不敢言語。待雨歇人去後，方始偽裝若無其事地問店東老婆婆：「那些藝人，今晚會在哪兒投宿呢？」「那種人！誰知道住哪兒呀！客倌，還不是哪兒有客人住哪兒。她們才不會去想今晚住哪兒哩！」老婦輕蔑的口吻，竟無端地煽動了青年的戀情：那麼，今晚就讓她住我的房間吧。

二十歲的年輕肉體，怕會因爲這稚嫩的綺念而通身發熱吧？我彷彿聽見流浪的藝人們平凡的交談在隧道內回響。那領班的男子，穿著印有長岡溫泉旅館標幟的外衣，走在前頭帶路。後面跟著一個中年婦人和兩個年輕女子，其中烏髮豐饒，背著小鼓的，便是青年暗戀的少女。或許，在如此幽黯的隧道裡，也還分辨得出她低首碎步時露出的白皙後頸吧。青年甚至還在公共浴池的溫泉氤氳中瞥見她骨肉均勻若桐樹一般的肢體，那副健康無邪的裸身，反而令人感覺澄清如水的純潔。當然，欲望也不會全然沒有，比方說，在他獨處旅邸一室，聆聽稍遠處宴席的笑語喧囂時，想像如長了翅膀亂飛；尤其當舞女的鼓音停止時，更令他有欲狂的嫉憤……然而，一切都成爲過去，似乎發生過什麼，又似乎什麼也沒有發生過。與少女別後，在駛出伊豆半島南端的汽船中，青年自覺已變得純美空虛，任淚水盡情流下雙頰，暗享不殘留一物似的甘美的快感。

隧道裡有前後可辨與不可辨之間的微光，沒有車輛駛過時，周遭寂靜若死亡。我仍然專心地數著自己邁出去的腳步，僅留一部分的餘地分心幻想。時時有水點從黑暗不知處滴落。的冬、的冬……有時落入髮中，有時滴溼衫袖，於陰涼之外更添增一絲寒意。這水恐怕還是來自較高的地下才對。

> 另一個戴著白色制服帽子的少年，也曾在這條隧道走過。究竟是走在現實的世界，或是虛構的世界，那就無由得知了。他厭惡與叔父偷情的寡母，決心離家出走。一雙穿舊了的草鞋在腳下，一步一步走過荒草被徑的山路，從白晝走到昏暗。他自稱沒有像川端康成那麼羅曼蒂克的遭遇，卻也真的遇見獨行的遊女。「喂，阿哥，您一個人走吶？」她的聲音和容貌一樣的成熟妖嬈，一雙裸露的細緻的腳趾拉著木屐，看得少年心跳言語吱唔……然後，有個魁岸的男人背影映現在隧道的那一頭。遊女忽然說有事要辦，打發少年先走。

松本清張筆下的少年比《伊豆的踊子》中那個「我」更年少，大約是十五、六歲光景吧。走在遊女的身旁，幾乎與梳著高髻的女子一般高，是肌肉骨骼猶待發育的年齡，但已然具有初解風情的面容。驚豔與悵惘的矛盾，在他憨直的臉上忽沉忽浮。我體會到他在洞口突遭拋棄的失望，否則怎麼會藏身草叢中窺覷遊女與癡漢的放浪交歡呢？眼前癡漢的貪淫和遊女的呻吟，與叔父寡母幽會的記憶重疊的刺激，遂使一股憤怒取代了羞澀。少年瘦弱的身體頓覺膨脹龐大起來，必要將那可惡的癡漢置於死地而後已，便舉起足邊的山石擊向碩大的身影，一擊、再擊、三擊……直到鮮血染紅砂石、草樹，終於滴入山澗汩汩流逝。

我感覺一陣寒氣浸身，害怕嗅聞血腥氣味。風自後方吹來，袖袂拍拍作響，髮絲亂拂額前頰邊。我用手指撩整頭髮，停頓步伐，決心不要再分心。洞口已在望，前面有陽光閃耀。一一八三、

一一八四、一一八五……繼續專注地數最後一段路程。終於徒步走完這一段長長的隧道：總計約一千二百步。

走出黑暗的洞口，重新站到太陽光下，雖然一時無法適應強烈的光線，但是，那種陽光照射在身上的感覺眞正好極了！

我慢慢抬眼看洞口上方古銅的字跡，明明白白寫著「新天城隧道」。這未免教人頹喪。相對於「新」，應當有「舊」，然則，一甲子之前川端康成所走過的，恐怕是另一條舊的天城隧道了？恐怕二十多年前松本清張筆下那少年走過的，也不會是方才那條長共千二百步的新隧道吧。如是，則我前一刻忽喜忽憂，亦驚亦懼的種種感慨，豈不都是庸人自擾的白日夢嗎！

其實，也無需計較一切虛實眞假，我一步一步數了千二百步通過幽暗的新天城隧道，是確確實實的經驗。

蘇東坡在彭城夜宿燕子樓，不是也寫過：「燕子樓空，佳人何在？空鎖樓中燕。古今如夢，何曾夢覺？但有舊歡新愁。異時對，黃樓夜景，爲余浩嘆！」關盼盼與燕子樓的往昔人間諸事，又有誰知其眞相如何？詩人藉此靈感泉湧，遂塡成傳頌後世的好詞。坡老的豪語，豈敢輒仿，但我也了悟古今如夢的道理。人人都不免於走過長長的隧道，所有舊歡新愁的種種，也必然一一通過隧道，復又一一消失其間。

到下一個站牌「鍋失」（我已不再計較地名稱呼的由來與讀法了），恐怕尚有一段陽光下的公路待步行。我的腳因長途跋履，腫脹痛楚，不堪皮鞋束縛，便索性將鞋子脫掉，左右各提一隻。這樣輕快的心境，前所未有。反正這裡不會有什麼人像我這般好奇，即使遇著什麼人，也不可能認識我是誰，奔放一下何妨？

公路上，難免有些砂石扎腳。我發現順著路邊畫出的白漆線走下去，路又直又光滑，赤足步行那上面，眞是美妙極了。

賞析

林文月，臺灣省彰化縣人，1933 年生於上海。自幼受日文教育，小學六年級與家人返臺後接受中文教育，故能精通中、日語文。臺灣大學中文所畢業後即留任母校擔任教職，在職期間曾獲國科會遴選，赴日本京都大學人文科學研究所研修比較文學；又赴美國西雅圖華盛頓大學任客座教授。1993 年退休後移居美國，先後任史丹佛大學、加州大學柏克萊分校、捷克查理斯大學客座教授。

身兼學者與作家身分的林文月，專攻六朝文學，並曾獲中國時報文學獎（散文類）、國家文藝獎散文獎及翻譯獎，著作頗豐。學術論著有《謝靈運及其詩》、《澄輝集》、《山水與古典》、《中古文學論叢》等；並譯註日本古典文學作品《源氏物語》、《枕草子》、《和泉式部日記》、《伊勢物語》，以及為東方出版社編譯多本世界文學名著；散文出版有《讀中文系的人》、《遙遠》、《午後書房》、《交談》、《作品》、《擬古》、《風之花》、《夏天的會話》、《飲膳箚記》、《人物速寫》與《回首》。

鋪陳反覆、細膩翔實，平淡雅致中蘊含深厚的感懷，是林文月散文一貫的風格；早期的作品如《京都一年》、《讀中文系的人》等，引經據典，考證細密，學術意味濃味；《午後書房》以後創作的作品，緬懷傷逝的抒情筆調，展現出古典與現代融合的悠遠意境。林文月散文題材多樣，講究結構，重刪削，以記敘之筆寫其歲月感悟，其中《京都一年》是林文月於 1969 年赴日本研修時，應《純文學》雜誌邀約，而撰寫以京都為對象的旅行散文，回國後方結集成書；林文月精通日語，加以學養豐厚，其深入觀察京都人文風情、節令行事、古剎名院等，以冷靜客觀的文字，書寫眼中所見的京都特色，無論是歌舞伎表演、各大寺院庭院，一一鉅細靡遺地翔實敘述；文中並抒發自己的感受，極具批判性，《京都一年》細筆描繪旅居京都一年見聞，不只是浮光掠影的記實，更深刻描繪出京都的典雅風韻。

由於參訪、獲邀演講、參與研討會、旅遊等因緣際會，林文月行旅各地，飽覽山水勝景。1986 年出版《午後書房》中的〈走在華府郊外〉、〈知床遊記〉、〈阿寒湖之行〉、〈東行小記〉、〈步過天城隧道〉等篇，即是書寫遊賞各地的感懷，文中以知性與感性揉合的筆調，將抽象的時空和現實環境交錯，激盪出悠遠迷離的意境；其中〈步過天城隧道〉一文，即是取用川端康成與松本清張的小說文本，穿插在實際的行旅之中，並以蘇軾《永遇樂》〈彭城夜宿燕子樓，夢盼盼〉詞，娓娓道出作者的心境，呈現出時空交錯、古今異位的氛圍。

〈步過天城隧道〉是寫作者遊覽伊豆半島時，從修業寺搭乘往天城山的鄉間巴士，一時興起提前下車，而路過天城隧道的幻妙體驗。文章開始作者以「浮生偷閒的旅客」自居，閒步中描繪鄉間各處的自在情味，無論是修善寺的菖蒲花、滿山密密排列的杉林，乃至於鄉人神態、「踊子特急」的命名，均以冷筆客觀描摩鄉間的人、事、物。然隨著步行接近天城山隧道，作者大量引用文學作品的文本穿插其間，使得作品氛圍漸趨虛幻迷離。天城隧道在川端康成《伊豆的舞孃》與松本清張《天城山奇案》的筆下均出現過。《伊豆的舞孃》敘述二十歲的高中生第一次出門到伊豆旅行，在天城隧道邂逅了十四歲的少女舞孃，發展出一段微妙的情愫，最後終因門戶的懸殊而悵然分手。《天城山奇案》則是敘述一位恥於母親外遇而離家出走的少男，在走過天城隧道途中遇見一位遊女，進而傾慕此女，而後因撞見此女與浪人苟合交歡，激憤之際用石頭打死浪人，引發後續一連串的命案調查。作者在步行天城隧道時，腦海中不斷出現作品中的人物，以不可自抑的熱情，描摩當時少男遇見女子的心理變化，並進而感受到「一陣寒氣浸身，害怕嗅聞血腥氣味。風自後方吹來，袖袂拍拍作響，髮絲亂拂額前頰邊」；這種文學之虛與現實交錯，使作者心境亦為之起伏。文末作者走出隧道洞口，赫然望見洞口上方寫著「新天城隧道」，彷彿作者一切想像皆是多餘的，然而此迷離惝恍的情緒，卻是作者真切的體驗；乃以蘇軾詞「燕子樓空，佳人何在？空鎖樓中燕。古今如夢，何曾夢覺？但有舊歡新愁。異時對，黃樓夜景，為余浩嘆！」生發無可奈何的悵惘之情作結。

問題與討論

1.本文中作者以虛實交錯的手法進行書寫，你能舉出文章中哪些文字屬於現實的敘述？哪些文字屬於文學之虛的敘述？並請比較文字的異同。
2.請介紹川端康成《伊豆的舞孃》的小說內容，並簡介作者生平。
3.松本清張《天城山奇案》中的男主角，為何用石頭打死浪人？請說明。
4.本文作者最後發現，步行的其實是「新天城隧道」，而不是文學作品主角走過的「舊天城隧道」，請問你讀了這段文字，有何感想？
5.請分享你所知道日本伊豆半島的風景名勝。

延伸閱讀

1.何寄澎，〈林文月散文的特色與文學史意義〉，《明道文藝》317 期，2002 年 8 月。
2.余椒雪，〈林文月散文中的重要意象〉，《國文天地》18 卷 10 期（總 214 期），2003 年 3 月。
3.陳明姿，〈林文月的文學與日本〉，《臺大日本語文研究》9 期，〈東亞異文化的異化與同化特輯〉，2005 年。
4.張瑞芬，〈溫州街的書房——論林文月散文〉，《聯合文學》254 期，2005 年 12 月。
5.林韻文，〈追憶生命之美好——論林文月的散文寫作〉，《臺灣文學研究學報》第4期，2007 年 4 月。

黃河一掬／余光中

廂型車終於在大壩上停定，大家陸續跳下車來。還未及看清河水的流勢，臉上忽感微微刺麻，風沙早已刷過來了。沒遮沒攔的長風挾著細沙，像一陣小規模的沙塵暴，在華北大平原上捲地刮來，不冷，但是挺欺負人，使胸臆發緊。我存和幼珊都把自己裹得密密實實，火紅的風衣牽動了荒曠的河景。我也戴著扁呢帽，把絨襖的拉鏈直拉到喉核。一行八九個人，跟著永波、建輝、周暉，向大壩下面的河岸走去。

這是臨別濟南的前一天上午，山東大學安排帶我們來看黃河。車沿著二環東路一直駛來，做主人的見我神情熱切，問題不絕，不願掃客人的興，也不想縱容我期待太奢，只平實地回答，最後補了一句：「水色有點渾，水勢倒還不小。不過去年斷流了一百多天，不會太壯觀。」

這些話我也聽說過，心裡已有準備。現在當場便見分曉，再提警告，就像孩子回家，已到門口，卻聽鄰人說，這些年你媽媽病了，瘦了，幾乎要認不得了，總還是難受的。

天高地迥，河景完全敞開，觸目空廓而寂寥，幾乎什麼也沒有。河面不算很闊，最多五百米吧，可是兩岸的沙地都很寬坦，平面就延伸得倍加夐遠，似乎再也勾不到邊。昊天和洪水的接縫處，一線蒼蒼像是麥田，後面像是新造的白楊樹林。此外，除了漠漠的天穹，下面是無邊無際無可奈何的低調土黃，河水是土黃裡帶一點赭，調得不很勻稱，沙地是稻草黃帶一點灰，泥多則暗，沙多則淺，上面是淺黃或發白的枯草。

「河面怎麼不很規則？」我轉問建輝。

「黃河從西邊來，」建輝說，「到這裡朝北一個大轉彎。」

這才看出，黃浪滔滔，遠來的這條渾龍一扭腰身，轉出了一個大銳角，對岸變成了一個半島，島尖正對著我們。回頭再望此岸的堤壩，已經落在遠處，像瓦灰色的一長段城垣。更遠處，在對岸的一線青意後面，隆起一脈山影，狀如壓扁了的英文大寫字母M，又像半浮在水面的象背。那形狀我一眼就認出來了，無須向陪我的主人求證。我指給我存看。

「你確定是鵲山嗎？」我存將信將疑。

「當然是的，」我笑道。「正是趙孟頫的名畫《鵲華秋色》裡，左邊的那座鵲山。曾繁仁校長帶我們去淄博，出濟南不久，高速公路右邊先出現華山，尖得像一座翠綠的金字塔，接著再出現的就是鵲山。一剛一柔，無端端在平地聳起，令人難忘。從淄博回來，又出現在左邊。可惜不能停下來細看。」

周暉走過來，證實了我的指認。

「徐志摩那年空難，」我又說，「飛機叫濟南號，果然在濟南附近出事，太巧合了。不過撞的不是泰山，是開山，在黨家莊。你們知道在哪裡嗎？」

「我倒不清楚。」建輝說。

我指著遠處的鵲山說：「就在鵲山的背後。」又回頭對建輝說：「這裡離河水還是太遠，再走近些好嗎？我想摸一下河水。」

於是永波和建輝領路，沿著一大片麥苗田，帶著眾人在泥濘的窄埂上，一腳高一腳低，向最低的近水處走去。終於夠低了，也夠近了。但沙泥也更溼軟，我虛踩在浮土和枯草上，就探身要去摸水，大家在背後叫小心。岌岌加上翼翼，我的手終於半伸進黃河。

一剎那，我的熱血觸到了黃河的體溫，涼涼的，令人興奮。古老的黃河，從史前的洪荒裡已經失蹤的星宿海裡四千六百里，繞河套、撞龍門、過英雄進進出出的潼關一路朝山東奔來，從斛律金的牧歌李白的樂府裡日夜流來，你飲過多少英雄的血難民的淚，改過多少次道啊發過多少次泛濫，二十四史，哪一頁沒有你濁浪的回聲？幾曾見天下太平啊讓河水終於澄清？流到我手邊你已經奔波了幾億年了，那麼長的生命我不過觸到你一息的脈搏。無論我握得有多緊你都會從我的拳裡掙脫。就算如此吧，這一瞬我已經等了七十幾年了，絕對值得。不到黃河心不死，到了黃河又如何？又如何呢，至少我指隙曾流過黃河。

至少我已經拜過了黃河，黃河也終於親認過我。在詩裡文裡我高呼低喚他不知多少遍，在山大演講時我朗誦那首〈民歌〉，等到第二遍五百聽眾就齊聲來和我：

傳說北方有一首民歌
只有黃河的肺活量能歌唱
從青海到黃海
　風　也聽見
　沙　也聽見

我高呼一聲「風」，五百張口的肺活量忽然爆發，合力應一聲「也聽見」。我再呼「沙」，五百管喉再合應一聲「也聽見」。全場就在熱血的呼應中結束。

華夏子孫對黃河的感情，正如胎記一般地不可磨滅。流沙河寫信告訴我，他坐火車過黃河讀我的〈黃河〉一詩，十分感動，奇怪我沒見過黃河怎麼寫得出來。其實這是胎裡帶來的，從《詩經》到劉鶚，哪一句不是黃河奶出來的？黃河斷流，就等於中國斷奶。山大副校長徐顯明在席間痛陳國情，說他每次過黃河大橋都不禁要流淚。這話簡直有《世說新語》的慷慨，我完全懂得。龔自珍《己亥雜詩》不也說過麼：

亦是今生未曾有
滿襟清淚渡黃河

他的情人靈簫怕龔自珍耽於兒女情長，甚至用黃河來激勵鬚眉：

為恐劉郎英氣盡
捲簾梳洗望黃河

想到這裡，我從衣袋裡掏出一張自己的名片，對著滾滾東去的黃河低頭默禱了一陣，右手一揚，雪白的名片一番飄舞，就被起伏的浪頭接去了。大家齊望著我，似乎不覺得這僭妄的一投有何不妥，反而縱容地讚許笑呼。我存和幼珊也相繼來水邊探求黃河的浸禮。看到女兒認眞地伸手入河，想起她那麼大了做爸爸的才有機會帶她來認河，想當年做爸爸的告別這一片后土只有她今日一半的年紀，我的眼睛就溼了。

回到車上，大家忙著拭去鞋底的溼泥。我默默，只覺得不忍。翌晨山大的友人去機場送別，我就穿著泥鞋登機。回到高雄，我才把乾土刮盡，珍藏在一隻名片盒裡。從此每到深夜，書房裡就傳出隱隱的水聲。

賞析

余光中，1928 年出生，福建省永春縣人，生於江蘇省南京市；1947 年入金陵大學外語系就讀，後轉入廈門大學；遷臺後於 1950 年入臺大外文系就讀，並於報紙副刊發表詩作。畢業後與覃子豪、鍾鼎文等人創設「藍星詩社」；1958 年赴美進修，獲愛荷華大學藝術碩士學位。1959 年返臺擔任臺灣師大、政大、臺大及香港中文大學教授，期間並兩度赴美講學，現為國立中山大學光華講座教授。

余光中一生寫作以詩、散文、評論、翻譯為四度空間，在臺、港及大陸已出版專集逾七十種，影響深遠。其早期參與現代詩論戰，詩歌西化趨於虛無；發表《蓮的聯想》後詩風漸回歸中國古典傳統，將中國文學抒情特質融入現代詩中。作品題材廣泛，無論是戰爭議題、歷史文化探索、鄉愁意識、寫實傷今等，創作技巧與思想見地均卓然有成。相對於詩歌，散文作品型態較固定，除了早期創作具實驗性外，作品喜以詩性的文化語言敘述，大量運用古典意象，使作品更加飽滿鮮明、圓融渾成；語言講究新穎奇特，精心錘鍊，使散文既有中文的精髓，然不泥古與西化，意蘊富贍而妙趣橫生。主要著作詩集有：《舟子的悲歌》、《鐘乳石》、《蓮的聯想》、《五陵年少》、《在冷戰的年代》、《白玉苦瓜》、《與永恆拔河》、《隔水觀音》、《五行無阻》等；散文集有：《左手的繆思》、《聽聽那冷雨》、《記憶像鐵軌一樣長》、《憑一張地圖》、《隔水呼渡》、《日不落家》、《青銅一夢》等；評論集有《掌上雨》、《分水嶺上》、《從徐霞客到梵谷》、《井然有序》、《藍墨水的下游》等。其曾獲得多項文學獎，1962 年獲中國文藝協會新詩獎、1984 年獲第七屆吳三連文學獎散文獎、1989 年獲國家文藝獎新詩獎、1990 年獲第十五屆國家文藝獎新詩獎、1999 年以《日不落家》獲得吳魯芹散文獎、2001 年深圳版散文選《大美為美》列入《當代中國散文八大家》叢書，並獲第二屆霍英東成就獎。

從 1949 年離開大陸，遷臺後赴美留學，返臺任教大學時又兩次前往美國講學；七〇年代以前余光中不斷地四處漂泊，使其散文遊記一類創作頗豐；不過儘管踏上他邦異域，腦海中始終浮現的，卻是對中國故土的依戀，因此記憶中的大陸便頻頻出現在旅行書寫的字裡行間。異地旅行中所見的山光水色，在余光中眼下全轉化為鄉愁的牽引，對故土的殷切思念。凡此魂牽夢縈終在九〇年代以後，到大陸講學、旅遊得以宣洩抒懷。〈黃河一掬〉一文，便是在 2001 年春天，前往中國講學，並訪問齊魯後所寫下真摯而激昂的《山東甘旅》四篇散文之四，後收錄在《青銅一夢》一書中。

1983 年余光中在香港觀賞黃河攝影展後，悵然神往而寫下〈黃河〉一詩，詩句末尾作者感性地吶喊著「從河源到海口，奔放八千里的長流／為何一滴，僅僅是一滴黃漿／沾也沾不到我的唇上？／怔對水禾田壯闊的鏡頭／一剎那劇烈地感受／白髮上頭的海外遺孤／半輩子斷奶的痛楚」對於故國河川的壯麗美景，只能神遊解渴，令其痛心不已。黃河是余光中最鍾情的景色，許多有關鄉愁的詩作，多提及黃河作為思念大陸的媒介；黃河代表著中華文化的符號與歷史的見證，余詩中常賦予黃河深重的人文內涵。余光中以為現代詩有三度空間：「縱的歷史感、橫的地域感，加上縱橫相交而成十字路口的現實感。」（《白玉苦瓜》自序）以此觀其〈黃河一掬〉的創作模式，也無不吻合。

〈黃河一掬〉寫余光中與八、九名親友，從濟南北上，實現夢想到黃河一遊的所見所感，並藉此抒發對黃河與故土的熱切思慕之情。文章首段寫到達黃河岸邊遇上風沙的情形，作者以直筆描寫風沙的猛烈「沒遮沒攔的長風挾著細沙，像一陣小規模的沙塵暴，在華北大平原上捲地颳來」，並藉自己「忽感微微刺麻」、「胸臆發緊」的感受，與家人的反應，曲筆投射出內心「近鄉情怯」的惶恐不安。二、三段插敘往黃河東途中作者雀躍的表現和聽到黃河斷流的感受；作者得知黃河斷流，感到像母親病了，呼應了後文「華夏子孫對黃河的感情，正如胎記一般地不可磨滅」。第四段作者以平白自然的文筆，簡潔而傳神地描寫大壩下河岸所見黃河空廓開闊的景象；「天高地迥，河景完全敞開，平面就延伸得備加敻遠，似乎再也勾不到邊」、「除了漠漠的天穹，下面是無邊無際無可奈何的低調土黃」，白描的筆法正符合華北黃土高原的景致。五、六段形象而具體地寫出黃河的景物特徵，作者以一條渾龍比喻黃河，並把河流方向的轉變寫成為「渾龍一扭腰身，轉出了一個大銳角」，又把鵲山的形狀比喻為「壓扁了的英文大寫字母 M」和「半浮在水面的象背」，比喻新穎最見想像力的文學表現，在此表露無遺。

綜觀本篇作者以黃河為線索，巧妙地把黃河有關的人、事、物串聯起來；從第七段以下，由鵲山聯想到趙孟頫的名畫與徐志摩的空難事，古今異位，虛實相間；而文化中國裡的黃河記憶，更以昂揚而激越之情詠嘆著；從人說「斷流了一百多天，不會太壯觀」，到「岌岌加上翼翼，我的手終於半伸進黃河」，乃至「一剎那，我的熱血觸到了黃河的體溫，涼涼地，令人興奮。……這一瞬我已經等了七十幾年了」；作者所有的浮想聯篇，如黃河奔流，一瀉千里，一發不可收拾，滿紙文字全是對黃河的人文感懷。末尾以名片祭黃河一段「對著滾滾東去的黃河低頭默禱了陣，右手一揚，雪白的名片一番飄舞，就被起伏的浪頭接去了」，滾滾浪濤，似乎配合著作者將對黃河眷戀之情，推升到最高點；回到高雄後，不忍記憶的消失，「把乾土刮盡，珍藏在一隻名片盒裡。從此每到深夜，書房裡就傳出隱隱的水聲」，午夜夢迴黃河，如樂章的尾曲，令人低吟不已。本篇作品兼具知性與感性，文字既典雅又現代，情理當中亦見妙趣，顯見作者的學養與文字功力。

問題與討論

1.作者歌頌黃河，提及李白樂府〈將進酒〉、與斛律金牧歌〈敕勒歌〉的目的為何？請說明。

2.本文作者說「從詩經到劉鶚，哪一句不是黃河奶出來的？」你能否舉例說明中國文學與黃河的關係？

3.作者珍惜黃河的泥土，穿著帶有泥土的鞋子回臺，並小心把乾土藏好，此後更在深夜隱約聽到黃河水聲，請問這一段話在全文起了什麼作用？

4.大陸旅行作家余秋雨寫有《文化苦旅》、《千年一嘆》兩書，而本文出自《青銅一夢》中〈山東甘旅〉其中一篇，你能否比較兩位作家書寫旅行散文的風格？

延伸閱讀

1.李海蓮，〈從滿懷鄉愁到山東甘旅——訪著名詩人、學者余光中先生〉，《大衆日報》，2002 年 9 月 11 日 3 版。

2.黃維樑，〈向山水和聖人致敬——余光中《山東甘旅》析評〉，《海南師範學院學報》，6 期 16 卷，2003 年。

3.陶德宗，〈評余光中的散文新作《山東甘旅》〉，《當代文壇》2005 年第 5 期。

4.王基倫，〈余光中，《青銅一夢》的鄉愁意義〉，《文訊》235 期，2005 年 5 月。

5.張瑞芬，〈冷雨望鄉：余光中近期散文的藝術轉折〉，《印刻文學生活誌》，2006 年 5 月。

八
生態散文

導論

所謂「生態散文」，係指作者以其個人的人為體驗書寫關於自然生態的作品，可能是作者以文學性的手法來處理生態問題，也可能在記錄生態問題時筆下散發出文學光采。不論是哪一種情形，都能藉由這些作品觀察作者的環境倫理觀。當然，自然生態與環境保護必須是社會發展到一定的文明階段才能得到重視，因此，臺灣在七〇年代以前並未有相關的作品出現，主要原因是當時政府仍以經濟開發為先，並未意識到環境汙染問題，人民亦無環保概念，必須等到物質進步了，生活富裕了，才驚覺環境的破壞、生態的失衡已嚴重危及生活安全，故七〇年代第一篇呼籲生態保育的作品問世（即徐仁修〈失去的地平線〉，1974 年），而時報文學獎亦增設了「報導文學類」，讓關心環保議題的作家取得發言機會，勇於揭露日漸惡化的汙染問題。

七〇年代中期以後，因為西方生態思潮的引介，臺灣開始學習如何思考並提出對治理環境惡化的方法，同時透過閱讀接受西方自然書寫的經典著作，如梭羅的《湖濱散記》、李奧波的《沙郡年記》、瑞秋・卡森的《寂靜的春天》等，習得觀察記錄生態的方式與環境倫理觀，於是以關懷自然為主的作品紛紛出現，尤以散文為大宗。當然，在作家藉西方觀點思索建構「人與自然相處模式」的同時，來自中國古典的田園文學與紀遊傳統也影響其風格與表現方式。

根據吳明益《以書寫解放自然——臺灣現代自然書寫的探索》一書（臺北：大安出版社，2004 年）的歸納，臺灣八〇年代以後自然書寫的發展大致分為三個時段，一是 1980-1985 年，為「聽到土地的呼聲」階段；二是 1986-1995 年，乃「逐步演化出多樣性」的階段；三是 1995 年以後，為摸索建立新倫理的階段。

針對這三個時段，吳明益進一步分析，在 1980-1985 年間，臺灣的自然寫作有三種書寫型態：第一種是環境議題報導的出現，此乃報導文學獎設立的影響所致，其主旨在發掘因一味追求經濟發展而造成環境的崩毀現象，這類作品通常使人聽到土地的呼聲，但卻充滿悲憤與無奈的情緒，如《我們只有一個地球》（馬以工、韓韓，1983 年）、《大地反撲》（心岱，1983 年）等；第二種是以旅行者、觀察家的姿態積極展開踏查之旅，不僅是扮演傳遞土地呼聲的中介者，更進一步了解自然，作深度的反思，劉克襄的《旅次札記》、《隨鳥走天涯》即是此類典範之作；第三種是痛心於工業文明對土地的戕害，在無能為力之餘，放棄為土地高聲代言，而回歸簡單的田園生活，以簡樸生活的實踐者向世人宣告，為維護土地倫理，還有另一條道路可走，代表作品是陳冠學的《田園之秋》、孟東籬的《濱海茅屋札記》等。

至於 1986-1995 這十年間，隨著臺灣的解嚴，自由民主之風也吹開自然書寫的範疇，除了延續環境議題的報導，並對土地倫理作深層思考（如陳玉峰《臺灣綠色傳奇》、《土地的苦戀》）外，還有生態資料的深度爬梳（如洪素麗《守望的魚》、《綠色本命山》）、自然史的縱深鑽研（如劉克襄《臺灣鳥類研究開拓史》、《後山探險》）、荒野價值的再發現（如徐仁修《不要跟我說再見臺灣》、《荒地有情》）、荒野／城市相容的可能性（如王家祥《文明荒野》、《自然禱告者》），以及新社區環境意識的形成（如帶領社區民眾參與討論環保新觀念，積極實踐環境運動的涂幸枝《柴山主義》）等等。

及至 1995 年以後，環保意識已然抬頭，故此時的焦點寫作已不再是人與土地的依存關係或環境運動，取而代之的，是生態旅遊的風氣，土地成為人類嗜好與休閒活動的場域，於是人與自然的問題轉為消費者／被消費者的關係，這可能是另一種宰制與破壞自然的力量，但也從而發現，人的主動性決定人與自然的親密程度，因此，劉克襄的《小綠山系列》展現近身的區域生態圈觀察（不必得到郊外荒地去尋找珍奇生物），使都市與荒野拉近距離，此與王家祥的理念相近。另外，尤可注意的是，早期人們為求生存取之大自然，而產生一種對抗，但隨著環境意識的覺醒，遂由對立轉換為和諧，開啟了與自然為友的念頭，此一情形，可在廖鴻基的作品中得到體證：從《討海人》到《鯨生鯨世》，就是一個靠海「求生」的漁民，逐漸轉變為海洋生物保護者的最佳例證。

以下選取的三篇分別是陳煌的〈野地小徑〉、王家祥的〈漂鳥與蟬聲〉、廖鴻基的〈鐵魚〉，正提供三種思考的面向：人類對自然的宰制是否合理？／人類應如何敬重自然？／人類與自然的和諧如何可能？

野地小徑／陳煌

在任何季節的野地，
蔓草努力的修復傷痕；
但抵擋不住人類的開山刀，
落在草上那毫無章法的揮動。

小徑的得失，通常由外在的因素而決定。一旦決定了，小徑就注定成爲野地的一部分記憶。我對野地的認識，也往往是經由小徑輻射出去的。時間和蔓草讓小徑有失，不過對野地是得，但人爲的因素則正巧相反。

我想，野地一點也不需要小徑。

要野地去拒絕小徑是很困難的。但每隔一小段時間，人爲的小徑即以新的走勢、位置和目的出現在同一野地上，然後蜿蜒不知所終。

從新的每一條小徑的蛛絲馬跡上，我見識到人爲的力量，較之自然的精雕細琢，只有粗鄙狠戾可堪形容。不過，我們負責林地管理的官員可能在早年，就輕易地將一紙產權證明，在辦公室裡交給地主，卻從未踏過野地一步；或者，那還是官員地圖玻璃墊下的一塊國有野地，但既然不屬於自己，那就任由他人千刮萬剮地在野地上割據、開挖。官員心目中貧瘠的野地，又有多少價值呢？

我的確是走在貧瘠的野地上，它意味著不受保護，以及任人宰制的傷痛。因此，野地上的每一草木，在需要一條小徑通行的前提下，它們唯有接受摧殘的嚴厲考驗：首先是龐巨推土機連根而起的強迫性片面剷除行動，從一開始便深入土層，和第一道儼如防禦部隊的草族有了初步接觸，但卻是毫不猶豫的殲滅之舉；所有被攔根仆倒的部隊幾乎連絆倒腳步的機會也沒有，即全數如蔽土般被傾倒在兩旁，一路上並未受到任何頑抗，推土機輕易地就破解了草族的陣地，同時打開一條黃泥小徑的勝利之路。

對於一片野地而言，這樣的浩劫算什麼，在過去的歲月掩護下，也曾幾度又收復失土，只是如今又得重新擬定如何打游擊戰策略罷了。

野地一點也不需要小徑，即使它能自我療傷而自癒。

推土機的粗魯強悍，並不能使它有時間去閱讀關於土壤的史料，以及那些被剷除推開草族部隊的進取精神。當它們的遺體枯敗，陽光卻使它們回到殘株同袍下的土壤裡，而土壤將再度接納它們，爲了報答它們爲土壤極盡心力的保護之責。

一旦推土機不再出現的十數週後，原來的土壤上勢必再回復陽光照耀下的綠色版圖，沒有誰還記得推土機造成的舊創傷痕。

蔓草的豁達、謙卑使其集結的散兵游勇般的部隊，不堪推土機一擊，但爲了維護土壤的尊嚴，它們只能在必要時披上草綠服，做無濟於事的防禦式守衛。相對於強勢的推土機，它一向執行破壞或收拾殘局的任務。我曾見過一條新的小徑，推土機平整來回推動，土壤從中央隆起，十數週後，蔓草首先在小徑中央形成一道綠色小堤。一幢別墅高樓的屋頂，似乎就是從小徑遠遠的盡頭消逝處升起的。

除了推土機，鋤頭是被運用做來對付山坡上層的蔓草。但由於駐紮在山坡土層的蔓草部隊，多半屬於中堅的忠誠份子，以往除了山崩水患的突襲入侵之外，幾乎很少受到挑戰。不過，鋤頭那一步步的進逼，以及一寸寸的迎頭痛擊，則沉重得難以抵抗。

那種群起義無反顧似的密集堅守崗位的策略，彷若使先前的防禦部隊相形見絀，也令執鋤者汗顏。或許歇息一會吧，但接下去的每一鋤，卻往往將阻擋的蔓草攔腰而斷，繼之抓開土壤，皮裂肉綻般帶著蔓草殘枝飛向空中。對一向和草、土爲敵的鋤頭來說，一時間散發在半空的植物混合著泥土的芳香，它是不會聞問的。

於是，像炸彈的重重一擊，在山坡留下狼藉般坑坑洞洞的重創局面，隨著執鋤者的目的，彎彎曲曲向上採取各別擊破，和逐步併吞的攻勢，直到自忖地說，或許歇息一會吧。

倘若一把鋤頭肯回頭看看，那麼它可了解這一役所帶給蔓草的傷亡，簡直可說血肉模糊。

用它來除去山坡忠誠不屈的部隊，鋤頭是游刃有餘，因此，又被重用於做全面的清除戰場的工作。清除戰場是需要賣力的，一堆堆潰敗肢解或仆倒的蔓草被堆高，被遺棄在計畫暗中重整旗鼓的殘餘部隊身上。一條新的小徑至此已有雛形，以很粗糙難堪的模樣介入野地。

至此，也無人聞問。縱使被堆積一旁的蔓草，用一把火燒得灰飛煙散，也不會在國有野地上留下任何汙點。

但是，野地一點也不需要小徑，固然它一絲辦法也沒有。

鋤頭在野地中只有兩個簡單的作用，一種是闢爲菜圃，另一種是除草。我見過一條新小徑，就是從梯田式菜圃邊緣開始的，有了它，鋤頭即可以開挖出更多的菜圃。不過，經過短短一年半載，菜圃也會因其他不明的原因而荒廢，鋤頭也束之高閣。但這種情形不斷在野地裡反覆上演，新的小徑也不斷地出現。

而順著新小徑走，就不免暗暗心驚，鋤頭一路大開殺戒般留下的無辜、殘酷的記號，總會令人不以爲然的生厭。一把再鈍再沉的鋤頭，總有機會對蔓草進行蠶食的威脅，給野地造成壓力。

再陡斜的坡地，也阻止不了鋤頭的凌空結實的重擊。於是連剮帶扒，即使是居高臨下最尖銳的部隊，也唯有節節敗退，而一潰塗地的餘眾則紛紛在一落一起之間滾下坡地。新的小徑繼續朝未知的方向前進。

對不擅於辯白以表明自己立場的野地而言，鋤頭意味著一次又一次對自然的征服。但偶爾我也見識到野地對新的小徑做出象徵性的警示，如一條山麓向下橫橫切穿小徑的溪流，或幾株不賣帳硬是橫臥小徑的斷木。再駑鈍的人都知道，在舉起鋤頭，占有坡地之前，還得靠蔓草穩住身子前進。無論如何，小徑之仗並不曾永久的取得勝算。

但，一把鋒利無比的開山刀，卻可能在新的小徑未完全取得全面的勝利前，已迎頭而上。

開山刀很清楚，在鋤頭未能殲滅所及的地方，只有它輕巧靈活的利刃辦得到，而且它才是專門用來應付從四面包圍過來的無數後援部隊的利器。每個野地的開山刀執有者也明白，想在荒煙蔓草中另闢蹊徑，或突圍，誰也抵擋不了。

可是，野地一點也不需要小徑，即使是任何藉口所闢出的羊腸小道。

在任何季節的野地，蔓草努力，悄然地修復傷痕；但在另外一邊的開山刀卻用力揮動著，毫無章法地對著坡地擠滿的蔓草後援部隊迎頭痛擊，再加以踐踏過去。因此在新的小徑某段坡地的巷戰中，總怵目驚心地看見被腰斬，卻仍屹立的半節蔓草，隱約還聽見它們身首異處的最後嘆喟，殘留在野地附近。

我見過一條新的小徑，小心翼翼而隱祕地延伸於彎曲的坡地上，兩旁一臂遠的鄰近蔓草全有被斜斜不整削過的明顯刀痕，一路繞過幾個轉角，地上並布滿被踐踏倒臥枯死的蔓草堆，順著前進的同一向鋪造成一層厚軟的地氈；而依舊不屈的，偶爾會有蜻蜓飛至前來巡禮，蛺蛾則靜靜地停在倒臥者身上悼念。

每一把出鞘的開山刀也都知道，當它輕而易舉削過蔓草不及盈握的枝幹腰身，那也意味著草草顯露跡象的新的小徑，亦得付出小小的代價：春風吹又生的復土計畫，會在最短時日內，讓新的小徑迅速感受挫敗的窘境。其恢復舊觀的速度，也會令開山刀倍受嘲諷。

這一切都在野地蔓草和時間的盤算之中。

遺憾的是，我仍不可避免的被新的小徑吸引，往前察看有什麼祕密隱藏在那幽深曲折的野地中，藉由開山刀的衝鋒陷陣，凡是阻擋去路的，都躲不過它的砍殺而現出血路，那種陰涼、寂靜、詭異般的氣氛，即使日照當中，也會在經過林子的營造下，湧起某種危機重重的意識。

這種莫名留滯心頭的意識，或許可從一隻被鐵夾陷阱夾中足踝，而露出白森骨頭，仍一跛一跛艱困倖存的野狗身上得到一些見證。但有時是一處傾圮失修，荒廢陰森的古老舊屋半藏於黑暗的糾結樹影蔓草中；有時是數支十字弓的短箭殘留在小徑路旁的樹身上，各形蜘蛛網已搶盡先機在小徑上架設起無數路障；或是一團被麻布束緊，或是身軀乾枯的貓的屍體，被冷冷地掛在一抬眼、轉彎的樹頭。

新的小徑，說明了某些事的發生，至於早被遺忘，依然守候在小徑某處的鳥網，只是不負責任地躲在暗地隨風搖擺罷了。

開山刀、鋤頭，以及推土機似乎被不同人加以利用，但同樣都從不見經傳的野地蔓草中攻堅而入，蜿蜿蜒蜒進行一場官員也不曾發覺的殺戮，一場沒有搖旗吶喊、一面倒的野地戰爭。

我之所以倍感殺機重重的不安，通常也置身在戰爭結束之後的新的小徑中，才會深刻感受到一些難以測知的險境，彷彿隨處潛藏著。有一回，我循著一條新的小徑緩緩前進，在穿過一處兩山之間的隘口之後，整片半山被墾荒後的甘藷園眞相，令人駭異，但小徑卻又切過甘藷園一角，持續朝一隅的山後延伸，再穿越一片複雜竹林，向另一處野地深入。在野地的某處草叢，布置著精巧的吊子和掩飾的鐵夾。

野地一點也不需要小徑，也不需要開山刀、鋤頭和推土機。要衡量野地是否豐饒，那要看供養了多少野生動植物，而不是以出現於小徑周邊的小經濟作物和陷阱有多少來做標準。這一點，擁有野地的人始終未曾學會。

賞析

作者陳煌，本名陳輝煌，1954 年生，臺灣高雄鳳山人，曾任《風尚》雜誌總編輯、《工商時報》副刊主編等職。早期作品多是小品抒情散文，如《夜，走在小鎮》、《陽關千唱》、《眾神》等散文集。三十二歲左右開始轉向自然生態書寫，如《大地沉思錄》、《百葉窗》、《人鳥之間》、《大自然的憂鬱》、《啁啾地誌》、《鴿子托里》、《野地協奏曲》等書。

如同其他生態散文作家一般，陳煌的作品也是實地觀察所得，他自陳書寫過程「必須仰賴實地的觀察，再將觀察的養分變成創作的營養，透過文字的整理和思索的過程，化為一篇篇具備有自然生態骨架，卻又兼具散文藝術表態的創作」。在文字整理上，他自言「盡可能以感性的筆調來描述理性的自然生態事件，甚至適度的加上我自己的觀點」（《野地協奏曲》自序：〈我的自然生態散文〉）。其實除了實地走訪以外，西方自然書寫的經典作品，也是陳煌寫作的重要源泉，特別是李奧波的《沙郡年記》，陳煌作品中所透顯的環境倫理觀與表述方式多襲自此書。

〈野地小徑〉一文，以「野地」與「小徑」對舉，分別象徵「自然」與「文明」，兩者是「被宰制者／宰制者」的關係，作者顯然極力捍衛被人為破壞殆盡的野地，認為應還給它原始的風貌。在字裡行間，可讀出人類的顢頇與自是，以及大自然的無言包容與自我修復的功力。雖然荒野與文明不必然永遠存在著對立，但作者以強硬的姿態，充任野地的代言人，提出野地的吶喊——「野地一點也不需要小徑」，正好說明人類常以主觀的力量宰制「他者」，儘管文中無能化解兩者的對立場面，然卻能予人當頭棒喝之感。

問題與討論

1.「小徑」代表人為的開發，象徵人類的恣意妄為，作者在文中如何進行批判？
2.「野地」係指自然荒野，在面對人類的宰制時，它能自我修復嗎？

3.荒野與文明有沒有和解共生的機會？如果有，那麼該如何做？若無，為什麼？

延伸閱讀

1.王灝，〈對土地的憂思——讀陳煌散文集《大地沉思錄》〉，《文訊》23 期，頁 175-178，1986 年。

2.余光中，〈他的惡夢是千山鳥飛絕——陳煌的生態散文〉，收入陳煌《人鳥之間・冬春篇》，臺北，光復書局，頁 3-16，1989 年。

3.蕭新煌，〈鳥與人〉，收入陳煌《人鳥之間・冬春篇》，臺北，光復書局，頁 27-29，1989 年。

4.羅青，〈如何寫一篇文不對題的鳥序〉，收入陳煌《人鳥之間・冬春篇》，臺北，光復書局，頁 17-25，1989 年。

5.吳明益，《以書寫解放自然——臺灣現代自然書寫的探索》，臺北，大安出版社，2004 年。

漂鳥與蟬聲／王家祥

四、五月，所有的冬候鳥陸續飛離臺灣。六月，蟬聲開始大量氾濫遠播。最遲一批的候鳥群也趕在五月底左右飛回北方，回到牠們的原棲息地，生長的故鄉，我不明瞭這世世代代遷移的演化奧祕和鳥類辨識方向的能力。我只知道這一趟飛行遠達幾千里，因多數漂鳥的故鄉遠在夏季豐饒的西伯利亞。

當夏季正式開始時，蟬的幼蟲從生長的土中爬出，在草地或樹枝上蛻皮羽化成蟬。然後展開不分晝夜的鳴叫，直至死亡。蟬的一生極大部分待在土中，有的幼蟲期甚至十七年才老熟。牠們爬出土底，掙開皮囊後，所剩的時間已不多了。不停地鳴叫只有一個目的——和大多數候鳥奮力遠渡大海，飛回故鄉的目的地自古相同。在西伯利亞，在中國北部，空間的綿亙是候鳥繁殖的一大障礙。而生命的短暫對於蟬是一項挑戰，有限的時間使得牠們必須努力炫耀整個夏季，完成生命的替換與接續。

愛鳥的人士目送走候鳥群後，就開始聽見起蟬聲來了。他們逐漸收拾好長筒望遠鏡和一整個春季目眩的眼睛，在滿山滿谷的蟬聲中，仔細用耳朵聆聽山鳥的鳴聲，並且試圖分辨牠們。

候鳥群的飛離，使我不免有些悲傷起來。在坦闊的泥沼地，暴露的河床，和一望無際的河口沖積扇，彈塗魚、螃蟹、貝類與紅樹林在這裡繁殖生長。這一帶貯藏豐富的食物和良好的棲息環境。水鳥們選擇了這裡度過冬、春兩季，豐富的食物爲牠們貯備了充沛的體力，以準備夏季來臨時的長征。

在河口的長堤上，我見到了始終如一的空曠，屬於天與地的，以及大海與藍天。而千百隻水鳥飛掠水面，嘎然長鳴，更在這天與地的接續邊緣劃下一道闊麗的氣勢。如今候鳥的飛離，使我不得不暫時結束在曠天闊地的遨遊，帶著行囊和觀察筆記躲入松鼠的家鄉去接受森林和山鳥的包圍。

我的經驗是，大雨過後，溪裡的魚兒餓得特別凶，容易上鈎。今年我還發現，當午後嘹亮的蟬聲突然全部中斷，夏日竟由滾沸轉至寂靜時，暴雨就要來了。而我則該早點收拾妥釣具和雨衣。

印第安人説仲夏是漿果成熟的季節。似乎一切都已事先安排得秩序井然，時間一到，山刺番荔枝與水麻的果實就掉落池塘裡，成爲魚群的食物。蟬的幼蟲準時爬上地面，而食蟲的鳥類早已準確等待著。松鼠仔細搜尋過每個成熟紅豔的百香果，留下青澀的部分被我這個人類驚喜拾獲。我懷疑自己早已失去在野地求生的本能，習慣人工栽植水果的肥美甜汁，而無法適應藏滿山間小徑裡的蛇莓和懸勾子的青澀。

結果是這樣的——成熟蛻皮後的蟬並不進食。我們在夏季裡擁有撿拾小果實的喜悅，在黎明時被雀躍的陽光和蟬鳴一齊喚醒的經驗，然而蟬在爬出泥土時，就已注定牠要邁向死亡。夏季對蟬是愉悅的季節嗎？交配產卵是一種使命或是一種愉悅？抑或兩者皆是。令人覺得那麼一點點悲傷的，我們總嘆息蟬的生命短暫，而在大榕樹下發現滿地的蟬殼。似乎我並不贊同蟬的生命短逝且同情牠。第一批破土，蛻皮的雄蟬開始鳴叫二至三天，吸引雌蟬交配後就死去，其間接連不斷有新蟬加入，老蟬死亡。因此一整季夏日接續不斷的蟬聲是由無數群年齡不同的蟬接連而成的完美成就。生命的豐富足足令人驚訝。

至今科學家仍無法完全明瞭使候鳥群遷移的奧妙，但我確信在鳥族中它是趟嚴肅的旅行。值得冒著中途體力不濟，掉落大海的危險，用生命來挑戰的一件大事。

觀察鳥類是一項愉悅且充滿驚奇的嗜好，甚至引導我進入哲學的思考之中；遠古與既往的、現今的，以及將來之邁向宇宙時空。我們通常不願承認其他生物的智慧及尊嚴，認爲有辱自己萬物之靈的地位。可是往往在觀察研究自然之後，卻又不得不佩服與讚嘆生態與生物運作之巧妙與智慧，並且從中學習模仿。

一幢紅磚樓的窗外長著一株黃槐。更令人興奮的，我在黃槐樹上發現一窩綠繡眼的巢。從窗外望出去，恰好清楚地觀察到巢內的一舉一動。幼鳥身上新長出的羽毛清晰可數。公鳥和母鳥並未發現窗户的作用，仍和往常一般忙碌進出餵哺張大嘴巴的幼鳥。牠們回巢時小心翼翼且極慧黠。先在附近的樹上迂迴穿梭，躲進藏出。當我眼花撩亂之時，牠們已一溜煙地躲回隱祕的巢中。從不直接飛回巢口，以及事先故弄玄虛是牠們回巢時的基本動作，偶爾還會靈活地跳躍在樹枝間觀察附近的動靜，預防敵人窺伺。

我到東方環頸鴴聚集的河床上尋找牠築在沙地上的巢。我常常無法辨認出東方環頸鴴僞飾極佳的蛋和巢，它們的顏色和沙地幾乎是相同的，蛋殼上的斑點讓人誤以爲是沙地上的小石子。起先我會擔心認不出腳下的巢，誤踩破了蛋。直到有一次，我又不知不覺挨近一處地上的巢，突然在相反方向，一隻環頸鴴痛苦地鳴叫。我回頭看，發覺牠的翅膀似乎受了傷，在沙地上半起忽落地飛著。那時，我深深被吸引和困惑住了，逐漸提回腳步，走向那隻受傷的鳥兒。等我離開築巢的地點很遠，那隻鳥兒的翅膀卻又變得完好如初。當我明白那時正走向鳥巢是後來的事了，在千鈞一髮之間我適時受騙。書上說這是東方環頸鴴慣用的「擬傷行爲」。

早晨的空氣中有一種更精緻的味道時，在葉上的反光更純淨也更明晰了。蟬是一種早起勤奮的昆蟲，甚至勤奮得有趣。我在清晨的洋紫荊樹上發現兩隻蟬，其中一隻顯然是雄蟬，劇烈鼓動腹部，發出嘹亮的鳴聲。那麼另一隻動也不動，一定是母蟬了。雄蟬奮力鳴叫，無疑地想吸引她注意。我耐心等待下一場好戲上演，卻又不時地爲那隻雄蟬暗暗焦急。時間在清晨中載浮載沉，母蟬似乎無動於衷，動也不動。到最後，雄蟬終於放棄了鳴叫，鼓翅飛離。我心中納悶著，試著去搖動樹枝上的母蟬，才明瞭，原來那隻母蟬早已僵硬死去。那一隻多情的雄蟬枉費了大清早的勤奮鳴叫。

梭羅的日記這樣寫著：一位農夫先生告訴我說，有個禮拜天他到他的穀倉去，因爲無事可作，就想去看看在穀倉裡的燕子。老鳥正在哺育幼鳥，他坐在不到十五呎遠的地方，仔細地看著。那裡一共有五隻小燕子，他很好奇地想知道每一隻小燕子怎麼分配到該得的食物：每次在大燕子帶來一隻蒼蠅時，挨近巢口的那隻小燕子就吃了，然後所有的小燕子依次挪動一個位置，讓下一隻小燕子挨近巢口，吃下一隻蒼蠅；這種次序毫不改變，同一隻小燕子絕不會連續吃到兩隻蒼蠅。後來老鳥帶來一隻很小的蒼蠅，吞了這隻小蒼蠅的小燕子卻沒有離開牠所占的位置，仍在那裡等著吃下一隻蒼蠅。可是當老燕子帶著一隻普通大小的蒼蠅回來時，牠大聲斥責著那隻小燕子，一直到牠挪開了，讓下一隻小燕子來吃那隻蒼蠅。

我們是否得重新學習對自然的敬畏？對萬物的尊重？我想，答案肯定無疑。敬畏自然萬物，即是敬畏生命，尊重智慧。對自然存著一顆心的人們隨時可拾取野地裡的智慧。我們需要用肌膚去接觸風、霧、泥土、溪水以及樹葉。用耳朵去辨識蟬鳴與鳥聲，泥土崩落聲與枯枝折斷聲，用眼睛去描繪岩石的紋理、葉脈的構圖、蝶翅的彩紋。而後，自然漸漸與我們心中連成默契，使我們的眼睛更銳利，聽覺更靈敏。

我們需要到野地裡去尋求滋養。到藏著鷺鷥和秧雞的沼澤去，聽沙鷗的鳴叫；去看五節芒在風中輕舞的姿勢，在那裡只有一些更野也更離群獨居的鳥類築巢，還有蛇用肚子貼著地面爬行。在我急於要探索和學習一切的同時，我清楚我們永遠也不能擁有足夠的自然，而有些生命在我們再也不會去的地方自由自在地繁殖著。

很少有人到樹林裡去看樹木怎麼活著，蟬如何叫著。許多人已逐漸失去對周遭自然變化的敏覺。我們漸習於科技的洗禮，在有限的空間活動，看有限的視野和單調的顏色。在都市裡，我們連呼吸原始空氣的自由都被剝奪，所謂文明之一，即是在空氣中加料，加各種各樣的浮塵及廢氣。在都市裡，我們的皮膚越來越白，骨頭越來越鬆軟，因我們酷愛冷氣房，陽光離我們越來越遠。我們不久前就和大自然斷了交往。

在敬重自然的哲學中，認識與觀察是一個自然愛好者最基本的修行。我認爲，自然本身是一種宗教，也是一門哲學。這門宗教的修行者我稱之爲自然觀察者。自然觀察者在山野沼地以苦行僧的宗教精神來親近自然，接近一草一木，了解萬物間運作關係，並且時時思考。

我説自然裡到處充滿了令人驚異的音樂；流水有音節，行雲有節拍。當然它們的樂音自異於人類都市裡複雜的曲調，多數單純恆永，清靈隨喜，在許多宗教音樂中，可以找到似同的清音。如此緣由，我説自然即是一種宗教，也許是世上所有宗教的靈源。自然觀察者自不需暮鼓晨鐘相伴，不需木魚佛珠修行。

但他需要一點詩人的摯眞、畫家的眼光、學家的訓練，及宗教的悲天憫人。哦，不，我應該倒過來説，自然觀察者浸禮於原野沼地，他所掬飲的溪水出自草原和森林泡過的茶，到處有愉悦的事物在觀察的日子裡發生，四季的變化應是悲喜同源，一個生命的結束只不過是另一個生命的展開。如此緣由，自然觀察者毫不經意地擁有詩人、畫家、哲學家的氣質。而悲天憫人的胸懷即是他修行訓練的最終目的——學會了如何敬重自然，珍視生命。

了解候鳥群遷移的艱辛危險但仍勇往直前的意義，夏季的成蟬死亡與生命延續的宿命故事，那麼人世間一切小痛反觀便不成痛了。

眞正的大痛在於人類捨棄自然的慘酷經驗。存在於人類體內若有似無的自然因子久未經生命母體愛潤，也許將在無形的吶喊聲中沉溺消失。於是各種光怪陸離的現象逐漸出現，我們沉淪在陌生的非生命形體之中，心靈與生理上活得愈益痛苦。

今年秋天，候鳥群飛回臺灣時，我只能消極地盼望牠們還能夠找到下降的地方，棲息的場所。聽説在那兒河口地要蓋一座電廠。是不是得先打一發電報去詢問候鳥們習不習慣火力發電廠做牠們的鄰居。或者乾脆不要著陸了，南洋群島也許過幾年才會蓋一座相同的電廠。然後我們可以下一個簡單的結論：候鳥和夏蟬肯定一輩子也見不到面，我們知道牠們將歸於昔日。

賞析

王家祥，1966 年生於高雄岡山，國立中興大學森林系林學組肄業，曾在《自立晚報》副刊寫報導文學，退伍後從事臺灣自然生態寫作，又擔任《臺灣時報》副刊主編，並曾加入「原舞者」舞團，浸淫於原住民文化。此外，也曾任高雄柴山自然公園促進會會長、高雄綠色協會理事長等職，用筆及行動，呈現他對土地的關愛。

堅持理念而不在意世俗價值的王家祥從年輕時便已顯露與眾不同的性情，高雄中學肄業，卻以同等學力考上心中的志願森林系，又因大學教育中的森林保育觀念強調經濟效益，與他的理念相去太遠，加上過度投入學生運動而休學。儘管他沒有高中、大學文憑，但他的創作力豐沛，觀察敏銳，思想澄淨。基於對森林、土地及原住民文化的熱愛，他一方面長時行走於臺灣田野，記錄動植物的消長與生存面貌，發現因土地開發而嚴重破壞生態的現象，希冀「挽救城鄉剩餘的荒野」，遂成就了多部生態散文佳構，如《文明荒野》、《自然禱告者》、《四季的聲音》等；另一方面他試圖從原住民文化中尋找一種理想的「人與土地的關係」，將在現實中無法實現的「人與荒野和諧共存」之理想世界轉託於小說之筆，於是書寫了一系列的臺灣歷史小說，如《關於拉馬達仙仙與拉荷阿雷》、《小矮人之謎》、《倒風內海》、《山與海》、《魔神仔》等。

王家祥的生態書寫慣常以文學感性描寫自然知識，以空靈的哲思體貼土地微物之美。〈漂鳥與蟬聲〉一文前半細膩書寫賞鳥與聽蟬的經驗，透過候鳥群的來去，見證臺灣原始海岸的豐沛天然資源，而炫耀整個夏季的蟬鳴，則代表生命的替換與接續，象徵生命的圓滿豐富，作者又細心觀察綠繡眼的哺育巡防、東方環頸鴴的擬傷行為，以及多情雄蟬的徒勞嘶鳴等動作，在讚嘆大自然巧妙運作與生物智慧之餘，進一步反思人類自稱萬物之靈的傲慢無知，於是，謙虛卑下方能重新學習敬畏自然、尊重萬物——這個觀念遂為文章後半的鋪陳重點。作者將自然荒野視為修道場，是理解靈性的管道，因為「流水有音節，行雲有節拍」，而且是「單純恆永，清靈隨喜」，故它本身就是一種宗教，也是一門哲學，需要人類釋放感官去親近體會，並能時刻思考，如何敬重自然，取法乎自然，以降低文明帶來的生命斲傷與沉淪之痛。

問題與討論

1.作者如何透過對漂鳥與蟬聲的觀照直指生命課題？
2.作者視自然觀察者為宗教的修行者，並同時擁有詩人、畫家及哲學家的氣質，何以故？試說明之。
3.您曾經傾聽大自然的樂音嗎？您曾經觀察生物的作息行止嗎？請分享您的經驗。

延伸閱讀

1.王鴻佑，〈在文明與荒野之間靜心觀察與思考——王家祥要作個自然禱告者〉，《新觀念》，95期，頁80-88，1996年9月。
2.郭玉敏，〈當代成名作家訪問錄——訪王家祥〉，《臺灣新文學》，6期，頁26-32，1996年12月。
3.許尤美，〈以自然為道場的修行者：論王家祥對「土地」的認知〉，《臺灣自然生態文學學術研討會論文集》，頁174-205，2001年。
4.王文仁，〈在城市的邊緣思索——試論王家祥自然書寫中的「荒野」〉，《臺灣的自然書寫——2005年「自然書寫學術研討會」論文集》，臺北，晨星出版社，頁403-423，2006年11月。

鐵魚／廖鴻基

船尖掘起白漾漾水花衝浪邁出港堤，湧浪聳揚起伏，船身顛簸搖晃。

曙光從天邊雲縫綻裂出一道道火紅朝霞，點點破曉波光漂搖海面。港堤外，數十艘漁船張展著長杆徘徊穿梭在晨霧中。氣象播報說將有鋒面過境，漁船仍被鱰魚魚群吸引傾巢而出，像螞蟻覓食般集結盤旋在近岸海域。一群鷗鳥啼叫出嘹亮聲音在船群上空盤桓；飛魚鼓動蟬翼般的薄翅滑翔海面；鱰魚輪動跳躍如騎著湧浪緊追竄逃的飛魚。

黑潮脈脈汩動，溫紅色旭陽撐張霞紅雲彩浮起海上。海湧伯握緊舵柄，僅讓船隻擦觸過船群邊緣，船頭旋即右偏，船隻若一顆流星脫離了那熱鬧如早市的豐盛海域。已經好幾天了，海湧伯似乎對那性格暴烈的鱰魚失去興趣。每天出航前，海湧伯總要站上船尖，晨風翻過長堤振動他的衣袂，海湧伯提握住鐵鏢拉直鏢繩抬頭凝望黑底透藍的天空。晨禱儀式默默進行著。我知道，海湧伯在期盼一條大魚。

每個討海人都曾做過大魚的夢。縱然寬廣無垠的大海中，再大的魚也不過是芝麻粒點，憑船隻有限的航程，碰到大魚的機會幾乎微乎其微。但總有少數幾艘像海湧伯這樣的船，他們放棄季節魚群的誘惑，遠離鼓噪成群的漁船，在海上馳騁逐夢。像一匹孤獨的狼在荒漠大海中尋找另一匹孤獨的狼。

好幾天了，我們只順路捕獲少數幾條鱰魚。熱鬧滾滾的港口漁市，擺滿了其他漁船豐收的鱰魚。有人勸海湧伯；「一天兩、三百斤放在海底，你在瘋什麼？」海湧伯沒有回答。

船隻離開船群一段距離後，海湧伯爬上塔臺，傾斜晨光將他臉上的皺紋解析突露彷若海面皺起的風痕，他兩眼茫然遠望似無焦點。也許，在海湧伯心中，自有其不同於其他船隻的視野。蓊鬱遠山，清藍蒼穹，如絲如緞揚動無邊的澄藍大海，船隻擺脫繁華巡遊在單調的藍色視野裡。我曾經告訴一位岸上的朋友：「也許我們相距只短短數浬，我站在船隻塔臺最高點，這個高度遠低於你在岸上的任何位置，我看到了你在岸上看不到的遠山，看到了城鎮高樓都被壓縮模糊成一道山海間的雲煙……我在海上，擁有與你迥然不同的視野。」

塔臺一陣抖擻。海湧伯拉緊油線，單手掄動方向盤，船隻傾斜著迴首衝出。海湧伯似是看到了什麼！如在沉藍的夢裡驚醒，我踏起腳尖循著海湧伯直射視線在海面上摸索他眼神的焦點。可能是一根漂流浮木；一片被潮水聚攏的泡沫水波；一條曲捲的斷纜……也可能是一群海豚；一隻探頭的海龜……不是海湧伯殷殷期盼的大魚。

「幹——」海湧伯鬆手緊繃的油線隨口罵出。船隻瞬間癱軟下來。我們如被托上峰頂而後鬆手衝落浪谷。幾天來，我們在高低起伏的湧浪間大幅擺盪，從點燃湧聳希望到灰燼冷滅，船隻總是衝得太快。

海洋如一面鏡子反射日光，我們站在塔臺上，酷熱陽光從上從下烤曬我們一整天，我們像懸在竿架上曝曬的魚乾。海水波動無常，有時我們的視線能夠切入水面，看到一絲絲溶在水裡搖擺的金黃陽光絲線，有時，海面像覆蓋一層亮光胄甲，視線變成一把魯鈍的刀，如何也切不進堅密光閃的海面胄甲。海洋的寬廣、深沉和善變，提供了大魚無限的迴旋空間，而我們只能在單一平面，用毫無把握的期待來圖繪大魚的夢。

又是一陣聳動，三百公尺外，大片赭紅浮潛水面。引擎捶動雷鳴，海湧伯眼神如犀利鏢尖，顴骨咬牙鼓起，鼻側褶皺，臉頰顫跳不止。

二百公尺，排氣管噴出火花，海湧伯姿態僵硬如隨時就要爆炸的氣球。

一百公尺，一根似是魚鰭的灰黑翼片掃出水面又即刻沒入海水裡。我們怕跌得太重仍不敢縱火燃燒希望。

五十公尺，海湧伯鬆手油門，手掌掃來打中我的胸膛。

「鐵魚！」海湧伯大喊一聲。

喊聲昂揚粗獷如一聲破雷。多日的抑鬱沉悶都隨海湧伯這聲沖天叫嚷剎那煙消雲散。那幾乎有半艘船大小的寬敞魚體，赤裸裸橫躺船前。

鐵魚，一般稱做翻車魚，唯有討海人叫牠鐵魚。事實上，牠周身柔軟，和「鐵」字所呈現的堅硬意思似乎毫無關聯。除了表皮暗褐粗糙，牠體內全是白皙皙軟骨和雪白嫩肉，沒有一根硬骨頭。討海人用鐵鏢刺牠，只要擲鏢手尾使點狠勁，鐵鏢往往都能刺穿牠的身體。

這是一隻我們夢寐以求的大魚，一隻巨大的鐵魚。

「下去！」海湧伯喝斥著，語調裡壓抑不住火樣的亢奮。我從塔臺跳落跌跌撞撞衝進駕駛艙，心跳鼓鼓捶打，氣若哽窒住了喘不開來，面對這樣的大魚，我慌亂得手足無措，我很懷疑我們是否具備足夠能力來對付這樣的大魚。

舵柄彷若舉棋不定在駕駛艙底搖搖擺擺，我伸手碰住舵柄，眼睛一抬，海湧伯以一股永不回頭的氣勢已經釘立在船尖上。鐵鏢夾挾在他右腋下，鏢尖斜向右前指住鐵魚，海湧伯兩腳弓膝身體傾出船尖外，左臂高舉揚動，指尖頻頻點頭向前。這是海湧伯在告訴我，他毫不猶豫的強烈企圖。

在海上，除了罵人，海湧伯很少開口說話。平常時候，我在駕駛艙掌舵，他在船尾放鉤或是在船前收拉魚線，他要的方向角度和動力大小，往往都是頭也不抬的就那麼隨手一揮。有時我貪看海上風景看漏了他的手勢，他手上漁線的拉力和角度會讓他立刻察覺到我的疏忽。這時，他挺住漁線緩緩抬起頭，表情像一頭齜牙咧嘴就要衝撲過來的惡狼，一連串既狠又毒的咒罵，蓋過引擎響聲，毫不留情的霹啪刺殺過來。這養成了我在海上的習慣，只要扳著舵柄，我的視線不會離開海湧伯身上。漸漸的，他的每個手勢動作，我都能清楚明白。有一次上了碼頭，海湧伯拍住我的肩膀說：「大聲罵是爲著將來。」

海上作業，每個動作必須熟練而且完美，尤其當漁繩拉力遠超過手臂挺得住的氣力時，即使是一個小小繩結錯誤，一個些微疏失，甚或只是一個腳步踩錯繩圈，都有可能危及生命安全或是造成魚獲損失。

我左擺舵柄，輕扯油門，讓船尖與鏢尖順成一直線。海湧伯連串的手勢反覆在告訴我，船隻以正確方向和穩健速度接近浮躺著的鐵魚。他凌空指揮著讓鐵魚從船前右側轉出，這時的距離不到十公尺，海上鐵魚活鮮鮮轉入我的眼網裡——牠隨著波浪搖擺如沉睡海面的一張大搖籃。

我屏住呼吸，唯恐任何多餘的聲響驚嚇到海上鐵魚，儘管船隻和鐵魚的距離已迫在眉睫，但只要驚嚇到牠，只要牠匆匆潛下一、二公尺，我們大魚的夢將即刻瓦解破碎。

鐵魚會在大太陽及南風天浮出海面，像在海上做日光浴般翻倒平躺在水面上。南風徐徐，海波爲床，牠大片身體懸浮在波浪頂端，兩片尾翼舒張鬆垂，那是慵懶無骨無比舒適的姿態。看著鐵魚沉睡的模樣，我想到南洋海灘椰影樹下隨風搖擺的吊床。討海人講起鐵魚，總愛用既羨慕又嘲笑的口吻說：「起來吹風曝日頭乖乖在睡吶。」

最後五公尺，海湧伯左掌急轉翻下，指尖向下急躁拍打。我即刻退掉油門，船隻藉慣性衝力順勢緩緩滑行。海湧伯讓船尖以最安靜的腳步躡近鐵魚身邊。

眼看著船尖就要騎上牠的身體，鐵魚睜開眼，瞪看船尖一眼，尾鰭甩動，好像很不耐煩我們吵鬧了牠的睡眠。我從沒看過這樣大塊而且大方的魚體。

鐵魚外型古怪，像正常魚體斷了半截。牠尾側長著一列波浪狀尾裙，兩片大三角尾鰭長在尾裙上下兩端，像魚體伸出去的兩根搖槳。牠動作溫吞緩慢，一副與世無爭聽天由命的慵懶模樣。牠隨波逐流像個海上浪子，牠身軀肥碩龐大，動作雍容自在，又像個海洋貴族。

船隻緩緩停靠在鐵魚身邊，鐵魚瞪著大眼仍舊翻躺著身體。海湧伯兩手挺鏢，如高舉一根鋤頭就要搗下泥地。

好幾次夢見大魚，每個大魚的夢境都很相似。我夢見大魚懶懶的被拖拉上岸，大魚眼珠子無塵晶亮閃耀光芒，牠的血水和體液黏瘩瘩拖流了一地，一股血腥臭味瀰漫。

海湧伯出鏢剎那，一陣北風吹打在我臉上。被鐵鏢刺中後，鐵魚翻身立起，高大的上尾翼緩緩舉出水面，溫吞吞搖擺兩下。海湧伯用淒厲的聲音大叫：「兩隻！」我怔住顫抖了，為牠慵懶的逃生態度，為了我看到兩片尾翼幾乎平行貼住同時豎起。那可是兩條鐵魚一上一下疊躺在一起？就連中鏢翻身間，兩條鐵魚幾乎沒有距離摩擦著肌膚緊緊依偎在一起。

我隱約聞到夢裡那股血腥氣味。

兩隻鐵魚如一對水上芭蕾舞者動作一致的在海面搖擺一陣，拖住鏢繩潛下水裡。海湧伯斜身俯在船尖，眉頭皺起撐住前額髮根，鏢繩磨過他手掌汩汩竄出。我推動船舵，敲響引擎，船尖追住出繩方向盤旋。陽光沒入流雲裡，海面掀起茫茫白波，鋒面下壓天候遽變，原本亢奮的「大魚心情」瞬間翻轉覆沒，一股不安的氣息隱隱擾上心頭。

北風越吹越急，船尾管架裂縫呼嘯出陣陣尖銳哨聲，滾白浪花綻翻在脈脈浪丘稜頂，海湧伯苦苦撐住，鏢繩直挺挺垂下舷邊水面。船隻止住，我想到船底深處苦苦掙扎的鐵魚，海面上，海湧伯有我做伴，有我接手沉甸甸的鏢繩，不曉得海面下牠的伴侶是否仍陪伴依偎在牠身邊？我回想擲鏢前後牠的溫吞模樣和瞋視眼神，牠可是爲了用牠大片身軀做爲保護傘、做爲盾牌，來保護貼身在牠身體下的伴侶？

海上成雙成對出現的魚不多。鬗魚和海豚雖然有明顯的雌雄配對，但牠們通常群體出現，而且在伴侶同游之間保持著有機可乘的間隙。這是我第一次看到，毫無間隙緊緊相擁的一對伴侶。彷彿浩瀚大海無數生命中，牠們是彼此唯一的選擇，牠們珍惜相遇相知的情緣，這樣牢牢相守相貼。

繫在鏢繩上的大型浮筒，一下沒入水面一下翻跳上來，浮筒堅持著一點一滴耗蝕水底鐵魚的性命。我們把長鉤杆、大鐵鉤和鏈條起重機準備在船舷邊，從水底到水面，從水面到甲板，就這最後兩段距離，我們就要來圓這場大魚的夢。我感覺一陣恍惚，難道就這麼輕而易舉我們就要得到這尾以「鐵」字命名的大魚？

我坐在船舷邊等待。我眞心希望牠的伴侶已經拋棄被鐵鏢刺穿的牠遠遠離開，我又期待親眼見證一場刻骨銘心的情愛。鐵魚無塵晶亮的眼珠子反覆出現在我腦海裡，無論牠的伴侶是離開或是堅持陪伴著牠，從海湧伯出鏢剎那，這對鐵魚就注定了這場矛盾的悲劇，我又如何能夠期待更悽愴的結局？我想起看過一篇捕鯨船手記——母鯨見我們接近，並不害怕，她盤旋打轉用胸鰭托起幼鯨保護住牠。我知道，先刺殺幼鯨就等於逮著了母鯨。母鯨寧可被殺，也不會丟下受傷的幼鯨——

鬗魚被拉上甲板，會暴烈的用頭部猛力敲打船板，直到鮮血迸出抽搐著死去；被船隻鏢中的旗魚，會瘋狂的衝撞，在海水裡就了決了自己。魚類中鏢或上鉤後，通常都會兇猛的掙扎翻跳，讓生命像一顆易燃的火藥，瞬間爆炸燃燒迅速歸於寂靜。面對船隻的拘捕，牠們用火焰樣的生命，燃燒出美麗而沉痛的火花。

鐵魚已經撐過了半個小時，牠溫溫懦懦不衝撞不翻跳，只用龐大的體重和溫吞的生命和我們沉沉耗著。

大約一個小時過後，浮筒像戰死沙場的鬥士橫倒水面。海湧伯仰動下巴，船隻趨前。我和海湧伯上下交手抽拔鏢繩，鏢繩下端仍一陣陣顫動，鐵魚仍活生生搖划著牠的兩根大槳。海湧伯表情嚴肅的說：「沒看過這麼韌命的魚。」

浪濤已高仰到三公尺上下，甲板晃盪不安，高掛在塔臺側的起重機鏈條一陣陣碰撞發出錚錚脆響。遠山陷溺在一片茫茫水煙裡，詭異不安的氣息籠罩包圍著船隻。

鐵魚繞著 8 字形圈子浮上水面，果然！牠的伴侶緊緊貼住牠跟著浮了上來。牠的伴侶始終像牠的影子，跟隨著被拉近舷邊水面。我寧願相信，這是海湧伯一箭雙鵰同時刺穿兩條鐵魚。

海湧伯用起重機彎鉤鉤住受鏢那尾鐵魚，我拉動起重機鏈條。鐵鍊唰唰尖噪聲中，鐵魚被一吋吋拉離水面，那不只是鐵魚巨大體重的負荷，我感受到那是非常沉重而且沉痛的拉力，我眼睜睜看著牠和牠的伴侶被一吋吋拉開。

鐵魚被吊離水面，下尾翼仍垂在水裡。牠的伴侶舉著上翼攀貼上去，像是趁著最終一刻緊握住手不忍別離的一對情侶。

「啪啦！」一聲巨響，懸掛住起重機的纜繩爆炸般碎裂出小股繩絮。鐵魚懸空側翻，重重摔下前艙甲板，大股波浪灌進船舷，船側被這重重一擊傾側幾乎翻覆，我和海湧伯一陣踉蹌差點跌下水裡。鐵魚頭部和前段身體跌入甲板裡，尾裙和兩片尾翼橫跨在右舷上，至少上噸重的魚體偏壓在船隻右側。船隻左舷翻仰突起，右舷下沉幾乎探入水裡。

牠的伴侶靠緊右舷，隨著波浪起伏頻頻探頭張望已經跌躺在甲板上的鐵魚。船上這隻鐵魚沒有任何掙扎翻跳，只一下下搧打著尾翼，像是在驅趕牠的伴侶離開。

我和海湧伯用盡所有力氣和辦法，始終無法將甲板上的鐵魚挪進一分一釐。牠身上附生著斑斑綠藻和叢叢紫色水蝨，像一塊肥沃的花園；牠嘴巴一掀一闔發出咻咻重重的嘆氣聲；嘴角咕嚕一聲嘔出一灘血水；眼珠子仰望天空睜著眨著閃出水光。牠撐過了折磨，忍住了性命，但再也看不到牠海上的伴侶。

牠不停的搖搧尾翼，像在對牠海上的伴侶揮手告別。失去牠彷彿失去了魂魄，牠的伴侶徬徨無依呆愣在船邊，像在苦苦哀求我們。

我轉頭想告訴海湧伯，將牠的伴侶一起帶走。海湧伯俯趴在鐵魚身邊像在尋找什麼。我們這才發現，鐵鏢、鏢繩、鐵鉤和起重機……所有能將牠的伴侶鉤拉回去的工具，全被牠緊緊壓死在寬廣沉重的軀體下！像一座堅毅不動的山，牠穩穩鎮壓住船上的所有武力。

船隻啓動回航，船身劇烈傾斜，像跛腳般行走在坑凹不平的北風浪中。海湧伯放低船速，謹愼的在瞬息萬變的波峰浪谷間選擇回航通道。

牠的伴侶從前舷緩緩落到船後，距離漸漸拉開，牠尾翼劃出海面搖擺著切剖浪峰，似在奮力追趕船尾鼓起的泡沫。船前那隻鐵魚，沉沉鬆嘆出一口長氣，尾翼高高舉起，彷彿在對牠海上的伴侶說：「永別了，我的至愛。」

從來沒看過像鐵魚這樣溫弱、摯情和堅韌的魚。牠溫吞緩慢幾乎毫無抵抗的任我們折磨欺凌；牠展現鋼鐵般的堅韌生命掙住了別離前夕和牠伴侶相偎相守的每一分每一秒；牠們那相護相持不忍別離的似鐵深情……都讓我們這場海上戰鬥失盡了光采，讓我們大魚的夢沾染了血腥罪惡。

我坐在駕駛艙橫板上，一身潮溼血腥，我想起曾經告訴一位岸上的朋友：「如果能夠選擇來生，我願意是海裡的一條魚。」我恍然明白了，從刺殺這對鐵魚的剎那起，我已經永不回頭走入當一條魚的輪迴裡。我轉頭看海湧伯篤定的神色，我敢確定，他早就準備好讓自己是一條魚。

船頭破浪高仰，滾白浪花如千軍萬馬在船前崩裂坍塌，港口長堤若一道黑線隱隱浮現浪緣。船隻朝向港堤斜身危危衝浪，隨時都有可能翻覆。我低低垂下頭，不敢再看船前、船尾那兩根遙遙相送的尾翼。

賞析

1957 年出生於山海花蓮的廖鴻基，是一位擁有豐富海洋經驗及敏銳觀察力與反思力的作家。童年的海洋記憶，是他的靈糧，家鄉的遼闊大海，是他現實航線的避風港灣，甚至以三十五歲熟齡成為職業討海人，雖然從浪漫的浮海暢遊到現實的海波顛躓有著夢醒時的失落，但卻淬煉了他的意志，增長了他的應世智慧，同時也提供他最佳的文學養分，為臺灣的海洋文學催生，並在專職寫作之餘，投身於維護宣揚海洋生態之美與海域環境的繁複多樣。他曾召集「尋鯨小組」，出海探索記錄鯨豚，並進而規劃賞鯨活動；發起成立「黑潮海洋文教基金會」，作為人／島嶼／海洋之間彼此的橋樑；執行墾丁海域的「鯨豚生態調查計畫」，透過人／鯨關係的反思體會海島的多元寬廣。此外，他又組成繞島團隊，以一個月為期，繞航臺灣沿海一周，藉此開啟海島向海洋延伸的機會。他的多部作品，如《討海人》、《鯨生鯨世》、《漂流監獄》、《來自深海》、《海洋遊俠：臺灣尾鯨豚觀察寫真》、《臺十一線藍色太平洋》、《漂島》等，正驗證了他從親近海洋到關懷海洋生態環境的進程。他並非只在案牘上奮筆疾書，而是一位具行動力的熱情作家。

在廖鴻基的作品中，散文與小說兩種文類常難以分辨，因為他沒有學院派訓練的束縛，其創作靈魂純出乎大自然的洗禮，反而形成逼真質樸的獨特風格。曾獲 1995 年中國時報散文評審獎的〈鐵魚〉一篇，語言上有一種「金屬擊撞的鏗鏘之感」，內容則有「強烈的小說傾向」（蔣勳〈鏗鏘擊撞的「鐵魚」〉），往往在事件的推演、人物的對話中製造懸念，充滿戲劇性張力。作者形塑「海湧伯」這個討海人，正是漁民的縮影，海洋是他們的生計來源，此時人與海洋形成一種對抗關係。文中鋪演捕獲巨大鐵魚的過程，十分扣人心弦，在海湧伯這位專業漁人的帶領之下，「我」見證了海洋生物的優美姿態及其強韌生命力，因此作者在捕魚行為中已加入審美的觀照，儘管末了兩條相疊而出的鐵魚上演一場刻骨銘心的情愛被視為浪漫的想像，與海上搏鬥精神相忤，但這種同理心的體貼與反省，正說明人與海洋有和諧共生的可能，並開啟作者「尋鯨、護鯨」的畢生志業。

問題與討論

1.「海湧伯」是廖鴻基海洋文學中的重要人物，在本篇中，作者如何形塑這個討海人的形象？
2.捕魚行為是人與海洋生物的頡頏，但作者卻加入審美的表述，請論述其美學技巧的運用。
3.當人類必須從海洋擷取資源以維生時，人與海洋生物還有和諧共生的可能嗎？請討論之。

延伸閱讀

1.黃騰德，〈從廖鴻基《鯨生鯨世》看臺灣的海洋文學〉，《臺灣人文》4號，頁47-61，2000年6月。
2.段莉芬，〈試論海洋文學作家廖鴻基的寫作風格〉，《臺灣生態文學論文集》，臺北，文津出版社，頁233-260，2002年。
3.蕭義玲，〈生命夢想的形成——解讀廖鴻基海洋寫作的一個面向〉，《興大人文學報》32期，頁173-195，2002年6月。
4.賴芳伶，〈穿越邊界——廖鴻基流動的海洋書寫〉，《臺灣的自然書寫——2005年「自然書寫學術研討會」論文集》，臺北，晨星出版社，頁145-172，2006年11月。
5.張靜茹，〈從海湧伯到海翁——論廖鴻基海洋書寫的演變軌跡〉，《臺灣的自然書寫——2005年「自然書寫學術研討會」論文集》，臺北，晨星出版社，頁175-198，2006年11月。

九
宗教散文

導論

宗教散文，是宗教教義與文學互相滲透交融的作品，也是人類思維的產物，精神的依靠，它體現了文學形象的基本特徵，也洋溢超塵脫俗的宗教意識，更重要的是，指引人們解答生命的疑惑，開啟對理想人生的追求和體悟。各種不同信仰及教義的宗教，其闡述不同的生命本質和依歸，但基本共通的是對人性的探索和錘鍊，對眾生的悲憫和奉獻，對生命的豁達和超然，有的用苦行潛修破壞我執之迷障，有的用服務無私踐履神的旨意，有的以研讀教義勘悟生命的本質及隱藏的哲理，不同的路徑，不同的修行，但都是往生命最源起深邃處探求，向生命最光華高貴處邁進，印證人生的意義。通過文學的載體，充分傳達宗教精神對於人們心靈的強烈震撼。

神話，其實就是最早的宗教文學，它以詩歌、散文或寓言等方式來傳達各民族的根源和對宇宙自然的疑惑與敬畏，並反映人類卑微的處境及虔誠的希求。所以，神話和宗教隨著時代更替流轉，喻示著不同的內涵和導引，它並不是古老文化殘留的遺骸，它是可以歷久彌新，成為時代的精神指標和穩定力量。

宗教以完成終極目標為信仰者所追求，文學則存在著想像的虛幻，文字創作中不乏對宗教的批判、誤解和認知糾葛的辯證，且必須將宗教理論轉化為文學的形式，有個人的想像及創意，宗教散文中，宗教的成分和意義到底為何？藉由文學形式來傳達的應不只是教義的闡釋和宣揚，也不是以宗教為背景氛圍的散文創作，它應該是結合兩者共通的聲息脈動，觸及或挖掘人類內心世界的憂喜懼苦歡愁，探索生死、善惡、救贖、淨化等生命的終極關懷，具有嚴肅而深入的特質。宗教散文並試圖去尋找解答生命困境的方法，或以宗教的視野和開示破除心靈的迷障拘執，找到平和寬廣的出路，其具有濃厚的人本主義精神，及昭示一條精神救贖的道路。

宗教與文學一直有著密切的關係，就散文創作而言，現代文學作家中如郁達夫、弘一大師、豐子愷、老舍等，都有藉著記人敘事、描景抒情的散文作品，呈現其寬廣的宗教情懷及瀰漫濃郁的宗教文化氣息。除了淵源較深的佛教之外，基督教文化也以其人道及救贖，服務及奉獻的理念影響社會風氣及文化視野，許多現代作家從小信奉基督教，或接受教會學校的教育及薰陶，如周作人、林語堂、徐志摩、蘇雪林等，其創作題材和文學理念受到基督教的洗禮和浸潤，其中不乏含有宗教色彩和信念的作品。時代的動盪、社會的混亂以及物質的追求發展，形成許多亂象及精神困境，1949 年後，臺灣不管在政治或社會、經濟上都面臨許多的衝擊和轉變，因為心靈及精神的迷惘及匱乏轉而尋求宗教的寄託及撫慰，許多潛心佛法及入世修行的佛理散文亦應運而生。另一方面，基督教的流傳和拓展，使其教義普遍融入社會各族群及階層，許多作家崇信基督博愛、寬恕的精神，在作品中追求真善美的境界和理想。

現代散文作家中，涉及宗教題材和思想的作家時而可見，如琦君，以宗教的慈悲善念結合思鄉懷舊的情懷，張秀亞是虔誠的基督徒，具有堅定的宗教情操，在散文中歌頌肯定生命的可貴及對上帝的崇敬，抒情中帶有思辨及哲理色彩。蔣勳以美學、文學、宗教結合互證，有「肉身菩薩」的參悟，林清玄的佛理散文關注生活的經歷和見聞，使佛法親切平易的走入眾生，其「菩提」系列作品，平易自然的宏揚佛理，充滿祥和沖淡的佛教氛圍。簡媜以細膩的女性觀點思索宗教的身心安頓，粟耘、方杞以田園生活、鄉土回歸的生活踐履去體會形而上的天地哲理，奚淞以散文結合繪畫的方式傳遞禪思機趣，楊牧對基督的信仰有理性的探討分析，張曉風對上帝的崇敬來自於祂的無私正義及改變人的力量，呂政達以心理學的角度去挖掘人性的卑弱、罪惡和無助，以宗教的寬容力量，撫慰心靈的迷失和創傷，尋求重生和解脫，許多出家僧侶，如聖嚴法師、星雲法師、昭慧法師等亦有闡述佛理的文章或書籍的編纂，以傳達推廣淨化人生的佛理。

宗教散文作為一種以文字承載教義的文學形式，其在寫作的手法上，不管是形象的描寫、情感的表達或思想的闡述，都具有明顯而堅定的宗教意識，環繞鮮明而濃郁的宗教氛圍，筆端融匯神祕且具有審美色彩的宗教體驗和領悟，體現宗教教義與人生隱微而密切的關係。在語言文字的敘述中，常可見宗教的用語，引用經文，反映宗教信念，或經常可見一些飽含宗教特色的形象比喻，在文學美感的追求和表達的同時，也開展宗教上真、善、美的崇高境界。寫作的題材常扣緊生活的點滴，從困溺、迷惑、掙扎、省思到醒悟的過程，細膩而深切的敘寫爬梳，展露雨過天青的清明朗亮。

宗教文學作品逐漸蓬勃，受到注目，也擴大的從文化的角度思索宗教的意涵和人生的關聯，2001 年靈鷲山佛教基金會與聯合報合辦「宗教文學獎」，首度對所有華文創作者徵稿，藉由文學的形式，彰顯人性的價值，以宗教的認識體悟及生命的修行來導引開拓人生，世界宗教博物館館長漢寶德說明，「宗教文學獎」的創設正是讓讀者、社會大眾重新思索已失落的，生命裡的正面價值。藝術工作者賴聲川也說，「宗教文學獎」應該把病和藥一併呈現出來，或者也可以作為藥的本身，其藉由生命實踐來鍾鍊、救治不完美的人生，宗教文學探索一種終極的幽微的、抽象的根源，也在這個過程中，滌淨人生的種種缺陷、遺憾、罪過和悔恨，從平凡而實際的生活中印證宗教的智慧與力量，產生心靈的震撼與感動。

山中書 / 陳列

1

多次上山，作數日甚或經月的離群索居，生活的情懷，一如山間的煙嵐，或像僧人的梵唱，單純而悠遠。

早上，我常是因猴子的叫鬧醒來的。牠們大清晨就來到我的窗外，在陡坡的雜樹林裡嬉戲和採食。睡夢中，只聽見枝柯偶然的脆裂聲和樹葉的唏嗦，間或夾著牠們玩鬧的驚啼。空氣寧謐，這些輕響似近又遠，好似山中萬物正和我一起從沉睡中愉悅地甦醒過來。我把窗子全面推開，草木的味道幽淡地流入。將亮未亮的淺藍天色裡，層巒隱約，如果有霧也總是薄薄的，在林間靜凝。猴子約在二十隻左右，有幾次更且瞥見兩隻珍異的小白猴。我有時一邊漱洗，一邊和牠們相望，互扮鬼臉。等牠們走了，柔黃的晨光大抵也已出現在遠山高處的某些脊稜上，我也許就坐下來寫字或看書，帶著安貼的心情。

山中最可觀的，當然就是山了。住處的前面和側方，百餘公尺處，隔著兩道交匯的澗水，就各有一面絕壁從溪底直立而起。岩質的崖面高大壯闊，附生著疏落的芊蓁矮樹，凸顯的部分則紋路糾扭，但又好像自有規則，代表了不同岩層的年代，訴説著我不了解的千萬年前大地變動和生物存歿的往事。更多的大山盤勾交錯於溪谷的來向和去處，越遠越高，風貌神色互不相同，但大致都是一些奇峭剛毅的花崗石或大理石山嶺，整個的在我四周形成撼人的磅礴氣勢。

我很喜歡在屋頂陽臺上看這些山，看天光雲影在山間的映照徘徊。起初，每每覺得眼前的危崖峻嶺一直在對我俯瞰逼來，帶著十足威嚇的意思，強大而沒有聲息，令人驚愕。坐久了趨於靜定，我於是就會感到它的神氣靈氣；堅實的風骨幽微露現，其中有極為深醇的情趣和愛意。我終於認爲這些山是有生命的，相貌精神都類似傳說中的達摩。我專心注視著它那種奇特的不言不語，看光影在它身上散步依傍的樣子，胸中好像也在逐漸升起一座座靜默的山來，心裡陣陣神祕的狂喜。

夏天的午後，我也常去附近的一條溪谷。谷中亂石嶙峋，澗水跌撞而過，在石頭間四下奔流，並且造就了好幾處幽潭瀑布。潭水澄澈，可以看到大蝦河蟹在水底爬行，機警地貼著石壁的是石斑魚。我從沒見過那麼清明淨美的水，每次入谷幾乎都會禁不住誘惑，脫光衣服下去游幾回，累了就躺到巨石上休息。若是下午兩三點的時候，太陽已差不多移到西側高山的脊背外，谷裡曬熱的石頭正在轉涼，仰臥其上，暖意從背部絲絲滲入，慢慢在體內擴散。水聲和著蟬聲在谷內渾然激盪，偶爾掠過的幾聲鳥叫聽來更爲嘹亮。

日子就是這樣過去，消磨在管山管水裡。並不固執要去做什麼事，然而想來也沒什麼大後悔。晚上入睡前，閉目感受周遭的寧靜，我總是心懷感激。大自然如此杳漠，卻又如此可親，和我息息相關；我無法也不願割離。在黑暗中，我彷佛聽到了宇宙生命的呼吸和訓諭。我凝神諦聽。時間緩緩流過。

2

在山上，我住的是一座佛寺。寺裡的僧人有三四位，他們經常房門緊閉，大概在深究了脫生死的問題，偶爾會在庭院的花樹間走動，手裡數著念珠，閒閒地觀天。冬來時，庭中的桂花香氣馥郁，夏季裡，院子外圍的蓮霧樹果實纍纍，大殿的佛像則一成不變地俯視著冷硬的大理石地板和殿外不時生滅的遊雲。

幾次夜深時，我獨自坐在大殿的蒲團上，仰望佛陀那安詳、自信卻又帶著幾分木然的臉孔。高闊的殿內顯得虛寂。我想著他在雪山苦修冥思六年的孤獨和堅忍，以及他說法四十九年，對人間愛欲悲歡的洞察和所示現的偉大平等的同情。當我走出殿外，有時會有眾多晶亮的星子在黑色群山環護的墨藍天空裡閃爍，有時則一片漆暗，只有甜甜的空氣，以及遙遠而不知來處的風吹山河大地的聲音。我是不很相信宗教的，但在這些和佛及孑然獨處的自我面對的時候，我眞切地感到和神靈的接近，彷佛生命外層的種種虛飾和自衛正片片地剝落，使人不得不認眞去注視它的美醜，並感到幾欲掉淚。

所謂佛，或是神，或者就是那種對生命的虔敬態度，那隨著個體心靈的淨化而來的一種近乎神聖的眞摯心境吧？

有一次，在溪澗裡遇見一位行腳的僧人。引起我興趣的是，他沒有一般出家眾的刻板嚴謹，竟然光著上身在游泳，寬鬆的僧褲撩結到大腿上。我們坐在潭邊的淺水處交談。若有似無的風來自茄苳樹下的蔭影間，飄過水面，輕拂著我們裸露的肌膚。他以捧起的清水和沙石作比喻，爲我解釋無明——因生存欲望而起的盲目意志，述說有情眾生之所以迷亂顚倒的貪著和偏思，以及如何重新找回清淨。

他對心性的解說，源自於一套精微的心識體系，我難以完全領會與接受，所以後來，我幾乎只是靜靜地聽著看著。他的聲音語言，和善中略帶調皮，笑容輕淺。水和沙從他的指縫間慢慢滴落，他那顆年輕光亮的頭顱映著身後的灰岩綠樹。他的人和四周景物呈現出極爲和諧恬適的交融。佛是這麼說的，宇宙間的一切存在現象都變動不居，沒有可以捕捉的實體，因此心不應由外境六塵所感所染，但奇妙的是，正是經由面前的這些有聲有色的具體意象，我才得稍微觸到了年輕和尚言行中的一些微妙處，並且相信我們之間，甚至於我們和山岩流水之間，有著可以相通的東西。那個下午，陽光和樹葉水波一起嬉耍的那個下午，我似乎見到了一顆精進地想要從貪瞋癡所織造的世俗價值以及隨之而來的煩惱中解放而出的誠懇心靈，那裡面沒有汙濁的思慮和騷動的念頭，那是聖潔。我依稀知道了他所企望的佛是個什麼模樣。

然而這位僧人給人的那種聖潔感，會不會只是由於他棄離世間，耽溺於形上思維所致呢？我終究是個有著許多習染妄執的俗子，起心動念時不免懷疑。如果是，那就成了一種虛矯的高貴，而且是佛再三開示須將之滅除的另一形式的癡障罷了。所以我寧願認爲，對於一個掙脫出個人利害的人而言，他的心是空明的，無所迷戀和束縛，並因而對人間世相會有熱切的願行。所謂無我生大悲心，他所圖的當不會只是六根清淨或另個世界的生活，而是一個更高更大的生命。佛說苦和慈悲，基督說罪與博愛，地藏菩薩立下「地獄不空，誓不成佛」的大願，當今的天主教宗在一篇祈禱詞裡也說過，自由是扛負他人重擔的感覺。他們都認爲沒有個人的救贖或幸福。

如此想來，寺院這種作爲心志磨練的場所，也可能被當作逃避人世憂慮的地方的，佛法則變得高寒僵澀。我確曾見過一些僧人只是一心往生西方，因虛無恐懼和依賴之類的心理而強力苦守著戒律，甚或採取和世界對立的態度，認爲凡夫俗子整天的所想所爲都是邪惡的事，世俗的讀物知識全是胡說八道，徒然擾人心神。在他們身上，我看到的不是肉身的自由和精神的淨化，而只有形式的桎梏和生機的枯槁。他們喜談地獄，卻忘了地獄就像淨土天堂一樣都不是某個很遠的地方，而是一種狀態。它就在那個狹隘且不再有愛的心底裡。那是怎麼樣也無法與慈悲喜捨的佛心神性相契會的。出家人所能讓人接受的意義不是如此。

因爲，畢竟，我們活在人間。這個人間最需要的是清涼以及熱力——使自己清涼，給別人熱力。

3

山中人跡罕至，假日時候才有較多的遊客。他們坐車從山間的公路來，在寺院下面的一處觀光據點賞景色，印證地名，拍照留念，交換相似的驚嘆讚語，然後又上車繼續剩餘的行程；不然就是到河谷中找個地方烤肉野餐唱歌説笑話，最後圓滿而疲累地回家，留下些許髒亂。這些遊客匆匆來去，不知道他們方才行經的好幾公里路每天早上六點鐘都有一位年老的榮民來清掃，不知道他們買食物紀念品的那家小店裡，有個小姐就在那面櫥櫃後的小空間度過了十八歲到三十歲的青春歲月。對於這些，他們不知道。因爲他們不必知道。他們是山中的過客；他們暫時放下了山外世界裡的日常工作，爲的是來忘記自己的一份煩悶憂愁的，他們淺嚐已足。

但是我待得比他們久，我知道，雖然我也只是個過客。在大自然的山中，在言空説無的佛門外，我有幸曉得了某些人眞實的人間生活。

他們是所謂的山胞。我時常看到他們單獨或兩人結伴地上山來，如果騎車就把車子鎖在佛寺前院的樹下，然後背起袋子或竹筐，深入那形勢險奇的高山去。在溪谷中有時也會碰見他們在生火烤煮獵獲物。果子狸飛鼠之類的小動物在彎刀起落間血肉模糊，一塊塊丟進沸滾的加入米酒的鍋裡。有一次並且看到一隻烤過的大猴靠在石頭邊，毛燒光了，皮色灰紅透青，腳斷了一截，剩下三肢的指爪曲張著，兩眼圓瞪，嘴巴緊閉，咬牙切齒的樣子，看了使人心驚，不知道該如何去面對眼前的這些人和獸。這些和其他更多的動物何辜，要遭遇這樣的死亡？經濟這麼發達了，這些人眞的一定要靠這樣的方式來謀生嗎？他們艱辛地翻山越嶺，露宿受凍，收穫又能有幾許？據説，一隻飛鼠頂多也僅能賣到兩百元，如此對待野生動物，我寧可希望他們不是由於什麼無稽的所謂天性殘忍，而確屬不得已，是爲了生計。

寺院周圍的一些山頭上，在一些高約四五百公尺的斷崖上方，有幾處墾植地，有的種竹子，有的因距離高遠而看不出是哪些作物，但每隔幾個月就會望見翻新裸露的土肉的色澤。我一直不清楚種這些地的人是怎麼上去的，收成的東西又將如何送下。

事實上，早已有人學會安全而容易的謀生方式了，山腰風景區的那些陪照的姑娘就是。她們盛裝豔抹，對觀光客緊纏拉扯。生意清淡的空檔，有的就去小店買雞爪翅膀，邊吃邊嬉笑追逐，或是坐在石桌邊無語茫然看著桌面，時而抬眼盼候下一輛車的來客。我在旁觀看，心中生起一些難過，對她們，也莫名其妙地對自己。更難過的是，她們的陣容裡最近竟然加入了兩名老婦人。兩人的臉上有刺青，確具異樣的特色，但所穿的那一身新裁的鮮亮衣服應該只適合少女的，她們爭取客人時也總顯出羞怯的表情，好像還在掙扎著要保護某些東西。幾個寒冬的黃昏，我看她們蹲在風景指示圖的牌板下烤火取暖，用從垃圾箱翻撿來的廢紙烤火，等待載她們回家的最後一班車。

不過，在山地人的某些眞實生活中，也並不全是殘忍和無奈的事。我還看到自信和希望，那是兩位泰雅青年以行爲詮釋出來的。

他們來佛寺旁邊架設吊橋。他們爬峭壁，安放主索和基座，坐在橫跨兩條纜索間的木板上綁鋼絲，底下是三四十公尺的深谷。他們工作時賣力而用心，謹愼卻不畏懼，身手俐落，經常還一邊大聲唱歌。幾個落雨的下午，我和他們在堆放著材料工具的工寮內喝酒說話。他們擬聲擬態地向我說明食蟻獸飛鼠的習性脾氣，一起笑著爭論雨天最適宜做什麼。他們都在遠洋漁船待過，去過開普敦，也曾受雇上山伐林。一個已經娶妻，而且當了爸爸，一個還沒，兩人的家裡都有幾塊地。不久前，他們合夥在一處臨海的山上種了若干的菇菌。他們約定，假使隔天仍然下雨，就騎車再去巡視香菇長得如何。

雨落在工寮的防雨布上面，淅淅刷刷，笑聲則充溢著工寮，古銅的臉孔是生活過的，令人感動的臉孔。從他們身上，我彷彿看到一種可欲的山中人的生命情調，一種如實地接納自然、親近自然，並且不亢不卑地出入自然求生的生活方式。

4

山居中的恬靜最使人心生歡喜，覺得充滿了幸福，但這種感覺完全是屬於我個人私己的，難以和他人分享。當深夜沉寂，偶爾會有一部卡車從山腰轟隆疾馳而過，聲音在峽谷間響應激盪，久久停留，我往往就會從安寧的心緒中驚覺過來。車上至少有一個聚精會神奔波著的人，重山曲流外就是苦樂混合著沸騰的紅塵，那裡面也有著我的妻女和親友，而我卻一個人上山來獨自一早受清靜。那麼，我的幸福是不是純由逃避式的懶散得來的呢？山居只是自己刻意經營的一種看似空靈其實奢侈的生活？心安理得會不會是虛幻而脆弱的？

至少，我不希望如此，因爲人間是我的根本用情處。

我曉得，即使在偏遠安靜的山上，我仍然可以從報紙上讀到世上的諸多需索與沉淪、貪婪與欺壓、仇隙與爭伐。天天談流行和美儀，很可能依舊是一顆顆庸俗荒蕪的心；追求發展消費的背後有著不少燥熱惶惑和痛苦的人；歷史的嘲弄何其冗長，令堂皇的言辭和卑鄙的居心不好辨分。但我也曉得，另一方面，許多人在不爲人知的地方揮汗工作，一些人在努力探索使我們的時代得以讓後世緬懷的理想和成就。一個讓人氣餒卻又時而滿懷希望的世界——但總是我所存活的世界，不可能割捨，而且終將回去。我的上山就算是一種休息吧。我在休息中平靜翻看自己有多少明晰和晦暗的地方，從個人的我去品評過去和未來的社會的我。

暫居山中常使我意識到人心的深廣，有著無限美麗的可能，只是受到制約、扭曲或不曾探視發掘而已。我們可以靜坐冥思，聆聽山河沉寂的聲音，收拾心中那些破碎的部分，使它不過分向外奔馳，不必設法去過別人的生活。當我從報紙上某項令人沮喪的記述中抬起頭來看到陽光照在遠遠的山坡上，我知道宇宙更在展現它的深廣，而我們對它的生命卻常漠視與無知。

山中天地裡有著眾多美的、深刻的以及不可移易的事物。我願意盡心去發現它們並且堅信它們。我總要下山的，下山時，我確信這些事物能幫助我克服徬徨憂傷，能使我在漫天火光中懷著一塊清涼的乾淨地，在混亂矛盾的節奏中保持從容的步伐。

賞析

陳列，本名陳瑞麟，1946 年生，臺灣嘉義人。淡江大學英文系畢業，1969 年移居花蓮擔任國中教師。1971 年就讀研究所期間，因組織讀書會，被控以叛亂罪名入獄。四年八個月的獄中生涯，使他對文學有一番新的體認與啟發。出獄後，從事翻譯與著作，曾擔任民進黨花蓮縣黨部主委、國大代表。2001 年接受民進黨徵召，參選花蓮市長敗選後，生活歸於樸實平淡，走進大自然，關懷生態，悲憫弱勢族群，作品富含人文關懷與人生體悟。著作有《黑色的烈日》、《永遠的山》、《地上歲月》等書。《地上歲月》以社會上的邊緣人為題材，《永遠的山》是投入大自然的懷抱，開拓視野的感恩之作，他認為，文學是教人溫柔體恤，是一種須久須遠的文化修持，不是工具。1976 年以〈無怨〉獲第三屆時報文學散文首獎，1977 年以〈地上歲月〉再獲散文首獎，1990 年以《永遠的山》一書獲第十四屆時報文學推薦獎，現專事寫作。

陳列的散文作品量少而質精，抒情山林，歌詠自然，關懷弱勢，充滿人道主義色彩，其農村的成長經歷，使其以一種沉靜而堅忍的態度面對人與土地，純樸的鄉野景觀，勤奮的勞動群眾，帶給他單純的滿足與感動。

同時，他也是一個致力社會改革的理想主義者，在《地上歲月》一書中，流露對弱勢族群的悲憫，包括：原住民、漁夫、礦工、老兵等階層百姓，雖因政治立場入獄，然在獄中淬煉其飽受欺凌折磨的心靈，以文字展現其超越現實政治的胸懷和情操。在自然主題的寫作中，《永遠的山》表達其對環境自然的關切與愛惜，其細述臺灣的山脈河川被汙染破壞的傷痕，痛心的為山林請命，反諷經濟開發及官僚體制的短視近利，他也以投入山林，擁抱自然來洗滌身心，得到慰藉，並在大自然的浩廣奇妙中咀嚼生命的真意及哲理，是一部兼及山野遊記、森林生態、原民部落及地理氣象的豐富作品，其投注心神，長期的觀察、拍攝、記錄和閱讀溯源，以物種平等的謙卑與天地萬物凝視對望，流露靜穆深沉的自然體悟。

陳列用文字綿密鋪陳其廣博的生態知識及親身踐履的山林遊記，呈現個人微渺生命在浩瀚自然中，內心的孤獨和撼動，其散文語言素樸內斂，氣圍舒緩靜謐，情景刻劃細膩深邃，頗值玩味。

〈山中書〉一文藉由山上幽居的歲月描繪自然的聲息以及與生命的對話，其住在佛寺中，看僧人閉門悟道，數念佛珠，靜思望天的如常平淡，大殿佛像的莊嚴肅穆對照著藍天生滅的遊雲，這靜定和飄泊之間，彷佛在喻示著生命流轉的因緣，變與不變的宇宙定律。作者曾在深夜，獨自跪坐蒲團，從仰望佛佗安詳自信又木然的容顏思索其見證佛法得道超脫的堅忍歷程和洞察示現的慈悲法喜，真切的感受到與佛陀神靈的貼近，沐浴在神的輝光中，生命外層的虛偽矯飾紛紛卸下，對生命產生最虔誠的崇敬和真摯的回應。

作者在山中溪澗處遇到一位行腳僧人，沒有出家人的嚴肅拘謹，而是自在活潑的順隨自然，他所闡述的無明，是極欲從貪嗔癡的迷障中解放超越的純淨，達到身體言行的謹守誡律，靈魂心性的清明無礙，但作者更進一步的思辨，若以刻意而虛矯的外在清修來博取或營造的參悟境界，只是消極塑造的空明，真正的無我不是只圖六根清淨或來生圓滿，而是因無我所生的大悲心，所發的願行，作者體悟宗教的神聖和力量，在於奉獻犧牲的慈悲大願徹底的踐履實行，而不是閉門修練，或將佛門視為逃避現世的避風港，一味否定嫌惡現實的生活面貌，將自我囚禁在一知半解的佛法桎梏中，徒然消耗了充滿熱力的生命，這是出家人最大的盲點和迷思。

作者同時觀察到，山中的自然景觀，也不免遭到廉價的消費和無知的破壞，山下來的遊客帶來的喧譁和留下的垃圾，原住民戮獵野生小動物的恣意殘忍，連刺青的老婦人也以部落的文化和尊嚴在鎂光燈下謀取生計，許多粗糙而自私的行為對山林的殘害令人憂心，然一些對生命充滿熱情、勇敢勤奮的山地青年不卑不亢，樂天陽光的與自然為伍，對未來懷抱希望的人生態度也教人敬重祝福。

山林自然蘊藏著天地之大美，啟示著許多堅定不移的永恆真理和寬容富厚的生命脈息，上山數日的清修滌慮，淨化紛擾煩雜的俗事塵囂，當下山時，重新投入紅塵之際，將會有更昂揚的心情，更踏實的步履。

問題與討論

1.陳列的散文作品，有哪些主要的主題？請加以說明討論。
2.請敘述分享自我山居生活的經歷或親近山林的感受，從中有何見聞或體認？
3.清修參佛悟道是否一定要隱遁山林，遠離塵囂，請敘述你對宗教修練證道的看法和方式的探討。

延伸閱讀

1.郭明福，〈讓人心柔念淨：試評陳列地上歲月〉，《文訊》，1989 年。
2.陳萬益，〈囚禁的歲月——論陳列的無怨與施明德的囚室之春〉，《文學臺灣》6 期，1993 年。
3.阿盛，〈作家列傳——陳列篇〉，臺北，爾雅，1999 年。
4.何雅雯，〈知識與心靈的雙重驚嘆——陳列永遠的山〉，《文訊》，1999 年。
5.東年，〈與陳列談臺灣農村的地上歲月〉，《聯合文學》，2003 年。

卻忘所來徑／簡媜

那時，我站在樓上流覽四野，因閒雲想萬事，隨飛燕思萬物，心中是淡淡的無可亦無不可。

而她站在廊下，定定地看著壁上張貼的文字。她人長得高挑，一頭長髮如一匹瀑布，不編不夾不束，就這麼瀉至於腰，好一種至死無悔之姿！一襲藏青色碎花洋裝，很古典地保守著雙膝，有著中禮中節的固執。她那時或許正要出門，戴著一頂墨西哥草帽，肩頭掛著一只草織的背包，足蹬一雙涼鞋，那些許飄泊意，眞會讓人走避，彷彿她要到哪裡去，誰也阻止不了的。

好像，有人喊了她，她飄然旋身，不羈之美，令人心驚！

近一點的距離面對她，才發覺她的冷肅：兩道柳葉彎刀眉，毫不留情般；黑白分明的眸，好像司掌善惡的巡吏。挺秀的鼻梁，似乎不屑於吸太多你們世人的濁氣；而那唇，除了一個「俊」字是不作第二語的！她的臉色蒼白，不胭不脂不粉不黛之下，還是不肯有一點油膩與汙塵，但是，那種白像淘洗過的，下決定心淘洗盡的不染，使你猜不透她原來的鉛華。

唉！這女子若從河岸走來，你會說她如水；若從山上下來，你會說她像巖；若從紅塵而來，你便乍然一驚，以爲她是手中有弓如箭的情司！

聽她說話，有些負擔，因爲她聲音的旋律與語法跟人不同。有些女人說話，如麥芽糖，黏你一身；有的像西北雨，嘩啦啦潑你一身；有的如暴起之風，氣呼呼颳你一陣。而她喜歡停頓、思索，語氣是由烈煉成平的，語句是由硬磨成剛的！所以，聽她說話，你很像在撿一地的石子。

不敢想像，她還未到佛光山上來的多年以前，如果有位男子對她邀約，她劍眉一豎的時候，他怎辦？她語出峻詞的時候，他怎辦？她雙眼一逼的時候，他怎辦？就連我問她這些兒女情長事，她一笑，算是回你又算是答天下諸有情：「這種，感情的事。」她一頓：「經歷多了，會感到。」

「感到什麼？」好像平常所聽得的種種對愛情、對盟誓的定義與註解都不算什麼了，而她所要說的才是最對、最能成爲圭臬，你該終生去實踐的。於是你又心急地追問：「感到什麼？什麼呀？……」

她揚眉，看你，說：「無常。」

還好！我不是癡情男子，否則，怎承得住這麼天外而來的隕石！

她偏著頭，手背扶髮，昂然一揚，三千秀絲忘於肩後，她說：「以前，我想，佛法算什麼？」她的眼眸引你回到她備受寵愛卻又無限孤獨的么女童年。有祖父母、有父母、有一群兄姊，及一大片山區林綠；有野草莓、山茶花，有大蛇、野鳥及飛鼠……還有一年到頭晾著的一片好藍好藍，你愛撕多少就撕多少去擦鼻涕的藍天。

佛法，算什麼？

「但是，你不得不承認。」她的眼中有許多成長的故事，濃冽又深邃的：「你隨時隨地在印證佛理。」

「譬如？」我問，這下子換我不服了。

「諸法無常。」她嚴然地說。又斬釘截鐵地告訴我：「因緣聚滅。」

我心裡仍是不服，暗自揣度：「妳又見過多少無常？」

她停了一段時問不說話。我們對坐著，夜裡的室内很靜寂，她想她的，我想我的。我們思考著一個很難的問題，在談與不談間。

「四、五歲的時候，」她的聲音如半夜的滴漏，要把頑石穿成虛懷若谷，「我家院子開滿一種紫色的花，每一朵，都是最漂亮的，我拉我爺爺去看。」

這我了解，一花一石一草一木都曾在每一個人成長的過程中綻放著喜悅的光芒，這我了解。

「第二天早上，」她說：「花全謝了。」我一驚！

她說：「我哭了。哭花嗎？好像不是。是哭另外一個我不知道的東西。」

她說：「現在，我知道，是無常。」

把「無常」從四、五歲未解事的年紀背負到二十多年後的此時此刻，是這麼的刻骨銘心！若是鹽液，也早把好好的身體髮膚都蝕盡了。我突然掉入她的童年，因滿院的紫花而雀躍！而快樂！而蓬勃！那是多麼單純的幸福！多麼慈愛的天！多麼溫暖的地呵！可是一早再看卻都謝了，成屍！每一朵都再也叫不醒！任憑哭！抓！喊！叫冤！撕天！裂地！啊！我的心於此刻扭曲，一趟天堂一次地獄！

她卻平靜地說：「每一朵花開花謝，既是因緣，也是無常！」

那時，夜很黑，很悶，很熱，我的心有種淚不出的難過，奮力掙脫，可是兩隻大黑掌卻一直撅住抓著勒緊！我知道她接著要說：「人，人也如此！」我幾乎想用全身的意志阻止她下這定論，判這刑！

她沒說，我的心說了。

沉默。

沉默至谷底。

不知道此刻時空是什麼？而她的生命與我的生命於此又算什麼？思緒遊蕩於有與無之間，不著邊際，不住悲喜。我看她，越看越陌生的冷，卻又熟稔得熱，像一個發言人。

「總……」我試著問：「總有很多故事在妳身上發生吧！難道他們……」難道不能安身立命於一塊土或一間厝裡？

她看我一眼，知道我問的是什麼？也知道我在抗拒她這一席「圖窮匕見」的談話。

「不是總有。」她低下頭，撫著髮，一起向記憶之深淵探影：「是一直有。」抬頭很肯定的說：「愛情。」

但是，那樣多癡情於她的，不捨晝夜追隨著她的，竟都聽不懂她心中的天籟！

「他們說，我想得太多了！」她憾然一嘆：「但，我自己清楚知道我想的是什麼？我知道，如果不能對生命有解釋的答案，與其兩個人一起茫然，不如獨自。」

他們說美麗的女子不允許鎮日鎖住劍眉，他們一聽她疑問，便送她糖、鮮花、漂亮的果子，卻不曉得她的心是一只窄口長頸寬腹的陶瓶；她把糖、花朵、果子塞在裡面，在時間中釀成駭人的驚濤烈酒，卻傾倒不出，日復日，變成酸液苦汁。

「我的酒量很好。」她說：「六瓶紹興不醉。」

可是，那天晚上，他衣冠楚楚送她回家，她看自己也一身華裳，卻忍不住搖一搖頭：「多像蜉蝣。」他走後，她卻獨自因為飲過的一小口薄酒而欲吐！而欲裂！而宿醉欲死！可是，嚥不下吐不出啊！這酸液苦汁這酒！

我聽此，無淚，卻頻頻點頭。不是女人對女人的堪憐，是生命對生命的相惜，我們這一群無面目要求面目的人啊！

「我清醒之後。」她開始今晚的第一個微笑：「我上山。」

而他們那時正在做什麼？協議、懇談、不惜武力相向，爭一個美麗女子如爭遺產權？

我問：「他那麼辛苦才找到妳，妳怎麼說？」

「隨緣不變，不變隨緣。」她繼而莞爾：「他現在已經是一個孩子的爸爸了。」

我大笑，這一齣此身雖在堪驚的人間愛情劇，唉！唉！唉！

「現在呢？」我笑夠了，問：「妳的感覺？」

「海闊天空。」她以一種發自肺腑的深泉谷音而說。

我們默默相視而微笑。

夠夜了，我們互道晚安，熄燈，與天地同闃黑。她往西走，我往東去。我知道走過黑夜到達她黎明的禪房，她不是水，不是巖，沒有弓也沒有箭了。而我呢？我不敢問自己這些。

幾天之後，聽到一個大消息，她要出家了。

她說：「在這裡，這不算消息。」她說：「我一天一天走向它，現在，我到達了而已。」

在她最後一天的女兒身的晚膳之後，我向她祝賀：「法喜充滿！」心裡有些慌亂、不捨！竟像對一個訣別的人！

她卻無事一般，說：「每一天都是法喜充滿。」

我知道這天晚上她要自己主持落髮，到第二天早晨舉行過剃渡大典之後，才眞正算是出家人。典禮只是一個象徵而已，至於落髮、僧衣全都要自己動手才是，不然，誰替得了誰？誰又能爲誰作主？

沐浴淨身之後，塵垢已盡，她抱著一襲百衲衣、羅漢鞋、羅漢襪、一支利剪、一把剃刀，平平安安向禪房走去，像走回家一樣地如履平地！

秀美與智齡去觀禮，我沒有。我也是沐浴後，到山林野間去乘晚涼，去吹乾我洗過的長髮，去散一回我依然的女兒身。這世界，每一刻，有人生了，有人死了；有人清醒了，有人迷醉了，有人回到家，有人離家。形形式式，談與不談間、看與不看間、知與不知間，都不是那麼重要了！

但我猶然可以想見，焚香繚繞上升時，她洗溼了的一匹靜止的瀑布，左手掬起，右手持著利剪，裁下娑婆世界：

第一束，還給十月懷胎的母親！
第二束，還給褓抱提攜的生父！
第三束，還給耳提面命的尊師！
第四束，斷兒女情長！
第五束，斷貪瞋癡！
且將女兒身，還給天！

且將女兒名，還給祂！

熱淚盈眶！緩緩地無數阿僧祇劫以來此時此刻重新誕生，那紅塵滾滾已止，那風雨飄搖已止，那翠微拂衣、女蘿牽裳的所來徑亦止，都化成輕輕一句：「阿彌陀佛！」

秀美回來說：「突然，不曉得怎麼稱呼他了？」他現在是無名無姓的靜然赤子，等著他即將黎明的出世。我們，我們這些人對他，心行處滅，言語道斷。

第二天，佛光山大雄寶殿裡梵唱如海潮，一波一波清淨著他們的菩提慧命。他們虔誠地唱：「……往昔所造諸業障，皆由無始貪瞋癡，從身語意之所生，一切我今皆懺悔……」對著佛陀座前發下四弘誓願：「眾生無邊誓願度，煩惱無盡誓願斷，法門無量誓願學，佛道無上誓願成。」從此，他是修梵行，擔負如來救世家業的僧者，不是那夜與我面對面的凡家姊妹；他是住於戒、定、慧的禪者，不與我們同住於色聲香味觸法的五欲六塵裡。

當我再仔仔細細面對他時，他喜溶溶洋溢一身，果然是大丈夫莊嚴相好：劍眉隱於鞘，雙目如判然明珠，鼻梁似秀峰，不輕易出語的唇，此刻圓滿。

妳若遠遠喊他：「師父！」

一襲黑色長衫，旋然，來到妳面前，合掌，道：「阿彌陀佛！」

賞析

簡媜，本名簡敏媜，出生於 1962 年，宜蘭縣冬山鄉人。生長於務農家庭，青少年時期在自然而偏遠的蘭陽平原度過，使其對家鄉土地有一份親切且濃厚的歸依之情，童年的成長經驗和記憶也成為其創作的泉源。十三歲遭逢父喪，勇敢面對生命的無常及橫逆，十五歲獨自至臺北求學，離鄉背井的愁悶，加上獨立倔強的性格，許多生活上的艱苦，心靈上的孤寂，都化為筆下的文字，留下許多成長的札記，抒情的散文作品。大學考上臺大哲學系，後轉中文系，接受古典文學的浸潤與薰陶，使其創作有更深邃而廣遠的內涵和格局，以家鄉為藍本的散文〈有情石〉得到第一屆全國學生文學獎。大學畢業後，至佛光山整理佛典，為自身對生命的疑惑和困頓尋求解答，對佛法的親炙和體驗，使其人生視野更加清明靜定。曾任聯合文學主編、遠流出版社大眾讀物部副總編輯，與友人創辦「大雁書店」，希望出版引進一些有深度的書籍，提升國人文學涵養，但不敵出版競爭、財源窘困的壓力，結束營運，現專事寫作，並擔任各種文學獎評審及應邀演講。著有《水問》、《只緣身在此山中》、《月娘照眠床》、《私房書》、《下午茶》、《胭脂盆地》、《紅嬰仔》、《天涯海角——福爾摩沙抒情誌》、《好一座浮島》等書。曾獲中國文藝協會散文創作類文藝獎章、梁實秋文學獎、吳魯芹散文獎、中國時報散文首獎等。

簡媜的作品內涵包括鄉土、記憶、女性、宗教等主題，其散文意象豐富、語言風格凝練如詩，在創作風格上展現壯闊的草莽氣息，又兼具細膩敏銳的抒情性格，流露溫厚悲憫的普世關懷，是壯士與地母的形象融合。

在〈卻忘所來徑〉一文中，作者描述在佛光山整理佛書時，與僧侶住在禪房，結識一位女子，她上山清修，最後決定剃髮出家的心路歷程以及對生命的覺醒。全文以空靈脫俗的筆觸描繪這位典雅靜定、內斂孤獨的修行女子，她的舉手投足，轉身回眸彷佛都有禪意，溫柔的面容卻有剛毅冷肅的神情，堅持不沾染塵世的汙泥和煙火，一字一句，鏗鏘有力，堅定如石。這麼美麗的女子，在青春醞釀愛情美酒之際卻從未酣醉，只悟得一句無常，用生命去印證「諸法無常」「因緣聚滅」，這種慧根早自四、五歲的童稚時期即已萌芽，被一樹燦爛的紫花在一夜凋零萎謝所震撼，觸動了一種超越俗相的思索和領悟。於是在繁華紅塵中，縱使身著華裳，口飲美酒，嬌寵呵護如影隨形，但是，她卻感到身如蜉蝣，萬般喧擾，於是，毅然放下一切，上山來尋求永恆的歸宿。

當她決定出家前夕，手抱一襲白衲衣、羅漢鞋、羅漢襪、一支利剪、一把剃刀，穩定平緩而堅決的走回禪房，那麼自在且充滿法喜。剪下髮束，一束一束代表和塵世情緣的切離割捨，那種從凡塵卸下包袱，擺脫縷縷糾葛的脫胎換骨，使其熱淚盈眶，既欣喜又悲哀，來到人生的分水嶺，一步躍過，千山萬水，已化成雲煙。

作者藉由親身的經歷，側面的書寫出家的人生選擇，以一個年輕美好的女子為主角，更增加文章的衝突和跌宕，在佛法的引領下超越人生的貪嗔癡怨，選擇一個不為名利得失所苦的清明、平靜且寂然的人生。文中不闡釋佛法的精深或超脫，而是以一女子的生命抉擇來展現佛理的廣袤和包容。

問題與討論

1.簡媜的散文作品有哪些題材？請蒐集資料，並加以討論。
2.你認為宗教對人生的意義為何？你對宗教抱持何種態度？
3.〈卻忘所來徑〉中，作者如何藉由一靈秀聰慧的女子來探討出家的人生抉擇及生命體悟？

延伸閱讀

1.何寄澎，〈孤寂與愛的美學——綜論簡媜散文及其文學史意義〉，《聯合文學》225 期，2003 年。
2.黃文成，〈女性與佛性的對話——試論簡媜佛教散文書寫意旨〉，《通識研究集刊》12 期，2007 年。
3.劉雅薇，〈魔幻寫實式描寫初探——以簡媜作品為觀察核心〉，《國文天地》255 期，2006 年。
4.蔡培凰，〈散文歷險——簡媜的寫作進程〉，《明道文藝》354 期，2005 年。
5.鍾怡雯，〈擺盪於孤獨與幻滅之間——論簡媜散文對美的無盡追尋〉，《臺灣人文（師大）》3 期，1999 年。

度父／呂政達

嗡。

廣場上迴繞低沉的音響，幾百隻喉嚨一齊發聲，組成的氣流穿過一場水陸法會。幾百雙眼睛穿越同一行經句，一個意識分明的隧道，然後燃起一把火，從火裡，彷彿長出燦爛的曼陀羅花。

水陸法會，經文羅列，香火縈繞，檀香散漾開來，薰旋著我們的視線，受想行識，耳鼻身意，望出去，一個煙濛濛的世界，響起大悲咒繼而陀羅尼心咒，梁皇寶懺，唸經像拱起一座聲音的牆，牆內盡可安靜心神，迴向功德，在獵獵燃燒的風裡，一眼一嘴，只管唸經。

彷彿自世界的彼端，有了動靜，那法師從檀越起身，朱色袈裟，神色肅穆地望我一眼，結一個手印，從唸經聲音的那面牆直竄而出。遠遠，見他在蓮花座牌位上寫四個名字，丟進火裡。我知道那是場超度的儀式，亡魂應喚從幽微的世界啓程，反覆徘徊，依戀曾經熟悉的愛恨情仇，消散在低聲誦唸的經文裡。若有人以聲聞求我，若有人以音色求我，若有人以愛戀求我，求我。

然而，那正是我對法師的第一個印象了。疑問竄起，悄悄問身旁的比丘尼，那四個名字是誰？比丘尼說她也不知道，提到有次講經，稍事休息，曾有弟子提過同樣疑問，法師只說，他不度，這世界，看得見的婆娑世界，就再不會有人度他們了。聽起來，像個偈語，一個來自記憶的啞謎，還是對無邊眾生的開示？

那段日子，因緣湊合，我應喚前來寫法師的傳記。法師見我，袖裡取出個五色繩，求吉祥如意，六畜興旺。我心誠領受，還來不及說話，室外即有信徒等待求見，求開示解脫煩惱。我從沒有聽過那麼多傷心與迷惑，像野獸吐出腥臭的霧團。法師逐一開解，驅散，隨後還有更重的霧湧上來。我慌慌張張退出，眼前升起一座小小的岬角，前人在此險峻之地蓋廟，回頭，就是晶亮的海洋。從此煩惱怎麼也數不盡，等待在小小的廟外，等待開解，煩惱的海洋拍打。

再次會面，卻是三個月後的事。法師剛從漫長的閉關出來，神色蒼白但和藹。坐定，我將一名傳記作者能夠想到的問題攤開，無非是童年的奮鬥，求學的經過，出家，苦海無邊誓願度。聽說法師在宜蘭亂葬崗修苦行，能不能談談這段經歷……法師抬起眼，瞄過我帶來的剪報資料，微笑：「你眞的想知道這些事情嗎？」這一來說中我的心事，我突然不知道該如何答腔。

法師再笑，「把那些東西放開來，放輕鬆，找你心裡眞的想問的問題？」我拘謹地低頭，心跳加速，像是一個保藏多時的祕密，突然揭開在陽光底下。放慢速度，心裡全是驚惶奔竄的念頭，撥開來，果然有個問題細細碎碎地浮升上來。

語音遲緩，試探，可以談談法會那四個牌位嗎？法師說：「這次，你眞的想知道這些嗎？」我翻尋自己的意志，點頭。這次法師進入停頓（雖然他繼續用眼神揭示，我的肩頭始終沒有放輕鬆），接著，緩緩訴說起他在緬甸的童年，烽火連天的南亞，從他的嘴邊復活，逕自燃燒起來。一個人長長而動盪的一生，在安靜的敘說裡，像驚心動魄的身世，幾莖墨鬚書寫在暈黃的絹紙上。沉澱波瀾，像誦經的聲音，一個氣流經過喉嚨發聲，萬千個頭陀的發願。

我按下錄音機，這個磁帶迴轉的漩渦，這次又將我帶向何處呢？我動用所有的腦細胞，想像陌生遙遠的南亞草原，小孩在罌粟花間的奔跑，遠處傳來砲聲，越來越近，像是他的搖籃曲。法師的敘說帶有一種韻律，帶我走進邊境的小村，人民革命還沒有結束。出緬甸後迎面是突然升高的海峽，向東，航往福爾摩莎。且住，法師陷入長久的沉思，入定，他說，讓我們再回到緬甸草原，罌粟花的故鄉。

總說，那年法師才七歲，他記得母親有和他相同的眼神，牽母親的手，傳來半世紀後仍難忘記的體溫。秋收後回家的路上，游擊隊竄出打劫，一槍射殺抵抗的父親。游擊隊頭目袖口烙著血漬，一揮手，又竄出兩名漢子攫走母親。法師說他從小記性就好，清楚記得母親回頭望他，最後的眼神，那是記憶的母親。也清楚記得小村道旁漫漫芒草的度母像，慈容跏趺而坐，左右手各持烏巴拉花，眼神默默穿過，那是心靈的母親。幾年後，法師剃度出家，在荒墳古廟展開苦行，夜間鬼啼啾啾，恍惚看見兩張母親的臉映疊在一起，那是夢裡的夢，醒裡的醒，接近究竟涅槃。

確實，有些夢境像櫺花窗隙透過的微風，午夜的吹拂，歲月的薰習，注定召喚不回。聽著法師的故事，我多次想起自己的少年時代，彷佛曾經在那裡，穿過一條神祕的隧道，牽著誰的手，在炙熱的火堆前看家人燒紙錢，眼淚不聽話地流下來。父親葬禮後，我們整理出他中學的成績單，林格風英文文法書，阿彌陀經，打完排球的年輕的父親，穿著汗衫，在一張照片裡傻笑。還有，寫給祖父的信，筆跡工整，仍在娓娓訴說一件往事。確實，往事的訴說總在閱讀者靜靜翻動紙張時啓動，唱針迴轉後從頭開始的舊式唱盤，像我正在撰寫的傳記，父親的信，仍難召喚的夢，躡腳經過這片向海的寺角。

「噓，念頭來了。」法師突然向我揮手，讓念頭輕輕地放開吧，你的肩頭和記憶都太緊了。深呼吸，學會放輕鬆，回到法師的故事裡來，然後呢？蓮花座牌位上的四個名字，分別是父、母、軍旅時的排長、爲他剃度的師父，每次水陸法會，法師總會寫下他們的名字，奇怪，歲月的事情，總要在走過，轉身，才會看得更加分明。法師常在幽明渺茫的靜坐，生死難著，悠悠想起這四個名字。念頭起來，其實並不容易將息，幽魂歷歷清明的臉從腦膜掠過，想起父親、排長、師父，「母親呢？」「然而，你眞的想知道這些事情嗎？」我用力點頭。法師從此沒有再見過母親，一隔四十年，想是早也不在。於生，也是於死，嘴邊的風輕輕震動，我勤奮記錄傳到耳膜的訊息。

想起父親走的那天。清晨，下大雨，接到電話後，與妹趕車回家，頭腦一陣黑暗，感覺像穿過一段漫長神祕的隧道，沒有邊境，看不見出口。父親葬禮過後，我再度捉摸那種感覺，紛亂的念頭有如尋求解脫的符咒，竟不可得。父親病發時，是獨自一人的，他從外頭走回家，放好網球拍，開紗門，然後倒在客廳。送到急診室，醫師說，如果再早五分鐘，可以救得活。

這就是生命吧。什麼時刻該出現，什麼時刻告別，應該提早出現在那個地方，或者晚五分鐘送到醫院，從不遲到的約會，抓不住的夢，馬戲團退場後的空白，完成一本無法變更情節的傳記，像父親總在那張泛黃的照片裡，打完一場排球，看著這個方向傻笑。到底，他打贏了那場球賽嗎？生前父親常在客廳角落默默喝茶，我陪他坐，天經地義，他遞過來一只茶杯，兩個人不開口，就是一晚，我還能爲他做些什麼？

開放後，法師曾經回過緬甸家鄉幾次，四處探聽母親的消息，他記得家裡幽暗浮動神龕裡的綠度母，眼神悠悠穿過，再多的印象，其實是沒有的。一回，就在浮動的普洱茶香間，法師啜一口茶，說他眞的夢見母親轉世投胎，在邊境的小村，屋瓦連綿，低矮的屋簷滑過古銅色的落陽，在旅人身後追趕，彷彿指示輪迴的訊息。朝拜者一步一跪，唸誦神祕莫解的咒語。然後，他從這場熟悉的夢裡醒來，暗自尋問，如果與轉世後的母親擦身而過，會不會有種熟悉的感覺？就像，不經意徘徊的意識，我也曾經悄悄問過自己同樣的問題，關於父親，想像與父親的重逢。

輪迴是生命最神祕的課題，我有過一式一樣的想像，夢見父親穿過神祕漫長的隧道，背後闃黑，眼前有光，再跑，即投胎成擦身而過的陌生人（那時候，我已經是別人的父親），說不定他會是一盞路燈，一個攤開暈暈盪盪的蛋黃，一陣風裡輕輕的呼喚？我們之間存在的機緣，不可道盡，總像是父親剛從長長的夢裡醒來，站起身，聲音沙啞荒疏：好了，別再儘想那五分鐘的事了。走過來，擦乾我停留在眼眶裡的淚水。

想像屬於我自己的輪迴，一個恍惚，彷彿聽見自己還沉浸在羊水裡的心跳，潮汐溫暖，光亮柔和。想像自己張開所有的感應神經，回神尋找剛剛消逝在隧道另一頭的自己，那個自己正要褪色爲一道影子，但還在向這頭招手道別，所有前世的記憶都在，使用過的語言，做過的白日夢，所有的得意與遺憾。（唉，我不知道的只是，那是個値得書寫，曾經無怨無悔的一生嗎？）

輪迴的感覺，說不定眞的像搭雲霄飛車，繞過一圈又一圈，最後，分不清楚是這世還是那世，分不清曾經在哪裡，熱烈地愛過哪個人；像初次造訪的異鄉國度，卻沒來由地覺得一切都熟悉，我是誰？我來過這個地方嗎？一遍一遍在尚未長成的腦細胞叢間搜尋答案，一輩子的事情，眞的只在五分鐘裡掠過。

然而，到底我們能在那五分鐘裡，完成多少事情呢？寫完一封信，做完一個惡夢，死去的親人一一走過來向你道別；戀人心神感應，不約而同說出我愛你？手牽著手走過堤防，在金黄色的稻田間奔向母親張開的手？與死神的賽跑雖然注定落敗，卻足夠用那五分鐘下戰帖，胄甲鮮明，站定，喝問：「來者是誰？」

許多年後才會明白，心中的遺憾，難免像白紙暈染的墨漬，悄悄擴張領域，像頑強的病毒，侵襲思緒的底層，我發現自己動用的想念、悔恨與追憶，早已遠遠超過那五分鐘。終而，法師也覺察我心內的翻騰，數度停下他的故事，要我學習覺察隨著思緒的僵硬，繼而感染上來，身體的僵硬。法師讓我學習觀想的法門，觀想就是一切，法師說，你老實說吧，放開父親了嗎？老實說，我緩慢搖頭，陷進長長的沉默。

我們的採訪穿過夏季，一路來到秋天。採訪結束那天，雲低風起，深秋，緬甸的弟子傳來消息，找到了可能是法師母親的老婦人。法師知道後，嘴角一勾，輪到他陷進長長的沉默。我放下筆，幾度要衝口而出，勸法師「放輕鬆，放輕鬆」，終究沒有開口。

兩個星期後，我們一行人動身前往緬甸，下機後再搭車直入北部邊境的草原，母親，這是南亞的搖籃，感覺許多事情都在空氣裡搖晃。當初法師嘴裡講述的景物，突然活過來，在我身周演出，像是有人從黑白相片裡走出來，對我扮鬼臉：「沒有，當年我們並沒有打贏那場球。」我回過頭，沒有在異鄉發覺心底聲音的來源，一切熟悉而陌生，所有的傳記作者都可能須經歷這趟旅程，然而，走進去的，黃昏，這到底是法師的，還是我的故事呢？

只記得黃昏遠方寺廟傳來法會的聲響。一行人走過低矮的屋簷，止步，法師弓腰進屋，神色拘謹。許久，我聽見遠方的誦經，經百隻喉嚨一齊發聲，低沉的分貝在耳膜圍繞，念綠度母心咒，儀軌俱備，一遍接著一遍，觀音的眼淚串成珠子，迴向功德，眾生聆聽，祈請度母尋聲解厄。煩惱無邊誓願度，我看見法師走出屋來，手裡捧著綠度母像，露出釋然的微笑了。這就是生命的全部章節嗎？分離與重逢，相會與告別，我想像這將是傳記的結尾。

回程，車子經過無邊的草原，燃起一把火，竟像是從夢境裡無始無終地延燒開來。眾生又唸起經句，黃昏的小廟點起長明燈，星芒隱隱，一個遙遠的想望與記憶，在亞洲廣闊的草原深處，心事仍舊，所有故事都在發生與結束。那麼，我生命的度母將會如願現身嗎？

汝勿憂悶，我誓爲汝助。經句如是慰藉五蘊熾盛的世人：眾生雖無量，我願亦無量。我默默諦視這些名字，我的即迅度母，威猛白度母，頂髻尊勝度母，吽音七吒度母，勝三界度母，破敵度母，摧破魔軍度母，養三寶度母，伏魔度母，解厄度母，烈焰度母，顰眉度母（喔，放輕鬆，放輕鬆），救飢度母，大寂靜度母，消疫度母，賜成就度母，消毒度母，消苦度母，明心吟音度母，震撼三界度母。

穿過沉默的草原，穿過漫長神祕的隧道，仍然看不見出口，像我們共同擁有的生命。夜晚降臨前，我在蓮花座牌位寫下父親的名字，座位旁的比丘尼側過頭看我寫的字，沒來由地微笑。我的耳膜邊悠悠響起法師的聲音，不度，這世界，看得見的婆娑世就再不會有人度你的。確實，世界，就在我們的腳邊，在唱過悼亡經和懺悔偈以後。確實，這是我應該爲你而做的，父親。

父親，你可以放開我了。

賞析

呂政達，1962 年生，臺南市人，輔仁大學應用心理系畢業，擔任過《自立晚報》記者、副刊主編與總主筆工作，目前為《張老師月刊》總編輯。近十年來，得過時報文學獎散文首獎和評審獎、聯合報文學獎散文大獎、梁實秋文學獎、宗教文學獎等。

其以心理學的專業素養關注親子教育和親子關係的培養，也為青少年在成長過程中的品格、學習、心靈和未來規畫提供導引和建言，從新聞事件及社會百態中深入人性混沌幽微之處，運用冷靜的理性和豐沛的想像在深邃而複雜的人性中探險航行，寓言式的呈顯生命的本質和對自我的觀照。也觸及宗教形而上的精神力量及幽廣的神祕色彩，藉由宗教的輪迴、業障及慈悲、寬容來面對人世的傷痛遺憾，洗滌救贖許多人性的卑劣、貪婪和罪惡，具有撫慰及安頓人心的特色。作品有《怪鞋先生來喝茶》、《與海豚交談的男孩》、《走出生命的幽谷》、《長大前的練習曲：給少年五十堂人生成長課》等。

在〈度父〉一文中，作者以超度亡靈的法會為場景，信眾匯聚的誦經聲響，混合著佛經咒文的播送，在整齊單調的經文韻律和專注虔誠的低吟誦念中，進入一個莊嚴而近乎催眠的時空，香煙縈繞，塵氛迷濛，許多愛恨悲喜，前塵舊事都在腦海中起伏流轉，集體進入一種冥想，在這個儀式中懺悔、度化和重生。作者的角色是一個清醒的旁觀者，他是應喚前來為法師寫傳記，法師受到信眾的崇仰，具有穩定人性和開示迷津的地位和力量，作者以一般傳記所需的基本資料來採訪，卻被法師一眼看穿其內心真正想知道的迷惑。法會中法師將蓮花座牌上的四個名字丟進火裡超度，對一個出家人而言，誰是他塵世的糾葛和記掛？法師緩緩細訴他在緬甸的童年，在戰火漫天，生靈塗炭的落後鄉野，邊境小村中慘絕人寰的悲痛遭遇，父親在秋收回家的路上被流竄的游擊隊射殺，母親被活生生的攫走，最後那驚懼哀慟的眼神，成為法師永難忘卻的夢魘，記憶中母親和田中芒草茂密的度母像竟模糊重疊得難以分辨，那護佑的地母和血脈相連的生母，是困頓流離九死一生的際遇中，最強大的心靈依靠和希望。幾年後，他剃度出家，在荒墳古廟中苦行修練，在陷溺與超脫中衝突掙扎。

文中有另一對照的線索，作者回想起自己父親心臟病猝逝的往事，那種震驚和哀悔也啃蝕著心靈，兩個不同的人生，卻有相同的無助和憾恨，那種同情與共鳴，以及那種無人能夠安慰分擔，屬於個人的悲痛遭遇，使作者與法師的處境和心情時而貼近時而疏離。超度法會上的四個亡者，是法師的父、母、當兵時的排長及為他剃度的師父，這些是給他生命，讓他歷練及度化他的人，輪迴觀念藉此在文中加以闡釋，就生者而言，輪迴代表死者的生命有所延續，藉之安慰生者的思念和無助，縱使見面不相識，但至少相信他是安好的，有諸多的想像和可能，文中作者喪父的憾恨和法師悲慘的身世時而交纏映襯，當法師懷抱著塵世的親情渴望，尋索追趕，最後在莊嚴誠敬的誦經聲中捧著綠度母像微笑而出，對於生命的真義，人世的磨難，宗教的奧祕都有所開示啟發，作者也由法師回故鄉尋母歷程的體悟中，心靈得到真正的安頓和釋然。

問題與討論

1. 呂政達的散文作品著重在人性的探索及心理層面的挖掘，以及對生死意義的追尋，請選讀其他作品，說明其內容大意及從中得到的觸發和心得。
2. 宗教對人生的意義為何？請就你的認知和經歷加以說明。
3. 〈度父〉文中，法師所牽掛的是生死未卜的母親，作者所放不下的是猝逝的父親，這兩道書寫脈絡如何結合，迷障如何化解？請加以評論。

延伸閱讀

1.呂政達，〈心道法師邀眾生共修寧靜〉，《張老師月刊》364 期，2008 年。
2.呂政達，〈生活玩味兒——情緒舞臺〉，《小作家月刊》171 期，2008 年。
3.呂政達，〈生活玩味兒——尋找一輩子的座右銘〉，《小作家月刊》168 期，2008 年。
4.呂政達，〈生活玩味兒——稱謂，玩味親屬間的關係〉，《小作家月刊》165 期，2008 年。
5.譚玉芝，〈展讀作家——呂政達與他的天使男孩〉，《小作家月刊》172 期，2008 年。

十
音樂散文

導論

音樂，是時間的藝術，音符串起的樂音在時間的流逝中飛揚，沁人心脾，興發情感，感動人心。

音樂，是無國界的，所以，即使你不懂義大利文，也無礙於欣賞歌劇「阿伊達」；不懂中國音樂，也能感受「二泉映月」的淒婉。因此，音樂的滲透力極強，我們的生活幾乎離不開音樂，從幼稚園的唱遊、國中小學的音樂課，收音機打開的流行音樂，電視的歌唱節目，生活中的節慶都離不開音樂。當我們歡樂或哀傷的時候，總會不自覺的哼唱熟悉的旋律；觀賞電影之後，深刻的劇情與精采的配樂連結，就更令人難以忘懷。可以說，音樂伴隨著我們一生。

樂者，心聲。古人說：「在心為志，發言為詩。」在古代，詩、樂合一，因此，詩也稱為詩歌，詩是歌詞，樂就是歌曲。音樂透過旋律、配合文字，引發共鳴，感動人心。而音樂也承載創作者的情思，反映當時人們的心聲。所以，古代政府設置樂府採錄民間歌謠，以體察民情，觀政治之得失；臺灣七十年代的民歌，反映了當時青年的想法；閩南語歌曲，常反映了中南部青年到臺北打拚的心情，都是音樂反映時代的例證。

音樂，古代分雅、俗，今日則不那麼嚴格以雅、俗定價值。經過時間淘洗的音樂總是耐聽，然而庶民的流行音樂也有其深刻處。古典音樂、國樂因其深刻的情思、嚴整的編制、職業的演出，固然有其精緻細膩處；民歌或流行音樂，貼近庶民生活，反映時代心聲，不可全然輕忽。也就是說，音樂可以有藝術高超的精緻音樂，也不應缺乏貼近庶民的通俗音樂。

音樂，重點在聆賞；創作，是極少數人從事的工作；演奏，則不妨學習，但不是要成為演奏家，而是紓解身心，增進欣賞的功力。因此，音樂教育重點是在教導聆賞的能力，演奏次之，創作再次之。然而，臺灣的小朋友學音樂才藝，都是在學演奏，似乎有些本末倒置。音樂聆賞，需要有些音樂的基礎知識，再加上良師益友的引領切磋，就能達到一定程度。音樂聆賞，需要有一套音響，音響的精緻，一如音樂，又是可欣賞讚嘆的，因此，音樂的聆賞除了靈性的感動，又有物質之美的觀賞與感動。

音樂欣賞，可以獨樂樂，也可以眾樂樂。在夜深人靜時聆聽柴可夫斯基的「憂鬱小夜曲」，在歡樂心情時聽韓德爾的「水上音樂」，都是絕佳的心靈雞湯。此外，參加音樂會，與上千名同好一起現場聆聽樂團真實的優美、細膩的分工，演奏家與指揮的神采，也是難忘的心靈饗宴。

文學就是書寫所思所感，音樂文學是以音樂為素材的文學作品，涵括音樂家的傳記、音樂的介紹、聆賞的評論、樂教的思考等內容，例如大提琴大師卡薩爾斯的自傳《白鳥之歌》、傅雷的《傅雷家書》、黃友棣的《音樂人生》、張繼高的《樂府春秋》等，都是代表性的作品。

臺灣的音樂文學一直是小眾，缺乏廣大讀者的關注。照理說，臺灣學音樂的孩子這麼多，音樂文學應該不乏讀者才對，然而，事實卻不然。這可能與臺灣社會雖然富庶，卻缺乏精緻有關。張繼高先生認為精緻的人：

> 本身的思想科學、邏輯，而細密的，起碼懂一門有系統的知識或技藝，當然，還得有些藝術的涵養。他的言談舉止有一定的規範或模式，本身精緻，並能欣賞精緻者。總之，要有較高的格調（taste）。

臺灣正從富裕邁向有格調的社會。然而，並未全面提升，因此，我們有雲門、優神鼓、漢唐樂府等一流的藝術團體，也有江文冶、蔡瑞月足以自豪的藝術家，卻還是看到國會議員口出惡言，甚至大打出手，電子花車以猥褻表演褻瀆神明，人與人之間也缺乏應有的教養與分際。當然，有格調不一定要聽古典音樂、看歌劇，或穿著正式服裝，進入國家歌劇院欣賞表演，也可以看臺灣歌仔戲第一苦旦廖瓊枝的演出、亦宛然的偶戲，讓藝術的多元、深刻滋養我們，造就精緻的心靈。

臺灣的閱讀市場無法支撐職業作家，屬於小眾的音樂文學也缺乏專業作家耕耘，因此在出版市場上並未有太大版圖，也缺乏長期穩定的銷售量。然而，仍有許多愛樂者不斷投注其中，他們有大學教授、記者、醫師、歌手，出版方面也有專業的出版社，如大呂出版社、樂匠、天音等印行相關書籍與樂譜；整體而言，樂譜出版相對興盛，音樂文學則受到較少關注。

近來，臺灣的樂壇有股新氣象，首先，以古典音樂為主的電臺——臺北愛樂電臺，在 1995 年開播，初期只能在大臺北地區收聽，如今已擴及新竹、臺中等地，可見古典音樂的潛在人口依然可觀。再者，企業家推廣古典音樂，甚至獨資成立樂團，如長榮交響樂團、奇美交響樂團，都為臺灣古典音樂注入新的活力。其次，臺灣與鄰近國家的音樂交流頻繁，臺灣的歌手、詞曲創作者在中國大受歡迎，東南亞、香港的歌手都希望能在臺灣發行國語歌曲，臺灣在華語流行音樂執牛耳的地位更加確立。歌唱選秀節目由中國湖南衛視的「超級女聲」選拔開始，到臺灣的超級星光大道、超級偶像，都發掘了更多有潛力的新聲，鼓舞更多年輕人投入歌手的行列。在音樂文學方面，陳國修、劉岠渭等人都陸續推出新作，除了古典音樂，爵士樂的專書也陸續問世，包括莊裕安的《嚼士樂》、張清志《爵士樂的故事》等作品，都讓臺灣的樂迷視野更加開闊。年輕一輩的樂評家，也注意到流行音樂，馬世芳的《地下鄉愁藍調》、焦元溥的《遊藝黑白》都是令人驚喜之作。馬世芳出身音樂與文學家庭，父親亮軒是知名的散文家，母親陶曉清則是廣播電臺的資深音樂人，馬世芳承繼家學，以文學之筆，寫音樂評論，由於母親的關係，在臺灣流行音樂的發展，馬世芳以稚嫩的年紀，旁觀一切，多年以後，以充滿情感的筆觸記錄一切，為臺灣的民歌發展留下珍貴的一頁。

當臺灣社會日趨精緻，閱讀的風氣更加盛行之際，音樂文學將受到更多的關注。屆時，音樂的聆賞、演奏都是生活的一部分，內化為每個人的生命，生活充滿了藝術，不，生活就是藝術。

音樂音響，生命生活／張繼高

人生約略的可以分成兩個階段與層面：從成長期到成熟期是階段性的；從追求生活到探討生命是層面性的。大致上，成長期的人生主要在謀求生活豐美——如食衣住行育樂等等；等到心靈智慧比較成熟，就會開始尋思人活著到底有什麼意義、價值？逐漸喜愛有深度的美，對信仰問題較以前認眞，甚至總會聯想到人對社會的責任……，這就屬於生命的層面了。

我們愛好音樂，聽音響，也可做如是觀。

二十年前我創辦《音樂與音響》月刊時，在發刊詞中引用過尼采（Friedrich Nietzsche）一句話：「沒有音樂，生活將是一種錯誤。」那時候我們的國民所得才接近四百美元，自由、民主、應用電腦、通訊衛星、基因工程、新聞自由，都還離我們尚遠；CD、LD、直播衛星（DBS），還是實驗室中的東西，生活密度不像今天這麼混雜，可是，人們對音樂的渴望卻正隨著 LP 唱片的普及，卡帶的來臨，FM 廣播的美好音質，和 Hi-Fi（高音質傳眞）工業的興起而興趣日高。在剛剛進入「前資訊社會」（Pre-Information Society）的臺灣，每個人的生活中都少不了音樂——各式各樣的音樂。尼采的話的確沒錯。

同時，我也寫出：「音響是手段，音樂才是目的。」一套好的音響器材是爲了能重播更美的音樂。

二十年後的今天，臺灣正面臨脫胎換骨式的變化。快速而缺少秩序的富有，使絕大多數人的生活變得渾忙與壅塞。人的感知一如臺北市的交通，在亂與無奈中存活、打拚。音樂的供求關係也大致上跟隨這種模式——感官刺激與簡易庸俗成了主流。大多數人不願（或已不能）思考。聽音樂一如吃速食，千篇一律的在吞嚼與無啥選擇，似乎已失去了品味能力；加上 KTV 的推波助瀾，讓人們在聽音樂時祇口誦著低俗的歌詞、簡單的旋律和強烈的節奏。雖然平價的音響器材也都有不錯的音質，但久已「粗質化」的人群連會使用高低音調節鈕的人都不甚多。大家在擠噪中過活，回到家半下意識地扭開音響，塞進一張 CD，而後在音樂飄移擴散，人在「聽進與聽不進之間」被聲音沖刷。三十五歲（或四十歲）以前的人，大致上維持著這種調調兒（當然也有例外的少數）。

比起清苦的五十年代，今天的音樂是太多，多到像空氣汙染，無法逃避；而其中煩囂與粗糙的聲音特別多。這是一百四十多年前的哲學家尼采所沒想到的。生活中沒有音樂固然是一種錯誤；可是生活中有著過多的音樂，尤其是庸俗與粗鄙的樂曲，恐怕也不算正確。

因此，今天人在處理或安排生活中音樂問題時，要學著如何選擇：第一是避免太多，其次是試著追求些美與淨化。渾渾噩噩之中被卡拉 OK 同化或痲痺，等於是患了精神上的帕金森症，活在這樣一種音樂灌注之中，也是一種不幸。

不過富裕社會也有一種好處，即人的行爲比較容易轉換——像臺灣這種快速運作的社會使人的折舊率變得比昔時高，這種「人的折舊」有時是通過一種有如篩檢的方式在進行。有很多人在見識過高尚以後，因產生自省而走向成熟（包括見識過眞正高尚的人物、國家、社會、大學、藝術、著作等等），因自覺成熟而感到需要提升。一種心境上的提升。這是人在一輩子中最難完成的一樁事，因爲它太深太難，且曠日廢時，有些淺薄之士剛摸到一條象腿，便以爲已得到「眞象」，如不能繼續精進，可能在這個階段就被篩選下來，世間許多附庸風雅，佯彷精邃之士，就列入這一輩分。

音樂也是。人到成熟，具有些排列組合能力時，對粗俗的樂曲就開始不耐，如此刻有友朋指點帶頭，很容易轉入精緻中西古典音樂之門。那種均匀、細膩華麗和有意境、韻味的旋律與音色，比較容易沁入稍有空靈的人心，令人在娛樂之外，也可藉音樂娛性娛情，擴大感情與思考空間，人能涵泳其間，生趣無限。

現在轉回到音響問題上來。

雖然我在二十年前認爲「音響是手段，音樂才是目的」，今天想想仍有其是處；可是，社會在富裕之後，一個人買一樣東西，有時不一定全是爲了其功能性或實用性，「買與擁有」本身有時也是目的。

這是在清貧時代不易發生的事。今天一個富有的人，雖然不大懂音樂，如果花二三十萬買一套「漂亮」音響，也不能稱之爲過。畢竟，音響已流爲一種時尚、一種裝飾，甚至是一種必須。人的住家需要裝飾，人的「需求」也要裝飾。因此，有時音響本身也會是一種目的。許多「新貴」所擁有的昂貴音響器材有時根本不會用，更不懂得欣賞，可是在這「自滿的年代」，人在「取得與擁有」時就是一種快樂。甚至以高價產品炫耀同儕，裝飾客廳，聽音樂已淪爲次要目的。這也是今天一種「必要之惡」。

事實上，精品的音響著實迷人，其音色有如上好的酒、香水或珠玉，靄靄含光，品味雋永。細聆其音，纖細深沉交織，能知賞者自有其大樂在焉，倘再能理解其裝配結構設計，華麗與雍容，更是讓人沉迷。近年來眞空管機之復興，與歐洲喇叭箱之精細木工，其中夾有歷史的鄉愁與懷舊情結。暗夜中，看到眞空管頂上那點點橘紅色燈絲，溫婉有光，直覺上它散發出來的音樂，都是一種溫存，一種美，一種風韻，一種感激。

音樂眞是一種超絕的藝術。它是一種「有之於內而表之於外的有聲思想」（黃友棣語）。我大半生得有聆樂之樂，從門外側身擠入這一窄門，四十年來盡量不疾不徐，從未休止。年輕時曾夢想挽著一隻手在水晶吊燈紫紅絨幕的巴洛克風的音樂廳中共聆蕭邦或柴可夫斯基；等到有了那手，我已移愛巴哈或華格納了。多年以來，音樂使我兼及歐洲歷史，宗教文化，少量的詩與戲劇，而不自覺的睽違了繪畫。生活中充滿浪漫與嚴肅。在我苦讀史懷哲與巴哈傳記時，大量地吸入組織嚴格的賦格曲式，如今回想起來，這可能訓練了我中年期的紀律思考和排組整合的能力。第一次聽帕蒂高爾斯基的大提琴，艾爾曼的小提琴，魯道夫．塞金彈貝多芬，史華茲柯芙獨唱，都使我有一種畢生揮之不去的沁入心脾的絕對美感。在柏林愛樂大廳沙爾斯堡節日廳，維也納大廳聽卡拉揚指揮「創世紀」，在聽到亞當夏娃的二重唱時，不自覺地淚眼涔涔；聽卡爾貝姆指揮莫札特，凱立指揮貝多芬，那種正大方圓，感動得不知怎樣形容。西方交響樂形式之擅能同時描寫多元，對這種複音音樂的精微感受，也是我在接觸其他藝術時，不曾感受過的。

不知可否這樣以爲：歐洲音樂的進化可以說和他們的科技、工業、民主政體、社會文化如影隨形。傑姆斯．瓦特發明蒸汽機，開啓工業革命之門，不也是這段時候麼，科技是嚴格的理念與實現，規矩方圓之間，一絲不能苟，音樂也是如此，歐洲音樂祇有從 1750 到 1950 這二百年間，才完全受樂譜限制。每一個演奏的音都要記在譜上，演奏完全照譜（這當然和完成精細的記譜法有關），十分嚴格。事實上，1750 年之前的演奏家大部分樂曲都是即興演奏的，柯瑞里（A. Corelli）演奏小提琴就不照譜；巴哈之父演奏也不照譜。這和五十年前前衛樂派（Advant Guard）的即興派如出一轍。巴哈（J. S. Bach）可能是第一個小心翼翼把一切都寫在譜上的人，這在當時是很受批評的。現在從「宏觀」視之，人類近代文明的主要動力，可能就是來自這一份精確與嚴謹精神。我大概年輕時有十年的時間醉心巴哈，想來對我必有影響。

因此，大學裡念理工醫學的青年反而比讀文史哲的更容易接近古典音樂。道理很簡單：古典音樂有一半性格是理性的，另一半才是情感內涵。巴洛克前後的典型作品就非常之數學化，因此經典作品都顯得相當拘謹與高雅。這種「理性的快樂」是人類所能享受到娛樂喜悅的最高形式。其結構風格完整而具統一性，特別是生活在今天的人，倘能濡浸一些這種感受，對生活之混亂，生命之無依，也許會有些鎮定或撫慰作用。

我在四十歲以後不知爲什麼忽然「文化回歸」，對中國的文史哲詩詞小說漸感興趣，我克制自己不要太偏注，因此常常不自覺在中西之間遊走比較，說來慚愧，孔子的「道不遠人，人之爲道而遠人，不可以爲道」，還是看了林語堂的英譯才徹底明白的。依此類推，我開始喜歡中國音樂，開始了解中國音樂以簡馭繁的眞正功力，名作曲家周文兄勸我先體會一下中國的美學，中國藝術的連貫性——如詩中有畫，畫中有詩，有圖像觀念，也有音樂。詩詞水墨和音樂不分的（如王維），中國音樂不重和聲，但每一個音都有大講究，如古琴，即有天聲、地聲、人聲之分，泛音、散音、木音之別，講求人與自然（天）合一，看起簡單卻極深奧，元馬致遠一首二十八個字的小令，讀來即有畫境，也有樂感：

枯藤老樹昏鴉，
小橋流水平沙，
古道西風瘦馬，
夕陽西下，
斷腸人在天涯。

不僅有畫，夜讀時彷彿都有聲音溢出來了。

後來又發現，典型的中國獨奏音樂是自娛，且娛性、娛情的；比較不甚適合演奏給別人聽。我掙扎好久，才能適應目前這種國樂團形式，因爲它太西化了。我有一張珍藏的呂振原先生的古琴唱片，其中「長門怨」和「流水」二曲，每次聽罷都感到一種「出塵」的境象，那麼簡單的旋律、節奏變化，卻能蘊含著那麼多情境。中國音樂帶給了我一種有如禪的情趣，完全不同於西方音樂。

今天，通過廣播、電視、唱片、錄音（影）帶聽到的音樂遠比過去多，相對的，聽音樂會慢慢變成一種對音樂產生過程的「印證」工作。去「看」的目的可能大過聽。可嘆的是：太多人聽慣了錄音，一到音樂會現場，反而不太能適應。例如：總覺得小提琴高音不夠，協奏曲中的大提琴聲音太小，樂團的低聲部太薄，吉他的音色太暗……，這可說是現代化的悲劇。因爲唱片都是經過高低音處理過的，在 Hi-Fi 的生產指標下，音色變得特別亮麗而高低音對比也比原來演出加強。一如加了糖汁的鳳梨罐頭比新鮮鳳梨好吃。至於鳳梨的新鮮味感，因平時太少吃反而難以認同了。

這些聽錄音長大的，是這一代人的悲哀。這個族群正在成長之中，久而久之，也形成了一種有如「人工音響美學」的說解，不時也夸夸其談，自得其樂。

無論如何，我們已無法退回到從前，也沒有必要。但必須明瞭：精緻典雅並沒有消失，且終將再度主導「大混亂」過後的世界與人生。我們今天隨時可得到音樂，買得到音響，一個小小的 CD 隨身聽就能帶來音樂廳裡那種享受。這要拜科技與富裕的賜予。

然而，聲音不是音樂，藏在聲音的情感、意境才是音樂。人在富足，有過見識，被某種「博大」觀照過後，總會感到自己的渺小與無助。因此人才需要藝術與宗教，用來避靜藏心、藉安生命。但此事可大可小，可深可淺，其造化全靠自己修持。稍涉中外史乘，就可以發現人類不是都像今天這樣庸碌，大德高明，在在多有，高明的東西的確不同凡響。倘能見識一二，進窺其精深，再退出來時，至少可以使人變得謙虛一些。我常覺得，世間一切有形的瑰麗莊嚴精緻，都是爲了影響感染人的。使人變得精緻。粗陋是一種墮落，是一種回返退化的方式。即令把黃金鑽石精鑲在馬桶上，也是一種昂貴的粗陋。這種生活與生命都不會持久。音樂不說教，但卻能幫助人感到一種較高尚的選擇，是有必要的。

賞析

張繼高（1926-1985），筆名吳心柳，平生以新聞為專業，對音樂研究甚深。曾創辦中廣新聞部、中視新聞部，擔任民生報總主筆兼副社長，創辦遠東音樂社及《音樂與音響》雜誌，對臺灣的新聞與音樂影響深遠。張繼高先生才氣洋溢，筆力雄健，縱橫新聞、音樂、政治、人情……，內容多元，展現知識份子追求精緻優美文化的用心與感時憂國的抱負。他原本堅持不出書，讀者只能剪報閱讀，後來才在出版社與文友的遊說下改變心意，勉強出書，著作包括《必須贏的人》、《從精緻到完美》、《樂府春秋》、《精緻的年代》。本文選自《必須贏的人》，是其自述對音樂的宏觀思考，許多觀點仍深具啟發性。

音樂，總是與生活息息相關，無所不在。從古代先民在農業勞動之際的歌曲、民間音樂，到後來宮廷的正式樂舞，一直到近代的交響樂團、流行音樂，都與我們的生活緊密結合。關於音樂的討論，《禮記》有〈樂論〉，討論音樂的根源、本質、分類與功用。張繼高的〈音樂音響，生命生活〉也是從宏觀的角度，論述作者在長期聆賞音樂的過程中，對音樂的多層面思考。

首先，音樂與生命的緊密關聯。作者首先指出，生命有階段的進展與層面的不同，生命的成長與成熟是階段性的，主要是在謀求生活的豐美；等待心智比較成熟了，就會開始需求深度的美、尋思人生的意義，渴慕宗教的慰安，這是屬於生命層面的精進。音樂的需要，正是生命深度層次的必然。所以，尼采說：「沒有音樂，生活將是一種錯誤。」沒有音樂，表示生命停駐於外在生活豐美的階段性追求，而缺乏深層對美的欣賞與飢渴，這樣的生命，顯然不足，當然是個錯誤。因此，作者才會在民國62年，當臺灣國民所得還不到四百美元（約臺幣一萬六千元）時，創辦《音樂與音響》月刊，鼓勵大家接近音樂，尤其是以好的音響，聆賞精緻的音樂。讓生活在階段性的追求之際，同時兼顧層面性的深刻。

音樂的聆賞有很多管道，現代社會拜科技之賜，可以透過音響聆聽美好的聲音。然而，物質的文明，也暗藏各種危機：科技帶來的便利性，常讓東西的價值受到壓縮，CD 唱片內容豐富，購買容易，多年的經典錄音都可以透過數位科技，處理得少有瑕疵，方便聆賞與收藏。然而，這卻會造成一種現象：音樂取得太容易，就不知珍惜。聽音樂的態度也變得隨意：回家之後，隨便找一張 CD 塞進唱盤，讓它播放，人就在聲音的漂浮中做自己的事，不管音樂的存在。再者，KTV 的盛行，更讓音樂因為普及而流於簡單而強烈的節奏、追求感官刺激與不知所云的歌詞。我們常有這樣的經驗，在幾個小時的舟車勞頓之後，好不容易來到一處鳥語花香的度假景點，一下車，還來不及欣賞美景，就傳來貫耳的卡拉 OK，真是殺風景。而物質文明追求更新更好的品質，常使人玩物忘本，在音樂的聆賞上，就是只知道買豪華的音響，而不懂欣賞美妙的音樂。陷入物質性的盲目追逐，而忽略了「音響只是手段，音樂才是目的」。

然而，製作精美的音響，就是一件藝術品，精緻的木工、優美的音色，或者真空管的復古造型，都讓人愛不釋手，回味再三。如果能固守音樂本位的原則，再從藝術欣賞的角度觀賞精緻的音響，這也是彰顯品味，深度鑑賞的美學作為了。

科技發達，產品日新月異，因此，張繼高提醒，今日欣賞音樂的首要態度，不是多，而是少；不是增，而是減。一開始不貪多務得，不追求昂貴的音響，而是在泛覽各種音樂之後，買一套自己能負擔的音響，選擇自己喜愛的作曲家或演奏家的作品，仔細而深入的聆聽；有機會的話，參加音樂會，以近距離聆賞演奏家的丰采。

音樂的創作，黃友棣先生認為，是音樂家「有之於內而表之於外的有聲思想」，思想是深刻的，因此，優美的音樂除了引發美感，還能興發聽者的情志，貝多芬第三號交響曲的命運敲門聲，正是創作者對命運的叩問，也啟發聽眾對命運不可知的懸想。思想是延續發展而多元變化的，所以，巴哈的嚴謹，蘊含著精確、典雅，也具趣味與溫暖。莫札特的作品以輕巧溫馨為主，也不乏厚重沉鬱的樂章。不只是音樂創作，音樂的聆賞也是如此，張繼高先生自述長年沉浸在西方古典音樂，後來也能欣賞簡約而豐富的中國音樂。心靈遊走東、西之間，正展現其深刻而多層的內涵。音樂欣賞帶來心靈的擴展，由音樂而涉獵宗教、歷史、繪畫等領域，心靈的擴展也帶來了溫潤的滋養。

音樂，是自由的，也是規律的。古典音樂發展初期是隨興演奏的，到了十八世紀之後，理性主義抬頭，古典音樂才有精準的樂譜與依譜演奏的方式。因此，古典音樂有一半理性，一半感性，不論是理性或感性的心靈都可以在其中獲得愉悅，而古典音樂的愉悅，是透過嚴整的結構引發的，因此，是一種嚴謹而浪漫的，理性的快樂。

音樂，透過心靈的共鳴，潛移默化，在諧和的樂音中安住身心，讓人心因為見識高尚而謙卑，張先生的這篇文章，就像一首音樂小品，優美、深邃卻不說教，引發幽微的情思，帶我們進入音樂的殿堂。

問題與討論

1.為什麼作者說，聽錄音長大的人，是一種悲哀？
2.你有何現場聆賞音樂的深刻經驗？
3.你認為什麼事物才是精緻的？試舉例說明。
4.作者認為，中國與西方的音樂有何不同？

延伸閱讀

1.張繼高，《必須贏的人》，臺北，九歌出版社，1995 年。
2.張繼高，《從精緻到完美》，臺北，九歌出版社，1995 年。
3.張繼高，《樂府春秋》，臺北，九歌出版社，1995 年。
4.張繼高，《精緻的年代》，臺北，九歌出版社，2002 年。
5.楊憲宏主編，《Pianissiom：張繼高與吳心柳》，臺北，允晨文化，1996 年。

丘壑關不住山精
——尋訪葛利格故居／莊裕安

1

七月底的葛利格之家，還是旅遊的大熱門，在我們之前，已有三個旅行團，正好各自占滿了葛利格的三個房間，於是我們先在院子裡照相。雜沓的人群自由穿入你的鏡頭裡，好像連魚市場都沒這麼熱鬧。卑爾根是挪威第二大城，人口二十來萬的港都，北歐到處叫你感到人口稀少，觀光熱點例外。葛利格之家的夏季音樂會，從六月底到八月底，每禮拜三和禮拜天晚上各一場室內樂，每場至少包含一首葛利格的作品，此刻方興未艾。

挪威人對葛利格的音樂，百年來一直熱愛不渝。最近，一個叫Leif Ove Andsnes 的挪威年輕鋼琴家，由卑爾根愛樂伴奏，灌錄了大滿貫的葛利格的鋼琴協奏曲，一舉送上流行排行榜裡去。這年頭全世界哪裡都一樣，古典類銷售量只有通俗類十分之一二，能保送一張古典音樂唱片票房成績進入流行榜，眞是風雲事件一樁，就比如胡乃元剋了林志穎。所有觀光藝品店，最不缺的兩種產品，就是山精玩偶和《皮爾金組曲》卡帶，前者是挪威神話的吉祥物，後者是結合這個國家最知名的文化人物，易卜生和葛利格。

葛利格之家暱稱「山精崗」，Troldhaugen 這個挪威字，連結了Trold（山精）和 Hang（小丘），是葛家女主人妮娜取的小名。它是愛樂者到挪威必朝聖之地，旅行社也樂於納入觀光點。即使完全不曉得有葛利格這號人物的，也不會單調無聊，因爲它有挪威典型的山林之美，並保留葛利格在世時，散步尋求靈感原貌。

就比方進到葛府之前，大小車輛必須停靠在外圍，遊客步行五分鐘腳程，受洗森林靈氣。這一段崎嶇小徑，正好用來阻隔世俗喧囂，保有 1885 年 4 月葛氏遷入以來，整個小丘陵的原始樣子。不止「山精崗」方圓數里，沒有惡形兇相的建設公司濫墾濫建，整個卑爾根都像沉睡的美人，一兩百年來沒什麼大刀大斧，連門面油漆都不能任意更改祖先選定的顏色。葛利格萬一在他逝世八十五年後的某個早上醒來，一切都沒什麼改變，除了多出這一群蜜蜂遊客。我也是討人厭的一個，輪到我們進屋裡參觀了。

2

四十來坪的雙層獨棟房子，坐落河畔小丘，方圓數分鐘步程全無住户，這恐怕是創作者心中最具體的桃花源了。葛利格當初以一萬四千五百克郎，非常低廉的價格，買下這片山莊，包括房舍、花園、林蔭道、船塢、碼頭，在一百多年前地廣人稀的卑爾根郊外，不是一筆多耀眼的交易。這是葛氏夫婦結婚十八年來，第一次擁有他們自己的房子。這一對無殼蝸牛，並不是源於經濟問題，而是他們終年旅行演出，妮娜是詮釋其夫所作歌曲的最佳女高音，葛利格當然是拍檔伴奏。

這一棟融合新維多利亞和古挪威風格的房子，目前只開放樓下這層，原屋主的廚房、餐廳和客廳。收票口設在後門，我們一進去，就是炊煙不再的廚房，牆上掛著男主人的大風衣，牆角一只舊皮箱，彷彿音樂家風塵僕僕剛從哥本哈根回來。如果妮娜還在，她也許樂於告訴我們，這是萊比錫音樂學院的畢業證書，那是巴黎、華沙、羅馬、慕尼黑的邀請函和感謝狀，這是易卜生、李斯特、布拉姆斯、華格納的親筆信，那是《皮爾金》的草稿和鋼琴協奏曲的總譜。最叫唱片迷興奮的，是一屋子數十幀畫像，好些都是在唱片解說內頁看過了，如今親炙細膩的原作。

不識葛利格的，也充滿興味。這裡呈示一個百年前中上人家，愛旅行的創作者，散發的優雅風格。沒有嗜血的鹿頭豹皮，只有精巧的燭臺、花瓶、餐具、吊燈，清淡的原木和銀飾。最大的三樣家具，全是葛氏夫婦銀婚紀念和六十大壽時，朋友送來的祝賀禮物，包括一架史坦威鋼琴、兩幅油畫。一幅掛在餐廳，題爲「遊戲的小孩」，葛氏伉儷年輕時育有一女，不幸一歲就夭折，此後膝下空虛。另一幅掛在客廳的是「丹麥風景」，那是妮娜的故鄉，妮娜是葛利格舅舅的女兒，表親聯姻。音樂、小孩和風景，這三樣事物，正是他們夫妻的最愛。

這是一個四面向陽的木頭房子，談不上豪華，但再舒適不過了。站在餐桌前，會給你一種，一碗熱湯就要端上來的溫暖感覺，那餐巾上的一小塊漬印，不正是葛利格粗心的痕跡。爲著鋼琴底下那張絲毯，妮娜不知跟葛利格嘔了多少氣，每次總把院子裡的溼泥巴帶進來。但我不習慣穿拖鞋或打赤腳踩踏瓣啊，你看過鋼琴家不穿皮鞋上臺的嗎？

3

每五分鐘清場一個房間，十五分鐘後，我們又回到院子，本來這也只是一對頂客族的住家，可沒設想到布置成紀念館。有時候，演奏家也以客廳裡那架史坦威開音樂會，屋子裡三個房間擠滿九十位聽眾，其餘的就站在院子來。這一大片林蔭腹地，才是屋主叫人豔羨的地方。

離堂屋一兩百公尺遠，有一間面湖，三四坪大的作曲家小屋。作品編碼四十號以後的，可能就在這斗室臨盆。這小產房更加素樸，一張大書桌、一架小鋼琴、四張椅子，椅子有時用來招待客人或學生、通常是擺著攤開的樂譜、墨水瓶、紙鎮、節拍器、椅墊、烘爐，彷彿上面還留著主人的體溫。

因爲這是一個舒服的七月天，院子裡開滿鮮豔的花，我身上輕薄的夾克要穿要披都不礙事，難免讓人誤以爲葛利格在過好日子。其實挪威並不都這麼好光景，再過三四個月，也許就要下第一場小雪，下午三點鐘天就黑了。我們罹患肺結核和風溼病的作曲家，過的又是另一種蕭瑟單調的辛苦生活。從窗口望出去，湖上也許結著冰，樹枝都禿光了，他偶爾到外頭繞一圈，回來就咳嗽不止和關節痠痛。

春光關不住，他就在這個房間裡，撰寫第三到第十輯鋼琴「抒情小品」，山林裡沒有熟悉的挪威民歌時，他便在鍵盤上唱。妮娜偶爾送蛋糕、添煤炭，他叫住她，一起聊著夏天的山脈和峽灣、在溪邊玩耍的小孩。六首「山脈與峽灣的旅行回憶」、七首「小孩的歌」，可能就在這些無盡寒冷黑暗的冬天晚上應運而生。

眞正的偉大，要到華格納身上尋找。1876 年，拜魯特上演全本的《指環》時，葛利格躬逢這場世紀盛事。他也曾迷戀華格納的音樂語彙，尤其這四齣巨型連篇劇樂，還是源自北歐神話。世紀之交，幾個代表性的音樂人物，對華格納都是欲迎還拒，在愛慕之中，有說不出的排斥。葛利格的房子，顯然不是偉大那一型，就像他的音樂。

4

葛利格生於 1843 年，而 1840 年是歐洲民族意識甦醒的開始，李斯特雖不被視爲國民樂派，但他對匈牙利民歌和舞曲的開發，應算一股啓蒙先鋒。葛利格的求學生涯，是典型邊陲國家的模式，母親是曾留學漢堡，小有名氣的鋼琴家，父親爲經商有成的愛樂者。葛利格自小學鋼琴和小提琴，青少年就撰寫小天才習作，登臺開過演奏會。十五歲那年由名師引薦，進入萊比錫音樂學院就讀，之後便以演奏家、作曲家、指揮家、教育家多種身分問世。

葛利格早先選擇最靠近中歐的哥本哈根爲活動中樞，丹麥的文藝風氣要勝過挪威一籌。比葛利格大十五歲的劇作家易卜生，會步上尖酸深刻的諷世路線，跟當時挪威的文化生態不無關係，創作者不知不覺便要走上自我放逐的窘境，如果他們不南下投靠文化主流。葛利格早年，便是在舒曼、孟德爾頌、莫札特、韋伯等大翼呵護下，滿腦子德奧音樂語彙。就像二十五歲一舉成名的鋼琴協奏曲，那是一首調和蕭邦、舒曼、李斯特三種風味，到處被認可的學院之作。

雖然同國藝文人士，像易卜生、諾德亞克、畢倫森的相互砥礪，使葛利格越來越傾向國民樂派。但葛利格不是一個熾熱的人，他沒有全力投入田野調查或民歌採訪，他只清清淡淡表達對挪威民間音樂的喜愛。他沒有掀起挪威的音樂尋根熱，甚至在死後二三十年，藝術行情跌停，成爲保守派的絕佳樣板。但葛利格的作品，確切影響過底下幾員大將：德布西、拉赫曼尼諾夫、史克里亞賓、普羅高菲夫。其實葛利格未全心致力於發展民族音樂，一如他對德奧建構式交響曲、奏鳴曲早熱後冷，作曲家只表現他的愛樂人格，並不一定要爲某個偉大的宗旨效命。

從葛利格的堂屋和小作曲室，走到柳暗花明的另一個小碼頭，是作曲家日常散步的幽徑。以後，每當我聽到他一百四十首歌曲或者六十六首鋼琴抒情小品時，大概都不能忘懷這條小路。在選擇所謂「十大荒島音樂」時，我一定要保留一席給這樣的鋼琴小品：孟德爾頌的《無言歌》、布拉姆斯作品一一六到一一八的間奏曲或小品、舒伯特的即興曲和葛利格的抒情小品。這些在時間和空間中，雙重遺世而獨立的珠玉之作，如果化爲存在實景，這一片園林幽徑，不正是它們的最好投身。

5

葛利格之家保存作曲家遺物，其實一波三折，不是從葛氏生前遺留到現今。葛利格逝於 1907 年，妮娜比他多活了二十八年。葛利格臨終前幾年，一度想搬到克利斯提尼亞（今之奧斯陸），那裡人文薈萃，更切身的是，山精崗的氣候不利於他的結核和風溼。但每想到要搬離候鳥故居，他總以一場痛哭，數次打消念頭。他的骨灰，後來也如其所願，鑲嵌入山精崗面海的一片石壁上。

然而，一次大戰帶來的經濟危機，波及他的遺孀。妮娜不得不在 1919 年賣掉此處的房地產，搬回哥本哈根娘家，她只隨身帶走鍾愛的畫像。幸好大部分的油畫和素描，都由卑爾根的藝廊買走，沒有四處流散，日後不難追回。經過拍賣槌售出的大小樣家具，也按列表一一懇請還巢。

這個轉機是在 1923 年，由當地某個基金會，購入此片園林，贈與葛利格的侄兒，做爲表彰葛利格對挪威音樂貢獻的紀念館。經過五年奔走，四散的葛利格遺物才勉強收全，開幕供遊客瞻仰。最感到安慰的莫過妮娜，她一度自疚難保葛利格遺產，如今不再有無家的失落感。1935 年她逝世，其骨灰葬於此處懸壁，葛利格身旁。

1953 年起，卑爾根開始舉辦國際夏令音樂節，葛利格之家的史坦威鋼琴，一直爲演奏家嚮往在其上彈葛氏作品。晴朗的日子，屋子裡擠滿九十名聽眾，幾百位向隅的，就借助擴音器。在花園和幽徑，或躺或坐聆聽葛利格小品，也是別有風味。1974 年，就在作曲家小木屋不遠，建築師設計一間原木的演奏廳，提供每年夏天例行的室內樂演奏會、大師講習和研討會議之用。六月下旬，挪威國王必親臨開幕式，成爲挪威樂界年度盛事。

葛利格原本就不是那種容易被神格化的音樂家，拜訪過他的故居，更增添親切家常感。夏天下午一個多小時的會晤，無非意在爲我與他一輩子的情誼鋪路，那個幽徑，葛利格走過，我也走過。

賞析

莊裕安，1959 年生，內兒科開業醫生，兼營音樂文學、散文、新詩以及文學評論，在散文創作方面卓然有成，作品有《一隻叫浮士德的魚》、《曉夢迷碟》、《喬伊斯偷走我的除夕》、《水仙的咳嗽》等十餘本，是音樂散文最具代表性的作家之一。

醫生作家在臺灣文壇是身分非常突出的一群，他們都有聰明的頭腦，通常也是出身教養良好的家庭，如果在專業之餘，投注於文學創作，也能有不錯的表現。從早期的賴和、王昶雄，到近年的曾貴海、鄭炯明、王溢嘉、王浩威、陳克華、莊裕安、侯文詠及田雅各等，在文學運動的推動、各種文類的創作，以及文學評論，都有舉足輕重的地位。莊裕安以其醫師的專業背景，結合深厚的文藝涵養，尤其是音樂素養，出以幽默輕鬆的筆法，開創散文的新路徑，也形成獨特的風格。莊氏的散文輕鬆而不輕浮，幽默而不淺薄，批判而不沉重，主要是他的散文創作能根植豐富的學養，厚積薄發。因此，讀者閱讀莊氏的散文，雖然輕鬆，卻不易通讀，也就是說，莊裕安先生的散文容易親近，但不是一眼可以看清，這樣的門檻與挑戰，也增加閱讀的深度與樂趣。

葛利格（Edvard Grieg, 1843-1907），挪威現代音樂之父。莊裕安熟悉古典音樂，也熱愛葛利格的音樂，尤其是鋼琴小品與歌曲。旅行，尤其是出國旅行，在 1987 年臺灣解嚴之後，已逐漸成為全民運動。然而，旅行可有多種層次：走馬看花、蒐異獵奇是一種；純粹散心、欣賞美景是一種；而主題旅行也是一種。大陸學者余秋雨的《文化苦旅》是一種透過文化對話而具深度的旅遊方式，余秋雨承載中國文化的重擔，旅行不得不苦；莊裕安則以朝聖的心態，拜訪遠在挪威的葛利格的家，滿懷悅樂。在文章中，作者對葛利格的生平、音樂，以及其他相關的事蹟，侃侃而談，顯示對葛利格的熟悉與熱愛，這也說明了，文化的深度之旅，需要有豐富的文化知識作為基礎，再透過旅行的臨場見證，引發作者與環境、前人的對話，讓旅行所見所聞成為深度的文化感悟。

全文分五段，首段先敘述作者在七月隨旅行團到挪威的卑爾根城探訪葛利格之家，雖然地處偏遠，卻非常熱鬧；挪威的藝品店最不缺的產品就是葛利格與易卜生合作的《皮爾金組曲》；年輕鋼琴家灌錄的葛利格鋼琴協奏曲，竟然能登上排行榜，都顯示挪威對葛氏的喜愛。而全世界對葛氏的喜愛與尊敬，除了他的音樂之外，挪威政府保持十九世紀葛氏住家原貌，也居其功，包括建築物、周遭環境，甚至門面油漆，都保有 1885 年的純樸與寧靜，並在每年夏季舉辦音樂會吸引全世界的樂迷。百年後的遊客並不是搭著巴士直達故居門口，而是停靠在外圍，然後步行五分鐘後，才能抵達，這五分鐘的距離，讓遊客飽受森林靈氣的洗滌，也讓整體環境的靜謐獲得保存。

接著，作者進入屋內，從售票口進入，映入眼簾的是簡單而有重點的擺設，牆上男主人的大風衣與牆角的舊皮箱，就好像葛利格剛從哥本哈根回來一樣；《皮爾金組曲》的總譜、一屋子的畫像，則讓樂迷有親炙的感動。其他房間的陳設，也保留葛利格夫婦生活的喜好與品味，一架史坦威鋼琴、兩幅以孩子與丹麥風景為主題的油畫，搭配著精巧典雅的日常生活器皿，散發出優雅而舒適的風格。因此，當作者站在餐桌前，不禁懷想昔日葛利格的居家生活——熱湯端上桌的溫暖，餐巾漬印的粗心，以及葛氏夫妻為了鋼琴底下絲毯的嘔氣。

第三段作者來到葛利格創作的小屋，小屋離主建築兩百公尺左右，環境更清幽，擺設更簡單，只有一架小鋼琴、一張大書桌與四張小椅子，許多偉大的作品都在這裡誕生時，葛氏只能靠壁爐及自己的體溫抵禦北歐寒冷的長冬。因此，此處的椅墊、筆墨、鎮紙，似乎都留有葛氏的體溫。

第四段論述葛利格在音樂史上的地位，他不像華格納的偉大型，也沒有易卜生的尖刻諷世，葛氏出身音樂世家，十五歲進入萊比錫音樂學院就讀，畢業之後先到丹麥首都哥本哈根，接受當時主流文化的洗禮，音樂生命免於陷入封閉放逐的窘境；受到國民樂派注重民歌的影響，他也吸取挪威民歌作為養分，創作《挪威舞曲》；最後，他選擇回到卑爾根定居，以出色的多元創作獲得李斯特的肯定，也確立自己挪威音樂之父的地位。作者認為，葛氏的創作並非為任何宗旨服務，而表現自己的愛樂人格，就如故居中，葛氏經常散步的小徑，溫馨親切，又深刻動人。

最後，作者追述葛氏故居保存的始末，葛利格晚年因健康因素而有遷居的念頭，後來，還是住下來了，死後，就安葬於此。一次大戰期間，葛氏遺孀妮娜因經濟因素賣掉故居，幸好，屋內大部分的油畫都由卑爾根當地畫廊買下，故居也在 1923 年，由當地的基金會買回，並贈與葛利格的姪子，作為葛氏的紀念館。1953 年，卑爾根以紀念館為核心，舉辦國際夏令音樂節，成為歐洲重要的音樂節慶之一。這些人事滄桑由作者娓娓道來，讓人感動，也頗感觸。挪威，尤其是卑爾根，齊心一力保留音樂大師的故居、遺物，才能留存今日故居的原貌，以及音樂的盛會，讓葛利格成為挪威的驕傲、世界的瑰寶。感慨的是，臺灣也不乏世界級傑出的藝術家，卻在民眾的忽視、政治的扭曲之下，沒有獲得應有的重視。

旅行，就是一種對話，人與人、人與環境、進而文化之間的對話，對話能面對面的及時晤談，也可以透過器物、建築、雕像、音樂等做超時空的連結；至於能談到多深、多廣，就要看旅行者的涵養能撞擊出什麼樣的火花。莊裕安先生的文藝涵養深厚，獨到的眼光以及豐富的音樂聆賞經驗，讓他在旅行之中，印證所知所學，也啟迪讀者新思異想，完成一篇篇不俗的對話。

問題與討論

1.請指出作者在參觀葛利格故居的段落，哪些是實景的描寫？哪些是作者的想像？

2.葛利格故居能夠完整保留下來的原因何在？

3.是否有參觀音樂家（或作家、藝術家）故居的經驗？請說明其間的感受。

延伸閱讀

1.莊裕安，《跟春天接吻的一些方法》，臺北，大呂出版社，1990 年。

2.莊裕安，《我和我倒立的村子》，臺北，大呂出版社，1992 年。

3.莊裕安，《巴爾札克在家嗎》，臺北，大呂出版社，1993 年。

4.莊裕安，《巴哈溫泉》，臺北，大呂出版社，2000 年。

5.莊裕安，《水仙的咳嗽》，臺北，二魚出版社，2003 年。

青春舞曲

——我的記憶，關於那些歌／馬世芳

1981 年夏天，我十歲。全校小學生去陽明山郊遊，我走在山路上，有些累了，吹著風，想找首歌替自己打氣，便唱起了李建復的〈漁樵問答〉：

喝一杯竹葉青／唱一聲水花紅
道什麼古來今／沉醉嘛付東風……

老師說：馬世芳，你怎麼這麼來勁啊，唱的這是什麼歌呀。我便害羞地住嘴了。

二十四年後，爲了製作「天水樂集」的復刻版專輯，重聽這首歌的錄音，藍調吉他、梆笛與弦樂呼應交響，李建復的聲嗓清澈嘹亮，編曲的創意與完熟令我驚詫不已。這纔憬悟當年自己唱的是什麼樣的歌，當年那群二十郎當的音樂人又是多麼有勇氣、多麼有才華……。

當年的製作人李壽全回顧那張專輯，有感而發：「如果現在才要做，大概就不會做了。」七〇年代以降的青年創作歌謠，就在這種「沒想太多」的狀態下，燒起了燎原大火，永遠改變了華語流行音樂的歷史。說起來，「沒想太多」的狀態是最珍貴的——因爲所有的氣力、全副的生命，都擺在歌裡了。

回首三十年來幾波創作歌曲的風潮，其中最動人的作品，多少都是從這種「沒想太多」的狀態裡發生的：七〇年代中期「唱自己的歌」的「民歌」運動、八〇年代初期羅大佑的搖滾黑潮、八〇年代後期林立的音樂工作室和轟動一時的「新臺語歌」、九〇年代由魔岩和獨立廠牌帶起來的民謠搖滾、原住民音樂和另類搖滾——這些音樂的火種，都是老早就在醞釀，只等適當的時機「從地下轉進地上」——只要是土壤是豐沃的，我們便有百花齊放的條件。

聽聽楊弦在 1977 年《西出陽關》專輯那樣虔敬地彈唱著胡德夫教他的卑南語〈美麗的稻穗〉，你很清楚「流行音樂」這四個字壓根兒就未嘗進入過他的腦海。它的錄音和編曲是那樣樸素，但是跨越將近三十多年的歲月，仍然能讓我們這些後輩感動掉淚，它的力量遠遠超越了同時代早已朽滅的許多「流行歌」。

楊弦在 1975 年出第一張專輯的時候，我的母親陶曉清還不到三十歲。她在中廣做節目，每星期固定播放一些年輕人自己在家裡錄下來的歌，反應之熱烈出乎預期，她便邀請這些年輕人來上節目，替他們組織演唱會。很快地，這些歌錄成了唱片，賣得比誰都好，漸漸形成了一股人稱「民歌」的風潮。那是我還在幼稚園滿地亂跑的時代，家裡常常會有一些叔叔阿姨帶著吉他，坐在我家鋪著榻榻米的客廳地上，說是要開會，結果都在喝茶吃零食講笑話和唱歌。

後來我才知道，「民歌運動」很大一部分就是這樣在我家客廳開展起來的，那些歌手幾乎都還在念大學，我每次叫叔叔阿姨，他們都往往露出不習慣的尷尬樣。我的同學知道家裡經常有歌手出沒，紛紛叫我替他們要簽名，我覺得丟臉死了。不過倒是有一張李建復親筆簽名的《龍的傳人》唱片現在還留著，上書「給馬世芳小朋友」。

我記得李宗盛最愛講笑話，王夢麟最愛罵髒話，鄭怡性子最急，邰肇玫酷得像大姊頭。那些年輕人經常戀愛或失戀，有時候唱著新寫好的歌，唱到一半還會哭起來。那個年頭的「民歌手」幾乎沒有人想要靠唱歌營生，寫歌錄唱片也是幾千塊就傻傻地賣斷了。而且無論有多紅、唱片多暢銷，一旦和求學就業計畫抵觸，很多人都毫不猶豫告別樂壇。

回頭想想，這種別無所求的天真精神，也是「民歌」時代最動人的特質之一吧。

1980 年的某一天，蘇來在我家看中共「十惡大審」的電視轉播，忽然回過頭對我母親說：聽說政府考慮要解除戒嚴了，這個社會總算還是有點希望的。我媽沒搭腔，我則納悶著戒嚴跟社會希望有什麼關係。那時蘇來寫了一首叫做〈中華之愛〉的歌，卻因為有「嚮往赤色祖國」之嫌，屢次送審均未通過，最後只好加寫一段「要努力奮起復我河山」的「光明尾巴」，才獲准出版。在那個「不接觸不談判不妥協」的年代，有一陣子甚至連提到「故鄉」兩個字的歌都會禁播。誰能想像二十幾年之後，國民黨會變成在野黨，當年的新聞局長會在北京和中共總書記握手……。

我記得李雙澤的〈美麗島〉和〈少年中國〉常常是連在一起唱的，那個年頭沒有誰覺得奇怪，現在的青年人恐怕是難以理解的了。〈美麗島〉的旋律眞是漂亮，當時常常用作演唱會結束時大合唱的曲目。沒有人知道這首歌會變成一本黨外雜誌的名字、變成地下流傳的禁忌祕語、變成光芒萬丈的認同符號，最後終於被大多數人遺忘……早在美麗島事件之前，〈美麗島〉和〈少年中國〉便雙雙被禁播，前者據云是「鼓吹分離意識」，後者又似乎有「嚮往赤色祖國」之嫌，李雙澤地下有知，恐怕會氣得跳腳。

我記得 1981 年 10 月在高雄的「天水樂集」演唱會，二十二歲的李建復入伍當兵前的最後一場演出，全國成千上萬的女歌迷都捨不得他。會後李建復在場外的一張長桌上替歌迷簽名，眾多迷妹大呼小叫擠成一團，連旁邊比人高的盆栽都被碰倒，玻璃門也險些被擠碎。那是「民歌」時代的尾聲，那天的迷妹們，如今有不少人的女兒可能正在以同等的熱情瘋魔周杰倫和王力宏呢。

後來，在「民歌」漸漸沒落，卡拉 OK 和 KTV 還來不及發明的時代，最屌的那家唱片公司叫做「滾石」：齊豫、潘越雲、陳淑樺、張艾嘉、羅大佑、李宗盛、羅紘武、趙傳、陳昇、林強……八〇年代「滾石」全盛期的每張唱片，幾乎都是一種新觀念、一片新天地。那眞是一段「太平盛世」的黃金歲月。

在漫長綿延、景氣起伏不定的八〇年代，流行音樂脱去了民歌時期的天眞青澀，化身爲整個社會的發聲筒，成年人的「眞實世界」和青年人的狂狷夢想一塊入了歌：蘇芮的〈一樣的月光〉、潘越雲的〈謝謝你曾經愛我〉、張艾嘉的〈忙與盲〉、陳淑樺的〈那一夜你喝了酒〉、張雨生的〈我的未來不是夢〉、林強的〈向前走〉、葉蒨文的〈瀟灑走一回〉、陳雷的〈風眞透〉、葉啓田的〈愛拚才會贏〉……每一首歌，都是一塊社會的切片，這是一個和七〇年代完全不一樣的世界，有著截然不同的色彩、節奏和情緒。就連彼時初興、鎖定年輕男女的偶像歌手，都充滿了日系的摩登風情：楊林、林慧萍、方文琳、伊能靜、紅唇族、城市少女（多麼理直氣壯的團名啊），當然還有轟動一時的小虎隊和憂歡派對（因爲這樣的藝名，她倆拍照時非得一個傻笑、一個裝苦臉）。

我記得搖滾樂悄悄在樂壇建立灘頭堡。蘇芮在國父紀念館的舞臺上一身亮黑奮力唱著〈一樣的月光〉，李壽全彈著電吉他使出渾身解數唱著〈我的志願〉。他唯一的專輯《八又二分之一》，集合了陳克華、張大春、吳念眞和詹宏志的詞作，和之前他製作的兩張「天水樂集」唱片一樣銷量慘澹，如今卻成爲公認的經典——說來有趣，這位王牌製作人最厲害的作品，似乎都是爲了後世更成熟更聰明的耳朵準備的。

最難忘的，當然還是羅大佑。1984 年的最後一天，羅大佑在還沒被燒掉的中華體育館辦演唱會。那年我十三歲，剛上國中，自覺不再是「小朋友」，於是努力要裝出世故的表情，跟著滿屋子大人大喊、拍手。羅大佑仍然是招牌的黑衣黑墨鏡爆炸頭，配一雙白得刺眼的愛迪達球鞋。唱完最後一首歌，他把手上的鈴鼓遠遠一扔，臺下掀起一陣尖叫，上百雙手高高伸出去。那只在空中旋轉著劃出一道漂亮弧線的鈴鼓，是那一夜最鮮明的畫面。辦完這場演唱會後不久，筋疲力竭的羅大佑離開臺灣，暫別歌壇。他再度回來開「音樂工廠」的時候，臺灣已經解嚴，世界變得完全不一樣了。

就在羅大佑「出走」的那幾年，我冒出青春痘、長出喉結和鬍渣、戴上了眼鏡。急著想長大，卻又不清楚大人世界是什麼模樣。回頭去聽羅大佑的舊專輯，赫然發現他的作品洋溢的傷逝、壓抑與世故，正好是我們想像中的大人世界最完美的主題曲。

1989 年暑假，大學聯考放榜之前，幾個相熟的哥兒們約好到北海岸誰家的別墅去玩三天。不知道爲什麼，那個夏天整個濱海社區空無一人，一整排的別墅裡只有我們這幾個剛考完大學的孩子。有人因爲沒考好而心情鬱悶，有人因爲不知道算不算戀愛的情事而心情鬱悶。入夜以後，我們把羅大佑的錄音帶塞進卡拉 OK 機，音量開到最大，用灌過臺啤的喉嚨，向著遠方的大海和滿天星星卯足了氣力唱〈將進酒〉：

多愁善感你已經離我遠去／酒入愁腸成相思淚
驀然回首／想起我倆的從前／一個斷了翅的諾言……

十七歲的我們眞的有那麼多的愁緒嗎？我們需要的是一些濃得化不開的情緒，讓我們自覺長大了，卻又不至於一下子被大人世界吞沒。是啊，我們如此年輕，卻又不復童年的懵懂，我們總算有了值得流淚嘆息的回憶。就像羅大佑唱的：「就在那多愁善感而初次回憶的青春」。我總覺得，關於青春，再也沒有比這首歌詞更動人的描述了。

大一快開學的一個黃昏，我把原本要用來買醜得要命的「大學服」的錢，換了一件手染的吉米．韓崔克斯恤衫，垮垮地套在身上，自覺很有浪蕩嬉皮的風情。經過臺大舊體育館，聽見裡面傳出極有韻致的藍調 shuffle 節奏，電吉他不慍不火，大爲驚奇。於是跑進去聽這個正在排練的叫做 China Blue 的樂團，然後就一路待到了半夜。那是水晶唱片辦的第二屆「臺北新音樂節」，玩藍調搖滾的長髮眼鏡胖子叫做吳俊霖，那似乎是他生平第一場正式演出。還有另外一個個頭比較小的眼鏡胖子叫做林暐哲，激昂萬分地唱了一首叫做〈民主阿草〉的歌，並且向臺下稀稀落落的觀眾大喊：「臺灣ㄟ枝仔冰，站起來！」我於是知道，新的音樂時代彷彿又要開始了。

臺下的觀眾之一，是同樣留著一頭長髮的薛岳。我記得他看著臺上的伍佰說：「這個傢伙還可以，不過要再多練練。」當時薛岳並不知道自己只剩一年多可活，更不會知道自己生命中的最後一場演唱會「灼熱的生命」，竟成爲臺灣搖滾史上最動人的絕響。伍佰當然也不曉得再過三年他就會變成全臺灣最紅的男歌手，而且是有史以來第一個登上娛樂版最前線的搖滾吉他手。

那時候，「搖滾」還是一種帶著祕密結社氣味的小眾樂種。一頭長髮的薛岳和劉偉仁都格於新聞局的規定而不能上電視，更別說本來就不喜歡上電視的「小孩」羅紘武了。不過這並不能阻擋雄心壯志的老岳、阿仁和小孩，早在伍佰出道前好幾年，老岳做出了〈你在煩惱些什麼呢？親愛的〉，阿仁做出了〈離身靈魂〉，都是極爲動人的搖滾經典，而小孩摧肝裂膽的〈堅固柔情〉，更是無法重現的歷史顛峰。這些專輯當年都賣得不怎麼樣，如今瘋魔著五月天和 F.I.R. 的年輕樂迷，恐怕也不太有機會認識他們——直到現在，這幾個名字都還是帶著祕密結社的氣味。然而若是在適當的時刻對適當的人提起這些名字，你會遇見一對溼潤的眼眶，還有一番關於青春記憶的激切傾吐。

在新生訓練的社團聯展攤位上，我拿到一份叫做《臺大人文報》的刊物，四版頭條的文章標題就是「站起來的臺灣枝仔冰」，作者是比我大兩屆的黃威融。後來我加入那個社團，學著編刊物、寫文章、交朋友、談戀愛，而且認認眞眞聽了很多很多音樂。回想起來，之後十幾年的「人生主旋律」，好像就是在那個時候悄悄「定調」的。

我有幸以一雙天眞的眼睛見證了一整個世代創作歌謠的勃興，

如今則意外踏上了母親三十年前走過的道路——做廣播、寫音樂文章、參與創作歌曲的催生。我相信再怎麼不景氣，每個時代都還是需要動人的歌。只是在這個時代，做音樂這一行的，心裡最在乎的事情，往往早已不再是音樂了，這才是最悲哀的事情。

我相信只要你能像羅大佑說的「拋開一些面子問題」，讓歌詞回歸到音樂的本質，新的燎原大火，其實隨時都會燒起來的。那捧火種，也許早就「捂」在那兒，悶燒很久了。或許，我們應該回到當初那個「沒想太多」的狀態裡面。或許，我們終於將發現，在這個亂七八糟的時代，仍然會誕生二十五年後足以讓我們的兒女感動落淚的作品——就像現在我們還在時時重溫的那些老唱片。

賞析

馬世芳，1971 年生。集作者、廣播人、music543.com 站長於一身，父親是作家亮軒、母親是廣播人陶曉清，馬世芳耳濡目染，十五歲就夢想以文字和音樂為生。大學時代主編《臺大人文報》，同時在中廣青春網引介經典搖滾樂；畢業前夕和社團同學合編《1975-1993 臺灣流行音樂百張最佳專輯》，至今仍被視為樂史重要文獻。1995 年退伍，編纂《永遠的未央歌：校園民歌 20 年紀念冊》，亦成為研究臺灣流行音樂的必讀參考書。二十七歲和朋友合著《在臺北生存的一百個理由》，轟動華人文化圈，開類型出版風氣之先。2000 年，馬世芳創辦音樂社群網站「五四三音樂站」music543.com，跨足社群經營與獨立音樂發行事業，屢獲金曲獎與華語音樂傳媒大獎肯定。馬世芳目前在 News98 主持「音樂五四三」節目，並持續撰寫雜文、專欄與音樂文字。馬世芳的年輕身體裝著老靈魂，他的文字往往揉合私我的青春記憶與波瀾壯闊的時代背景，引領讀者懷想曾經滄海的激情與幻滅，獨樹一幟。

本文是作者的青春記錄，透過生命不同時期的觀察、參與，譜寫出一首動人的青春旋律。當讀者隨著作者的文字，重新回轉七十年代以降的音樂風潮，在一個個既熟悉又陌生的歌手、歌曲中，也不禁懷想自己苦澀的青春，以及共同經歷的時代動盪。這樣的懷舊心情，或許可以解釋最近民歌演唱會的盛況。民歌，在七十年代興起，最初，只是年輕人「想唱自己的歌」的單純念頭，然而，這種「沒想太多」的單純，造就了民歌的清新風格，感動了許多人，也帶動了大學校園的創作風潮，只要有一把吉他，就能哼哼唱唱，抒發自己的情感、表達自己的想法，這群年輕的歌手在歌聲中唱出青春的熱情、執著與掙扎，記錄了時代的心聲。雖然整個校園民歌在八十年代結束，許多歌手也轉往他途，然而，校園民歌醞蓄的人才與活力，為後來的樂壇帶來新的契機：如今仍然活躍於流行樂壇者，如李宗盛、蔡琴等人，都是出身校園民歌；一種只是喜愛唱歌的單純想法，支持許多愛好音樂的青年，在音樂的路上勇敢前行，這些非主流的音樂一直是臺灣流行樂壇的最重要活力，例如閃靈樂團、巴奈，都是臺灣音樂的重要瑰寶。臺灣的流行音樂市場能執華文流行音樂的牛耳，七十年代的民歌運動有其不可輕忽的重要地位。

音樂，有其時代性，更珍貴的在其純粹性。音樂透過旋律與歌詞感動人，透過聲音，讓情感的宣洩與交流用最直接的方式展現。因此，音樂的感人力量，在於創作者的真誠與生命力。李雙澤的〈美麗島〉、蘇芮的〈一樣的月光〉、羅大佑的〈青春舞曲〉、林強的〈向前行〉都是飽含生命力的創作。音樂也是時代的心聲，李建復的〈龍的傳人〉唱出中美斷交後臺灣民眾的情懷、葉啟田的〈愛拚才會贏〉道出了臺灣人民勇往直前的奮進與焦躁。誠如作者說的，「每個時代都需要動人的歌」。作者的幸運，在於出身音樂的書香家庭，濡染了音樂與書寫的涵養，親自見證七十年代臺灣校園民歌的興起，以及後來流行樂壇的發展，如今作者以音樂為其專業，在音樂的製作與傳播上貢獻其心力。音樂，不僅在音樂廳堂的嚴整華麗，也可以是室外草地的隨意彈唱，前者精緻深厚，後者貼近生活，只要我們張開耳朵，音樂就會灌注我們的心靈，撫慰我們的靈魂。

問題與討論

1.請舉出一張陪你成長的專輯，並說明歌曲給你的感動。

2.請說明音樂在你的生活中占有什麼地位？

3.你平常都聆聽什麼樣的音樂，請介紹你最喜歡的一張專輯。

延伸閱讀

1.馬世芳，《地下鄉愁藍調》，臺北，時報出版社，2005 年。

2.焦元溥，《樂來樂想》，臺北，聯經出版社，2008 年。

3.魏樂富著，葉綠娜譯，《怎樣暗算鋼琴家》，大呂出版社，1991 年。

4.馬世芳主編，《永遠的未央歌：現代民歌／校園歌曲 20 年紀念冊》，臺北，滾石文化，1995 年。

5.543 音樂網站 http://www.music543.com/

國家圖書館出版品預行編目資料

現代散文選／蔡忠道 等編著.
--初版.--臺北市：五南, 2009.02
面； 公分
ISBN 978-957-11-5515-9（平裝）
855 97025211

1X1A

現代散文選

作　　者 — 蔡忠道(379.3)　王玫珍　陳政彥　余淑瑛　吳盈靜
發 行 人 — 楊榮川
總 編 輯 — 王翠華
主　　編 — 黃惠娟
責任編輯 — 蔡佳伶　吳如惠
封面設計 — 童安安
出 版 者 — 五南圖書出版股份有限公司
地　　址：106台北市大安區和平東路二段339號4樓
電　　話：(02)2705-5066　傳　　真：(02)2706-6100
網　　址：http://www.wunan.com.tw
電子郵件：wunan@wunan.com.tw
劃撥帳號：01068953
戶　　名：五南圖書出版股份有限公司
法律顧問　林勝安律師事務所　林勝安律師
出版日期　2009年 2 月初版一刷
　　　　　2015年 8 月初版七刷
定　　價　新臺幣360元